KING

233

Di Marcello Simoni la Newton Compton ha pubblicato:

La saga di Ignazio da Toledo
(*Il mercante di libri maledetti – La biblioteca perduta dell'alchimista – Il labirinto ai confini del mondo – Il segreto del mercante di libri – La profezia delle pagine perdute*)

Secretum Saga
(*L'eredità dell'abate nero – Il patto dell'abate nero – L'enigma dell'abate nero*)

Codice Millenarius Saga
(*L'abbazia dei cento peccati – L'abbazia dei cento delitti – L'abbazia dei cento inganni*)

La cattedrale dei morti
L'isola dei monaci senza nome
Il mistero delle dieci torri
Il castello dei falchi neri

Prima edizione: agosto 2022

ISBN 978-88-227-6970-1

www.newtoncompton.com

Stampato nell'agosto 2022 da Puntoweb s.r.l., Ariccia (Roma)

Marcello Simoni

L'abbazia dei cento delitti

Codice Millenarius Saga

Newton Compton editori

Giorno d'ira, quel giorno,
dissolverà il mondo in cenere.
Dies irae

L'abbazia dei cento delitti

(aprile 1347 – dicembre 1348)

PROLOGO

Città di Ferrara
13 marzo 1329, mattina

L'uomo in catene varcò le mura attraverso la Porta di San Paolo, tenuto al capestro da due armigeri. Stremato e con gli abiti laceri, stringeva le braccia al petto per combattere la morsa del tardo inverno. Era di corporatura gracile e poco avvezzo alla fatica, ma il bagliore in fondo alle iridi lasciava trapelare un animo focoso. L'unico segno di cedimento l'ebbe nel momento in cui volse lo sguardo al cielo e, sotto uno stuolo di nembi, vide una torre incombere su di sé. «*Miserere mei!*», gridò, cadendo in ginocchio. Da quelle merlature si usava appendere i bestemmiatori e i fraudolenti per farli precipitare tra i flutti del Padus.

Uno strattone di corda placò il suo sgomento, obbligandolo a proseguire per la Via Grande. Non fu facile. La pioggia della notte precedente aveva trasformato le strade in un pantano di sterco e fango, rese ancor più squallide dal fetore esalato dagli *scorsuri* fino ai fossati esterni. Odori assai più rivoltanti, tuttavia, si levavano dalle carogne impalate sulle picche lungo la strada, vestigia delle famiglie ghibelline rastrellate dai servi di Avignone.

Il popolo lo attendeva più avanti, all'imbocco della piazza. Una distesa di sagome bigie premute l'una all'altra, intabarrate in guarnacche, cappe e mantelli di cenci. Il prigioniero ebbe l'impressione di imbattersi in un'orda di topi, abbrutita dalla fame e da un'ignoranza tale che le avrebbe impedito di conoscere persino Dio, se qualcun altro non avesse cercato di illuminarla.

Quei volti facevano spavento. Esprimevano un rabbioso disprezzo che tracimava nella ferocia, come se a tutti fosse manifesta la sua colpa.

L'uomo avanzò a capo chino tra mormorii e risate di scherno, in preda a una torma di fanciulli intenti a prenderlo a sassate. Mai avrebbe immaginato di dover subire un simile oltraggio! Eppure si impose di sopportare anche le ingiurie di quei piccoli bastardi, per non irritare il volgo, né tantomeno gli sgherri che gli facevano da scorta.

Procedette sotto la sassaiola fino al luogo del suo martirio.

Il patibolo sorgeva poco distante dalla cattedrale di San Giorgio, tra un mare di folla, davanti a quattro personalità assise su alti stalli. Sulla destra sedeva sua eccellenza il vescovo Guido da Cappello, canuto e con il ventre prominente, in netto contrasto con i tre nobiluomini che prendevano posto accanto a lui. Costoro erano vigorosi e addobbati con uniformi tanto sfarzose da rasentare l'eccesso. Il prigioniero li scrutò a uno a uno, indignato dal fatto che i figli del defunto marchese Aldobrandino II d'Este si mostrassero a loro agio in compagnia di un prelato nominato dal papa. Erano appena scampati da un processo per eresia e già si ergevano a difensori del clero, senza il minimo pudore.

Ancor più iniquo, tuttavia, era vederli indifferenti davanti a un loro servo messo alla berlina. Ecco dunque come ripagavano la fedeltà, i tre fratelli che fino al giorno prima si erano dichiarati nemici della curia francese! L'uomo in catene si morse la lingua prima di poterlo gridare a squarciagola. Dopo tante sciagure, non intendeva buttare via la sua vita a causa dell'orgoglio. Non finché non fosse stato messo al corrente di quale sorte l'attendeva.

Quasi avesse indovinato i suoi pensieri, il reverendo Guido lo scrutò con astio. «Siamo qui riuniti», vociò, «per punire uno scellerato!». E nell'attesa che il brusio della folla si attenuasse, indicò l'uomo con un gesto sdegnoso. «Un *nequissimus monachus*, che abusò del titolo di abate per esercitare latrocinio nel monastero dell'*Insula Pomposiæ*».

Il prelato valutò l'effetto delle proprie parole sul volgo, umettandosi le labbra con un movimento lascivo della lingua. Poi continuò a esprimersi, con maggior trasporto: «Tuttavia, prima di infliggere il giusto castigo, dovremmo chiederci se sia possibile che un crimine tanto grave possa verificarsi per l'avidità di un singolo monaco, una pecora nera fra mille. Ebbene io dico no, figlioli miei. È stata colpa nostra, *di noi tutti!* Poiché come recita il Levitico, Dio avvertì che per punire la disobbedienza ai Suoi comandamenti avrebbe inviato tra le genti delle bestie feroci, portatrici di morte e desolazione. Ed ecco... Ecco una di quelle bestie immonde, giunte a depredare i nostri monasteri!».

Un fremito inquieto attraversò la piazza. Il timore che potesse sfociare in violenza indusse uno dei signori d'Este ad alzarsi dal seggio per sedare il popolo. Ma il vescovo Guido, fedele alla tempra di domenicano che era stato un tempo, non smise di far tuonare la propria invettiva. «Se qualcuno nutrisse desiderio di clemenza, sappia che non verrà ascoltato. Non è il momento, questo, di perdonare i figli disobbedienti. L'infelice Ferrara ha vissuto fin troppe traversie! E in nome di Dio, se vogliamo porre fine alle nostre sventure è ora di potare i tralci secchi!».

«*A morte!*», si levò una voce rabbiosa, cui subito se ne unirono altre finché la piazza fu invasa da un boato assordante.

L'uomo in catene temette che la canaglia spezzasse i controlli dei soldati e si avventasse su di lui per linciarlo, tuttavia la burrasca cessò al sollevarsi della mano del vescovo.

Fu allora che il prigioniero si fece coraggio. «Nobili signori e vostra paternità», esordì con titubanza verso i quattro assisi, «chiedo licenza di difendermi alla presenza del Consiglio dei dodici Savi», e indicò con uno sguardo pieno di speranza il vicino Palazzo della Ragione.

«I giudici del Comune non si intrometteranno nelle vostre questioni», si affrettò a informarlo il prelato. «È *in spiritualibus* che avete peccato, padre Facio di Malaspina».

Al sentir pronunciare il proprio nome, l'uomo in catene insinuò un risolino, lasciando trapelare una natura melliflua fino ad allora abilmente celata. «Se così avete deciso, prego almeno vostra eccellenza di ascoltarmi. Ignorate alcune cose, reverendissimo... Cose al di sopra del vostro sacro ufficio e delle insigni paternità che addirittura lo sovrastano...».

«Quanto ardire!». Con un cenno autoritario, Guido da Cappello ordinò a un pugno di soldati di avvicinarsi al patibolo. «Sarà proprio da quella lingua superba che le tenaglie del boia inizieranno a saggiare le vostre carni».

Di fronte a una simile minaccia, padre Facio si gettò a terra. «Aspettate!», implorò, e aggrappandosi all'unica possibilità che gli restava, rivolse lo sguardo ai marchesi d'Este. «Almeno voi, vostre signorie... Voi sapete ciò che conosco! Ve ne accennai mesi fa, rammentate? Se morissi qui, ora, tutta la mia sapienza andrebbe sprecata...».

«Per l'amor del cielo», esclamò Guido, «mostrate contegno almeno in quest'attimo fatale!».

«Vi prego di attendere, eccellenza».

Il vescovo si voltò indispettito e incrociò lo sguardo del più anziano dei nobiluomini seduti accanto a lui.

La fronte dell'Estense era corrucciata, quasi che un improvviso dilemma ne avesse turbato l'impassibilità. «Una parola con il prigioniero», si limitò a chiedere con fare misterioso.

«Ma vostra signoria...», obiettò il presule.

«Insisto».

Nella sorpresa generale, il marchese scattò in piedi e si allontanò dagli stalli per chinarsi dinanzi all'uomo in catene. Lo scrutò in volto per un momento interminabile, poi gli sussurrò qualcosa all'orecchio.

Ne seguì una fugace conversazione, accompagnata dai mormorii incusiositi del volgo. Lo stesso vescovo, del resto, non poté astenersi dallo sporgersi per tendere l'orecchio. Ma l'unica cosa che tutti poterono udire distintamente fu la frase conclusiva che uscì dalla bocca di padre Facio: «Il prezzo è la mia salvezza».

Soltanto una persona ebbe in sorte di trovarsi abbastanza vicino da poter ascoltare meglio. Era un uomo che non apparteneva a Ferrara, appena giunto fra le sue mura per servire la curia in qualità di armigero. E benché il dialogo tra il monaco e il marchese fosse stato assai breve, lo impressionò al punto da marchiare a fuoco la sua memoria. Mai gli permise di scordare il modo con cui Facio di Malaspina riuscì a scampare al patibolo. Nonostante la presenza del vescovo e lo sdegno della Santa Sede. Nonostante l'intero popolo, sotto il cielo plumbeo di quella mattinata di marzo, desiderasse vedere il suo sangue scorrere sul selciato della piazza.

Per riuscirci aveva pronunciato un nome. Un nome soltanto.

Lapis exilii.

PARTE PRIMA

L'eredità del sangue

1

Ferrara, contrada di Gusmaria
25 aprile 1347, notte

Sedeva in un angolo della stanza, all'unico tavolo presente. Le braccia ciondoloni, la testa piegata in avanti, il mento appoggiato sul ripiano. Dalla bocca socchiusa sporgeva la lingua, oltre il limite consentito. Era stata tirata fuori a forza e inchiodata con un pugnale sulla superficie di legno.

Maledicendo la sorte, Maynard de Rocheblanche si avvicinò al cadavere per studiarlo alla luce della fiaccola. Non era la vista del macabro a turbarlo, ma il rammarico di essere giunto troppo tardi. Fino a poco prima, il monaco accasciato su quel tavolo custodiva un terribile segreto. Ora invece non poteva rivelargli più nulla, se non di essere morto nella sofferenza.

Si fece il segno della croce, sfiorando con le dita la lama corta che celava sotto la tonaca. Se voleva comprendere, doveva mantenersi vigile.

In principio la fiamma gli permise di scorgere soltanto il sangue fresco che colava dai bordi del tavolo. Poi, a un'occhiata più attenta, notò delle parole graffite sul legno. Dovevano essere state incise con lo stesso pugnale usato per trafiggere la lingua della vittima, quasi per farsi beffa di chi ormai si contorceva all'inferno. O forse, di chi in quel momento posava lo sguardo su di esse.

MONACHVS SVPERBVS

Parole ingannevoli, intuì. Non tanto per le discutibili virtù del trapassato, quanto per la causa della sua morte. C'era da dubitare, infatti, che si trattasse di una punizione dettata da un eccesso di indignazione morale. La vittima era stata attirata in quella taverna deserta e, prima di essere uccisa, torturata con brutalità. Chiunque l'avesse fatto, desiderava ottenere qualcosa.

Un improvviso rumore di passi lo mise in allerta. Sollevò la torcia, facendo danzare le ombre sulle pareti fino a individuare una figura appostata all'ingresso.

«Chi va là!», chiese.

Anziché rispondere, l'oscuro osservatore arretrò di scatto e fuggì via.

Rocheblanche si lanciò all'inseguimento, un segugio nella notte. Poche falcate e fu all'esterno, in un intrico di vie che serpeggiavano verso nord. Per un attimo rimpianse di non essere giunto a cavallo, ma dopo pochi passi si persuase che il labirinto di Ferrara fosse meglio percorribile a piedi, con indosso una tonaca nera capace di farlo passare inosservato. Come un ladro. A tale pensiero provò quasi vergogna, rammentando a se stesso di non essere avvezzo a tendere agguati. Lui era un cavaliere di Reims, educato ad affrontare il nemico secondo le regole dell'onore. Anzi, lo era stato. Quell'uomo non esisteva più. Era spirato in terra piccarda, nella battaglia di Crécy. O forse ancor prima, dopo aver visto sua sorella Eudeline oltraggiata dal padre.

Tanto bastò perché la rabbia si impadronisse di lui, restituendolo all'istinto della caccia.

Il fuggiasco era veloce, minacciava di dileguarsi nel dedalo di viuzze tra le chiese di Santa Croce, San Niccolò e Ognissanti. Maynard cercò di stargli alle calcagna, augurandosi di acciuffarlo prima che si intrufolasse in qualche ignoto recesso. Quella città gli era per buona parte sconosciuta. Perderlo ora avrebbe significato non trovarlo mai più. Si sforzò dunque di accelerare il passo.

D'un tratto non riuscì più a scorgerlo. Raggiunse l'ultimo punto in cui credeva di averlo visto passare e sollevò la torcia, pregando il Signore di far sgombrare i nembi che coprivano la luna. Se solo fosse stato meno buio… Si guardò intorno, riprendendo fiato a grandi boccate. Il suo era un respiro profondo, appesantito da mille dubbi. Il respiro di una persona frustrata, stanca di imbattersi in vicoli ciechi. "Cosa sono diventato?", si chiese, scrutando il nero intorno a sé, come se fosse la propria anima. Dopo anni di battaglie e sacrifici, la vita si era rivelata un gioco di tarocchi che aveva trasfigurato il volto di ogni persona a lui cara, rendendolo un cane randagio condannato a inseguire chimere. Nulla pareva essere rimasto intatto in quell'assurda *via crucis*, eccetto l'odio per il suo signor padre e la consapevolezza che il mondo non sarebbe più tornato a essere come prima. Nemmeno con l'espiazione e il pentimento.

L'unica speranza era dare un senso alle proprie sventure, ma anche quel sogno sarebbe svanito nel nulla se non fosse riuscito a orientarsi alla svelta...

Cercò di capire la direzione presa dall'uomo che inseguiva, ma l'oscurità gli permise soltanto di distinguere un vicolo illuminato da poche fiaccole, lungo il quale pareva non muoversi nulla. Fu per puro caso che notò un androne alla sua destra. Tentò la sorte e lo imboccò al volo.

Ritrovò il fuggiasco dieci passi davanti a sé. Correva ancora, seppur con minore slancio. Maynard poté distinguere per la prima volta la sua sagoma alta e spigolosa, ingobbita per via della spossatezza. Sempre più certo di incalzare l'assassino del monaco, guadagnò abbastanza terreno da afferrarlo per le vesti.

Lo sconosciuto cadde riverso, ma il tonfo non lo stordì. Rotolò su un fianco, portò la mano alla cintura e sguainò uno stiletto. Rocheblanche bloccò un affondo, poi lo agguantò per il bavero e lo mise spalle al muro. «Perché l'avete ucciso?», gli sputò in faccia.

«Io non ho ucciso nessuno!», sibilò l'uomo, stravolto dall'ira e dall'affanno.

Maynard accostò la fiamma a quel viso dai lineamenti volpini e, colto da una sensazione di familiarità, si rese conto di conoscerlo. Soltanto di vista, tuttavia. «Eppure siete fuggito», ribatté, senza accennare di volerlo lasciar andare.

«Non mi avete dato scelta». L'estraneo digrignò i denti. «Entrando nella taverna vi ho scorto dinanzi al cadavere, e ho creduto...».

«Menzogne! Vi ho visto, oggi, mentre confabulavate con quel monaco per dargli appuntamento proprio nell'edificio in cui l'ho trovato morto. Ho udito i discorsi con cui l'avete convinto, quasi costretto... E ora, guarda caso, eccovi comparire sul luogo del delitto».

Un lampo di curiosità attraversò il volto dell'estraneo. «Chi siete, voi, per sapere tanto di me?»

«Non è della vostra persona che mi preme», rispose Maynard, implacabile, «ma del miserabile che avete trucidato».

«Date pure fiato alla bocca, messere». Benché incapace di divincolarsi, l'uomo trovò il coraggio di rivolgergli una smorfia insolente.

«Quant'è vero Iddio, non sono stato io a togliere la vita a padre Facio di Malaspina».

Al sentir pronunciare il nome di colui che gli aveva causato tanti impicci, il cavaliere divenne ancora più bramoso di sapere. «Eppure qualcosa da lui volevate...», ribatté a tono. «Parlate dunque, iniziando col dirmi chi siete».

«Quando lo scoprirete, rimpiangerete di aver ficcato il naso in affari che non vi riguardano!».

La minaccia era palese. Ma Rocheblanche, che disprezzava in egual misura i vili e i boriosi, avvicinò la cima della fiaccola alla guancia dell'arrogante. «Il vostro nome, fellone!».

L'uomo tentò di ribellarsi, poi gridò di dolore. «Superanzio Orsini...», grugnì subito dopo, cercando di sottrarsi alle fiamme. «Visdomino del vescovo...».

Tenendolo sempre bloccato, Maynard non accennò ad allontanargli la fiamma dal volto. «Vorreste darmi a intendere che il reverendo Guido di Baisio dispone dei suoi *missi* al pari di sicari?»

«Io non sono un sicario!». La faccia di Superanzio era una maschera di tormento, lo sfrigolare della carne iniziava a sprigionare lezzo di bruciato. «Quando mi avete scorto... mi stavo presentando all'appuntamento...». La sua voce diveniva sempre più stridula, un osceno vagito. «Ora basta, vi imploro! Basta!». Dopodiché non poté più trattenersi e si orinò addosso.

Rocheblanche continuò a stringerlo ferreo. E mentre la rabbia si tramutava in sadico piacere, vedeva il volto dell'inquisito assomigliare sempre più a quello dell'odiato padre. Gli parve di udire un pianto di donna e d'un tratto il suo desiderio più grande fu distruggerlo, cancellarlo per sempre dal creato.

«In quanto al vescovo...», squittì messer Orsini, strappandolo dall'allucinazione. «Non sono qui... in suo nome...».

Il cavaliere scostò la fiaccola con un sobbalzo, sbigottito. «In vece di chi operate, dunque?»

«Di nessuno...». Il visdomino era zuppo di sudore, la guancia destra deturpata dall'ustione. Inspirò a fondo, combattendo gli spasimi. «Soltanto io conosco il segreto...», ansimava nel frattempo. «Soltanto io udii quel giorno, davanti al patibolo...».

Rocheblanche allontanò il ricordo del padre e si sforzò di restare lucido. Nonostante faticasse a comprendere quei sussurri, nei giorni addietro aveva svolto abbastanza indagini da afferrarne il significato. «Accennate al *Lapis exilii*?».

Il visdomino sbarrò gli occhi. «Anche voi, dunque... Sapete cos'è?».

Il cavaliere scosse il capo. «Cerco due reliquie legate a quel misterioso oggetto. Due inestimabili reliquie. Padre Facio le rubò molti anni fa. Sapete nulla al riguardo?».

Messer Orsini accennò un diniego, ma alla vista della fiamma che tornava ad avvicinarsi si affrettò a ritrattare. «Facio di Malaspina mi disse qualcosa, sì...», confessò. «Si tratta di una coppa e di una punta di lancia... Sì, me ne rammento! Disse di averne letto su un libro... Un libro antico...».

«Quale libro?».

La bocca di Superanzio si schiuse piano, quasi timorosa di dar fiato alla voce. Poi qualcosa cambiò in modo talmente repentino da non trovare spiegazione. Senza alcun preavviso, infatti, si spalancò in un grido acutissimo: «Guardieeeeee!».

Lo sbalordito Maynard si voltò di scatto e vide due sagome in lontananza.

«Guardieeeee!», continuava l'infame, torcendo la faccia in un ghigno distorto dal terrore. «Chiamate il massaio di contradaaa!».

Rocheblanche lo scrutò per l'ultima volta, l'orecchio teso verso i passi affrettati che si avvicinavano. Birri di ronda, non c'era dubbio. Ancora un attimo e avrebbe dovuto combattere. Ma a che pro? Avrebbe soltanto rischiato di farsi riconoscere.

Dopo un istante di esitazione gettò la fiaccola e fuggì nel buio, lasciando il visdomino rannicchiato nel fango.

A gridare come un folle.

2

Trovò Bastein des Baux, suo compagno e maestro d'armi, nell'osteria più infima del Borgo di San Leonardo, a pochi passi dall'ospitale della Misericordia. Sedeva in compagnia di una caraffa di vino e di alcuni giocatori di dadi. Ciò che più lo stupì fu il riconoscere tra quella gentaglia due canonici di sant'Antonio appartenenti al cenobio che sorgeva dall'altro lato della strada.

«Amico mio, cosa state facendo?», chiese Maynard, andandogli incontro.

Bastien si lisciò la chioma argentata, cercando di darsi un contegno. «Non è evidente?», ridacchiò. «Sto perdendo dei bei pezzi d'argento». Vedendo il cavaliere indugiare sulla coppia di religiosi, allargò le braccia con fare bonario. «Sapete bene, Rocheblanche, quanto detesti sedere a un desco in cui nessuno parli francese. Questi sant'uomini si sono offerti di seguirmi, per farmi da interpreti e proteggermi dalle tentazioni». Sollevò la caraffa. «Oste! Un'altra foglietta di vino per i canonici di Vienne!».

Maynard non era in vena di facezie. Aveva ancora davanti agli occhi il cadavere di Facio di Malaspina e il ghigno folle del visdomino. «Intendevo *cosa state facendo qui*», esclamò con durezza. «Vi ho cercato al Castel Tedaldo e al Palazzo della Signoria, credendovi ai festeggiamenti di san Giorgio. Invece...».

Il maestro d'armi si strinse nelle spalle. «Dopo le corse al palio, i festeggiamenti hanno perso la loro attrattiva», decretò, seguendo l'ultimo lancio di dadi. «E per dirla tutta, ero stanco di riverire tante eminenze coperte di seta e pizzo».

«Invece, il vostro signore?»

«Sua grazia Humbert de Viennois si è ritirato negli appartamenti del marchese d'Este, lasciando la sua scorta per strada. Come cani».

Maynard colse l'amarezza di quelle parole e decise di comportarsi in maniera più indulgente. Bastien aveva perduto la stima verso i grandi condottieri e chiunque altro invocasse gli ideali di giustizia per mandare soldati ignari al macello. E come lui, aveva pagato a caro prezzo una simile disillusione. «Devo parlarvi», gli sussurrò in confidenza.

Tanto bastò perché des Baux si facesse serio. Indicò l'ambiente semideserto, in direzione di un tavolo libero, quindi gettò una moneta sul tavolo e prese congedo dai compagni, facendo cenno al suo antico discepolo di seguirlo. «Avete l'aria scossa», osservò non appena furono soli.

Rocheblanche abbozzò una smorfia e aprì bocca soltanto quando gli fu seduto di fronte. «Giorni fa vi accennai di qualcuno a cui davo la caccia, rammentate?».

L'uomo si accarezzò la barba incolta, indugiando su una profonda cicatrice che partiva dallo zigomo sinistro. «Un monaco misterioso», rispose. «Mi diceste che si rifugiava presso la corte del marchese Obizzo III d'Este».

«Il suo nome è Facio di Malaspina».

«Ebbene?»

«Ebbene, è morto stanotte».

Des Baux lo fissò con sospetto. «Intendete dire che l'avete...», e si passò un dito sotto la gola.

«Non io», disse Maynard. «Altri mi hanno preceduto».

«Avete idea di chi possa essere stato?»

«Lo ignoro». Prima di proseguire, il cavaliere allontanò l'oste con un gesto, facendogli capire di non aver bisogno dei suoi servigi. «Tuttavia nel luogo del delitto mi sono imbattuto in un uomo del vescovo. L'ho braccato per saperne di più e...».

Il maestro d'armi batté un pugno sul desco. «Siete impazzito?», e subito si placò, abbassando la voce. «Non ditemi che avete molestato un servitore della Curia. Non qui, in una città tanto fedele ad Avignone...».

«Credete abbia avuto scelta?», si difese Maynard, infastidito da quel rimprovero.

Ma Bastien era ben lungi dal volersi lasciare zittire: «Se cercate un'assoluzione, dovrete mettermi al corrente dell'intrigo. Sono stanco dei vostri segreti, Rocheblanche. Si può sapere cosa cercate a Ferrara?».

Maynard restò per un attimo in silenzio, valutando se gli convenisse rivelare una parte del mistero di cui era diventato custode.

Considerava Bastein des Baux un prezioso alleato oltre che un uomo degno di fiducia, e sapeva bene che non l'avrebbe mai tradito. Tuttavia nessuno doveva sapere cosa si nascondesse nel lontano monastero di Mont-Fleur. Decise quindi di mantenersi sul vago. «Cerco due sacri oggetti», svelò con un mormorio. «Due reliquie, che giurai a un vecchio abate di riportare al monastero da cui furono rubate».

«I giuramenti non sono fatti per gli uomini d'onore», sospirò il maestro d'armi. «Li spingono a compiere follie». Tenne le grandi mani serrate sul tavolo, assai incupito. Il suo sguardo però serbava una scintilla di entusiasmo, forse alimentata dal desiderio mai sopito di gloriose prodezze. «Avete almeno scoperto dove si trovano quegli oggetti?», chiese d'un tratto.

«Soltanto padre Facio lo sapeva. Ora dovrò cercare altre vie, indagare...».

«Restando in questa città?».

Maynard annuì.

«Ma il visdomino vi avrà visto in faccia», obiettò Bastien, ora palesemente preoccupato. «Vi ha riconosciuto?»

«Ne dubito».

«Ciò nondimeno, potrebbe cercarvi. L'avete oltraggiato?».

Ora fu Rocheblanche a sospirare. «Più del dovuto».

«Dovrete quindi trovare un buon nascondiglio. Non scordate che fra queste mura vestite i panni di un comune pellegrino. Un falso monaco, per giunta. Se i birri venissero a saperlo...».

«Per questo motivo sono venuto a cercarvi. Speravo che in nome della nostra amicizia...».

A tali parole, des Baux lo fissò quasi divertito. «L'orgoglioso Maynard de Rocheblanche che chiede aiuto? Questa sì che mi è nuova!», esclamò, gustandosi il suo imbarazzo. «Siete cambiato, amico mio, benché non sappia ancora se in meglio o in peggio. In ogni caso, dovete desiderare assai di sciogliere i vostri dilemmi se vi siete piegato a tanto».

Il maestro d'armi attese un commento, che non giunse. Dopo poco, quindi, ruppe il silenzio con tono complice: «Avete preso la decisione giusta cercandomi, credetemi, poiché si dà il caso che io disponga della soluzione ai vostri problemi».

Superanzio Orsini intinse la pezza nel decotto di malva, studiando il riflesso del proprio volto allo specchio. Alla luce della candela, la superficie di metallo gli rese l'immagine di una smorfia rabbiosa deturpata dall'ustione sulla guancia. Sarebbe rimasto sfigurato a vita, pensò, e ogni qualvolta avesse prestato attenzione ai suoi lineamenti si sarebbe ricordato dell'estraneo uscito dal buio. L'estraneo che l'aveva umiliato oltre ogni dire, trattandolo alla stregua di un miserabile pezzente.

Ah, gliel'avrebbe fatta pagare cara, si disse. In un modo o nell'altro sarebbe riuscito a trovarlo e gli avrebbe fatto rimpiangere mille volte un simile oltraggio.

Non era la semplice brama di vendetta a pungolarlo. C'era anche la curiosità di scoprire chi fosse quell'uomo e di conoscere il suo grado di coinvolgimento nella ricerca del *Lapis exilii*. Sentirglielo nominare l'aveva quasi sconvolto. Fino ad allora, soltanto Facio di Malaspina aveva dimostrato di esserne a conoscenza. Superanzio serbava perfetta memoria del giorno in cui l'aveva visto scampare al patibolo, facendo menzione di quel sorprendente segreto. Un segreto che aveva ammaliato i marchesi d'Este, pur restando celato al loro sguardo, come a quello di tutta la cristianità.

Premette la pezza sulla guancia, godendo di un temporaneo sollievo.

Non immaginava quali vantaggi avrebbe potuto ottenere trovando un simile tesoro, ma a lui sarebbe bastato riscattarsi dalla tirannia della curia. Era stanco di obbedire a tutti quei precetti di decoro e frugalità. Stanco di assumere atteggiamenti modesti e servili dinanzi a ogni membro del clero, fingendo di non desiderare altro che compiacerlo. Quell'atteggiamento gli era servito, in gioventù, per riscattarsi dalla condizione di diseredato. Ora, però, era diventato una delle personalità più influenti di Ferrara. Poter finalmente spadroneggiare a piacimento, libero di esaudire ogni sua brama, l'avrebbe ripagato di ogni sacrificio. Ma non poteva farlo senza attirare gli sguardi furtivi dell'Inquisizione. Santa Madre Chiesa mal tollerava che i suoi figli si allontanassero dal suo seno e in tempi come quelli non avrebbe esitato a spogliarlo di ogni bene, accusandolo di parteggiare per i ghibellini. A meno che lui non avesse offerto in cambio qualcosa di incredibilmente prezioso.

Ora che padre Facio bruciava all'inferno, gli serviva aiuto. Forse l'uomo uscito dal buio avrebbe potuto offrirglielo.

«Devi trovarlo e portarlo da me», disse d'un tratto.

«Come vossignoria desidera», rispose una voce alle sue spalle. Si chiamava Petricciolo e di mestiere faceva il masnadiere, al soldo del visdomino per carpire informazioni laddove le orecchie di un semplice valletto non sarebbero potute giungere.

«Evita però di sguinzagliare i tuoi bravi». Con una smorfia dolente, l'Orsini tolse l'impacco dalla guancia. «La nostra lepre potrebbe spaventarsi».

«Non vedrà muoversi nemmeno un filo d'erba». Lo sgherro uscì dalla penombra, rivelando lineamenti brutali accentuati dal labbro leporino. «Però vossignoria dovrà darmi delle tracce da seguire. Cosa rammentate del ribaldo che vi ha offeso?».

Nulla, fu tentato di rispondere Superanzio. Di quell'incontro, rammentava soltanto la luce intensa della fiamma e l'atroce sfrigolio. Tanto bastò perché il rossore affiorasse di nuovo sul suo volto, insieme alla voglia di sfogare la rabbia. «Vestiva da monaco, ma non lo era», disse, gettando nel bacile la pezza. «Aveva i modi dell'uomo d'arme, non del comune soldato. E qualcosa, qualcosa di strano, nella favella». Si bloccò, cercando nella memoria il timbro autoritario di quella voce. «Parlava...».

«Come, mio signore?», volle sapere il masnadiere.

L'Orsini si voltò, rivolgendogli un sorrisetto astuto. «Con accento francese».

«Mi compiaccio. Non sono molti i francesi alloggiati fra le mura».

A tali parole il visdomino allargò il sorriso in un ghigno spietato, ma subito se ne pentì. «Petricciolo aspetta...», aggiunse, portandosi una mano alla guancia dolorante. «Prima di andare, procurami dell'oppio».

3

Con un piglio di vanteria, des Baux si sporse in avanti posando i gomiti sul desco. «Proprio stamane, Rocheblanche, ho ricevuto un'offerta assai strana. È stato il marchese Obizzo III a farmela, dopo aver saputo chi ero e da dove provenivo». Attese che il compagno annuisse, quindi proseguì: «Saprete certo che sua signoria è l'unico figlio superstite del nobile Aldobrandino II d'Este e, benché governi su Ferrara con beneplacito del papa, teme per la propria discendenza. Desidera preparare il figlio maggiore a succedergli, tuttavia precettori e *magistri* non bastano. Gli occorre un valido maestro d'armi».

«La scelta non poteva ricadere su uomo migliore», si complimentò Maynard. «Però, se ora riprendessimo il nostro discorso...».

«Ho rifiutato l'offerta», lo interruppe Bastien. «Sono troppo vecchio per questo genere di cose. Dopo il fallimento della crociata e la morte della mia dolce Marie, desidero soltanto spendere il resto dei miei giorni a crogiolarmi nei dispiaceri. Sono come i ricordi di gloria, sapete? Con il tempo si addolciscono, finché non impariamo ad amarli».

«Lungi da me il voler apparire scortese», il cavaliere si accigliò, «ma se tornassimo a ciò che vi avevo chiesto...».

«Potrei raccomandare *voi* al posto mio, capite?», disse finalmente Bastien, palesando i propri intenti. «Possedete abbastanza esperienza da trasmettere al figlio del marchese tutto ciò che vi insegnai, e forse ancora di più. Conosco il vostro valore».

Rocheblanche restò basito. Era a tal punto provato dagli eventi di quella terribile notte da non riuscire a esprimere la dovuta riconoscenza. «Con tanti armigeri a sua disposizione», mormorò invece, «perché mai Obizzo d'Este dovrebbe scegliere uno sconosciuto come me?»

«La modestia non vi si addice», lo ammonì des Baux, quasi in risposta a un'offesa. «Sua signoria sa bene che, pur battendo ogni feudo compreso tra le Alpi e il mar siculo, non troverebbe mai un *chevalier* degno di questo nome. Voi siete un paladino di Francia, un *miles* di sua maestà re Filippo! Nelle vostre vene scorre il sangue dei Franchi che prima dell'anno Mille scesero fino alle rive del Reno in sella ai loro destrieri, padroni dell'arte del combattimento a cavallo. Cosa volete che ne sappiano, questi bottegai italici, della sacralità dell'*ordo equestris*! Cosa possono mai insegnarvi sul modo di brandire lancia, spada e scudo nell'impeto dello spron battuto!».

Ma parole tanto ardite non riuscirono a far breccia nell'amor proprio di Maynard. Il disonore di suo padre, la sofferenza di Eudeline e la sconfitta di Crécy avevano sopito in lui l'orgoglio di essere cavaliere. «Sono qui per chiedervi un rifugio», si limitò a commentare, «e voi mi offrite un'occasione per mettermi in mostra».

«Vi nasconderete al sole», insistette Bastien. «O forse vorreste negare che sono proprio le cose più ovvie a passare inosservate?».

Il cavaliere gli rivolse una smorfia sarcastica. «Se così è, avviene sempre a caro prezzo».

«Il vostro sarà tornare a indossare il *cingulum*[1]».

Rocheblanche fissò il volto del compagno, scorgendo una tale determinazione da lasciarsi conquistare. Non era in quel modo che intendeva proseguire le indagini, eppure si rese conto di non avere alternative. Il piano di des Baux gli avrebbe permesso di stabilirsi a corte e di raccogliere informazioni su padre Facio senza esporsi a rischi eccessivi. Inoltre non avrebbe suscitato sospetti. "Un tempo mi fidavo di quest'uomo", pensò, osservando il maestro d'armi. «Il cingulum, dite?», sorrise, mostrandogli i lembi sfilacciati delle maniche. «Ormai non posseggo che questa vecchia tonaca».

«Ritengo disponiate di denari sufficienti da rivolgervi a un drappiere», rispose a tono des Baux. «Ne ho scorti di eccellenti nell'angolo occidentale della piazza, proprio a ridosso del Palazzo della Signoria».

«La vostra proposta ha del buono, l'ammetto», continuò Maynard, lasciando però trapelare una nota di scetticismo. «Se non fosse che non ho esperienza in fatto di mocciosi e insolenti rampolli».

Il maestro d'armi dissentì con un gesto della mano. «Con il giovane pittore che vi ha seguito fin qui sembravate andare d'accordo».

[1] Il *cingulum militiæ* – cintura cavalleresca – era prerogativa e segno distintivo di chi apparteneva per diritto di nascita al ceto dei cavalieri.

«Gualtiero!». Quel nome attraversò la memoria di Rocheblanche come un fulmine a ciel sereno, lasciando dietro di sé un crogiolo di angoscia e rimorso. «Il Signore mi perdoni, me ne ero quasi scordato!». Si alzò di scatto, accennando un frettoloso saluto.

«Amico mio, aspettate», lo trattenne Bastien. «Non potete andarvene così».

«Non capite», il cavaliere si divincolò, ripensando alle ingiustizie subite in breve tempo dalla famiglia di quel bravo giovane. «Proprio oggi suo padre è stato impiccato, capite? Devo raggiungerlo!».

«Non sono affari vostri».

«Invece sì. È anche a causa mia se Gualtiero sta vivendo l'inferno in terra».

Des Baux fece una smorfia rassegnata. «Dunque andate, non perdete altro tempo», lo congedò. «In quanto alla mia proposta...».

Rocheblanche, già rivolto verso l'uscita, chinò il capo. «Vorrei rifletterci sopra, se me lo consentite».

«Neanche per sogno!», sbuffò Bastien. «Domani stesso farò recapitare notizia al marchese. Se accetterà, sarà meglio per voi farvi trovare con un abito nuovo».

4

Ferrara, Prato delle Forche

Per un lasso di tempo che parve infinito vagò in un oblio nero e tormentoso, finché non si ridestò in preda all'affanno. Non ricordava di aver perduto conoscenza in un luogo tanto oscuro, ma fu grato alla notte. La cecità alleggeriva il fardello dei ricordi, quasi fosse stato tutto un sogno. Restò rannicchiato a terra come una creatura appena venuta al mondo e, prima di sgusciare dal torpore, ascoltò il fruscio del vento tra l'erba, accarezzando il desiderio di annullarsi in quel suono. Per sempre. Invece i sensi finirono per acuirsi, facendogli percepire il borboglio del fiume, l'odore della mota e, poco per volta, le presenze intorno a sé. Le scorse al bagliore di minuscoli lumi che in principio scambiò per delle stelle, poi si rese conto che erano i fuochi delle mura cittadine al di là degli argini.

Nel prato erano rimasti in pochi. A parte i soldati, alcuni familiari continuavano a piangere i loro cari con lamenti sommessi, mentre i frati della *Congregatio mortis* innalzavano preci a un dio che si nascondeva lontano, troppo lontano per poterle ascoltare.

Il ragazzo si mise in ginocchio e puntò lo sguardo verso gli appesi alle forche. Fu in grado di distinguerli tra le ombre soltanto grazie al loro oscillare, ma tanto bastò perché uno squarcio di dolore gli si aprisse nel petto, prorompendo in un urlo di disperazione.

Fra quei corpi c'era anche suo padre. Morto nell'umiliazione e nell'ingiustizia, pronunciando parole senza senso.

Una mano gli sfiorò la nuca, allontanandolo per un attimo dallo strazio. Quasi sorpreso, si abbandonò al tocco di quelle dita e cercò conforto nel viso della fanciulla china su di lui. Ignorava cosa l'avesse spinta a seguirlo in quel luogo di morte, ma le fu enormemente grato. Era stata la sua àncora di salvezza, l'unico appiglio a cui potersi aggrappare per non perdersi nell'abisso. Schiuse le labbra per confidarglielo, ma riuscì a pronunciare soltanto suoni strozzati.

Isabeau lo strinse a sé, adagiandogli il capo in grembo. C'era qualcosa di selvatico in lei, una natura sfuggente accentuata dalle sue iridi dal colore diverso che avrebbero potuto anche turbare, se non fosse stato per il volto angelico in cui erano incastonate.

Gualtiero sprofondò nel suo odore, nel suo tepore, sentendosi finalmente protetto da ogni male, e lì restò finché non trovò la forza di rimettersi in piedi. Non voleva affrontare quel momento con debolezza. Negli anni a venire, si sarebbe vergognato al pensiero di essere rimasto avvinghiato alle sottane di una femmina. Si separò dunque da lei e camminò verso il corpo del padre.

Le tenebre non sembravano più tanto fitte. Gli offrirono la vista di una maschera scomposta, in cui pochi avrebbero potuto riconoscere il cocciuto artigiano che aveva sgobbato una vita per diventare mastro pittore. L'anima di Sigismondo de' Bruni non albergava più nell'espressione di quel burattino osceno. Era fuggita via, prima che i corvi e i vermi potessero far scempio delle sue carni.

Gualtiero ne fu quasi sollevato. Ora suo padre era libero, fluttuava sotto forma del soffio sfuggente di cui parlavano filosofi e teologi. Si fece il segno della croce e pregò la Madonna di intercedere per il suo spirito inquieto ma giusto, affinché la bilancia dell'arcangelo Michele lo trovasse meritevole del paradiso. Si rivolse quindi al padre, distogliendo lo sguardo dai suoi resti appesi alla corda. Non fu facile. Un nodo alla gola soffocò la ragione, lasciando spazio soltanto alla rabbia, alla paura e al desiderio di vendetta.

Il ragazzo riuscì a dominarsi in nome dell'amore per quell'uomo burbero, con cui aveva spartito più litigi che momenti lieti. Era stato lui a determinare la sua vita, a disciplinare le sue passioni, permettendogli di coltivare l'ambizione di diventare un grande pittore. "E un giorno lo diventerò", giurò in suo onore. Un desiderio mille volte più grande, tuttavia, prese forma dentro di lui. "Ma prima fammi ritrovare mia madre", e iniziò a singhiozzare. "Permetti che almeno lei si salvi, che torni da me".

Vincendo la ritrosia, si sporse in avanti e allungò il braccio per sfiorare un suo piede. L'ultimo gesto di commiato.

Quando si voltò, accanto a Isabeau c'era un uomo avvolto in una tonaca nera che non riusciva a celarne le spalle ampie e il portamento fiero.

Gualtiero si asciugò il volto e gli rivolse un cenno di saluto.

Maynard chinò il capo per manifestargli il suo cordoglio. Qualcosa di più impellente, tuttavia, gli rodeva dentro e non tardò a manifestarlo. «Sono venuto a condurvi via». Scoccò un'occhiata di rimprovero verso la ragazza. «Tutti e due».

«Io non lascerò la città». Nonostante il dolore del lutto, Gualtiero si espresse con una tale determinazione da spiazzare Maynard. «Vi sono grato di ogni cosa, ma non vi permetterò di decidere ancora una volta della mia vita».

Il cavaliere lo guardò incedere a pugni stretti lungo il ponte di legno che dava accesso alla città, e non poté trattenere un'ondata di ammirazione. Se fino ad allora aveva giudicato il giovane de' Bruni un animo gentile e sognatore, adesso si compiaceva nel riconoscere in lui una forza d'animo superiore a quella che aveva immaginato. Una forza, però, non commisurata all'esperienza. I dispiaceri e le ingiustizie del mondo avrebbero potuto incrinarlo, rendendolo facile preda per le anime rapaci, quando invece, sotto la guida di un bravo mentore, sarebbe diventato un uomo di straordinarie qualità. «Tornerete all'abbazia di Pomposa», gli ordinò alla luce di simili riflessioni. «Sotto la tutela dell'abate Andrea».

Gualtiero scosse il capo. «Resterò qui, a Ferrara. Per cercare mia madre».

«Vostra madre non è più fra queste mura, lo sapete bene». Maynard lo seguì con Isabeau sotto l'arcata della porta cittadina, tenendo d'occhio i movimenti sonnolenti delle sentinelle. «È stata condotta ad Avignone. E quant'è vero Iddio, voi non disponete delle qualità e dei mezzi necessari a ritrovarla».

Il giovane lo fulminò con lo sguardo. «Mi credete un ingenuo?»

«Sì, lo credo», ribatté il cavaliere, a costo di ferirlo. «Non conoscete il mondo e le sue insidie. Non sopravvivereste una settimana se doveste mettervi in viaggio per la città dei papi».

Per tutta risposta, il ragazzo fece un gesto sprezzante. La rabbia e il dispiacere, tuttavia, non gli impedirono di fermarsi a riflettere. «Forse avete ragione, ma imparo in fretta. Mi adatterò e affronterò ogni avversità pur di trovarla».

«Lo farete, sì. Al momento opportuno».

«Il momento è *adesso*! Se attenderò oltre, sarà troppo tardi».

«Ragionate, amico mio. Se l'avessero voluta morta non sarebbe stata portata così lontano. Vostra madre è una donna che nasconde molti segreti, prendetene atto. Dovrete scoprirli prima di entrare in azione».

Maynard aveva parlato con cautela, addolcendo il tono della voce, ma ottenne soltanto di farlo infuriare.

«Deciderò io come agire», sbottò Gualtiero.

«Invece mi obbedirete», insistette il francese. «Tornerete all'abbazia di Pomposa, finché non avrò scoperto...».

«Voi non potete comandarmi!».

«Ne siete certo?». Così dicendo, il cavaliere fece cenno a Isabeau di stare indietro e si mise di fronte al ragazzo per bloccargli il passo. Si trovavano ormai entro le mura, lungo una via puntellata di fiaccole che serpeggiava tra San Giovanni Vecchio e il monastero dei Serviti.

Gualtiero lo fronteggiò senza timore. «Fatevi da parte, messere».

Rocheblanche scrutò la sua espressione adirata e, benché sapesse che era il dolore a farlo parlare, restò immobile con le braccia conserte. «Persuadetemi a farlo», lo sfidò. «Dimostrate di essere uomo».

Non aveva ancora finito di proferir verbo che il giovane gli si scagliò contro, infiammato dal rancore che aveva nel cuore. Maynard agì con freddezza. Spostò il peso sul piede destro e gli sferrò un pugno alla bocca dello stomaco, facendolo crollare bocconi. «È così che intendete affrontare le avversità?», lo ammonì. «È così che vorreste salvare vostra madre?».

Gualtiero tossì convulso, raggomitolato nel fango. Poi, con un urlo esasperato, si risollevò sulle ginocchia e montò alla carica. Il compagno si limitò a scostarsi, afferrandogli la cintola per accompagnarlo nella successiva caduta.

«State a terra, figliolo», lo avvertì Rocheblanche. «E fate tesoro di questa lezione». Ma mentre si chinava su di lui, lo vide scattare in avanti e afferrargli il tronco.

Prima di poterlo respingere, il cavaliere si accorse che aveva il viso bagnato di lacrime, e allora gli permise di cingerlo con tutta la forza che aveva. «Coraggio, amico mio», lo incitò. «Coraggio, sfogatevi!».

Gualtiero gli premette la testa contro il petto, soffocando un grido.

E mentre Maynard si sentiva contagiare da quell'afflizione, si rese conto che erano finiti per stringersi in un abbraccio. «Lasciate che vi aiuti», gli sussurrò, quasi stesse ammansendo un cavallo. «Lasciate che vi spieghi come salvarla, e come salvare voi stesso».

Il singulto che ricevette come risposta gli fece sperare che la tempesta fosse cessata.

5

Il mattino seguente, Rocheblanche accompagnò i suoi due giovani amici fino alla Contrada della Misericordia, un borgo meridionale che il Padus separava dal resto della città. Alcuni lo chiamavano ancora *Ferrariola*, in memoria del *castrum* longobardo da cui si era sviluppato il tessuto urbano a nord del fiume.

Mentre superavano le mura e il ponte di barche, un sole già alto indorava la pieve di San Giorgio *extra moenia* e il campo del mercato, invitando una quantità di persone ad aggirarsi tra bancarelle e carri di venditori. L'intenso vociare, tuttavia, non bastava a dissipare gli incubi della notte precedente. I pensieri del cavaliere erano un moto ondivago che andava ora all'omicidio di padre Facio, ora alla malasorte che aveva colpito la famiglia di Gualtiero.

Maynard si dispiaceva di essere stato duro con il ragazzo, pur sapendo di aver agito a fin di bene. Conosceva a fondo le emozioni violente, soprattutto se instillavano veleno nel cuore. Lui stesso ne era caduto vittima, trovandosi costretto a convivere con una collera che non si estingueva mai, quasi che suo padre continuasse, giorno dopo giorno, a oltraggiare la povera Eudeline.

Posò lo sguardo sul figlio del mastro pittore e, nel vederlo camminare con aria afflitta, si sentì contagiare dalla sua stessa pena. Fino a qualche anno prima non avrebbe creduto di possedere un animo tanto sensibile. Aveva desiderato la gloria e il sangue, rincorrendo il sogno di diventare un eroe come quelli delle *chansons de geste*. C'erano volute umiliazione e sofferenza per comprendere quanto futili fossero tali propositi. La gloria non era che un'illusione e il sangue il marchio di Caino sui campi di battaglia. Restava la vocazione al *servitium*. Soltanto quella avrebbe dato significato al giuramento prestato il giorno della sua investitura. Il servizio verso i virtuosi e gli oppressi.

Mentre si orientava tra banchi di pescivendoli e canestrai, non riusciva a distogliere la mente da un ulteriore assillo. Era una questione di poco conto, eppure così fastidiosa da renderlo impaziente di risolverla. Prima di farlo, però, si impose di raggiungere il punto d'imbarco ai margini del borgo, nel posto in cui navigli privi di carena accoglievano passeggeri diretti verso la costa. Alcuni di quei natanti avrebbero senz'altro fatto scalo al *Portus Abbatis* di Pomposa, consentendo a Gualtiero e a Isabeau di giungere a destinazione. Non appena li ebbe individuati, ritornò all'assillante questione che aveva lasciato in sospeso. Si trattava della fanciulla. Al momento opportuno, trovò una scusa adeguata per parlarle a quattrocchi.

«Gualtiero, tenete». Porgendogli qualche moneta, gli indicò il campanile della pieve di San Giorgio che dominava il borgo. «In suffragio dell'anima di vostro padre».

Il giovane sgusciò dalla cappa di cordoglio e gli rivolse un cenno di gratitudine, lasciandolo solo con la sua protetta.

A quel punto Rocheblanche non poté più trattenersi dal rimproverarla.

Le pareti della pieve racchiudevano vestigia di antichi fasti. Gualtiero se ne accorse appena, oltrepassato il portale, notò drappi e paramenti sacri che un tempo avevano posseduto l'intensità del porpora e dell'oro. Di tanta sontuosità restavano ora superfici velate di polvere e ragnatele, rese ancor più tristi dal lutto che il ragazzo si portava dentro. L'occhio allenato si mosse senza il suo permesso lungo un affresco sbiadito della vita del beato Giorgio. Il santo di Cappadocia non figurava a cavallo, ma legato a una ruota dentata, nell'attimo del martirio. La sua posa sofferente, così diversa dal fiero contegno con cui era solito apparire, lo commosse al punto da riportarlo al motivo della sua presenza in quel luogo.

Camminò verso il ricettacolo delle offerte e vi lasciò cadere le monete ricevute da Maynard, accompagnandole con una preghiera. Gli parve strano comportarsi in quel modo in un ambiente che associava di solito al lavoro. Aveva mosso i primi passi proprio in una chiesa, dinanzi al padre intento a decorare un'arcata, e da allora non aveva mai smesso di seguirlo attraverso le terre che correvano dall'Appennino al mare, fra basiliche e pievi, imparando poco per volta il mestiere, fino a sviluppare una maestria tale da aiutarlo, se non addirittura da superarlo. Era stata proprio tanta bravura ad allontanarli, fomentando nei loro cuori la superbia e l'invidia. Ora però Gualtiero non provava più quel genere di risentimento. Ed era certo che anche Sigismondo, ovunque si trovasse, non provasse più rancore nei suoi confronti. Anzi, posava su di lui il suo sguardo benevolo, proteggendolo come mai aveva fatto in vita. Il giovane lo avvertiva con chiarezza. Non si sarebbe spiegato altrimenti la forza d'animo con cui aveva assistito all'impiccagione, né la determinazione che ora lo spingeva a mettersi alla ricerca della madre.

Non gli era sembrato il caso di insistere con Rocheblanche. Comprendeva le sue ragioni e si sentiva onorato dell'amicizia che gli aveva concesso. Tuttavia non avrebbe atteso il suo *placet*. Benché ignorasse il motivo per cui sua madre era stata arrestata e condotta con la massima segretezza ad Avignone, non l'avrebbe abbandonata alla mercé di uomini malvagi.

Doveva riflettere su come agire – in questo era d'accordo con il cavaliere – ma non appena avesse racimolato abbastanza denaro, si sarebbe messo in viaggio. Sapeva già a chi rivolgersi.

Tornò a ruminare il *Requiem*, colto dall'impressione che l'ambiente intorno a sé stesse mutando. Era come se la curva dell'abside, le pareti e le volte a botte vibrassero, assumendo la forma di grandi ali piegate su di lui. Abbassò le palpebre, ritrovandosi in un mondo ovattato in cui il dolore si tingeva di colori vividi, quasi accecanti, ma che per la prima volta riuscì ad accogliere dentro di sé senza soccombere alla disperazione.

Requiem aeternam dona eis, Domine…

Mentre saggiava quel calice di sofferenza, capì per la prima volta il significato di entrare in una chiesa per cercare la consolazione di Dio.

«Vi avevo lasciata a Pomposa, sotto la protezione dei monaci. Perché avete seguito il ragazzo?».

Isabeau abbassò il capo, chiudendosi in un mutismo che fece innervosire Maynard.

«Ve l'ha chiesto lui?», indagò l'uomo.

Ottenne un cenno di diniego.

La tentazione di prenderla a schiaffi gli provocò un formicolio alle mani. Si trattenne, disgustato all'idea di battere una fanciulla. Inoltre, pensò, non aveva alcun diritto di farlo. Prima del loro incontro, lungo la Via Francigena, Isabeau aveva vissuto libera, senza regole o vincoli che potessero limitare le sue scelte. Ciò, insieme all'abbandono da parte dalla madre, l'aveva resa schiva e diffidente, facendola maturare più di quanto lasciasse intendere la sua età. «Comunque sia», Maynard usò il tono più autorevole possibile, «esigo che non lo facciate mai più. Ho giurato di prendermi cura di voi e...».

«Mi avete mentito».

Fissò l'espressione indurita della ragazza. «Cosa intendete?», le chiese, quasi fosse lui quello sotto rimprovero.

«Mi avete abbandonato in quell'abbazia», lo accusò. «Temevo non voleste fare più ritorno».

Rocheblanche distese lo sguardo. «Mia cara, rammentate cosa vi dissi sulla missione che devo compiere?».

La ragazza lo squadrò con i suoi strani occhi, uno verde e l'altro azzurro. «Diceste soltanto che quando l'avreste portata a termine...».

«Sì, dissi proprio così», la rassicurò lui, accarezzandole il viso. «Dissi che sarei tornato in Francia e che vi avrei portato con me. Ho promesso, Isabeau, e un bravo cavaliere mantiene sempre la parola data. Per poterlo fare, dovrò restare ancora in questa città e concludere la mia missione».

«Permettetemi di aiutarvi, allora».

«Mi aiuterete restando al sicuro. All'abbazia di Pomposa, insieme a Gualtiero». Attese che la fanciulla annuisse ancora, poi accennò un sorriso. C'era un'ultima cosa che voleva imprimerle nella mente. «E rammentate», si raccomandò, «agli occhi dei *fratres* dovrete continuare a essere mia sorella». Tralasciò di spiegarle il motivo per non dispiacerla. L'abate Andrea aveva accettato di tenerla in custodia soltanto perché la credeva una fanciulla di nobili natali, una Rocheblanche. Maynard non era in grado di stabilire come avrebbe reagito il reverendo, se l'avesse saputa orfana di un misero guitto. «Al vostro ritorno, racconterete ai monaci pomposiani che siete fuggita per venire a trovarmi. Null'altro».

La ragazza si aggrottò. «Significa che non mi accompagnerete fino all'*Insula Pomposiæ*?»

«Non posso, ve l'ho detto. Questioni urgenti mi attendono». E scorgendo un lungo burchio attraccato ai margini della riva, capì di aver trovato la barca che faceva al caso suo. «Ora siate gentile», disse alla ragazza, «andate a chiamare Gualtiero mentre io mercanteggio con questi marinai d'acqua dolce».

6

Abbazia di Pomposa, Palatium abbatis
26 aprile

Seduto nella penombra del proprio studio, l'abate Andrea osservava il sigillo della lettera appena giunta chiedendosi perché il vescovo di Ferrara avesse indugiato tanto a lungo prima di scrivergli. Una questione delicata, suppose. Non si sarebbe spiegato altrimenti il comportamento del marchese Obizzo, che a differenza del reverendo Guido non si era degnato di rispondere alle sue domande.

Domande legittime, per giunta. L'accanirsi di quei *domini* nei confronti di due popolani lo sconcertava. Continuava a pensarci da quando il visdomino aveva messo piede a Pomposa e ordinato l'arresto dei genitori di Gualtiero de' Bruni. Per ora sapeva soltanto che era stata Sapia, la moglie del mastro pittore, a suscitare la reazione di Superanzio Orsini e dei soldati del marchese. Sigismondo si era macchiato dell'unica colpa di difenderla, pagando un caro prezzo.

Lui invece aveva assistito impotente.

"Se gli armigeri avessero aggredito un mio monaco?", si interrogò. "Li avrei lasciati ugualmente agire indisturbati?".

Fece scivolare lo sguardo fra le scansie di libri che tappezzavano lo studio, per poi tornare alla lettera sullo scrittoio. Ne fu disgustato. Sigismondo e Sapia marcivano in prigione da settimane e lui era riuscito a ottenere soltanto quel misero rotolo di pergamena! Come si permetteva di biasimare Guido di Baisio e Obizzo d'Este, dal momento che aveva agito in maniera altrettanto deprecabile?

In verità si sentiva smarrito, incapace di discernere tra il giusto e l'iniquo. L'unico barlume di buonsenso proveniva dagli insegnamenti di Severino da Padova, il vecchio precettore che l'aveva educato alla vita monacale. Esistevano gerarchie in ogni sfera del creato, gli aveva spiegato a suo tempo. Gerarchie volute da Dio, che stabilivano un ordine tra gli stati sociali così come tra i corpi celesti, e che in nome di quell'ordine imponevano sacrifici all'apparenza ingiusti.

Padre Andrea attribuiva a quelle parole una logica terribile e inoppugnabile. Una logica che, al pari di qualsiasi uomo di potere, accettava e seguiva.

Ma per Gualtiero de' Bruni aveva fatto un'eccezione.

L'aveva strappato alle grinfie dell'Orsini e accolto nello *scriptorium* di Pomposa, per farne un miniaturista.

Azioni dettate dalla convenienza, si rimproverò, pur scorgendo del buono nei suoi propositi. La genialità di quel giovane gli avrebbe consentito di riscattare il destino dell'intera abbazia, senza contare che lo stesso Gualtiero si sarebbe elevato dallo *status* di semplice artigiano. Per il momento Andrea non si era sentito di rivelargli cosa progettava per lui. L'aveva lasciato correre a Ferrara per informarsi sulla sorte dei genitori, nella speranza che quell'esperienza gli facesse vedere il mondo per quel che era: concreto e brutale. Soltanto così avrebbe capito che Pomposa rappresentava l'unico luogo in cui potersi realizzare.

Con rinnovata speranza, tornò alla lettera. Aprì un cassetto dello scrittoio, estrasse uno stiletto da amanuense e lo usò per spezzare il sigillo di cera, ansioso di conoscere la sorte di Sigismondo e Sapia.

Ciò che lesse lo lasciò senza fiato.

"Impossibile", pensò, soffermando lo sguardo sulla terribile parola che ricorreva nel testo.

Hæresis.

«Impossibile», ripeté ad alta voce. Stentava a credere che la famiglia de' Bruni fosse composta da eretici. Si trattava di gente modesta, assai devota alla Madonna e a san Francesco... Il buon Sigismondo gli aveva persino confidato di essersi affinato nella propria arte decorando chiese ed edifici sacri... Come poteva dunque essere un eretico?

Il vescovo di Ferrara non ammetteva repliche. *Eretici* scriveva, senza alludere a catari, lollardi, apostolici, fratelli del libero spirito... Invece di nominare la diabolica dottrina a cui aderivano i de' Bruni, lasciava trapelare l'avvertimento a non addentrarsi nella vicenda. *Non fate altre domande*, pareva suggerire tra le righe.

Padre Andrea aveva già avuto a che fare con simili avvertimenti, e non stentava a riconoscere nel latino curiale di Guido di Baisio una velata minaccia.

Accartocciò la lettera e la gettò lontano da sé, la mente in fiamme. Ora cosa avrebbe raccontato a quel benedetto ragazzo? Non poteva certo mentirgli, né impedirgli di andare alla ricerca della verità. A suo rischio e pericolo, tuttavia...

Per un attimo sperò che l'amico Maynard potesse scoprire qualcosa, poi si diede dell'ingenuo. Rocheblanche era giunto dalla Francia per adempiere a ben altra missione, inoltre non conosceva a fondo l'ambiente vescovile e marchionale per orientarsi tra le nebbie di un simile intrigo.

D'altra parte l'abate non intendeva lasciar correre. Deludere Gualtiero avrebbe significato perderlo, e lui stesso mal sopportava l'idea di accettare a testa china i soprusi del reverendo Guido. Ma a conti fatti, quali alternative aveva? I debiti del cenobio lo schiacciavano, per non parlare della sua fede...

All'improvviso l'ambiente dello studio gli parve troppo angusto. Si guardò intorno con il respiro di un corsiero, desideroso di fuggire, di lasciarsi ogni cosa alle spalle. Intrighi, progetti, responsabilità... Maledisse se stesso, abbandonò lo scrittoio e imboccò l'uscita.

Oltre il porticato del *palatium*, fu accecato dal sole a picco sulla corte. Proseguì con gli occhi fissi sull'erba, senza salutare i monaci e i servi che incrociava lungo il cammino. La rabbia, il rimorso e il dispiacere gli affollavano la mente, al punto da dargli l'impressione di vagare in un turbine nero.

Con quello stato d'animo si ritrovò davanti all'abbazia.

Non era stato il bisogno di pregare a spingerlo fin lì, né il richiamo al mistico raccoglimento. A quelli aveva rinunciato da anni. Ciò a cui anelava era uno sfogo verso il Padre. Non conosceva altro modo per comunicare con Lui. Dopo lo scemare della sua fede, la rabbia era stata l'unica compagna in grado di distoglierlo dalla disperazione. Ed era proprio in momenti come quello che la rabbia sfociava nel desiderio di erompere in un grido tanto acuto da far tremare gli angeli.

Nessun luogo sarebbe stato più idoneo ad accogliere il suo sdegno della navata centrale, al cospetto del vecchio pulpito e dell'altare, tra pitture a fresco consunte dai secoli. Nessun luogo avrebbe potuto meglio accoglierlo, poiché quello era stato il ventre che aveva incubato i suoi sogni, abbandonandoli poi a un mondo di folli.

Scrutò l'edificio con i pugni alzati al cielo mentre le decorazioni scolpite sulla facciata – i simboli del Leone, del Pavone e dell'Albero

– si sovrapponevano a una burrasca di pensieri. Per l'ennesima volta si sentì beffato da un'entità sfuggente, troppo perfetta per curarsi di lui.

Stava per varcare l'ingresso e ordinare ai monaci in preghiera di lasciarlo solo, quando vide la Madonna affrescata sopra il portale.

La Signora in trono fra gli angeli, beata nel suo dolore di madre e di donna.

Sentì il cuore fermarsi.

Era come se non l'avesse mai vista prima. Aprì le mani e le incrociò al petto, convinto che gli avesse rivolto lo sguardo. Rammentò di aver provato qualcosa di simile da bambino, di fronte a un'icona del Cristo, anche se allora si era sentito pervaso da un'infinita dolcezza. Adesso invece la Madonna lo stava ammonendo. L'intera abbazia pareva farlo, incombendo su di lui come un'enorme creatura viva e pulsante.

Si sentì minuscolo, l'uomo più stolto e misero sulla terra.

Poi udì il guaito.

Strappato alla visione, tese l'orecchio verso quel suono simile a un lamento e ne fu così impietosito da seguirne il richiamo. Camminò come un sonnambulo, la mente ancora rivolta allo sguardo della Madonna, fino a raggiungere una siepe ai margini della corte. Stava già chinandosi per controllare quando un frusciare di rami lo mise in allerta. Arretrò, finché un altro lamento non gli toccò il cuore. Allora si decise a scostare le foglie, curioso di sapere a quale creatura appartenesse tanta sofferenza.

Trovò un cane accovacciato sull'erba.

Era talmente sporco da non consentire di scorgere il colore del suo manto. Il muso affusolato e le lunghe zampe permisero tuttavia ad Andrea di riconoscere la nobile razza dei levrieri. Non manifestava un'indole feroce. Stava accucciato con il respiro affannoso, allo stremo delle forze. Dopo un'occhiata più attenta, l'abate si rese conto che aveva una zampa ferita.

Provò a toccarla, ma la bestia digrignò i denti.

«*Dominus!*».

Il reverendo si voltò di scatto e riconobbe uno dei servi dell'abbazia. Si chiamava Bonus ed era poco più di un ragazzo.

«State lontano, dominus», lo avvertì di nuovo, raccogliendo una pietra da terra. «Prima che vi azzanni».

«È solo spaventato». Padre Andrea si sollevò, facendogli cenno di calmarsi, poi si rammentò che quello era uno dei servi casati addetti al lavoro nel chiostro interno. «Cosa ci fai qui?»

«Il padre guardiano mi manda a chiamarvi», rispose Bonus. «Dice di informarvi che da poco hanno fatto ritorno due persone».

«Di chi si tratta?»

«La fanciulla francese e il mign... minn...».

«Il miniaturista», lo corresse l'abate. Gualtiero era dunque tornato! A quel pensiero non seppe se sentirsi felice od oppresso dall'ansia. Cosa gli avrebbe raccontato? Non poteva certo nascondergli il contenuto della lettera del vescovo... D'altra parte, era ansioso di scoprire quali notizie portava da Ferrara. "Se solo mi fosse stato concesso più tempo per riflettere!", rimuginò, voltandosi di malavoglia verso il chiostro.

Prima di incamminarsi verso quella direzione, si ricordò del cane. Lo indicò a Bonus, facendogli notare la ferita. «Porta da bere a questa povera creatura», ordinò, «e va' a chiamare il *monachus infirmarius*, affinché se ne prenda cura».

7

A Gualtiero fu chiesto di attendere davanti alla torre colombaia, insieme a Isabeau. Se avesse potuto scegliere, si sarebbe allontanato per rifugiarsi nel grande carro appartenuto alla sua famiglia. Lo scorse di sbieco, oltre un'arcata che offriva la vista della corte abbaziale, ai margini dello stradello che l'aveva portato a Pomposa. "Solo un mese fa", pensò, "stavo dentro a quel carro a dipingere il ritratto di mia madre". Tanto bastò perché una marea di ricordi gli velasse gli occhi di lacrime. Il suo mondo era cambiato al punto da risultargli irriconoscibile. E l'ultima rivelazione, la più sconcertante, gli era stata fatta proprio da Sigismondo, un attimo prima di spirare.

Non sono tuo padre.

Quelle parole gli erano penetrate nel cuore come un dardo.

In principio si era chiesto se le avesse pronunciate in preda al delirio di fronte alla morte. Il rammarico del suo volto, però, lo aveva convinto del contrario.

Ci aveva riflettuto durante la navigazione verso l'abbazia, cullato dal fiume, senza trovare alcun ricordo in grado di sciogliere il dilemma. Nella sua vita c'erano stati soltanto Sigismondo e Sapia. Era certo che si fossero amati e, a dispetto delle loro condizioni modeste, avessero trascorso una vita felice. Se solo pochi giorni prima gli fosse stato detto che il loro legame si fondava su una menzogna avrebbe reagito con sdegno. Ora, invece, vedeva ogni cosa adombrata da segreti. Segreti sull'arresto della madre. Segreti sulla morte del padre. Segreti sulla sua stessa nascita...

Sapia era la chiave.

Gli era parso ovvio da quando aveva riconquistato un barlume di lucidità. Tutto sembrava collegato a lei. Tutto partiva da lei. Più se ne convinceva, più si sentiva diviso tra gli impulsi della ragione e i sentimenti. Il pensiero che la madre l'avesse ingannato lo sconcertava.

Le sue mani trovarono istintivo rifugio fra quelle di Isabeau. La ragazza addolcì l'espressione e lo abbracciò.

A quel gesto, Gualtiero rammentò di aver pianto su di lei e ancora una volta percepì il suo profumo intriso di mistero. Anche Isabeau celava dei segreti. Era venuta dal Nord insieme a Maynard, senza rivelare nulla del proprio passato. L'unica cosa certa era che passava a stento per una fanciulla di alto rango. Aveva modi impulsivi, quasi bruschi, che mal si conciliavano con quelli delle figlie dei nobili e dei ricchi mercanti. Ciò nondimeno l'aveva conquistato, spingendolo a fidarsi di lei e a ringraziare il Signore per averla accanto.

D'un tratto, si separò dalla ragazza. Padre Andrea era sbucato da uno degli edifici collegati al chiostro.

Il monaco si avvicinò con le mani giunte sul ventre, la consueta aria di venerabilità turbata da un insolito affanno. Accennò un saluto e rivolse un'occhiata interrogativa a Isabeau.

«Perdonate se mi sono assentata», disse lei non appena l'ebbe di fronte. «Ho voluto recare visita al mio nobile fratello».

«Fuggendo dal monastero?», la rimproverò l'abate. «Se l'avessi saputo, vi avrei fatto scortare da un famiglio».

La ragazza si strinse nelle spalle. «Mi ha accompagnato messer Gualtiero».

Il reverendo parve non gradire la risposta. Sospirando, spostò l'attenzione sul giovane. «Figliolo», si scurì in volto, «i vostri occhi parlano da soli».

«Mio padre è morto». Gualtiero ribatté con eccessiva durezza, ma il dolore che aveva dentro non gli consentì di esprimersi diversamente. «Non è di questo, però, che intendo parlarvi».

Andrea manifestò dapprima sorpresa, infine un profondo cordoglio. Con estrema lentezza, tracciò una croce sul cuore. «Lasciate che vi esterni il mio lutto...».

«Non è di questo», rimarcò il giovane, opponendosi al dolore che gli bruciava nel petto. «Ma dell'aiuto che mi occorre per trovare mia madre».

L'abate e il ragazzo volsero le spalle al chiostro e imboccarono un sentiero diretto a meridione, per parlare indisturbati. Gualtiero avrebbe preferito avere con sé Isabeau, ma il reverendo si era opposto, ordinando a un servo di accompagnarla al suo alloggio. «Al sicuro», aveva sottolineato con un sorriso di circostanza.

Era una giornata calda, resa afosa dall'umidità dell'aria. I due proseguirono in silenzio sotto le chiome di olmi, frassini e pioppi, fino a giungere davanti a uno specchio d'acqua verdastra da cui si levava un intenso odore di torba. Gualtiero non si era mai spinto tanto in là nelle terre dell'abbazia. Scrutò lo scenario cosparso di canneti, chiedendosi perché il monaco avesse voluto mostrarglielo.

«Quanto accaduto a vostro padre è inammissibile», disse Andrea, spezzando la quiete che aleggiava intorno a loro.

«Messer Maynard non ha scoperto nulla al riguardo», replicò il giovane, in risposta alla sua implicita domanda. «Quanto a me... ho potuto soltanto assistere all'esecuzione. Impotente».

«E dite, avete scorto uomini di chiesa presso il patibolo?»

«Uomini di chiesa?». Gualtiero lo osservò stranito.

«Domenicani, francescani, inquisitori...», precisò l'abate con un gesto noncurante.

«Soltanto frati della *Congregatio mortis*».

«Ne siete certo?»

«Sì, padre».

Andrea rimuginò un istante, limitandosi ad annuire. «Reciterò una messa in onore di Sigismondo», aggiunse con tono compassionevole. «Affinché riposi in pace».

Il giovane ebbe il sospetto che gli stesse nascondendo qualcosa. «Ve ne sono grato», disse. «Come accennavo, tuttavia, ho altro da chiedervi. Mia madre non è più fra le mura di Ferrara. Il cavaliere de Rocheblanche ha ragione di credere che sia stata portata ad Avignone».

«Perché mai?», mormorò l'abate.

Gualtiero fissò la palude, ammirando l'eterna sonnolenza che pareva regnare su quel luogo. «Maynard lo ignora», rispose. «Ciò nondimeno, devo ritrovarla. Pertanto imploro il vostro aiuto».

Andrea non si pronunciò subito. Meditò a braccia conserte, una sagoma nera sulle sponde silenti. «Vi rendete conto di quel che dite?», lo ammonì infine. «Siete almeno consapevole di quanti giorni di pellegrinaggio dovreste affrontare?»

«Se il mio proposito è giusto, il Signore mi aiuterà».

«Oh, il Signore...». Il volto dell'abate si trasfigurò in una maschera beffarda. «Non siate sciocco».

Il ragazzo lo scrutò con disappunto. «Proprio voi, reverendo, mi parlate così?».

Andrea si scrollò le spalle, quasi infastidito.

Gualtiero percepì il suo livore, e per la prima volta si rese conto che sotto quella tonaca da benedettino c'era un uomo in carne e ossa. «Ho bisogno di denari per affrontare il viaggio», mise in chiaro. «Mi costa assai rivolgervi una simile richiesta, credetemi, ma non ho altri su cui contare. Giuro che vi ripagherò lavorando nello *scriptorium* di Pomposa per tutta la vita, se necessario, non appena sarò tornato».

«Non appena sarete tornato...», ripeté Andrea, con scarsa fiducia. Poi abbassò il capo e sospirò. «Forse ignorate la sciagura che grava sulla mia abbazia. Non è certo paragonabile alla vostra, s'intenda, ma di una tale entità da mettermi in ginocchio. I pochi fiorini di cui disponevo sono passati dalle mani del marchese Obizzo alle tasche della Camera Apostolica. Dunque perdonatemi, Gualtiero. Benché desideri aiutarvi, non posso».

«Non vi chiedo molto», insistette il giovane, sentendosi crollare la terra sotto i piedi.

«Abbastanza da intaccare quel poco che avanza». L'abate parlava a denti stretti, fissando un punto lontano in cui le acque parevano fondersi a una foschia biancastra. «Non vi siete accorto di quanto sia misero il mio cenobio? Dispongo soltanto di venti monaci, provati nello spirito e nel corpo».

A quel rifiuto, Gualtiero si sentì perduto. Socchiuse gli occhi in preda a un turbine grigio e violento, che dovette trattenere per non aggiungere l'onta all'umiliazione.

«E tuttavia», proseguì il religioso, «se soltanto aveste pazienza...». Sembrava di colpo tornato sereno. Il giovane de' Bruni non riuscì a capacitarsi di quel cambiamento finché non colse la sua espressione. La tempesta che aveva dentro non era né placata né vinta. Infuriava ancora in lande segrete, oltre il grigio ferrigno delle sue iridi.

«Per l'amor di Dio, padre, spiegatevi».

«Il vostro talento potrebbe aiutarvi a racimolare denaro sufficiente», spiegò il reverendo. «Come ben sapete, facoltosi signori si rivolgono spesso alla biblioteca pomposiana per ottenere copie dei suoi manoscritti. Copie costose, soprattutto se abbellite da pregevoli miniature in cui voi siete maestro». Gli rivolse un sorriso. «Se si presentasse una simile occasione, sarei disposto a dividere con voi il compenso».

«Ma potrebbe accadere tra mesi...», obiettò Gualtiero. «Anni...».

«O tra una settimana».

Il ragazzo non seppe ribattere. Il lutto lo spronava a ignorare quella proposta e a mettersi in viaggio prima che fosse troppo tardi anche per la madre. D'altro canto, il discorso dell'abate ribadiva quanto già esposto da Maynard: se i carcerieri di Sapia l'avessero voluta morta, non si sarebbero certo disturbati a condurla fino ad Avignone.

Premette i palmi alle tempie, temendo di impazzire. Se fosse stato un nobile vassallo, non avrebbe esitato un istante a radunare i suoi bravi e correre a liberarla. La vita però non era stata generosa con lui. Ogni ostacolo diventava una montagna impervia, quasi impossibile da superare. Soprattutto adesso che era solo, circondato da estranei di cui faticava a interpretare i propositi. D'altro canto gli servivano alleati, e sapeva bene di non poter rifiutare qualsiasi aiuto che gli venisse offerto.

«Reverendo padre», affermò deciso, «mi vedo costretto ad accettare le vostre condizioni».

Andrea annuì, continuando a osservare la palude. Dietro al suo silenzio si celavano molte angosce.

8

Ferrara, Palazzo della Signoria
28 aprile

Prima di varcare l'ingresso della gran sala, Maynard attese per abituarsi all'intensa luce che proveniva dalle bifore affacciate sulla piazza. Di fronte a sé si apriva un ambiente spazioso, decorato con stemmi araldici e affreschi raffiguranti le imprese del popolo di Ferrara. In fondo, circondato da un pugno di notabili, sedeva il marchese Obizzo III d'Este.

Il cavaliere avanzò verso di lui con passo sicuro, prendendo confidenza con i suoi abiti nuovi. Aveva scelto di vestirsi in color perso[2], per trasmettere il prestigio e nel contempo l'austerità dell'ordine equestre. Ignorava, tuttavia, come presentarsi al cospetto di sua signoria. Quest'ultimo, studiando il suo incedere, si accarezzò la barba bruna e bisbigliò qualcosa in direzione dell'uomo alto, abbigliato con una veste lunga, che gli stava alla destra.

Rocheblanche intravide i loro sorrisi di scherno e trattenne un moto d'orgoglio. Quell'individuo era Filippo Migliorati, giudice dei Savi e capo della nobiltà ferrarese. Nel corso delle indagini svolte in città, era stato costretto a trattare con alcuni dei suoi leccapiedi. Fortunatamente non fu l'unica persona che riconobbe. All'ombra di un arazzo, in disparte, c'era des Baux.

Un cenno compiaciuto del maestro d'armi lo aiutò a mantenere il contegno.

Il cavaliere giunse a inchinarsi davanti a Obizzo, ma un altro ghigno del Migliorati fomentò il suo sdegno. «Sappiate messere», esclamò di rimando, «che non sono avvezzo a essere accolto con tanta insolenza».

[2] Colore scuro tendente al porpora.

«Perdonatelo, nobile signore», intervenne Obizzo con aria faceta. «Da buon toscano, messer Filippo è di indole mordace. Mi confidava di non aver mai visto fino a oggi un cavaliere senza spada».

Rocheblanche si rese conto soltanto allora di essere l'unico uomo disarmato nella sala, fatta eccezione per il pugnale che portava alla cintura. La convocazione era giunta talmente improvvisa da non lasciargli il tempo di recuperare le sue spade da stocco e da taglio, nascoste nella cripta di Pomposa. Ben lungi dal perdersi d'animo, rivolse un sorriso fiero ai presenti. «Un fellone qualsiasi potrebbe agghindarsi con una spada e fingersi cavaliere, ma è con la virtù che si tempra l'acciaio di cui io sono maestro».

«La loquela non vi manca», commentò il marchese, quasi si compiacesse nel provocarlo, «e tuttavia mio figlio necessita di pratica nelle armi. Vi ritenete all'altezza di istruirlo?».

Maynard chinò lievemente il capo, ma non lo sguardo. «Sono a disposizione».

«Favorite il vostro nome e titolo, dunque».

«Messer Maynard, signore del castello di Rocheblanche e cavaliere di sua maestà re Filippo VI di Valois».

«Siete oltremodo lontano dai vostri feudi», osservò l'Estense. «Come mai?»

«Mi sono dato alla vita errante dopo la disfatta di Crécy», rispose il francese. «Da allora non bramo altro che dar prova di valore».

A tali parole, Obizzo si guardò intorno con una smorfia scettica. «Gli sia data una spada».

«È un affronto!», sbottò des Baux, rivolgendosi al marchese con il volto rubizzo. «Fui io a raccomandarvi quest'uomo, facendomi garante del suo valore e della sua lealtà. Trattarlo con tanta sufficienza equivale a un insulto».

«Se dovrò o meno affidargli mio figlio», vociò il marchese, «lo deciderò dopo averne valutato le qualità. E ciò avverrà a mio piacimento».

«Sta bene», disse Maynard, sedando gli animi, dopodiché sollevò i palmi all'altezza del petto. «Mi sia dato un ferro».

«Avrete il mio». Des Baux sfoderò la spada che portava al fianco e gliela porse. Era uno stocco borgognone da una mano e mezza, con il pomo lobato e un'elsa abbastanza larga da farlo sembrare una croce.

Rivolgendo al compagno un cenno di gratitudine, Rocheblanche soppesò l'arma, fendette l'aria un paio di volte e si portò al centro della sala, in attesa.

Prima che il marchese proferisse verbo, si fece avanti un nobile vestito di verde. Era di stazza taurina, con un'attaccatura dei capelli talmente bassa da conferirgli un aspetto scimmiesco. «Lasciate che sia io a battermi con il gallo», affermò con baldanza.

«Messer Niccolò de' Roberti, dal castello di San Martino in Rio», annunciò Obizzo con un ghigno. «Non ho nulla in contrario, e tuttavia spero di non perdere uno dei miei preziosi alleati di Reggio».

Quel motteggio suscitò una risatina generale, che servì soltanto ad accentuare il clima di nervosismo. Entrambi gli uomini indossavano abiti leggeri, insufficienti a proteggerli da uno scambio di colpi diretti, eppure non lasciavano trapelare il minimo tentennamento.

Niccolò de' Roberti, dal canto suo, tradiva l'impazienza di mettersi in mostra. Maynard intuì il suo desiderio e lo invitò con un cenno a farsi avanti. Lo attese restando immobile, parò un colpo discendente della sua spada e, impugnando lo stocco a due mani, fece leva per costringerlo a retrocedere. Il rivale perse l'equilibrio, andando a sbattere contro una parete. Furioso, rispose con un fendente di pura potenza. Rocheblanche lo schivò piegandosi sulle ginocchia e mirò al fianco di piatto. Il colpo sortì l'effetto di una pesante staffilata.

Niccolò emise un verso strozzato e si piegò in avanti. La sua espressione feroce prometteva tremende rappresaglie, ma Maynard non se ne curò. Lo stava umiliando di proposito, per dimostrare a Obizzo quanto poco valessero i suoi paladini.

Nell'attesa che lo scontro riprendesse, il cavaliere tornò al centro della sala, abbassò la guardia e osservò il rivale con delusione, quasi stesse ammonendo un cadetto. L'errore di Niccolò fu scattare in avanti per sorprenderlo con un affondo al petto. Rocheblanche si spostò di lato, gli afferrò il polso e lo costrinse ad abbassare la lama finché la punta non toccò terra. Quindi la pestò con violenza, piegandola.

Lasciò de' Roberti cadere in ginocchio e indicò la sua spada irrimediabilmente deformata. «Un qualsiasi fellone, come dicevo, può agghindarsi con un'arma».

Il marchese Obizzo si alzò in piedi, assai impressionato. «Mi compiaccio, messere». Attraversò la sala e gli strinse una mano, fissandolo per la prima volta con sincero rispetto. «Forse dovrei essere io a beneficiare dei vostri insegnamenti. Ma ora seguitemi, non attendiamo oltre. Sono ansioso di farvi conoscere il mio giovane Aldobrandino».

Madonna Lippa Ariosti si scostò dal pertugio nella parete che le aveva consentito di spiare quanto accaduto nella gran sala del palazzo. Aveva perduto da tempo l'interesse verso gli uomini, ma si trovava costretta ad ammettere che in quel cavaliere de Rocheblanche c'era ben poco di comune.

Era il senso di mistero a intrigarla. Credeva di averlo già notato qualche giorno prima, tra il pubblico che assisteva alle corse del palio. Non ci avrebbe giurato, poiché l'uomo di cui si rammentava indossava un abito da monaco.

Sua signoria avrebbe senz'altro gradito saperlo. Madonna Ariosti, però, covava ben altri propositi. E non avrebbe permesso a nessuno di rovinarle il gioco.

9

Il retro del palazzo si sviluppava verso ponente, in direzione del Canton di San Marco, aprendosi in una corte ampia abbastanza da ospitare una giostra. Maynard osservò la balconata in legno che la fiancheggiava a destra per poi soffermarsi sugli edifici eretti nel lato opposto, una stalla e probabilmente un deposito per armi, finimenti e attrezzi da maneggio. Al centro, vicino a un pozzo, due giovani sembravano intenti a conversare. Il più alto era biondo e asciutto, indossava una tenuta militare leggera costituita da un giustacuore di cuoio e stivali della stessa foggia. L'altro, più gracile, portava una livrea in tessuto vergato[3].

Rocheblanche si fermò sotto il loggiato ai margini della corte, a fianco del sempre più deferente marchese Obizzo. Non si stupì del suo atteggiamento. Sua signoria era un governatore locale arroccato ai confini di una scacchiera vastissima, in balia di poteri talmente grandi da sovrastarlo. Era bastato mostrargli un briciolo di ardore per renderlo consapevole di quanto fosse piccolo il suo mondo di burocrati.

L'Estense attese che i presenti gli facessero ala, quindi indicò il ragazzo biondo al centro della corte. «Messer Aldobrandino, il maggiore dei miei figli», rivelò con orgoglio. «Ha appena compiuto dodici anni e già scalpita perché lo nomini capitano generale delle milizie».

«È un bel giovane, di aspetto assai vigoroso», si complimentò Maynard.

Accorgendosi di essere l'oggetto della conversazione, Aldobrandino si voltò verso di loro e disegnò un inchino. «Signor padre», disse, «quale motivo vi reca alla mia presenza?»

«Lo *chevalier* de Rocheblanche, vostro nuovo maestro d'arme»,

[3] Tessuto a righe, spesso impiegato per gli abiti dei servi, dei messaggeri e dei garzoni.

rispose il nobiluomo, battendo una mano sulla spalla del forestiero. «Prima di presentarvelo, tuttavia, gradirei gli mostrarte i vostri progressi nel brandire la spada».

Il figlio del marchese rivolse un cenno di benvenuto a Maynard e ordinò al ragazzo in vergato di porgergli un'arma. Il servo eseguì all'istante, corse verso una rastrelliera ai margini della corte, estrasse uno spadino consono alla stazza del giovane signore e si affrettò a consegnarglielo. L'eccessiva foga lo fece inciampare al suo cospetto, mandandolo carponi in una pozzanghera di fango.

Aldobrandino si sottrasse agli schizzi, avvampando di rabbia. «Idiota!», sibilò. «Come osi umiliarmi dinanzi al mio nobile padre!». Raccolse lo spadino e lo batté di piatto sulla schiena del servitore, costringendolo a raggomitolarsi a terra con il capo stretto tra le mani.

Il malcapitato guaiva di dolore, invocando perdono con voce querula.

Prima che Obizzo potesse intervenire, Maynard raggiunse il ragazzo, gli strappò l'arma di mano e lo schiaffeggiò. «*State ergo succincti lumbos vestros in veritate et induti loricam iustitiae!*[4]», lo ammonì, per poi voltarsi con spartana fierezza verso i presenti. «Così insegna san Paolo, affinché il forte protegga il debole».

Aldobrandino si coprì la guancia offesa, rosso per la vergogna.

Il marchese assistette a occhi sgranati, tra l'incredulità e lo sdegno. «Avete schiaffeggiato mio figlio!», sbottò infine contro Rocheblanche, marciando verso di lui con la destra sull'elsa.

«Io stesso fui schiaffeggiato», ribatté il cavaliere. «Accadde il giorno della mia investitura, affinché mi destassi dal sonno della *malitia* e diventassi uomo», e si chinò sul servo per aiutarlo a rialzarsi. «Ebbene, vostra grazia, non desiderate la stessa cosa per il vostro erede?».

Obizzo si fermò sotto la luce meridiana, fissandolo di sbieco. Maynard conosceva bene quello sguardo da mastino. L'aveva notato per la prima volta nella cattedrale, il mese precedente, e da allora si era persuaso di dover trattare con un individuo ombroso e imprevedibile. Gettò lo spadino ai suoi piedi e gli rivolse un sorriso di sfida, conscio di giocarsi tutto.

[4] "Siate dunque cinti ai fianchi con la verità e rivestiti con la corazza della giustizia" (PAOLO, *Lettera agli Efesini*, 6, 14).

«Mi state mettendo alla prova, messere?», inquisì Obizzo d'Este, con un tono così burbero da allertare le guardie.

«Non più di quanto lo stia facendo vostra grazia», disse il francese, reggendo il suo sguardo.

Sua signoria intrecciò le braccia al petto. «Ascoltatemi bene», disse. «Se in voi avessi colto un briciolo di arroganza sareste già carne per i miei cani. E tuttavia, non crediatemi così ingenuo da ignorare il vostro pensiero. So da dove provenite. Questa corte deve sembrarvi ben misera cosa, se paragonata alla *curia regis* di Parigi. In ogni caso è qui che ora vi trovate, sotto la mia benevole tutela».

«A giudicare dal vostro tono, ritengo abbiate inteso il mio gesto».

«Sì, messere». Il marchese si fece velatamente minaccioso. «Ma se oserete ancora umiliare mio figlio in pubblico, la vostra testa finirà su una picca».

Maynard allargò le braccia. «Mi auguro allora che il vostro donzello[5] si riveli un bravo discepolo». Raccolto quindi lo spadino, lo riconsegnò al servitore. «Mi si porti uno stocco degno di questo nome, con una lama di almeno cinque spanne e un'elsa larga. È ora che messer Aldobrandino prenda confidenza con armi vere».

E con quelle parole, si guadagnò un cenno di consenso del giovane Estense.

L'addestramento del giovane signore iniziò il giorno successivo. Ottenuto il permesso di sua signoria, Maynard lo incontrò nella corte del palazzo. Ne colse subito la ritrosia, sicuramente dovuta allo schiaffo, ma decise di non farci caso. Dopo un saluto marziale gli mostrò una spada di buona fattura e, brandendola con la punta rivolta verso il basso, indicò il pomo. «Rammentate, messere, che anche questo può essere usato per attaccare. Così», e accennò a colpirlo allo sterno e al mento come se impugnasse un mortaio.

Il ragazzo fece un passo indietro e si coprì il volto. Non appena si rese conto della finta, fissò il maestro con aria sorpresa.

«Veniamo ora alla lama», continuò Rocheblanche, mentre la tensione tra i due andava allentandosi. «Si compone di tre parti, ognuna con caratteristiche proprie. Diventarne padrone vi distinguerà da un volgare attaccabrighe». Indicò quindi la zona della punta, poi la centrale e infine la più vicina alla guardia, attribuendo a ciascuna un

[5] Dal provenzale *donzel*: giovane di famiglia nobile che si apprestava a diventare cavaliere.

nome: *debole*, *medio*, *forte*. Attese che il ragazzo annuisse e spiegò: «Come potete vedere, il debole è l'unico punto affilato, ma anche il più facile a spezzarsi». Spostò l'attenzione al centro della lama. «Il medio, più largo e resistente, è invece fondamentale nelle prese di ferro, cioè per deviare gli attacchi dell'avversario». Passò infine alla parte vicina alla guardia. «Il forte possiede tanta resistenza da consentire la parata e il bloccaggio. Avete compreso?»

«Debole, medio e forte», ripeté Aldobrandino, annuendo con fermezza.

«Allora in guardia!». Rocheblanche gli porse lo stocco, lo incitò a prendere posizione e gli girò intorno. «Gambe meno divaricate. Spalle dritte. Mettetevi più di taglio. Così, con grazia. Può andare».

Il giovane gli rivolse un sorrisetto agguerrito. L'ansia di vibrare fendenti trapelava da ogni fibra.

Il cavaliere studiò il suo volto, cogliendovi una gentilezza estranea al padre. Al di là di ciò, riconobbe il tipico atteggiamento dei rampolli di alta schiatta, borioso e impulsivo. Come era stato lui un tempo. Gli impose di restare immobile, con l'arma sollevata, e si avviò verso la rastrelliera.

Scelse una spada della stessa misura e tracciò sul terreno una linea di separazione tra sé e il discepolo. Aldobrandino nel frattempo manteneva la guardia, nonostante il peso dell'arma iniziasse a fargli tremare il polso.

«Ora mettete a fuoco la mia distanza», ordinò Maynard, ponendosi di fronte a lui in posizione di attacco. «La distanza tra i due avversari è importante, tenetelo bene a mente. Sarà in base a questa che dovrete impostare un gioco largo o un gioco stretto. Capite? Nel primo caso avrete abbastanza spazio per colpire con il debole. Nel secondo, invece, dovrete usare il medio e il forte».

«Esistono davvero tante regole?», domandò Aldobrandino. «Credevo fosse questione di istinto e di forza bruta».

«Vi pensate un bifolco con un bastone?», lo derise Rocheblanche. «L'arte gladiatoria è come la filosofia e la musica. Va studiata, perfezionata, interpretata. Pochi ne conoscono appieno i segreti».

«È per questo che siete riuscito a battere Niccolò de' Roberti?».

Il francese lo guardò di sbieco. «Cosa ne sapete voi?»

«Me l'ha detto mia madre, madonna Lippa Ariosti».

Maynard non conosceva quella dama. L'aveva vista soltanto di sfuggita e ignorava i suoi rapporti con Obizzo III.

«Mi ha raccontato che l'avete sconfitto con tre soli colpi», proseguì Aldobrandino, con ammirazione.

«Due colpi». Il francese gli fece l'occhiolino. «Al terzo assalto, l'ho bloccato con una presa».

A quel punto il ragazzo non poté trattenere l'entusiasmo. «Ditemi come, maestro!».

«Forse più tardi». Rocheblanche fece cenno di correggere la posizione di guardia. «Ora vi mostrerò le tecniche più elementari del gioco largo e del gioco stretto, e sarà meglio per voi che facciate bene attenzione. Un giorno, forse, potrebbero salvarvi la vita».

E mentre iniziava a spiegare, ripassò mentalmente il suo piano. All'imbrunire sarebbe sceso nei sotterranei del palazzo, in cerca degli alloggi di Facio di Malaspina. Forse là avrebbe trovato indizi sulla sua morte, e sul nascondiglio delle due reliquie che era venuto a cercare da tanto lontano.

10

Una volta fuggito da Pomposa, padre Facio aveva trovato rifugio nel Palazzo della Signoria per poi essere costretto ad alloggiare nei sotterranei. Maynard si chiedeva il motivo e intendeva scoprirlo all'imbrunire. Per poterlo fare, tuttavia, dovette deludere Aldobrandino, che aveva atteso la fine della prima lezione per conoscere le sue gesta. «Domani», aveva promesso il cavaliere, congedandosi in fretta.

Abbandonò il piano nobile e scese non visto nei meandri del palazzo, ritrovandosi in un corridoio illuminato da fiaccole. Non erano le carceri, ma percepì ugualmente il senso di claustrofobia. Avanzò guardingo nella speranza di non allertare qualche sorvegliante.

Si imbatté in due cubicoli, trovandoli vuoti proseguì nella semioscurità. Chinò il capo e scese altre scale, sbucando in una conforteria arredata con un vecchio inginocchiatoio e un crocifisso. Due usci disposti ai lati dell'altare lo indussero a controllare. Quello sulla sinistra rivelò un passaggio buio come la notte; quello sulla destra, invece, una stanza con uno scrittoio e un pagliericcio.

Augurandosi di aver trovato il posto giusto, Maynard prese una torcia infissa a una parete ed entrò.

Lo scrittoio sembrava essere stato utilizzato di recente. Sul suo ripiano c'era un calamaio con inchiostro ancora fresco, un moccolo di candela e un *folio* di pergamena. Si avvicinò a quest'ultimo e, leggendo, ebbe un sobbalzo.

Missum ut molam ab angelo in mare
est Lapis exilii situs in Monte floris
nostra salute clausus in uetusta crypta
sub caelo historiis mire depicto
a meridie Sancti Sauini in uilla Cerisii.

Non dubitò un solo istante che l'autore di quelle parole fosse Facio di Malaspina. Era l'unico, oltre a lui, a conoscere l'enigma in grado di condurre al monastero di Mont-Fleur e al mistero del *Lapis exilii*. Ma perché trascriverlo? Maynard fugò quella domanda, accorgendosi d'un tratto che il testo non terminava come si aspettava. *C'era una sesta riga*. Una frase mai letta prima d'allora.

Un rumore improvviso lo allertò.

Qualcosa si muoveva sul giaciglio.

Mano al pugnale, si avvicinò e smosse con un piede l'involto di stoffa sulla paglia. Una decina di ratti schizzò via, correndogli tra le gambe.

Povero Facio, non poté fare a meno di pensare. Aveva trascorso i suoi ultimi giorni in una topaia, nel timore di essere braccato. Maynard era certo di non essere stato l'unico a dargli la caccia. Altri individui dovevano muoversi tra le ombre di quell'intrigo. Individui assai pericolosi, di cui forse il visdomino Orsini sapeva qualcosa... Ma tutto a suo tempo, si disse. Prima di interrogare ancora quel viscido essere, intendeva farsi un quadro più preciso della vicenda.

Prima di tornare allo scrittoio fissò l'involto sul giaciglio, riconoscendo una tonaca monacale insieme a indumenti di vario tipo. Brache, uno scapolare con cappuccio, un farsetto, un mantello... Forse usati da padre Facio per camuffarsi e aggirarsi indisturbato fra i borghi della città.

Tra i vestiti c'era una bisaccia da viaggio. La aprì alla ricerca di nuovi indizi, ma la trovò vuota. Allora la capovolse e, alla luce della fiamma, notò un piccolo oggetto cadere tra i fili di paglia.

Si chinò per raccoglierlo.

Era un anello d'oro.

Riconobbe immediatamente il leone rampante e i simboli cardinalizi impressi sul castone. Era l'anello affidatogli da Jang de Blannen in punto di morte, insieme all'enigma del *Lapis exilii*. Il pensiero che il viscido Facio gliel'avesse rubato da sotto il naso lo irritò. Ancor più fastidioso, tuttavia, era il presentimento che quel maledetto monaco avesse saputo più di lui anche riguardo a quel monile.

Nella speranza che la pergamena lo aiutasse a capire, si avvicinò allo scrittoio per leggere la sesta riga dell'enigma.

Xpi servata ab primis in quinque

Rocheblanche ebbe l'impressione che l'ambiente intorno a sé fosse diventato ancor più buio. Il languire dalla fiamma, forse. O forse il suo intelletto, adombrato dall'arcano.

"Non ha alcun senso", rifletté. Di certo *Xpi* era il *chrismon*, monogramma di Cristo. Gli sfuggiva però il nesso con l'espressione *ab primis in quinque*. Per un attimo gli sovvenne la frase sibillina udita anni addietro da un frate girovago: *I chiodi sulla croce sono tre, ma le Sue ferite sono cinque*. Si trovava di fronte a un altro riferimento al Signore? Maynard rimpianse di non poter correre da sua sorella Eudeline per chiederle consiglio. Era stata lei ad aiutarlo a sciogliere l'enigma che l'aveva condotto fino a Mont-Fleur, instillandogli il timore per l'Apocalisse. Ma ora lei si trovava lontana, nel suo convento di Reims. E lui restava invischiato in un fatto di sangue che anziché dipanarsi diventava ancor più intricato.

Per qualsiasi ragione padre Facio fosse stato ucciso, fra quelle cupe pareti non avrebbe trovato altro.

Non gli restò che arrotolare la pergamena, riporla nella sua scarsella insieme all'anello cardinalizio e risalire alla svelta in superficie, prima che qualcuno lo scoprisse.

11

Abbazia di Santa Maria di Pomposa

Il levriere sonnecchiava in un cantuccio della farmacia, sotto una piccola finestra. La vigorosa strigliata di Bonus ne aveva portato alla luce il pelo raso e candido, chiazzato di rosso sul dorso. Padre Andrea si chinò su di lui per controllare la zampa posteriore, trovandola steccata e avvolta in bendaggi. "Cosa sto facendo?", si chiese nel frattempo. Prima d'allora non si era mai preso cura di animali domestici, ritenendola un'occupazione frivola. Quella creatura però gli aveva toccato il cuore.

«Non comprendo», protestò il *monachus infirmarius* alle sue spalle, «tanta premura per un cane».

Andrea accarezzò il levriere. «Il Maestro ci insegna a rispettare anche gli animali», disse, quasi in risposta a un'intima domanda.

Il monaco allargò le braccia. «E tuttavia, sprecare gli scarsi medicamenti di cui dispongo per curarlo...».

L'abate lo zittì con un'occhiata. «Si riprenderà?»

«Non del tutto, temo. La zampa è spezzata, forse per via di uno scontro con una fiera. Io ho fatto quel che potevo...».

Padre Andrea cercò di immaginare cosa significasse per una creatura del genere trovarsi costretta all'immobilità. "Limitata nei suoi slanci, come il mio spirito". Fissò l'animale, colto dall'impressione di essere studiato a sua volta. Fu ben altro però a meravigliarlo. Quegli occhi esprimevano una sopportazione al dolore quasi stoica, paragonabile forse alla grazia. La grazia del profeta Giacobbe, che Dio rese zoppo e poi benedì. "E se fosse così anche per me?", si chiese a quel punto. "Se l'inaridirsi della mia fede fosse una prova del Signore?". Quella riflessione lo portò lontano, facendogli considerare i suoi progetti di riforma spirituale. Un'impresa quasi impossibile, eppure necessaria alla rinascita di Pomposa.

L'infirmarius si schiarì la voce per strapparlo al silenzio. «Avrei bisogno di parlarvi con franchezza, reverendo padre».

«Vi ascolto», lo invitò Andrea.

«Nel cenobio si sono verificati due casi di alte febbri. Le arie malsane della palude, con l'incombere dell'estate...».

L'abate accarezzò ancora il levriere, quasi in cerca della sua complicità. «Non è certo una novità».

«Affermate il vero», gli riconobbe il monaco. «Tuttavia, come vi accennavo, lo scarseggiare dei medicamenti non mi consente di ottemperare al meglio alle mie mansioni. Certe erbe non germogliano nel nostro *hortus simplicium*[6], capite? Semi di canapa, oppio, cappello di volpe, mandragora... Con la vostra licenza, avrei bisogno di denari per recarmi da uno speziale e procurarne una discreta quantità».

«Capisco. Provvederò io».

«Non alludevo soltanto a questo...», continuò l'infirmarius, con voce più grave.

«Già immagino a cosa vi riferiate», sospirò Andrea.

«I monaci sono malnutriti. Nel loro stato è facile ammalarsi o cadere in preda alla spossatezza».

«La carestia imperversa ovunque, non solo nel nostro claustro».

«Qui tuttavia si parla di figli dell'Ecclesia, non di comuni villani...».

Al sentir pronunciare quelle parole, l'abate si turbò. «Vi credete migliore del prossimo soltanto perché siete un *frater*?». Accennò ad alzarsi per ammonirlo, ma si accorse che il levriere gli stava leccando una mano. Ne fu così intenerito da accantonare il livore. Del resto, era inutile infierire. La paura della miseria aleggiava da mesi sull'abbazia, addensandosi come una nuvola nera man mano che le scorte di frumento, legumi e selvaggina diminuivano. Una situazione comunque sostenibile, se non fosse stato per i debiti contratti con la Camera Apostolica. «Abbiate fiducia», disse, improvvisamente conciliante. «Esiste un rimedio».

«Non fingete con me, reverendo», si oppose il monaco. «Non sono un fanciullo da rabbonire».

«Vi parlo con schiettezza, non dubitate», insistette Andrea. Una soluzione esisteva davvero, in effetti. Ci rifletteva da giorni, e benché

[6] L'orto dei semplici era la zona del monastero riservata alla coltivazione delle erbe officinali.

la considerasse oltremodo umiliante non vedeva altra via d'uscita. Ma era presto per rivelarlo ai suoi monaci. Prima avrebbe dovuto discuterne con una persona amica. O almeno, era in quei termini che gli piaceva pensare al cavaliere di Rocheblanche.

Si alzò in piedi. «Ora non ho tempo per addentrarmi nell'argomento, la mia presenza è richiesta allo scriptorium», e si diresse verso l'uscita. «Preparate una lista delle erbe officinali che vi occorrono, provvederò al più presto a rimpinguare le nostre scorte». Gli rivolse un saluto. «Quanto a voi, padre, prendetevi cura di Fiumano».

«Fiumano?», ripeté l'infirmarius. «E chi mai sarebbe?».

L'abate indicò il levriere. «In qualche modo lo si dovrà pur chiamare, non credete?».

Il padre bibliotecario lo attendeva nel porticato del palatium, passeggiando avanti e indietro con le dita intrecciate dietro la schiena. Era coetaneo di Andrea, anche se la lunga barba bianca lo faceva sembrare più vecchio. Nell'avvicinarsi, l'abate ne osservò l'incedere gravato da un invisibile fardello. «Desiderate la mia presenza?», domandò gioviale.

Il bibliotecario gli rivolse un saluto. «Reverendo, vi attendevo con ansia».

«Ebbene, ditemi».

«Non qui, di grazia. Preferirei parlarvi in un luogo più... riservato».

«La biblioteca vi pare adeguata?», chiese Andrea, mantenendo un tono accondiscendente. Dopo aver ottenuto un cenno di consenso, fece strada verso il piano superiore.

Salirono le scale, imboccando un corridoio affiancato da cinque ordini di pentafore che offrivano la vista dell'abbazia con il suo campanile. Sul lato opposto, una parete di mattoni li separava dagli ambienti dello scriptorium e della biblioteca, divisi ma attigui. L'abate proseguì in linea retta, evitando di attraversare la sala degli amanuensi per non recare disturbo. «Se intanto poteste anticiparmi qualcosa...», proferì, impaziente di scoprire la causa di tanto malanimo.

Il monaco lo seguiva a testa china. «Dovreste sapere...».

«Sapere cosa?». Giunto davanti all'ingresso della biblioteca, l'abate si voltò per spiare l'espressione del suo accompagnatore.

«Il ragazzo», sospirò il bibliotecario, sempre più cupo. «Il giovane miniaturista...».

Il volto rugoso del padre scrivano era una maschera di stupore. Per un attimo Gualtiero si compiacque di aver suscitato in lui tanta meraviglia, poi si chinò sullo scrittoio e riprese a decorare la prima pagina dell'*Explanatio Apocalypsis* di Beda il Venerabile. Malgrado la sua indole orgogliosa, il dolore per il padre non gli consentiva di pavoneggiarsi con gli amanuensi dello scriptorium. Anzi, il sentirsi oggetto della loro ammirazione lo infastidiva, inducendolo ad applicarsi sulle miniature senza mai distogliere l'attenzione.

Il lavoro non gli pesava. Se all'inizio aveva faticato a riprendere in mano il pennello, ora si rifugiava nella concentrazione per isolarsi dal mondo. In quella nebbia ovattata, lontano dagli assilli, si sentiva in grado di riflettere su qualsiasi cosa senza premura né timore, alla ricerca del modo migliore per ritrovare Sapia e vendicare Sigismondo. Era come se i pensieri acquisissero le proporzioni delle immagini minute a cui dava forma. Anche se potevano ferirlo, erano più sopportabili.

Non aveva impiegato molto a impadronirsi delle tecniche della miniatura. Dopo aver imparato a macinare i colori – in modo più fine rispetto alla tempera – e ad amalgamarli in una soluzione di gomma arabica e zucchero, si era esercitato a stenderli su pergamena per affinarsi in ciascuno dei quattro stadi che precedevano quello della finitura. Era un gioco, per lui, realizzare panneggi, ombre e incarnati alternando il rosso minio al bianco cerussa e al carbone di vite. Spesso, tuttavia, si chiedeva quale effetto avrebbero sortito quelle piccole figure se eseguite su superfici più ampie, alla luce di vetrate e candelabri.

Per quanto splendidi fossero i codici dello scriptorium pomposiano, non aveva dimenticato le parole del padre: era la pittura a fresco l'arte padrona. Per quanto il reverendo Andrea potesse sollevare obiezioni, quella rappresentava per lui la verità assoluta. L'unica che gli restava, dopo la tremenda rivelazione di Sigismondo. Il pensiero di non essere suo figlio lo sconvolgeva ancor più del ricordo dell'impiccagione. Si sentiva bandito, esiliato dal proprio passato. E la rabbia cresceva all'idea che Sapia l'avesse tenuto all'oscuro di un grande segreto.

D'un tratto quelle riflessioni furono turbate dalle parole del padre bibliotecario. Provenivano dalla stanza attigua, ma il silenzio nella sala degli amanuensi era tale da farle risuonare con chiarezza.

«Ho sopportato fin troppo! Sarà dotato quanto volete, eppure...».

«Eppure cosa?». La seconda voce, sdegnosa, apparteneva all'abate Andrea. «Le vostre insinuazioni sono patetiche, trasudano invidia».

«Invidioso io? Di un *illitteratus*?»

«È più sapiente di quanto siate disposto ad ammettere, e ne ha dato prova».

«Di un villano si parla, tuttavia, non di un... un...».

«Un monaco?», snocciolò il reverendo. «È questa la parola che non avete il coraggio di pronunciare?»

«Dico soltanto che uno scriptorium non è fatto per i laici!».

«Voi... Voi vi ricrederete presto!».

L'esclamazione di Andrea fu interrotta dal tonfo di un battente e dal comparire dell'abate, che attraversò a lunghe falcate la sala degli amanuensi. Il bibliotecario lo inseguì con impaccio, accennando scuse. Ma il reverendo lo respinse con un gesto astioso e varcò l'uscita, chiudendo la porta dietro di sé. Con un altro tonfo.

Gualtiero, al pari di tutti i presenti, si era alzato in piedi per seguire la scena. E quando tornò il silenzio, si accorse che ogni sguardo nella sala si era posato su di lui.

Allora si chinò sullo scrittoio, fingendo che non fosse accaduto nulla.

Fino al calare della sera, si immerse nel mondo delle sue miniature.

Isabeau era stanca di mentire a Gualtiero. Ne aveva fin sopra i capelli di fingersi una fanciulla di nobili natali, e per giunta non si credeva capace di immedesimarsi in quel ruolo. Tutte quelle bugie sul casato di Rocheblanche e sul prode fratello non bastavano a nascondere la sua vera natura. Al diavolo le regole di Maynard! Ogni qualvolta si trovava di fronte al giovane de' Bruni sentiva il bisogno di aprirsi, soprattutto ora che lo vedeva schiacciato dal lutto. Avrebbe desiderato confessargli di conoscere la solitudine e la disperazione quanto lui, al punto da non serbare più memoria di quando viveva con i genitori. La madre l'aveva abbandonata ancora bambina per seguire uno sconosciuto incontrato chissà dove. «Un giorno capirai», le aveva sussurrato all'orecchio, prima di scappare nel cuore della notte. Da allora Isabeau non l'aveva più rivista, e continuava a non comprendere il senso di quel gesto. Peggio però era stato assistere alla sofferenza del padre. Nonostante avesse continuato il mestiere del guitto, si era spento giorno dopo giorno, annientato dal tradimento della moglie, poi da una malattia mortale.

La ragazza non aveva mai permesso a nessuno di scrutare nella sua anima, neppure a Maynard. Eppure, d'un tratto, sentiva che confidarsi con Gualtiero avrebbe giovato a entrambi, permettendole di sfogarsi e al contempo di essergli più vicina.

D'altronde, se non gli avesse detto la verità temeva di perderlo. Non era una sciocca. Aveva notato il modo oppressivo, all'apparenza spassionato, con cui padre Andrea vincolava il ragazzo allo scriptorium. Era questione di pochi giorni e, con quella o con un'altra scusa, non l'avrebbe più fatto uscire dal monastero.

Ecco perché, quella sera, si decise a intervenire. Fece appello a tutto il suo coraggio ed entrò nel carro di Gualtiero. Non era certo estranea all'intrufolarsi in luoghi proibiti, ma avvertì la sensazione di violare uno spazio intimo. Da quando era rimasto solo, il giovane de' Bruni aveva continuato ad abitarci. Fra quelle pareti di legno era racchiusa la tenerezza dei suoi ricordi, insieme allo sconforto delle notti insonni trascorse a disegnare e a dipingere. Isabeau ne era consapevole, poiché più di una volta era sgusciata dal suo alloggio per andarlo a spiare. Ed era stato proprio in quei frangenti, nel vederlo diviso tra il cordoglio e l'estro creativo, che aveva iniziato a provare per lui qualcosa di più della semplice curiosità.

Non aveva mai conosciuto nessuno come lui. Malgrado l'inesperienza e l'ingenuità, Gualtiero possedeva qualcosa di speciale. Non c'era da stupirsi che il reverendo Andrea nutrisse interesse nei suoi confronti. Tuttavia, la ragazza non avrebbe permesso a quel vecchio monaco di manipolarlo.

L'interno del carro era deserto. Nell'attesa che Gualtiero tornasse, ammirò le sue creazioni. Bozzetti di volti, paesaggi, architetture di chiese e palazzi erano appesi ovunque. La figlia del guitto non avrebbe saputo dire per quanto tempo fosse rimasta a osservare quelle immagini, ma non appena lo vide fu certa che non si sarebbe mai dimenticata dello splendido dipinto su tavola riposto accanto al giaciglio.

Rappresentava una donna.

Bionda, con i capelli intrecciati sopra le orecchie, rivolgeva lo sguardo verso un punto indefinito. Ed era uno sguardo talmente dolce che Isabeau ne restò commossa. Difficile dire se quel sentimento fosse appartenuto alla signora del ritratto o se le fosse stato donato, con sublime grazia, da chi l'aveva dipinta.

«Mia madre».

Si voltò di scatto, trovandosi di fronte a Gualtiero. I suoi lineamenti apparivano stanchi, contratti dopo ore trascorse nello scriptorium. Non poté evitare di prestare attenzione alle sue dita macchiate di colore. Dita affusolate e gentili, che aveva stretto in attimi di cordoglio. Desiderò ancora il loro contatto, ma all'improvviso si sentì un'intrusa.

«Devo parlarti», gli disse.

Lui la fissò con aria interrogativa, quasi a disagio.

«Voglio raccontarti ogni cosa», continuò Isabeau, avvicinandosi. «Tutta la mia vita».

12

Ferrara, 5 maggio

Poco prima di mezzogiorno, l'andirivieni tra la via dei drappieri e quella diretta alle Crocette di San Domenico offriva uno spettacolo assai vario.

Petricciolo scrutava i volti dei passanti all'ombra di un loggiato, sgranocchiando dei semi di finocchio per ingannare l'attesa. «Pazienza», gli ripeté l'uomo vestito di cenci appostato al suo fianco. Il masnadiere annuì con fare burbero, pur sapendo di essere in buone mani. Sotto quegli stracci si nascondeva uno dei migliori informatori di Ferrara, uno dei pochi che conoscevano vita, morte e miracoli di ogni forestiero giunto in città. Ma anche servendosi di quello spione, era stato difficile scovare il francese che la settimana scorsa aveva aggredito Superanzio Orsini. Petricciolo si era fidato, lasciandolo operare indisturbato nonostante le assillanti richieste del suo padrone. Capiva le premure del visdomino, ma la caccia all'uomo era un gioco da condurre a sangue freddo.

«Eccolo», esclamò all'improvviso l'informatore.

«Dove?», chiese lo sgherro. Il mercato del sabato era gremito, nonostante fossero in pochi a spendere moneta. La maggior parte della gente pascolava a testa china, con il viso tirato dalla fame.

«Quello alto, vestito in color perso», lo riportò all'attenzione il compare. «Lo vedete? Vicino al banco del conciatore».

«Sì, sì, lo vedo», bisbigliò Petricciolo. «Sei sicuro che sia lui?»

«Ci scommetterei la ricompensa».

«Dimmi cosa sai, allora».

«Il suo nome è Maynard de Rocheblanche, anche se fino a pochi giorni fa si faceva chiamare frate Mainardo. Si travestiva da monaco e alloggiava in Borgo di San Leonardo, presso l'ospitale dei canonici di Vienne. Ha amici tra i crociati giunti da Smirne».

Il masnadiere studiò l'alta figura del francese, colpito dalla sua espressione cortese e al contempo rapace. «Un tipo singolare», commentò.

«Questo è nulla», proseguì l'informatore con una punta di malizia. «Al momento alloggia nel palazzo marchionale».

«Sotto la protezione di sua signoria?»

«Voi cosa ne pensate?».

Poco avvezzo ai giochi verbali, Petricciolo digrignò i denti. «Spicciati e parla. Quale ruolo riveste?».

Il compare temporeggiò. «Non l'ho ancora scoperto».

«Sai almeno quali interessi l'abbiano portato a Ferrara?»

«Lo ignoro».

«Allora si può sapere a cosa mi servi?». Il masnadiere gettò a terra i semi che gli erano rimasti in mano e, con fare diffidente, sfilò da sotto il mantello un sacchetto pieno di monete, soppesandolo. Devi meritartelo, sottintese con un ghigno che accentuò la sua malformazione al labbro superiore. Poi gli indicò il francese. «Forse, se si potesse frugare nella sua scarsella...».

L'uomo vestito di cenci torse la bocca. «Non era nei patti».

«Allora vattene a bocca asciutta».

Lo sguardo dello spione scivolò dal sacchetto di monete all'altra mano, che spuntava da sotto al mantello brandendo un pugnale. «E va bene», sospirò. Prima di mettersi all'opera, tuttavia, allertò lo sgherro. «Un attimo...».

Osservando la strada. Petricciolo vide qualcosa che non gli piacque affatto.

«La riconoscete?», gli chiese il compare.

«Certo che sì...», mormorò il servo del visdomino. «Ma cosa ci fa *lei* qui?».

«Messer Maynard».

Rocheblanche si voltò tra la calca, cercando di capire da dove provenisse la voce di donna che l'aveva chiamato. Vide la chioma fiammante di Lippa Ariosti sporgersi da una portantina a baldacchino.

«Mia signora», la salutò con un inchino. «Voi qui, tra il popolo... Questo posto non vi si addice».

«Sembrate più fuori posto voi di me», ribatté lei, divertita. «Quasi a disagio, oserei dire».

Il cavaliere fissò i suoi occhi azzurri un attimo in più del dovuto. «Non sono avvezzo alla folla», si giustificò, «e tuttavia...».

Lippa indicò il banco del conciatore. «Cosa stavate cercando, messere?»

«Un budriere, madonna. Per appendere la spada».

Lei annuì, lasciando intendere con una smorfia di non vedere nulla che valesse la pena acquistare. Poi tornò a rivolgergli lo sguardo. «Vi devo parlare», e lo invitò a salire sulla portantina.

Il francese accennò un garbato diniego. «Non oserei mai senza il permesso di vostro marito».

La dama colse la sua sottile provocazione e rise di gusto, diventando ancor più intrigante. «Obizzo non è mio marito e voi lo sapete bene».

«È pur sempre il vostro signore...».

Lippa tuttavia continuava a ridere. «Sedetemi accanto, chevalier de Rocheblanche, e prometto che non vi mangerò».

Se Maynard decise di compiacerla, fu soltanto per porre fine a quella situazione imbarazzante. O almeno, così gli piacque pensare. Ma prima di salire sulla portantina, urtò senza quasi accorgersene un passante. Il malcapitato, uno straccione, proseguì verso la piazza accennando un gesto di scuse.

13

La chioma di madonna Ariosti oscillava morbidamente a ogni movimento della portantina. «Non pensate male, messere. Volevo soltanto chiedervi di mio figlio».

Rocheblanche evitò di fare commenti. *Non pensate male*. Più che una richiesta d'indulgenza, pareva un sottinteso per sedurre o intimidire. Sapeva pochissimo di lei. Obizzo d'Este l'aveva scelta come sua favorita dopo la morte della moglie, Jacopa Pepoli, da cui non aveva avuto figli. Lippa, invece, era riuscita a dargli una numerosa prole bastarda. «Aldobrandino è un bravo discepolo», si limitò a ribattere. «Dimostra pari abilità e intelligenza».

Lei sembrò meravigliata. «In cuor mio, non lo immaginavo versato nelle armi».

«Possiede un carattere gentile, ve ne do atto. Ma sarà proprio questo a renderlo un uomo di valore. La spietatezza è prerogativa dei carnefici, non dei guerrieri».

La dama abbassò le palpebre, incuriosita. «Ora state parlando di mio figlio o di voi?»

«Parlo del genere d'uomo che ogni giorno mi impegno a essere, nonostante le mie molte mancanze».

«Mancanze?». Il tono di madonna Ariosti risuonò tra l'incredulo e il canzonatorio. «Difficile coglierne in voi, messere. Siete impeccabile. Forse troppo».

Maynard prese le distanze con una battuta di spirito. «Quel tanto che basta a essere un buon maestro per Aldobrandino».

Lippa si abbandonò sullo schienale, fissandolo negli occhi senza mostrare disagio. Non trapelavano lusinghe dal suo atteggiamento, soltanto la schiettezza tra due compari intenti a studiarsi. Come vecchi amici, o rivali. Ma Rocheblanche percepì lo stesso una sfida. Pensò alla donna con cui si era battuto mesi prima, nei feudi di Vienne, e comprese di trovarsi di fronte a una persona della stessa tempra. Comprese anche da dove provenisse il senso di attrazione che d'un tratto alimentava il suo desiderio per Lippa Ariosti.

«Lo state già facendo duellare?».

Il francese cadde dalle nuvole. «Come dite, mia signora?»

«Mi riferivo ad Aldobrandino», chiarì lei. «Lo fate già combattere?»

«È troppo presto per metterlo alla prova. Al momento si sta impratichendo nelle principali combinazioni di assalto e di difesa».

«Dev'essere noioso, per voi».

«Al contrario, mi consente di rivivere momenti gioiosi. Quando tutto era più semplice e io fremevo per la voglia di andare in battaglia».

«E poi cos'è successo?».

Maynard si affacciò all'esterno, scrutando il fiume di gente solcato dalla portantina. «Le pedine sulla mia scacchiera sono state… stravolte».

Lei fece cenno di comprendere, diventando improvvisamente seria. «A volte penso che ci sia stata concessa soltanto l'illusione del gioco, e che in realtà siamo pedine sulla scacchiera di qualcun altro».

Con una punta di sorpresa, Rocheblanche intuì che Lippa stava parlando di sé. Per un istante la vide triste, quasi infelice, poi l'arguzia ebbe il sopravvento. Gli era appena stata fornita la scusante per affrontare un discorso altrimenti insidioso. E a costo di apparire superficiale, commentò: «Pedine destinate a svolte impreviste, sì… Come il povero monaco trovato morto dieci giorni fa, in contrada di Gusmaria».

Lippa ebbe un sobbalzo. «Lo conoscevate?»

«Oh, no», mentì lui. «La mia era soltanto una riflessione. Per strada non si parla d'altro…».

La dama non riuscì a nascondere una smorfia di disgusto. «Si dice abbia fatto una fine orribile».

«Dunque ne siete a conoscenza anche voi…», disse Rocheblanche, fingendosi meravigliato.

«Per forza di cose», ribatté Lippa. «Era un protetto di sua signoria».

«Dite davvero? Immagino il cruccio del marchese Obizzo».

«Non molto, a onor del vero. Anzi, mi è parso quasi sollevato. Nel nominarlo, diceva spesso che quel monaco era un'eredità maledetta lasciatagli dal fratello Rinaldo».

Il cavaliere rimase un attimo in silenzio, imprimendo nella memoria quelle informazioni. «Ha catturato l'assassino?», proseguì poi, a costo di rendere manifesto il suo interesse.

«Sua signoria non ha avuto tempo di parlarmene. Come saprete, è partito da qualche giorno alla volta di Modena».

«Per domare una sedizione», aggiunse lui, uscendo con cautela dall'argomento.

Lippa annuì. «Mantenere il controllo sui propri domìni gli costa assai».

«Costa a tutti, madonna». Così dicendo, Rocheblanche sporse una mano all'esterno e bussò sul tetto della portantina. «Ora, se volete scusarmi, sono costretto a prendere licenza».

A dispetto dell'espressione contrariata della dama, scese in strada con un balzo.

Varcò a passo svelto le mura settentrionali in direzione del Borgo di San Leonardo e raggiunse l'ospitale della Misericordia. Trovò Bastien des Baux in strada, intento a sellare un cavallo.

«Amico mio», lo salutò il vecchio maestro d'armi, «siete appena in tempo per l'ultima bevuta».

Maynard gli rivolse un sorriso amaro. «In tutta franchezza, contavo di persuadervi a restare».

Des Baux tornò ai finimenti della sua cavalcatura. «Qui non c'è niente per me».

L'amico gli afferrò un polso. «E a Parigi, invece?»

«Non fate il menagramo, Rocheblanche», grugnì Bastien, liberandosi con uno strattone. «Gli uomini di Humbert de Viennois sono già partiti, se voglio beneficiare del loro salvacondotto devo sbrigarmi».

«Ho ancora bisogno di voi», insistette.

Il maestro d'armi strinse le cinghia del sottopancia e imprecò. «Non è vero, lo dite soltanto per farmi sentire in colpa». Si allontanò dal cavallo e, con l'implicito intento di farsi seguire, raggiunse l'altro lato della strada. Quando si voltò verso il compagno, aveva gli occhi umidi. «L'altro giorno, al Palazzo della Signoria, ho visto in voi la grandezza. È stato un attimo, ma mi avete reso orgoglioso».

Maynard non si sarebbe mai aspettato parole tanto profonde. Per anni, quel vecchio orso non aveva fatto che sbottare e lamentarsi, e ora si accomiatava da lui con un singolare addio. Al pensiero che forse non l'avrebbe più rivisto, avvertì una stretta al cuore. Poi alzò lo sguardo e riconobbe l'insegna di un'osteria ben nota a entrambi. Abbozzò un sorriso. «L'ultima bevuta, dicevate?».

Sedettero all'ombra di un pergolato e parlarono con la complicità di un padre e di un figlio. Maynard non aveva mai nascosto la gratitudine nei suoi confronti ed era cosciente di ispirarsi a un ideale cavalleresco inculcatogli proprio da des Baux. Un ideale di nobiltà e di fierezza quasi impossibile da raggiungere, ma che lui inseguiva ogni giorno per sentirsene degno. Come aveva confessato a madonna Ariosti.

Lo aggiornò sui progressi dell'indagine, omettendo alcuni particolari, per poi soffermarsi sull'inaspettato piacere che provava nell'insegnare al figlio del marchese. Ciò, più di tutto, sembrò far piacere a Bastien. Poi alzarono le loro coppe e si dissero addio.

Al momento di pagare, Maynard portò la mano alla scarsella e fece una morfia incredula.

«Cosa vi succede?», gli chiese des Baux.

Prima di rispondere, il cavaliere si tastò addosso e tutt'intorno alla cintura. «Assurdo!», esclamò basito. «Sono stato derubato».

Non appena fu al sicuro nel suo rifugio, Petricciolo si slacciò il mantello e aprì la scarsella di Maynard. Come aveva notato in strada, quella borsa era troppo grande per contenere unicamente denari. Infatti, svuotandola su un tavolo, non trovò soltanto pezzi d'argento.

Fra le varie monete c'era un anello d'oro decorato con un simbolo leonino. Il masnadiere lo studiò con interesse, riflettendo su quanto avrebbe potuto ricavarci vendendolo a un orafo. Poi concluse che Superanzio Orsini sarebbe stato assai più generoso.

L'altro oggetto che risvegliò il suo interesse fu una pergamena accartocciata. La esaminò con minore attenzione, notando di sfuggita il testo di sei righe che vi era stato vergato.

Sapeva bene che i documenti scritti rappresentavano le prove più utili a scoprire i segreti delle persone, tuttavia non sapeva leggere.

Per saperne di più, avrebbe dovuto recarsi al più presto dal visdomino del vescovo.

14

«Parata, un passo indietro... stoccata! No, tornate in guardia. Più morbido, pollice disteso sul ricasso. Sì, così. Riprovate!».

Maynard si mise al fianco di Aldobrandino ed eseguì insieme a lui l'esercizio, dieci, quindici volte, finché non fu soddisfatto. Poi ordinò di ripeterlo con la variante dell'imboccata e della punta riversa, seguendo con la coda dell'occhio il guizzare della lama. «Riposatevi», disse infine, portandosi al centro della corte. Nell'attesa che il ragazzo detergesse il sudore dalla fronte, agitò la spada come la bacchetta di un insegnante. «Rammentatelo sempre, tirare di punta risulta efficace soltanto nel gioco largo. Ma dovrete essere deciso, distendere prima il braccio e in seguito avanzare con la gamba, per non tradire il vostro intento».

Il figlio del marchese annuì. Aveva preso l'abitudine di ripetere le parole del maestro, per meglio imprimerle nella memoria. Rocheblanche si compiaceva dei suoi progressi, ma quel giorno non era incline all'elogio. Perdere la scarsella era la cosa peggiore che potesse capitargli. Un tagliaborse, probabilmente. Forse lo straccione con cui si era scontrato lungo la via dei drappieri. In condizioni normali se ne sarebbe accorto, ma lo sbattere di ciglia di madonna Ariosti l'aveva distratto.

Non si trattava tanto dell'essere stato privato dei denari quanto degli oggetti recuperati dal nascondiglio di padre Facio. Ignorare in quali mani fossero finiti lo inquietava, accentuando il senso di disagio affiorato dopo l'addio di des Baux. Del resto, non aveva mentito al vecchio maestro. Se nella sostanza poteva provvedere a se stesso, l'assenza di un amico in grado di comprenderlo e ammonirlo lo rendeva insicuro su come agire dopo le ultime scoperte.

«Forza, torniamo al lavoro», disse d'un tratto.

Aldobrandino, obbediente, stava già rimettendosi in guardia quando il marchese Obizzo d'Este fece ingresso nella corte. Era solo, vestito con un *gambison*[7] e stivali alti, quasi fosse reduce dal campo di battaglia.

«Vostra grazia». Maynard disegnò un inchino. «Di ritorno da Modena?»

«Ho lasciato gli ultimi impicci ai miei subalterni, ma i ribelli sono già ai ceppi», lo informò sua signoria, rivolgendo un sorriso al figlio. Il ragazzo resistette alla tentazione di corrergli incontro e ricambiò con un saluto marziale, da adulto. Il nobiluomo gli batté una mano sulla spalla.

Rocheblanche colse in lui una malcelata agitazione che lo spinse a chiedersi se fosse stato informato del suo incontro con Lippa. Anche se non era la gelosia a trapelare da quelle iridi di ossidiana. «Mi sembrate irrequieto», osservò.

«La politica», spiegò l'Estense, quasi accennasse a un oscuro morbo. Fece scivolare la destra sul budriere, lasciando intendere il suo bisogno di sfogarsi. «Tutti quei compromessi, quei subdoli accordi... Voi non immaginate, messere, quanta brama mi suscitino di menar fendenti».

Il cavaliere intendeva benissimo, invece. Aveva provato gli stessi impulsi nel momento in cui il suo re aveva permesso all'inglese invasore di assediare Calais, sacrificando l'onore alla convenienza.

«E in tutta franchezza, messere», continuò il nobiluomo, «è da quando vi ho visto duellare con Niccolò de' Roberti che nutro il desiderio di battermi con voi. Spero non vi dispiaccia».

«Al contrario», disse Maynard, avanzando con l'arma in pugno.

Obizzo sguainò la spada e si mise in guardia. «Al primo sangue?»

«Sta bene».

Rocheblanche rimase in attesa del primo assalto che si concretizzò in una velocissima finta. Arretrò e tirò di punta, costringendo Obizzo a mantenere il gioco largo con una serie di attacchi ben calibrati. Più il duello si infuocava, più il cavaliere ne alimentava la fiamma. Non conosceva modo migliore, per scoprire il carattere di un uomo, che misurarsi con lui in una singolar tenzone, e fu così che si trovò alle prese con l'impeto di sua signoria. Un impeto assai raro, disciplinato da un'intelligenza estranea a chi si batteva per il semplice gusto di farlo. A ogni colpo corrispondeva la battuta di un dialogo segreto, al quale Maynard, ben presto, decise di sovrapporne un al-

[7] Sopravveste imbottita a maniche lunghe, per uso militare.

tro. «Ho saputo della morte di un vostro protetto», e scivolò di lato in cerca di un varco. «Mi rincresce».

La risposta del marchese giunse dopo una magistrale successione di prese di ferro. «A chi vi riferite?»

«Padre Facio di Malaspina».

«Quell'infame!». Il suo fendente stridette sul filo dell'avversario.

Rocheblanche intuì la strategia dell'Estense e lo sorprese sulla sinistra con un mandritto, costringendolo a un'impegnativa parata di piatto. Ciò gli fece guadagnare un istante. «A quanto pare non lo stimavate».

«Chi ve ne ha parlato?», chiese Obizzo, ansante.

Ripresero fiato, studiandosi come leoni sotto lo sguardo ammirato di Aldobrandino. L'eccitazione del marchese si stemperava sotto la fronte aggrottata dal dubbio.

Indeciso se provocarlo o lasciar perdere, il cavaliere capì che non gli si sarebbe ripresentata un'occasione tanto propizia. «Per le strade di Ferrara corrono voci sulla sua morte», e fece un gesto vago. «Ma a differenza di molti, io l'ho conosciuto quand'era ancora in vita. A Pomposa».

«Ah!». L'Estense si fece sospettoso. «Gli avete mai parlato?»

«Soltanto una volta. Ha nominato vostro fratello Rinaldo».

Prima che sua signoria potesse ribattere, Maynard tirò un colpo di punta riversa che strisciò sul ferro avversario, fino a chiudersi in un legamento. I due si scrutarono a tre spanne di distanza, attraverso le lame incrociate.

«Mio fratello...». Obizzo digrignò i denti. «Fu un ingenuo a fidarsi di quel monaco...».

Rocheblanche oppose resistenza. «E voi?»

«Io lo nascosi... Come una vergogna!». Con un'abile mossa, il marchese si liberò dalla presa di ferro e chiuse la misura, obbligando Maynard al gioco stretto. «Pensava di abbindolare anche me, con i suoi misteri... Con il suo libro maledetto...».

Anticipando un suo attacco, il francese gli bloccò la mano armata con la sinistra. «Quale libro?», domandò d'istinto.

«Non sono affari vostri!», sibilò Obizzo, pervaso da una furia che moltiplicava la sua forza.

Maynard percepì il suo desiderio di vincere, di schiacciarlo a terra a ogni costo. Non si trattava di semplice orgoglio, ma della necessità di primeggiare su chiunque. Per un attimo si chiese se fosse stato saggio assecondare quella manifestazione di potestà, tuttavia la sua indole non glielo permise. Sfruttando il corpo a corpo, lo colpì al volto con il pomo della spada. Giusto un tocco al mento, per non umiliarlo.

Il marchese arretrò goffamente, toccandosi la bocca.

«Al primo sangue», gli rammentò il cavaliere, indicando la sbavatura vermiglia che gli colava dal labbro inferiore.

«Quale sangue?». L'Estense sputò con sprezzo. «Siete già stanco, messere?».

Rocheblanche gli rivolse un sorriso fiero. Quell'uomo gli piaceva, a dispetto dei modi un po' rozzi, inappropriati a un aristocratico. Sotto certi aspetti gli ricordava l'amico Robert de Vermandois, che aveva lasciato a Reims. «Al contrario», ribatté, «questo duello mi appassiona. Quanto i segreti di padre Facio e di vostro fratello Rinaldo».

Obizzo si pulì il mento con il dorso della mano. Domata la furia, iniziava a scrutarlo con la sagacia di uno stratega. «Si può sapere cosa vi hanno raccontato a Pomposa?».

Maynard ignorava fino a che punto potesse sbilanciarsi senza destare sospetti. «Quasi nulla», rispose cauto, «ma sufficiente a stuzzicare la curiosità di un forestiero».

«Quei monaci bugiardi...», grugnì il marchese. «Non crediateli migliori di Facio da Malaspina. Non commettete un simile errore, messere».

«A cosa state alludendo?».

La risata secca dell'Estense gli fece comprendere di essersi spinto oltre. «Chiedete a loro, se siete tanto curioso! Chiedete cosa trovò padre Facio nella loro dannata biblioteca. A vostro rischio e pericolo, s'intende!».

E prima ancora di concludere, Obizzo lo attaccò con un fendente, poi con un'imboccata diretta alla gola.

Maynard si limitò a difendersi, lasciandolo sfogare senza dargli la soddisfazione di mostrarsi in difficoltà. Intanto rifletteva sulle sue enigmatiche parole. I monaci di Pomposa, la biblioteca dell'abbazia... Non aveva idea di cosa avesse a che fare quel luogo con i segreti di Facio di Malaspina, ma l'accenno a un libro misterioso risvegliava in lui il ricordo di una conversazione tenuta proprio con padre Facio. A quel punto, restavano poche vie da seguire. Era necessario tornare a Pomposa, per indagare.

Nel frattempo il marchese continuava a battersi con foga, senza riuscire a far breccia nelle difese dell'avversario. Era ansante, rosso in volto, ormai privo di qualsiasi grazia nei movimenti. D'un tratto cacciò un grido rabbioso e scagliò la spada a terra. «Questo duello non mi aggrada più!», esclamò, volgendo lo sguardo verso il loggiato del palazzo.

Maynard si fece da parte, stupito da quel gesto inconsulto. Le sue parole, più della spada, dovevano aver pungolato un'intima ferita. Lo guardò allontanarsi a lunghi passi, senza neppure accomiatarsi dal figlio.

«Un'ultima cosa, Rocheblanche», aggiunse Obizzo, con voce dura. «Domani si terrà una battuta di caccia. La vostra presenza è gradita».

Il francese fece un inchino. «Allora non mancherò, vostra grazia».

Quando sollevò le palpebre, notò una dama affacciata al ballatoio.

Madonna Ariosti lo stava fissando con bruciante interesse.

Affacciato a una finestra del vescovado, Superanzio Orsini osservava un gruppo di pezzenti diretti alla chiesa di San Romano. Il bordone e le immagini sacre cucite sulle vesti li identificavano come pellegrini. Ogni giorno crescevano di numero, a dispetto della terribile carestia che mieteva vittime nei feudi dell'Emilia e della Romagna. D'altronde, non era la sola ricerca di cibo ad attirarli entro le mura. La festa del Corpus Domini incombeva, e con essa i molti impegni a cui il visdomino avrebbe dovuto far fronte. Un dovere non del tutto sgradevole, in fin dei conti, se non fosse stato per l'obbligo di uscire allo scoperto.

Dopo l'aggressione del 25 aprile non si era più mostrato in pubblico. L'ustione al viso attirava troppi sguardi, e ognuno di essi gli ricordava la facilità con cui si era lasciato umiliare dal francese. Se l'oppio e la malva erano riusciti a placare il dolore, nulla poteva lenire quello stato d'animo. Nulla, eccetto la vendetta.

Sistemò la pergamena che copriva a mo' di tenda la finestra e si rivolse all'interno della stanza, verso lo sgherro in piedi di fronte alla sua scrivania. «È tutto?», chiese.

Petricciolo, avvolto nel suo mantello, somigliava a uno degli spauracchi usati dai contadini per cacciare i corvi. «Tutto, mio signore».

Superanzio annuì. «Vattene, allora».

Non appena il masnadiere se ne fu andato, l'uomo sedette a uno scranno sussurrando il nome di Maynard de Rocheblanche. Nel farlo provò una morbosa sensazione di onnipotenza, simile a quella di chi si appresta a colpire a morte un dormiente. Finalmente era suo, lo teneva in pugno. Avrebbe potuto fargli tutto ciò che voleva.

Quasi tutto, a onor del vero. Gli oggetti consegnati da Petricciolo sollevavano enormi perplessità. Superanzio li contemplò con interesse, cercando di capire in quale misura fossero connessi tra loro. Non aveva saputo trattenere lo stupore nell'accorgersi che il testo della pergamena menzionava il *Lapis exilii*. Sembrava indicare un luogo, forse il nascondiglio dell'inestimabile reliquia di cui gli aveva parlato anni addietro il monaco Facio. Però i riferimenti al "Monte del Fiore" e alla "Villa di Cerisio" gli erano totalmente sconosciuti. Non avrebbe potuto trovarli senza un valido aiuto.

D'altro canto, non era da escludere che il secondo oggetto rubato a Maynard rappresentasse la chiave dell'enigma. Era un anello cardinalizio contrassegnato da un leone d'argento.

Esisteva una grande varietà di anelli di quel genere, uno differente dall'altro, ognuno appartenuto a un diverso prelato. Per sua fortuna, il visdomino si ricordava perfettamente di aver già visto quello che aveva davanti agli occhi.

Raffigurava il vessillo di un uomo terribile: il cardinale di Avignone che, quattordici anni prima, aveva fatto tremare Ferrara. In quei giorni funesti, Superanzio si era rifugiato insieme al clero cittadino presso Bologna, per sfuggire all'assedio delle milizie papaline che avevano fatto breccia nelle mura penetrando fino alla piazza. I tre fratelli Estensi, primo fra tutti il prode Rinaldo, avevano dato fondo a ogni energia per riuscire a cacciarle. Ma sua eminenza Bertrand du Pouget, il grande cardinale guerriero, era sopravvissuto e aveva ripiegato su Avignone.

E ora, il visdomino si sforzava di comprendere quale fosse il suo legame con Maynard de Rocheblanche e con il misterioso *Lapis exilii*.

15

Abbazia di Santa Maria di Pomposa
9 maggio

Gualtiero e Isabeau erano seduti sull'erba, a godersi il sole del tardo mattino. Parlavano e sorridevano, nient'altro. Eppure, nello scorgere la loro intimità, padre Andrea percepì un intimo rovello. Si avvicinò a passo svelto, affiancato dalla sagoma affilata di Fiumano. Non appena rimesso, il levriere era diventato la sua ombra, zoppicando al suo seguito per via della zampa offesa. Il reverendo non si esprimeva al riguardo, ma in cuor suo traeva beneficio da quella silenziosa compagnia. Nei momenti in cui sapeva di non essere visto, accarezzava l'animale sussurrandogli parole dolci.

La presenza di Fiumano, però, non bastò a placare il suo sdegno. Si sentiva preso in giro, quasi tradito. Come osava, quella piccola impudente, distogliere il suo prezioso miniaturista dal lavoro! Già da qualche tempo aveva notato il suo interessamento nei confronti di Gualtiero, ma in principio aveva lasciato correre. Dopo la morte del padre Sigismondo, il giovane de' Bruni era sprofondato in un tale abbattimento da avere bisogno di una distrazione. Ma ora basta. Andrea era dell'opinione che la fanciulla se ne stesse approfittando troppo, e benché in vita propria non avesse mai sfiorato le carni di una femmina, sapeva bene come andavano certe cose.

«Gualtiero!», vociò con tono stridulo, «come mai non siete nello scriptorium?».

Il giovane alzò il capo con un sobbalzo. «Chiedo venia, reverendo. Ho sentito la necessità di riposare gli occhi».

«In tal caso», lo ammonì Andrea, giungendo al suo cospetto, «potevate rifugiarvi nel monastero».

«L'aria fresca mi è stata di maggior conforto».

«Ebbene, ora gradirei che rientraste. Il padre bibliotecario ha bisogno di voi».

«Stento a crederlo», ribatté Gualtiero, confuso. «Il padre bibliotecario disdegna la mia presenza».

«Non sta a voi giudicare, figliolo. Obbedite e basta».

A quel punto, Isabeau scattò in piedi indignata. «Lui non è un vostro monaco», sbottò, «non potete comandarlo».

Il reverendo fu colto talmente alla sprovvista che indietreggiò d'un passo. Fissò la ragazza con una punta di malanimo, cercando di nascondere il disagio di fronte alle sue iridi dai colori diversi. «Vogliate scusarmi, mia cara», si sforzò di apparire accondiscendente. «La situazione è più complicata di quanto crediate. E se posso permettermi, vagabondare per la corte non si addice a una giovane signora».

Isabeau fece un risolino beffardo e scambiò un'occhiata complice con Gualtiero.

Per un attimo Andrea ebbe la sensazione che quei due gli stessero nascondendo qualcosa e ciò accrebbe il suo nervosismo. «Figliolo, intendete obbedirmi?».

Il figlio del pittore annuì, si pulì le vesti da qualche pagliuzza e prese congedo. Ma prima che potesse allontanarsi, Isabeau gli si aggrappò alla spalla e, quasi lanciasse una sfida all'abate, gli diede un bacio sulla guancia.

Il monaco rivolse lo sguardo altrove e, sforzandosi di ritrovare la sua impassibilità, si avviò al palatium. Per un attimo fu tentato di rivelare a Isabeau che quel giorno Maynard sarebbe giunto all'abbazia. Evitò tuttavia di farlo, per timore che anche il giovane de' Bruni ne venisse informato. L'avvento di Rocheblanche avrebbe potuto turbare il ragazzo, risvegliando in lui la pericolosa speranza di mettersi in cerca della madre. E ciò, per il momento, era da evitare a tutti i costi. Poiché il reverendo era in procinto di rivelargli i suoi progetti.

16

«Un libro», ripeté Maynard.

«Ne siete certo?», volle sincerarsi l'abate.

«Così afferma sua signoria».

Nonostante Rocheblanche si fosse assentato per poco più di un mese, scorgeva in padre Andrea qualcosa di diverso. Se ripensava all'ultima volta che aveva messo piede nello studio dell'abate, ricordava un uomo assai differente da quello che gli sedeva ora di fronte. Più lo fissava, più ne era persuaso. Sotto la fronte corrucciata, il suo sguardo era più intenso, quasi aggressivo. *Quei monaci bugiardi...* Forse erano state le parole del marchese a metterlo sull'avviso, o a condizionarlo.

«Quale genere di libro, esattamente?», domandò Andrea.

Prima di rispondere, Maynard osservò il levriere acciambellato ai piedi di un *armarium*. «Obizzo d'Este ha insinuato che padre Facio l'abbia trovato qui, nella biblioteca di Pomposa. A suo dire, grazie a quel libro esercitò un forte ascendente sul nobile Rinaldo».

L'abate si accarezzò il mento. «Rinaldo II d'Este...», mormorò. «Cosa sapete di lui?»

«Ben poco, reverendo».

«Fu il maggiore dei figli del marchese Aldobrandino II d'Este, da cui ereditò l'indole moderata ma agguerrita. Perì dodici anni fa, lasciando al comando un inadeguato successore».

«Immagino alludiate a Obizzo», disse Maynard. «In effetti, mi pare d'aver colto in lui un velato risentimento nei confronti del fratello».

«Non me ne stupisco. Nell'ultimo ventennio, le alterne fortune degli Este sono dipese quasi esclusivamente da Rinaldo. Fu lui a venire a patti con l'eretico Ludovico il Bavaro e a respingere le truppe di Avignone da Ferrara. Poi convinse i fratelli ad avvicinarsi al papa, per accettare il vicariato della città».

«Dalle vostre parole trapela quasi ammirazione...».

«Non equivocate, messere», si schermì l'abate. «Rinaldo d'Este fu ghibellino nel cuore, come il fratello. Anche dopo gli accordi con Giovanni XXII. Non si fece scrupoli a depredare chiese e abbazie, insinuando nei loro claustri spie e ladroni. Uno di questi, come forse saprete, fu padre Facio di Malaspina».

Rocheblanche si aggrappò ai braccioli dello scranno. «Dunque il legame tra Facio e gli Este risale a questo...».

«Alla luce di quanto affermate, potrebbe essere più profondo».

«Ne saremo certi soltanto trovando quel libro».

Padre Andrea emise un sospiro. «Avete idea di quanto sia difficile ciò che chiedete? Se almeno mi rivelaste lo scopo della vostra missione...».

Maynard fissò le dita dell'abate intrecciarsi nervosamente sullo scrittoio, quasi a tessere un'invisibile tela. «Sono alla ricerca di due reliquie scomparse, rammentate? Una coppa e una punta di lancia rubate dal Malaspina e nascoste chissà dove. Non posso rivelarvi altro, né da dove provengano né chi le rivoglia indietro. Il mio auspicio è che il libro menzionato da Obizzo possa condurmi verso la giusta strada».

«Cosa vi fa pensare che possa aiutarvi?»

«Congetture vincolate a un giuramento di silenzio».

Andrea torse la bocca, scettico. «Trovare un libro fra mille – ammesso che esista – non è impresa semplice. Se poi ne ignoriamo l'autore e il titolo, quasi impossibile».

«Ma io dispongo di una traccia», ribatté Maynard. Nei giorni addietro, dopo lunghe riflessioni, si era infatti reso conto che Obizzo non era stato l'unico a parlare di un libro misterioso posseduto da Facio. Anche Superanzio Orsini aveva accennato all'esistenza di un antico manoscritto che conteneva segreti sul *Lapis exilii* e sulle due reliquie rubate dal Malaspina. Fino ad allora, il cavaliere aveva preferito non parlarne all'abate sia per una questione di segretezza, sia nella speranza di apprendere qualcosa di nuovo da lui. «Non escludo si tratti di un abbaglio», aggiunse con cautela, «ma ritengo valga la pena tentare».

Il reverendo si sporse in avanti, appoggiando i gomiti sullo scrittoio. «Vi ascolto».

«Ciò che sto per dirvi risale a due mesi fa, quando Facio fuggì da Pomposa».

«Conservo buona memoria di quelle circostanze. Foste voi a farlo scappare, contravvenendo alle mie direttive».

«Se vi avessi ascoltato, ora forse non dovremmo risolvere un simile intrigo», riconobbe il cavaliere con un cenno di scuse. «Ciò nondimeno, prima di sfuggirmi, padre Facio si espresse in modo enigmatico riguardo a un vangelo apocrifo, un codice... Al momento non ritenni opportuno indagare. Adesso però sospetto che si tratti dello stesso libro di cui mi ha parlato Obizzo d'Este».

«Ebbene?», lo incitò l'abate.

«Ebbene», Maynard proseguì con maggior enfasi, «padre Facio mi confidò il titolo del libro. *Codex Millenarius*».

La risatina dell'abate lo colse impreparato. «Siete un ingenuo, messere».

«Cosa intendete?», sbottò il cavaliere.

«Che si tratta probabilmente di un *alias vices* o di un *vel etiam*, se non di un *flatus vocis*».

«Vorreste essere più chiaro, di grazia?»

«*Alias vices*, "altrimenti detto"», chiarì Andrea con un'alzata di spalle. «Il titolo del libro da voi menzionato è così generico che sembra concepito di proposito per nascondere quello autentico. Capita a volte, nel caso di testi proibiti, miscellanei o semplicemente *sine titulo*, di riferirsi a essi *sub alio titulo vel alio nomine*, ovvero mediante altre denominazioni. Si tratta di convenzioni in uso presso le biblioteche, dove i manoscritti di difficile attribuzione vengono censiti negli inventari con formulazioni derivate dagli incipit, dal contenuto o dal puro arbitrio. A mio avviso, il vostro *Codex Millenarius* rientra in quest'ultimo caso».

«E anche se fosse?», insistette Rocheblanche. «La biblioteca di Pomposa non possiede forse un inventario?»

«Più di uno, in verità. E per quanto li abbia consultati innumerevoli volte, non ho mai notato un titolo del genere. Padre Facio deve averlo preso altrove, se non addirittura inventato di sana pianta, per ingannarvi».

Maynard si alzò dallo scranno, iniziando a camminare in tondo. «È assai probabile, tuttavia, che il libro si trovi ancora fra queste mura».

«E se invece vi foste lasciato fuorviare dal marchese Obizzo?», insinuò il religioso.

«No!». Il cavaliere batté un pugno contro la parete, facendo sobbalzare il levriere. «Il *Codex Millenarius* esiste, ne sono certo!».

«D'accordo, non irritatevi». Padre Andrea giunse le mani in segno di supplica. «Se ci tenete così tanto lo cercherò, avete la mia parola. Farò rovistare in ogni armarium della biblioteca...».

Rocheblanche lo scrutò in tralice, insospettito da quell'improvvisa accondiscendenza. Il saggio monaco con cui, due mesi prima, si era sentito libero di confidarsi non avrebbe mai reagito in modo così mellifluo. Ciò nondimeno, nascose i sospetti e mostrò gratitudine. «Sono nelle vostre mani, padre».

«E io nelle vostre, messere».

«Cosa intendete?».

All'improvviso Andrea nascose il viso tra le mani, poi inspirò profondamente e schiarì la gola. «Ho bisogno di denari», rivelò con voce rotta. «Non per soddisfare le mie ambizioni e nemmeno per restaurare gli affreschi dell'abbazia».

Maynard, sconcertato, gli fece cenno di proseguire.

«Per una questione di sostentamento, capite?», continuò l'abate, sgomento. «Denari! Così che possa sfamare e prendermi cura dei miei monaci, almeno finché non riuscirò a sanare le finanze di Pomposa».

E dopo aver parlato, sprofondò in un silenzio denso di vergogna e afflizione.

Rocheblanche osservò l'abate chino sullo scrittoio, combattuto tra il desiderio di consolarlo e quello di chiedere spiegazioni. La situazione era mutata così rapidamente da metterlo in imbarazzo. Tentennò a lungo, finché non decise di posargli una mano sulla spalla. «Perché non me ne avete parlato prima?».

Andrea si asciugò gli occhi, una smorfia contrita. «Per orgoglio».

«Seicento fiorini possono bastare?».

A tali parole, l'abate gli rivolse uno sguardo sbalordito. «Messere!», esclamò. «Non avrei mai osato chiedervi tanto...».

«Dovrete attendere, tuttavia», seguitò il cavaliere, facendo finta di nulla. «Il tesoro di famiglia è custodito da mia sorella, a Reims».

Il religioso cadde dalle nuvole. «Avete un'altra sorella?»

«Eudeline de Rocheblanche, badessa del convento di Sainte-Balsamie», rispose Maynard con un largo sorriso. «Ora non ho tempo per spiegarvi, il permesso di assentarmi da corte è quasi scaduto. Ma non appena sarò a Ferrara, scriverò a mia sorella per farmi inviare la somma».

«Siete un angelo, messere».

«Non esagerate». E mentre allargava le braccia con fare bonario, il francese si chiedeva se quella pantomima fosse stata premeditata fin dal suo arrivo. In ogni caso, legare l'abate a un vincolo di riconoscenza poteva giocare a suo vantaggio. «Sarebbe stato scortese chiedere un favore senza ricambiarlo», rimarcò. «Proprio a voi, oltretutto, che siete stato così disponibile con me e Isabeau».

«A proposito di Isabeau...», insinuò il monaco.

Il cavaliere si fece serio. «Qualcosa non va?»

«Oh, la fanciulla sta bene», lo tranquillizzò Andrea, tornando alla sua rigida impassibilità. «E tuttavia... sono giunto alla conclusione che si troverebbe meglio in un ambiente diverso. Con maggiori presenze femminili, intendete?»

«Sciocchezze», obiettò Maynard. «Io non mi fido che di voi».

«Aspettate a contraddirmi», insistette l'abate. «Il rifugio a cui alludo è al sicuro da ogni pericolo, inoltre garantisco sulla santità delle monache che vi risiedono».

Pur non essendosi aspettato un simile contrattempo, Rocheblanche si rese conto che, per qualche oscura ragione, la presenza di Isabeau a Pomposa rappresentava un problema. «Si può sapere di cosa state parlando?», domandò spazientito.

«Di affidarla al monastero di Sant'Antonio Abate».

«Quale ordine accoglie?»

«Benedettine, messere. Il loro claustro risiede su un'insula presso Ferrara, fuori le mura. Così Isabeau vi sarà vicina e nel contempo protetta dal mondo».

«Ci penserò, padre», promise il cavaliere. «Ora tuttavia devo ripartire. Auspico teniate fede alla vostra parola, così come io mi impegnerò a rispettare la mia».

«Se il *Codex Millenarius* si cela in questa abbazia, riuscirò a trovarlo». Così dicendo, padre Andrea si piegò in un ossequioso inchino. Quando rialzò il capo, pareva essersi liberato di un enorme peso.

17

Padre Andrea sperò di non aver calcato troppo la mano, ma gli era stato impossibile tenere a freno la lingua. Convincere Maynard a trasferire Isabeau avrebbe risolto una situazione assai preoccupante. Forse esagerava con le apprensioni, eppure temeva che quella fanciulla dagli occhi strani, prima o poi, sarebbe riuscita ad allontanare il giovane de' Bruni dall'abbazia. Meglio correre ai ripari, dunque.

Congedato Rocheblanche, uscì dallo studio per raggiungere il piano superiore del *Palatium abbatis*. Benché avesse ricevuto ottime notizie, era di umore ombroso. Non solo per via del *Codex Millenarius*, che a suo avviso l'avrebbe costretto a una lunga e infruttuosa ricerca. A tormentarlo era l'incomprensione che durava ormai da giorni con il padre bibliotecario. *Un laico!* Mai aveva udito tanto sprezzo uscire dalle labbra di un confratello, al punto da sentirsi quasi colpevole di un crimine. Tuttavia Andrea sapeva di agire a fin di bene. A costo di trasgredire le regole del cenobio, non avrebbe cacciato Gualtiero dallo scriptorium. Il suo talento era senz'altro un dono del cielo, l'unico spiraglio di luce dopo anni trascorsi nella totale assenza di Dio. E ora che avvertiva di nuovo lo sguardo del Padre su di sé, non avrebbe rinunciato a portare a termine quanto si era prefisso.

Con il tempo anche il padre bibliotecario si sarebbe mostrato d'accordo, non c'era alcun dubbio al riguardo. Ora però veniva la parte difficile del compito.

L'abate camminò tra i banchi degli amanuensi, muovendosi il più in fretta possibile per non disturbare la loro concentrazione. Si voltò un paio di volte per richiamare l'attenzione di Fiumano, incuriosito dai movimenti delle penne d'oca, quindi individuò il giovane Gualtiero e gli si mise al fianco per bisbigliargli all'orecchio. Dopo aver ricevuto un cenno di consenso, varcò l'ingresso dell'ambiente attiguo, dove si custodivano i libri.

Il bibliotecario gli andò incontro con palese disagio.

«Lasciatemi solo», lo liquidò Andrea, suscitando in lui maggior disappunto. E non appena lo vide uscire, raggiunse il leggio su cui era riposto il registro dell'inventario.

Si trattava di un grande volume in pergamena fissato al sostegno con una catenella, affinché nessuno potesse portarlo via. Del resto, in quelle pagine si custodiva l'elenco completo dei libri posseduti dal monastero: un patrimonio se non paragonabile a quello di Cluny, ugualmente capace di incuriosire i maggiori *magistri* e teologi dell'ecumene, compreso l'autore fiorentino della *Comedia*. Alla lista originaria, vergata tre secoli prima dal monaco Enricus, se ne aggiungevano altre al fine di mantenere aggiornato lo scibile che anno dopo anno andava ad accrescere la biblioteca.

Mentre sentiva il levriere acquattarsi ai suoi piedi, Andrea iniziò a far scivolare l'indice sull'elenco. Dubitava di poter scorgere riferimenti al testo cercato da Maynard, tuttavia intendeva mantenere l'impegno preso. Aveva sentito dire che padre Facio, ai tempi del suo abbaziato, usava trascorrere molto tempo tra i libri. Persino in seguito era stato un assiduo frequentatore della biblioteca. Forse la voce sul *Codex Millenarius* era nata a causa di simile abitudine. O forse proprio dalla bocca bugiarda del Malaspina. In ogni caso, era necessario verificare quel sospetto.

"Continua a leggere", si impose, seguendo i tratti a volte arrotondati, a volte spigolosi di Enricus, finché la calligrafia mutò di colpo, rivelando il *ductus* di un altro monaco. I nomi e i titoli si succedevano in una babele priva di logica e ordine, quasi stravolti da un demone capriccioso. A più riprese, Andrea dovette massaggiarsi le palpebre per riposare la vista annebbiata. Già da qualche tempo meditava di procurarsi uno di quei curiosi *oculi de vitro* che si diceva aiutassero nella lettura, tuttavia le numerose spese per il cenobio lo facevano continuamente desistere.

L'imbrunire lo indusse a proseguire al lume di candela, finché la stanchezza non ebbe il sopravvento. Era giunto a metà, scorrendo un inventario di cui conservava quasi perfetta memoria. Avrebbe terminato l'indomani. Ora, pensò, doveva dedicarsi a un altro importante impegno.

Mancava poco al rintocco dei vespri, quando Gualtiero lasciò lo scriptorium per recarsi al monastero, come richiesto da padre

Andrea. Quell'insolito appuntamento alimentava le sue speranze. Forse l'abate era riuscito a scoprire qualcosa sull'arresto di Sapia o sul modo per liberarla... Il giovane preferì non farsi illusioni. Negli ultimi giorni il reverendo gli era parso cupo e pensieroso, senza contare il suo intromettersi tra lui e Isabeau. Gualtiero ne ignorava la ragione. Quella fanciulla rappresentava l'unica cosa bella che gli fosse rimasta, non solo per la sua capacità di confortarlo ma anche per quella di ammaliarlo. Sapere inoltre per quale motivo era costretta a fingersi sorella di Maynard la rendeva ancora più intrigante.

Varcò il portale e percorse la navata maggiore mentre il suo sguardo veniva catturato dal Cristo Pantocratore dipinto sull'abside. Era interamente deturpato dai colpi di scalpello inflitti il mese scorso da lui e Sigismondo, in preparazione della pittura a fresco che avrebbe dovuto sostituirlo. Ormai un sogno spezzato, capace soltanto di amareggiarlo. "Eppure ho giurato", pensò d'un tratto. "Ho giurato di diventare pittore, proprio come mio padre".

Quel pensiero gli lacerò la mente.

Mio padre.

Sigismondo de' Bruni, colui che gli aveva insegnato a camminare, a vivere e a concepire immagini, era spirato dicendogli di non essere suo padre.

Una fitta di rabbia gli crebbe nella bocca dello stomaco, sgombrandogli la mente da ogni immagine e pensiero. Poi si accorse della presenza dell'abate.

Gualtiero si asciugò in fretta le lacrime. «Ditemi padre», mormorò con voce roca, «perché mi volevate?».

Con delicatezza, Andrea gli pose una mano sul capo. «Devo parlarvi di una cosa importante, figliolo».

«Vi ascolto».

L'abate lo fissò per un istante, e sorrise benevolo. «Forse non ve l'ho mai detto, ma non dimentico il dolore che vi affligge. È stato con la speranza di donarvi una nuova famiglia che vi ho accolto in questo claustro».

«E io ve ne sono grato», rispose Gualtiero, pur consapevole che la sua famiglia era una soltanto, e nulla o nessuno l'avrebbe mai potuta sostituire. «Non sapete quanto».

«Ciò nondimeno», continuò Andrea, «voi non siete una persona meritevole di sola pietà. Siete un dono del Cielo, figliolo. Un'ispirazione per noi tutti, *in primis* per me».

Il ragazzo lo scrutò confuso.

«Il vostro genio, Gualtiero». Il reverendo aprì le braccia, entusiasta. «La facilità con cui elaborate i concetti di teologia per concepire immagini... Non ho mai conosciuto nessuno, *nessuno!*, dotato come voi».

«Io non sono un erudito», si schermì il giovane de' Bruni. «Mi limito a eseguire miniature, immagini...».

«Eppure lo fate con naturalezza. Anzi, con estro. E immaginate quali risultati potreste conseguire beneficiando di una sapienza uguale o addirittura superiore alla mia».

«Mi faceste già una volta questo discorso», disse Gualtiero. «Io tuttavia sono solo al mondo, povero e illetterato».

Il reverendo sorrise ancora, con fare misterioso. «Immagino non conosciate la bolla apostolica *Summi Magistri*, dico bene?», chiese, senza attendere risposta. «Fu promulgata da papa Benedetto XII dieci anni fa, per riformare l'Ordine benedettino. Non voglio annoiarvi recitandola per intero. Tra le varie cose, però, sappiate che accorda a un monaco su venti di frequentare l'università».

«Scusatemi padre», disse il ragazzo, ancora risentito. «Mi sfugge il senso delle vostre parole».

Facendosi improvvisamente serio, Andrea fissò una delle finestre tra gli affreschi, da cui filtrava il rossore del tramonto. «Le mura di Pomposa accolgono una *familia* di venti monaci», spiegò con voce profonda, quasi evocativa. «Vi propongo di entrarvi come novizio, per diventare il ventunesimo. Io vi sosterrò in ogni modo, affinché possiate mettere a frutto i vostri preziosi talenti. E grazie ai privilegi garantiti dalla *Summa Magistri*, sono certo di poterci riuscire. Avrete oppositori, susciterete invidie, ma io vi prometto...».

«Per carità, padre!». Gualtiero strinse i pugni. «Io devo ritrovare mia madre... Scoprire la verità sulle mie origini... Come potete credere che accetti una simile proposta?»

«Figliolo, pensateci bene», lo ammonì Andrea, voltandosi verso di lui come uno sparviero. «Non vi offro di diventare un semplice monaco, ma un *doctor* all'altezza dei libri che illustrate! Avete idea di quanta luce donereste a questa abbazia? La fareste rinascere, riportandola agli antichi fasti...».

Nonostante lo stupore, il giovane sentì crescere l'orgoglio dentro di sé. Diventare un grande sapiente, assecondare ambizioni al di là di ogni immaginazione... Per un attimo poté quasi vedersi, poi si ritrovò nella semioscurità della navata, in preda all'ansia per la sorte della madre e alla rabbia per essere il figlio bastardo di uno sconosciuto. «Mi offrite molto, padre», riconobbe con gratitudine. «Ma in cambio, mi chiedete altrettanto». Si appoggiò a un banco, combattendo un improvviso senso di vertigine. Lo sguardo di Andrea lo spronava a decidere in fretta. Se un netto rifiuto l'avrebbe privato del favore dell'abate, accettare significava dire addio alla libertà. E lui, al momento, si trovava in una posizione troppo fragile per poter scegliere. «Mi serve tempo», disse d'un tratto. «Tempo per riflettere».

«E tempo avrete», gli fu risposto.

Al rintocco dei vespri, Andrea congedò il ragazzo con un sospiro. Il dado era tratto. Nell'attesa di ottenere risposta, si augurò che Maynard scrivesse la lettera per la richiesta di denaro alla sorella Eudeline.

18

Reims, convento di Sainte-Balsamie
15 luglio, notte

Suor Eudeline fissò dalla finestra il primo quarto di luna nuova, poi immerse le mani nel bacile e si sciacquò il viso. Nonostante le pressanti incombenze del giorno prima, faticava a prendere sonno. Come ogni notte, da quando un intruso era penetrato nella sua *domus particularis*. Non faceva in tempo ad assopirsi che si svegliava di soprassalto, il suono di passi nelle orecchie e la sensazione di mani su di lei.

Nell'acqua trovò un sollievo fugace, incapace di darle quiete. Del resto, aveva troppo sofferto per illudersi che gli effetti del male svanissero nella bruma di un incubo. Duravano ben oltre le circostanze e le persone che li avevano cagionati, marchiando a fuoco il cuore delle vittime. Prima suo padre Gaspar, e ora i nemici del suo amato fratello… Sei una sciocca, si disse. Barricarsi in un convento non era servito a nulla. L'ossessione della violenza continuava a braccarla, sempre e comunque, a dispetto delle mura che la isolavano dal mondo.

Quella notte, tuttavia, era il pensiero di Maynard a tenerla sveglia. Non avrebbe potuto essere altrimenti dopo la sua lettera giunta dall'Emilia. Il testo era breve, come di consueto, ma a differenza dei precedenti recava il luogo di provenienza: *abbatia Pomposiæ*. Eudeline aveva sentito voci su quel monastero. Sorgeva lungo il corso del fiume Padus, non lontano da Ferrara, ed era celebre per il fervore dei suoi monaci quanto per una leggenda di abati eremiti. Ma c'era da dubitare sul perdurare di tanta virtù. Chiese e monasteri declinavano nel tempo al pari degli uomini, sostituendo la corruzione al vigore. E se le parole di Maynard confermavano simili riflessioni, non spiegavano perché nascondersi proprio a Pomposa. Oltre a scrivere di essere in salute, chiedeva denari – seicento fiorini – per conquistare la fiducia di una persona utile alle sue indagini.

"Benedetto fratello". La reverenda madre si sporse dalla finestra, osservando la luna con crescente malanimo. Era tipico di Maynard disporre del denaro come se non avesse valore. Seicento fiorini erano una somma considerevole, oltre che impegnativa da trasportare al di là della corona alpina. Specie in tempi di miseria. Inoltre, Eudeline esitava a volersene separare. Era stata la ricchezza, più del titolo nobiliare, a garantirle la nomina di badessa e a permetterle di ritirarsi dal mondo. Dilapidare il patrimonio di famiglia sarebbe equivalso a renderla una donna comune, soggetta a una vita precaria e alle regole degli uomini. Era la prima cosa di cui si era resa conto amministrando i beni ereditati dal padre: feudi, campi e bestiame rappresentavano la manifestazione tangibile della sua indipendenza.

Ecco perché la carestia degli ultimi tempi l'aveva tanto impaurita. Se il ridursi delle rendite non la esponeva all'immediato rischio di impoverirsi, il valore della terra decresceva progressivamente. L'unica sicurezza, a quel punto, era rappresentata dalle monete d'oro e d'argento contenute nello scrigno a cui soltanto lei poteva accedere. Ma cosa poteva saperne, di simili timori, un fratello avvezzo a guadagnarsi onore a suon di fendenti?

"Seicento fiorini!", meditò la monaca, sempre più corrucciata. Era una cifra sufficiente a mantenere una famiglia agiata per un anno. Molto più del dovuto, a suo avviso, per comprare i servigi di un uomo, fosse stato anche un patrizio o un avido prelato. E se in seguito si fossero rese necessarie altre spese? I novemila fiorini celati nel suo scrigno non sarebbero durati in eterno!

Eppure era Maynard a chiederli. Gli spettavano di diritto.

Con un profondo sospiro, Eudeline rivolse uno sguardo al giaciglio sfatto. Cercare di prendere sonno era ormai improponibile. Tanto valeva affrontare l'altro assillo che la pungolava da giorni.

Aleydis, la prigioniera del convento. Prima o poi si sarebbe dovuta decidere a parlarle.

Uscì dal suo alloggio e attraversò il chiostro con una lanterna accesa, chiedendosi a ogni passo se stesse facendo la cosa giusta. La reclusa era tenuta sotto chiave in un ambiente ai margini dell'orto, lontana dalle consorelle. Da quando aveva dato l'ordine di imprigionarla, Eudeline non si era mai degnata di farle visita. Non per paura o per rabbia, ma perché confrontarsi con Aleydis significava per lei mettere in discussione se stessa. Aveva iniziato a comprenderlo quando ancora ignorava che quella ragazza avesse ucciso una monaca e stretto accordi con un uomo malvagio. E nonostante avesse smascherato i suoi crimini, la reverenda madre si era resa conto di non poter recidere il filo che le univa.

Si avvicinò alla prigione, un seminterrato anticamente adibito a ghiacciaia. Nel servirsene aveva dovuto fare di necessità virtù, dal momento che il convento era sprovvisto di ambienti adibiti a prigioni. Sempre meglio degli inospitali recessi della cripta, si era detta. Raggiunse l'ingresso, controllò dallo spioncino e, con un sospiro, fece scattare la serratura.

Aleydis sedeva sopra un giaciglio di paglia con la schiena appoggiata alla parete, vigile, quasi la stesse aspettando. Eudeline osservò al barlume della lanterna le sue mani, intrecciate sul ventre lievemente rigonfio. Ormai i segni della gravidanza erano manifesti.

«Vi trovo bene», la salutò.

«Florida come una badessa», motteggiò Aleydis, maligna.

«Quel tanto che basta a tenervi in salute». La reverenda madre avanzò verso di lei, scrutandola di sottecchi. «Se credete di meritare maggior clemenza soltanto perché siete incinta…».

«Reputo che la clemenza non vi si addica», ribatté la reclusa. «Avevate promesso di prendervi cura di me, di destinarmi a un luogo confortevole, e invece…».

«Preferivate le prigioni vescovili?». Con quel tagliente sottinteso, Eudeline posò la lanterna su uno sgabello e le si mise di fronte. «Non siate tanto lesta ad accusarmi, mia cara. Se c'è una serpe tra noi due, non sono certo io».

Aleydis distolse lo sguardo. «Sono stata costretta, credevo l'aveste compreso. Non è dipeso da me».

«Avete ucciso suor Claire», le rinfacciò la badessa. «Il cardinale vi ordinò anche questo?»

«Fu un incidente».

«Fu una conseguenza delle vostre scelte». Eudeline era in preda allo sdegno, ma come previsto non riusciva a mantenere il dovuto distacco. Colse la mortificazione sul volto della ragazza e si chiese se lei stessa, in circostanze estreme, avesse saputo agire in modo retto. Chinò il capo, dispiaciuta. «Se solo mi aveste raccontato la verità fin dall'inizio…».

La prigioniera le rivolse un sorrisetto sarcastico. «Mi avreste accolto come novizia?»

«Vi avrei protetto. Sì, è la verità. Avrei esercitato tutto il mio potere pur di tenervi lontano da quell'uomo orribile».

«Sua eccellenza, il cardinale Bertrand du Pouget». Bastò pronunciare quel nome per far vibrare l'oscurità della stanza. «Credete davvero, reverenda madre, di potergli tenere testa? Avete idea di chi state parlando?»

«Quanta baldanza, all'improvviso», la canzonò la badessa, lungi dal lasciarsi intimidire. «Del resto, vi comprendo. Stiamo pur sempre parlando del padre di vostro figlio».

La ragazza si ritrasse di scatto, rannicchiandosi contro il muro. «Mi prese con la forza, e non fu certo il primo!», sibilò a denti stretti, lasciando trapelare un disprezzo che nasceva dalle profondità della miseria in cui era nata. «Ma cosa volete saperne, *voi*, cresciuta tra i vezzi e le stoffe profumate?»

«Tacete, maledetta!». Eudeline la schiaffeggiò con una tale violenza da farla cadere di lato, folgorata dal ricordo del padre riverso su di lei con la bramosia di un animale. Poi arretrò con affanno, la mano destra ancora sollevata, fino a ritrovarsi con la schiena contro il battente. «Siete voi a non sapere…», balbettò. «Non sapete nulla… nulla di me…».

Aleydis si risollevò, osservandola stupita. «Perché siete venuta a farmi visita?», chiese con voce rotta.

La badessa afferrò la lanterna e iniziò ad armeggiare con la serratura. «Molto presto…», le sue mani tremavano. «Molto presto saprete!».

Uscita dalla prigione, rinserrò in fretta il battente, quasi in fuga, ritrovandosi ancora una volta nel buio.

Il buio che aveva dentro.

19

Se il canto del mattutino accentuò le inquietudini della notte, il saluto di Robert de Vermandois le dissipò all'alba. Suor Eudeline schivò l'insidia delle sue iridi verdi e, nel guardarlo entrare nello studio, le parve più imponente di quanto ricordasse. Forse per via della tunica a maniche larghe e della barba bruna, incolta, che induriva il taglio delle mascelle. O forse perché fremeva ancora al pensiero di sentirsi stretta fra le sue braccia. Lo fece sedere a uno scranno e gli si accomodò di fronte, senza tavoli né scacchiere a frapporsi tra loro. «Mi rincresce», esordì, «di avervi fatto convocare al sorgere dell'aurora, ma la questione è tanto urgente quanto delicata».

Il barone piccardo le rivolse un sorriso formale. «Vi servo con piacere, madonna».

La reverenda madre colse nei suoi modi un velato impaccio, e si domandò se fosse dovuto al pungolo che lei stessa provava fra l'anima e la carne. No, rifletté poi. Robert sembrava indispettito, quasi offeso. Fu tentata di chiedergli il motivo, ma si trattenne per non lasciar trapelare i suoi sentimenti. «Vi scomodo per mio fratello».

Vermandois la scrutò in cerca di anticipazioni. «Maynard è un amico prezioso», si limitò a dire. «Per lui darei la vita».

Ormai non era più l'uomo obnubilato dall'amnesia, affidato alle cure di Eudeline. Più sicuro e pacato, gli bastava udire un nome caro per dar prova di lealtà. La badessa tuttavia era riluttante a trattarlo come un cavalier servente. «Dovrete consegnargli qualcosa da parte mia», gli spiegò. «Dei denari».

«Dunque avete scoperto dove si trova», disse il barone. «È tornato a Reims?»

«No, messere. Si nasconde a sud delle Alpi, in Emilia».

«Un viaggio alquanto impegnativo».

La reverenda madre colse una punta di diffidenza, e ne fu irritata.

«Proprio per questo non posso inviare un famiglio, né tantomeno una consorella», precisò. «Ripongo fiducia soltanto in voi».

«Comprendo la vostra necessità di tenermi lontano», si lasciò sfuggire Robert, «tuttavia...».

«Questo non lo ammetto!». Eudeline batté un pugno su un bracciolo e scattò in piedi. «Siete stato voi a rifiutare la mia ospitalità, l'avete già scordato? *Voi!* Vi siete allontanato dal mio convento di punto in bianco, senza proferir verbo».

Vermandois si sporse in avanti per quietarla, ma fu respinto da un gesto di diniego. Si abbandonò allo scranno, sbuffando. «Non mi era più possibile alloggiare nella foresteria di Sainte-Balsamie», si giustificò, prendendo a fissare il pavimento. «Non potevo più, capite? Non dopo avervi baciato».

Eudeline intrecciò le braccia al petto, quasi a trattenere la burrasca che si agitava dentro di lei. Non poteva certo biasimarlo, si disse. Eppure non riusciva a fugare la convinzione che, allontanandosi, lui l'avesse voluta punire. «Robert, vi prego di capire...».

«C'è poco da capire, mia signora», la interruppe lui. «Ignoro se l'amore che provo per voi sia più eretico o folle, ma non riesco a tenerlo celato. E per questo vi chiedo scusa due volte. Per la mia stoltezza e per la mia villania».

«Voi non dovete scusarvi di nulla», lo placò la monaca, inginocchiandosi al suo fianco. «Se il Signore vede tutto, sa che quel momento è stato per me...».

Robert le sfiorò una mano. «Tornate a sedervi, madonna», e con un sorriso amaro si sforzò di assumere un tono più impassibile. «Ciò che intendevo dire, poc'anzi, riguarda la vostra sicurezza. Sappiate infatti che sono sulle tracce dell'Arabo».

«L'Arabo?». Quel nome la fece sobbalzare. Un nome fittizio, a onor del vero, dietro cui si nascondeva un moro che mesi prima le aveva salvato la vita. Se non fosse stato per lui, Eudeline sarebbe caduta nelle grinfie di Bertrand du Pouget. Ma ignorare cosa legasse l'Arabo a quell'oscura vicenda la inquietava non poco. «L'avete trovato?»

«Non ancora», rispose Vermandois. «Però mi sono imbattuto in un fabbro che afferma di conoscerlo».

«Un fabbro?»

«Un armaiolo, per la precisione. Esercita vicino alla cattedrale, presso il mercato vecchio. Sostiene di essere stato pagato da quell'uomo per realizzare un'armatura».

Eudeline lo scrutò basita. «Sembrate parlare per enigmi».

«Un'armatura di ferro nero, madonna, come non ne ho viste di eguali. Non so a quale scopo possa servire, ma quando l'Arabo andrà a ritirarla... io sarò là per acciuffarlo».

«Potrebbe volerci del tempo», obiettò la reverenda madre, «e la richiesta di Maynard va accontentata al più presto».

«Vi chiedo solo pochi giorni», insistette il barone, stringendo i pugni. «L'armatura è completa, ormai».

Prima di pronunciarsi, Eudeline valutò attentamente la questione. Per trasportare i fiorini fino all'abbazia di Pomposa, Robert avrebbe impiegato mesi. Maynard era certo consapevole dei tempi di percorrenza, quindi sapeva di dover pazientare. Una settimana in più non avrebbe fatto alcuna differenza per lui. Per la badessa, invece, avrebbe significato lo sciogliersi di un inquietante mistero. «Se così stanno le cose», disse, «non oso intralciarvi».

Vermandois le rivolse un cenno di approvazione, poi si alzò dallo scranno e fece per congedarsi. Ma all'improvviso si adombrò. «Ciò nondimeno, mia signora, pensateci bene».

«A cosa vi riferite?», chiese Eudeline.

«Una volta che avrò lasciato Reims, voi sarete sola. Senza nessuno in grado di difendervi. Se solo mi confidaste i vostri segreti...».

Lei scosse il capo. «Il cardinale Bertrand du Pouget ha lasciato la città. Corre voce che abbia fatto ritorno ad Avignone».

«Però le sue spie potrebbero ancora annidarsi nei bassifondi di Reims», la mise in guardia Robert, «o magari a pochi passi da questo convento. Rammentate il suo legame con Karel di Boemia e con gli alti prelati di Francia? È pericoloso, madonna, e la sua mano può estendersi ovunque».

Dopo averle instillato quel dubbio, Vermandois prese congedo con un inchino.

20

Avignone, Livrée du Lion
18 luglio

«State lontano, eminenza. Questa femmina ha giaciuto con il demonio».

Il cardinale frenò il baio davanti all'ingresso del suo palazzo e osservò il soldato che gli aveva rivolto la parola, poi la donna seduta a terra a poca distanza. Era legata a un palo, con i capelli lerci a coprirle il viso. Intorno a lei, un pugno di frati recitava un *Paternoster* facendo oscillare turiboli dalle mefitiche fumigazioni.

Non poté evitare di ridere tra sé. Con tutte le floride puttane di Avignone, il diavolo si sarebbe accontentato davvero di poco, scegliendo di fornicare con quella miserabile. Si tolse il cappello da caccia e lo sventolò sul viso per allontanare la calura del meriggio. In condizioni normali avrebbe disperso quel piccolo assembramento, ma la battuta ai confini della Contea Venassina l'aveva messo di buonumore. Tracciò una croce nell'aria e proseguì verso l'interno della *Livrée du Lion*, seguito da un codazzo di arcieri e valletti.

Era tornato da una settimana ad Avignone e impiegava ogni momento libero per ritemprarsi negli agi. I viaggi a Reims e a Metz l'avevano messo a dura prova, ma se il primo si era rivelato un fallimento, il secondo gli aveva regalato un'importante vittoria. Ora che re Karel di Boemia gli aveva donato la punta di lancia, il cardinale possedeva due delle inestimabili reliquie nominate dal *Codex Millenarius*. Mancava la terza. Quando fosse stata tra le sue mani, sarebbe stato in grado di esercitare un potere immenso sulla Chiesa e sull'Impero. Il *Lapis exilii* tuttavia non sarebbe stato una facile conquista. Maynard de Rocheblanche, l'unico a sapere dove si trovasse, continuava a darsi alla macchia.

Ciò nondimeno, sua eminenza era speranzoso. Dopo la sua fuga da Reims, si era curato di lasciare in loco un uomo fidato in grado di spiare la badessa di Sainte-Balsamie. Costui non l'avrebbe deluso come Aleydis. Era più accorto, spinto da quel genere di motivazione che poteva nascere soltanto dalla devozione.

Il cardinale avrebbe atteso sue notizie nel proprio palazzo, senza esporsi a ulteriori rischi. C'era tempo, si disse. Doveva solo aspettare che gli eventi maturassero come i frutti su un albero. E non appena la sua spia avesse scoperto dove si nascondeva Rocheblanche, il *Lapis exilii* sarebbe stato suo.

Attraversò al trotto la corte interna, diretto agli stallaggi, finché non scorse un individuo attempato, vestito di nero, venirgli incontro. Allertato dall'ampia cioppa[8] che indossava, il cardinale scese da sella accennando un saluto. «Era da tempo che non ricevevo visite dalla *gens togata* del pontefice».

Il funzionario ricambiò con un rigido inchino. «Il cardinale Betrand du Pouget, suppongo».

«In persona. Con chi ho l'onore di parlare?»

«Il mio nome è Jacques de Bérail, ma non ha importanza. Sono un *advocatus* della curia di Avignone, giunto fin qui per esprimervi lo sconcerto di Sua Santità».

Il cardinale quietò il baio afferrandogli i finimenti del morso. «Lo sconcerto?»

«Sì, vostra grazia», rispose de Bérail, impassibile.

Bertrand lo fissò con una sorpresa che tracimava nell'irritazione. Come osava quell'uomo trattarlo con tanta sufficienza? Fu tentato di sguainare la daga appesa all'arcione e sgozzarlo come un cerbiatto, invece gli rivolse un sorriso accomodante. «Vorreste parlarmene in un luogo più appropriato?».

Il funzionario si guardò intorno, ammirando le alte siepi che circondavano la corte. «Non ci troviamo forse nella vostra livrea?»

«Sì».

«Quindi un luogo vale l'altro». De Bérail sfilò da una tasca un rotolo sigillato con lo stemma di Clemente VI e, con fare sbrigativo, glielo porse. «Come dicevo, sono qui per esprimere sconcerto riguardo alcune notizie che hanno iniziato a circolare dopo la vostra breve visita a Metz, lo scorso aprile», e lo scrutò con freddezza.

[8] Lunga veste indossata tra il XII e il XIV secolo da notai e avvocati.

«Corre voce che abbiate tenuto un incontro con sua maestà Karel di Boemia».

Il cardinale nascose a stento lo sbigottimento. Aveva usato ogni cautela per mantenere segreta quella vicenda, ma evidentemente gli informatori del papa erano giunti fino all'alcova di Karel. Indugiò dinanzi al rotolo, valutando in fretta le conseguenze, finché non lo strappò dalla mano dell'advocatus. «Sono confessore di quel nobile sovrano da quando è ragazzo», si difese. «Quindi non ho esitato a incontrarlo, dietro sue insistenti richieste».

«E avete consigliato di rifugiarsi a Praga?», aggiunse Jacques de Bérail, tagliente come una lama. Il silenzio di sua eminenza parve infondergli un intimo godimento. «Non temete», aggiunse poi. «Non è stata questa notizia a dispiacere il pontefice, quanto piuttosto il fatto che re Karel abbia ricevuto messaggeri della casata di Asburgo e di Wittelsbach».

Betrand non batté ciglio. «E anche se fosse?»

«Si tratta di nemici di Avignone, alleati dell'eretico Ludovico il Bavaro. Non si sarebbero mai permessi di avvicinarsi a colui che chiamano "il re dei preti". A meno che non sia stato proprio lui, il nobile Karel, a decidere, per una qualche oscura strategia, di aprirsi nei loro confronti».

Lo sguardo del cardinale cadde ancora sulla daga. «Non vedo come ciò possa riguardarmi», si schermì.

L'advocatus si concesse un risolino fintamente imbarazzato. «Be', il fatto che questi incontri siano avvenuti subito dopo la vostra visita è quantomeno… significativo».

Ormai incapace di controllarsi, Bertrand avvampò. «Non vi permetto!».

Jacques de Bérail scosse il capo, impassibile. «Non sono io a permettermi», puntualizzò, «bensì Sua Santità. Attende spiegazioni al più presto», e dopo avergli indicato il rotolo con il sigillo, eseguì un breve inchino e prese congedo.

Sua eminenza osservò la sua sagoma nera attraversare la corte, finché non sparì sotto il barbaglio del sole. Come un odioso corvo del malaugurio.

21

Selve di Ferrara
20 luglio

Il lupo era poco più di una macchia tra i cespugli. Immobile, quasi beffardo, osservò l'uomo a cavallo tendere l'arco verso di lui. Per un attimo furono una cosa sola, la fiera e il cacciatore, entrambi concentrati sulla punta d'acciaio pronta a lacerare l'aria. Poi una mano si frappose tra l'impennaggio della freccia e le dita prossime a scoccarla. Con un moto d'ira, Obizzo d'Este strattonò l'arco e rivolse una bestemmia all'autore di simile impudenza.

Rocheblanche gli sorrise di rimando. «Risparmiatelo», sussurrò. «È un magnifico animale».

Il marchese si guardò bene dal seguire il consiglio, ma quando riprese la mira si accorse che il lupo era fuggito. «Bell'affare», rimbrottò, «chiedervi di seguirmi a caccia!».

«Non siamo qui per uccidere lupi, vostra grazia».

«Ho idea che in vostra compagnia non riuscirei a catturare neppure una lepre».

Il francese si strinse nelle spalle. Fin da bambino sapeva che la vera arte venatoria si praticava d'inverno, quando le selve erano più dure e le fiere più guardinghe. Ma non poteva certo confidare a sua signoria che riteneva le battute estive un sollazzo per pusillanimi. «Se non sbaglio», cambiò discorso, «poco fa stavate per farmi una confidenza».

L'Estense, ancora aggrottato, ripose la freccia nella faretra da gamba e diede di sprone. «È così, in effetti», ribatté burbero.

Maynard aizzò il morello, inoltrandosi al suo seguito nella macchia di San Giorgio. Conosceva abbastanza il marchese da dare il giusto peso ai suoi repentini sbalzi d'umore. Infatti, poco dopo, lo vide scivolare in uno stato assorto. «Ebbene», insistette, «cosa volevate dirmi?».

Per tutta risposta, Obizzo affondò una mano in una tasca della sella ed estrasse un libricino. «Cosa ne pensate?», e glielo porse.

Il francese, incuriosito, rallentò l'andatura del cavallo e sfogliò le pagine miniate in cerca dell'incipit. «Una *Vita Merlini* in prosa», lesse stupito. Non si sarebbe mai aspettato una simile lettura da un uomo ombroso e pragmatico come il marchese. Tantomeno che gli venisse presentata durante una battuta di caccia.

«Mi è stata data in prestito da un letterato di Bologna», spiegò Obizzo. «Gradirei ricavarne una copia, prima di restituirla».

«Per il vostro diletto?», lo punzecchiò Maynard.

«Non dite assurdità, messere. È per una persona a me... vicina».

Dietro quel velato imbarazzo, il cavaliere intravide il desiderio di compiacere una dama. «In tal caso, sarà un dono assai gradito», e gli restituì il libro. «Ma a cosa vi serve il mio parere?».

Obizzo fece sparire la *Vita Merlini* nella tasca della sella. «Giorni fa», rispose, «mi accennaste del vostro legame con il cenobio di Pomposa, rammentate?»

«Sì. E con questo?».

Un risuonare di grida e latrati annunciò l'avvicinarsi di un gruppo intento a spaventare i cinghiali nascosti nel sottobosco. Il marchese invitò il compagno a inoltrarsi in un punto in cui la vegetazione s'infittiva, per non essere disturbati. «Di recente, in quell'abbazia, opera un miniaturista di eccezionale valore», disse mentre conduceva al trotto. «Ne ignoro il nome e la provenienza, ma ho potuto ammirare uno dei suoi ultimi lavori, una *Legenda aurea* di Jacopo da Varagine, illustrata per i canonici di Santa Maria in Vado. E mi chiedevo se voi, per caso...».

«So di chi parlate», lo anticipò Rocheblanche. «E confermo le voci al riguardo, è davvero un giovane di talento».

«Vorrei fosse lui a illustrare la copia del libro che vi ho mostrato». Il marchese parlava con cautela, quasi masticasse delle ortiche. «Tuttavia non posso rivolgermi direttamente allo *scriptorium* di Pomposa. Forse non lo sapete, ma i miei rapporti con l'abate Andrea sono piuttosto difficili».

«Sono al corrente anche di questo», rivelò Maynard. «Le tasse».

«Sì, le tasse», snocciolò Obizzo. «Non che io rivendichi parte di quei fiorini, si capisce. Sono tutti destinati alla Camera Apostolica,

come la somma che verso annualmente per conservare il mio vicariato di Ferrara».
«Non dovete giustificarvi con me, vostra grazia».
«Non intendevo farlo». L'Estense frenò d'un tratto il cavallo, facendo segno al compagno di tendere l'orecchio. Un rumore furtivo tra i cespugli cessò di colpo, lasciando a entrambi la sensazione di essere seguiti. «Torniamo alla *Vita Merlini*», riprese Obizzo, senza smettere di guardarsi intorno. «L'unico modo per aggirare l'ostacolo dell'abate sarebbe la mediazione di una terza persona».
«Parlate di me, suppongo».
Il marchese annuì. «Non saprei a chi altri chiedere. Il reverendo Andrea è accorto, riconoscerebbe subito un mio diretto sottoposto».
«Sta bene», lo rassicurò il francese. «Gli dirò che la copia è per me».
Obizzo rilassò il viso. «Avete la mia riconoscenza, messere».
Maynard era sinceramente ammirato. Donare un *roman* corredato di miniature era prerogativa di un animo più gentile di quanto reputasse il marchese. D'altra parte, con il pretesto di assolvere a quel compito avrebbe potuto recarsi a Pomposa e interrogare padre Andrea sulle sue ricerche. Erano ormai trascorsi due mesi da quando gli aveva parlato del *Codex Millenarius* e l'impazienza cresceva, fomentando il timore che, con la morte di Facio, si fosse estinta l'unica via percorribile per ritrovare le reliquie di Mont-Fleur. Ben presto, tuttavia, si rese conto di poter sfruttare la situazione anche per un altro fine. «E il miniaturista?», aggiunse all'improvviso.
«Cosa intendete?», domandò l'Estense, impegnato a individuare la provenienza dello strano fruscio.
«Il miniaturista», ripeté il francese, «dovrà conoscere la vera identità del committente, per conformarsi ai suoi gusti».
«Mi pare ovvio. Gliela rivelerete voi stesso, in confidenza, sotto la promessa di un lauto compenso».
Rocheblanche si fece serio. «In tal caso, è giusto che vi riveli alcune cose su di lui».
Obizzo smise di guardarsi intorno e lo scrutò basito. «Cosa dovrei mai sapere su un comune amanuense?»
«Non è un comune amanuense», ribatté Maynard, pungolato da un tardivo senso di rimorso. Ancora una parola e avrebbe tradito i segreti di un amico, eppure l'occasione era troppo propizia per

lasciarsela sfuggire. Spinse il morello lungo un sentiero affiancato da rovi, sperando che il fruscio alle loro spalle appartenesse a un animale selvatico e non a un uomo intento a spiarli. «Il suo nome è Gualtiero de' Bruni».

Il marchese abbozzò una smorfia perplessa. «Dovrebbe dirmi qualcosa?»

«Suo padre fu impiccato a Ferrara lo scorso aprile, su vostro ordine».

«Non rammento».

«Un mastro pittore. Fu catturato a Pomposa dai vostri uomini».

«Con quale accusa?»

«Lo ignoro». Maynard vide gli occhi di sua signoria diventare improvvisamente torbidi, inviolabili. Fiutò il pericolo e pensò d'istinto alla spada che portava appesa all'arcione. Poi un altro rumore tra le frasche, e la tensione crebbe.

Rimasero immobili ad ascoltare, le dita pronte sulla faretra, finché la voce ombrosa di Obizzo ruppe il silenzio: «Da quanto affermate, quel giovane è mio nemico».

«No», si affrettò a precisare Rocheblanche. «Gualtiero de' Bruni è una persona giudiziosa. Il suo rovello non scaturisce dalla vendetta, bensì dal destino incerto di sua madre Sapia. È stata arrestata insieme al marito, ma contrariamente a lui...».

Obizzo fece un gesto spazientito. «Pretendete che rivanghi su fatti di cui non serbo memoria?»

«L'abate Andrea vi scrisse al riguardo, questo almeno dovete ricordarlo. Io stesso consegnai la sua lettera alla vostra cancelleria».

Il marchese si strinse nelle spalle. «Lasciate perdere, messere. La mia fronte è inquietata da fin troppi impegni. Ma se non mi inganno, avete a cuore le sorti del giovane de' Bruni».

Maynard gli rivolse un sorriso d'intesa. «Diciamo che se potesse ottenere notizie sulla madre, eseguirebbe meglio il lavoro che intendete commissionargli».

L'Estense annuì vago. «Se la faccenda vi preme a tal punto, avete il mio permesso di cercare tra i registri della cancelleria. Da qualche parte, sarà certo stato annotato cos'è successo a quella sventurata».

«Ve ne sono grato».

«Lo credo bene», esclamò Obizzo. «Non dimenticate, messere, di consegnare la *Vita Merlini* allo scriptorium di Pomposa».

«Lo farò domani stesso, vostra grazia».

Spronarono i cavalli verso un crescente baccano di uomini e cani intenti a braccare una preda. Il marchese tradì l'impazienza di uccidere e il francese, dal canto suo, non aveva più motivo di frenarlo. Ma non appena la macchia si diradò, un uomo a cavallo uscì dai cespugli e si parò di fronte a loro, costringendoli a strattonare le redini.

Maynard riconobbe all'istante quel ghigno da beccaio. Nascose lo sdegno dietro un feroce sorriso e, osservando l'ustione che aveva impresso sul volto di Superanzio Orsini, gli rivolse un breve saluto.

22

«Non sapevo partecipaste alla battuta, messere».

Superanzio Orsini eluse un'occhiata sospettosa di Maynard e si rivolse al marchese. «Affrettatevi, vossignoria», esclamò. «I servi hanno appena stanato un grosso cinghiale».

Obizzo annuì e, senza indugi, si lanciò al galoppo. Rocheblanche trattenne il suo morello, fissando il nuovo arrivato.

«Questi nobili...», motteggiò il visdomino, nell'attesa che l'Estense sparisse tra gli alberi. «Come cani, sempre pronti ad azzannare il primo osso che si getta loro dinanzi».

«Voi invece somigliate più a uno sciacallo», ribatté il francese, «intento a spiare fra i cespugli».

«Ah», sorrise l'uomo, «quindi avevate percepito la mia presenza».

Maynard si strinse nelle spalle. «Soltanto un vago odore di carogna», e con un colpo di redini gli si avvicinò guardingo. «Perché siete qui?».

Il ghigno di Superanzio si incrinò in una smorfia insidiosa. «Fossi in voi», disse, «lascerei quella donna al suo destino».

«Quale donna?», finse di non capire.

«La moglie del mastro pittore. Non vi riguarda».

Rocheblanche si chiese cosa nascondesse la povera Sapia perché uno sgherro del vescovo si scomodasse a metterlo in guardia. Ma fu la velata minaccia, più della curiosità, a infiammare il suo animo. «Come al nostro precedente incontro, sorgono divergenze sui rispettivi doveri», e aggrottò la fronte. «Forse l'ultima lezione non vi è bastata».

«Al contrario, avete lasciato il segno», e accarezzandosi l'ustione al viso, il visdomino mise bene in mostra l'anello che portava all'indice. «Ora tocca a me».

Vincendo un lampo d'incredulità, il francese riconobbe il leone rampante sul castone smaltato. «Dunque siete stato voi a...».

«Ascoltatemi bene, messere!». Il tono dell'Orsini tracimò in un rigurgito di rancore. «Ditemi come trovare il *Lapis exilii* o rivelerò al marchese che siete una spia di Avignone. Questo anello sarà la prova».

Maynard resistette alla tentazione di afferrarlo per il collo e scaraventarlo giù di sella. «Temo di non comprendere», disse a denti stretti.

«Vorreste farmi credere che ignorate a chi appartiene?»

«Me lo direte voi, ora! O quant'è vero Iddio…».

Il visdomino lo sferzò con una risata stridula, il volto distorto in una maschera di oscena ilarità. «Sua eminenza, il cardinale Bertrand du Pouget», rivelò con un sibilo. «Il prelato guerriero che tempo addietro funestò le sorti di Ferrara».

Mentre quelle parole gli rimbombavano nella mente, il cavaliere si domandò cosa potesse mai avere a che fare un uomo del genere con Jang de Blannen e con i misteri di Mont-Fleur. Era certo di non aver mai udito il suo nome, eppure sospettava che in più di un'occasione fosse stato sul punto di sentirlo pronunciare. Dopo Crécy, davanti alla smorfia beffarda di Karel di Boemia, e poco più tardi, dalla donna che era stata mandata a ucciderlo. Dunque era lui, Bertrand du Pouget, a sguinzagliare i sicari che l'avevano braccato fino a Reims. E sempre lui, forse, a tradire la fiducia del re di Boemia. In preda a una vertigine di pensieri, squadrò con sprezzo lo sciacallo che gli stava di fronte. «Sono basse insinuazioni», si difese. «Io non servo quell'uomo».

«Poco importa», ribatté Superanzio. «L'accusa basterà a condurvi alla forca».

«In tal caso», la mano di Maynard scivolò sull'elsa, «sarà più lesta la mia spada».

Il visdomino perse di colpo la sua baldanza. «Giustiziandomi ora recuperereste l'anello», lo avvertì, «ma non l'enigma che custodivate nella scarsella».

Rocheblanche trattenne l'ira. «Dovrete rendermi anche quello», ordinò, «se ci tenete alla vita».

«Al momento è in mani sicure. Se non dovessi sopravvivere a questo incontro, ho dato istruzioni affinché sia recapitato alle autorità, insieme al vostro nome e a quello del cardinale Bertrand. Immaginate le conseguenze?»

«E se invece vi risparmiassi?»

«Ve l'ho già spiegato», rimarcò Superanzio. «Dovrete rivelarmi tutto ciò che sapete sul *Lapis exilii*. Ogni giorno, da più di un mese, studio il testo della vostra pergamena, senza ancora carpirne il significato. Se solo mi aiutaste a decifrarlo...».

Maynard valutò l'offerta, assai indeciso. Quell'uomo era una serpe e in un modo o nell'altro l'avrebbe ingannato. Del resto, non c'era da scartare l'ipotesi che fosse stato proprio lui a uccidere Facio di Malaspina. Un attimo prima di rifiutare, il cavaliere soppesò i vantaggi che poteva ottenere. «Il mio aiuto per la verità sulla moglie di Sigismondo de' Bruni».

«Sta bene», rispose il visdomino. «Non ora, tuttavia. Vediamoci domani notte, al rintocco dell'ora prima, nel punto in cui la contrada della Rotta s'incontra con la fossa diretta al Padus. Ma se dovessi fiutare una trappola...».

«Forse avete dimenticato, messere, chi fra noi è il serpente infido». E facendolo scostare con malgarbo, spronò il cavallo verso la stessa direzione del marchese Obizzo.

23

Abbazia di Santa Maria di Pomposa

Aveva atteso tutto il giorno per vedere Isabeau, ma prima di raggiungerla sul carro – dove sperava si fosse già nascosta – Gualtiero uscì dallo scriptorium e imboccò il sentiero sul retro del palazzo. Con l'esplodere dell'estate, la vegetazione intorno all'abbazia era diventata fitta e rigogliosa, conferendo al paesaggio un aspetto quasi selvaggio. Il giovane si inoltrò tra roveti di more e cespugli di bacche, in direzione dello specchio lagunare che mesi prima gli era stato mostrato da padre Andrea. In seguito era tornato più volte in quel posto, da solo, per chiedere consiglio agli spiriti degli antichi monaci che aleggiavano sulle acque. Sfidando l'impazienza dell'abate, continuava a rimandare la risposta sul prendere i voti. L'idea di vincolare la propria esistenza a un cenobio lo spaventava, senza contare i suoi sentimenti per Isabeau e i molti dubbi sull'esistenza di un dio buono. Non aveva però tralasciato di valutare le opportunità della *Summi Magistri*, prima fra tutte quella di mettersi in viaggio verso le più importanti sedi dell'insegnamento teologico. Il reverendo Andrea si era addirittura lasciato sfuggire il nome di Parigi, instillando in Gualtiero la speranza di passare per Avignone e cercare la madre.

In quel momento tuttavia aveva altro per la testa. Pensava alla ragazza nascosta sul carro e al desiderio di lei, dei suoi abbracci, lontano da ogni affanno. Proseguì all'ombra di fronde sempre più ampie, orientandosi fra tronchi contorti come anime purganti, finché non s'imbatté nel roseto.

I boccioli erano di un rosso porpora talmente acceso da ricordare il vivo della fiamma, ma vellutati come le ali di un angelo. Gualtiero li teneva d'occhio da giorni, nell'attesa che giungessero al culmine della perfezione. Si inginocchiò per scegliere il più bello, estrasse un piccolo coltello da una tasca e fece per reciderlo.

Esitò, contemplando per un istante quella delicata figura. Poi vinse il rimorso e affondò la lama nel gambo.

La via del ritorno gli parve più breve, addolcita dall'immagine di lei che posava lo sguardo sul bocciolo.

Isabeau lo aspettava sul giaciglio di pelli e fieno, fra pareti coperte di bozzetti a carboncino. Le si avvicinò con cautela, quasi timoroso di farla fuggire, mentre inspirava l'odore delle tempere che impregnava l'interno del carro. Un odore di casa, che ancora riusciva a sopire il dolore dei ricordi.

«È per me?», chiese la ragazza alla vista del bocciolo.

Gualtiero glielo porse. «Rammenti?», disse. «La prima volta che ci incontrammo, mi donasti un fiore».

Lei si lisciò la rosa sulla punta del naso, poi la osservò con aria sognante. «Fu la seconda, a onor del vero».

«Della precedente non tengo conto», ridacchiò il giovane. «Eri talmente malconcia che ti scambiai per un maschio».

Anziché offendersi, Isabeau sorrise con malizia. «E ora?», si stiracchiò sul giaciglio.

Gualtiero cercò di indovinare le forme del suo corpo sotto le pieghe dell'abito, avvertendo una morsa di desiderio. Resistette alla tentazione di gettarsi su di lei e indugiò sui suoi capelli del colore del grano, immaginando a quale mistura avrebbe fatto ricorso per dipingerli su una superficie di intonaco fresco. Infine si perse nei suoi occhi, sempre più strani e intriganti. «Ti ha visto qualcuno?», mormorò.

«Per poco il padre *portarius*, mentre uscivo dal chiostro. Ma sono stata attenta».

«E se ti avesse scorta?»

«Non è successo», gli assicurò Isabeau, sistemandosi il bocciolo fra le lunghe ciocche. «Non succederà mai».

Il giovane miniaturista resistette ancora a quel tacito invito, ripose la bisaccia su uno sgabello e sfiorò il ritratto della madre. Sentì le inquietudini risalire i recessi dell'anima, come catene nell'ombra, infine vide la ragazza tendergli le braccia. Per un attimo fu tentato di cacciarla via, invece si coricò al suo fianco e la baciò lentamente, con tutta la dolcezza di cui era capace.

Lei assaporò il tocco delle sue labbra, ricambiandolo con un bacio più intenso. «Prometti», sussurrò. «Prometti che non ti farai mai monaco».

Le dita di Gualtiero scivolarono sotto pieghe di tela grezza, per cercare la sua pelle. Le emozioni che aveva dentro erano troppo intricate per permettergli di discernere tra ciò che provava per lei e il desiderio di fuggire da un mondo di affanni. Isabeau era importante, nondimeno. Gli era entrata dentro un po' per volta, con una tale forza da mettere radici.

Nella vertigine dei sensi, il giovane ascoltò le sue parole e colse la paura celata dietro di esse. Ma se mai le rispose, poco dopo non ne serbava già più memoria.

Non molto lontano, sotto l'incombere dell'imbrunire, un uomo avvolto nella tonaca nera era appostato a una bifora del *Palatium Abbatis*. Teneva lo sguardo puntato sul carro dei de' Bruni e una mano aggrappata con rabbia a una colonna.

Ora basta, si disse.

Il canto delle sirene doveva cessare.

24

Quella stessa notte, Maynard si mise in viaggio verso Pomposa. Indotto dalla fretta a imbarcarsi sull'unico natante salpato con il buio, discese il Padus su un burchio dalle assi cucite governato da una ciurma di contrabbandieri. Un passeggero qualsiasi avrebbe vissuto l'attraversata con angoscia. Lui, invece, seppe instaurare con il patron della nave – un omone di nome Oreste – un rapporto di tacito rispetto che gli valse il permesso di starsene a poppa, indisturbato. D'altro canto aveva ben altro di cui preoccuparsi. Se la visita alla cancelleria marchionale gli aveva rivelato sconcertanti verità sull'arresto di Sapia, le recenti scoperte su Bertrand du Pouget erano un assillo continuo.

Lui vi sovrasta. Le parole della donna che mesi prima aveva cercato di ucciderlo lo perseguitavano come un vento nero. C'era stato un tempo in cui non avrebbe mai creduto che le macchinazioni di un uomo solo, benché cardinale, potessero influenzare i destini di tante persone. Ora tuttavia doveva dedicarsi ad altro. Il tempo di parlare con l'abate Andrea e sarebbe dovuto tornare a Ferrara per incontrare Superanzio Orsini, nella speranza di persuaderlo a collaborare senza rivelargli i segreti di Mont-Fleur.

Quasi in cerca di consiglio, scrutò il firmamento in direzione di Altair, la stella del coraggio, che con la sua gelida fiamma donava all'Aquila la supremazia del cielo. Ma scorgendo tra i nembi anche il bagliore dell'Avvoltoio e di Deneb, si trovò al cospetto di un triangolo astrale[9] capace di rievocargli alla memoria il sogno dei tre cavalieri.

"Basta con le paure", si impose d'un tratto. Fossero stati anche gli araldi dell'Apocalisse, quei tre uomini-cometa non potevano eserci-

[9] Nelle notti d'estate, le stelle Altair (della costellazione dell'Aquila), Deneb (del Cigno) e Vega (di Lira, anticamente detta "Avvoltoio discendente") formano l'asterismo noto come "Triangolo estivo".

tare su di lui alcun potere. Era giunto tempo di mettere da parte le visioni arcane e di affrontare le reali difficoltà. Soltanto così avrebbe riscattato l'onta di suo padre Gaspar e i peccati che lui stesso aveva commesso.

All'improvviso Oreste si staccò dai timoni e si sporse dall'impavesata, verso una lingua di terra estesa tra i canneti e le acque nere. Rocheblanche immaginò che fosse in cerca di un punto d'approdo lontano dal *Portus Abbatis*, per evitare i controlli e il pagamento delle gabelle. Non appena ne ebbe conferma, sciolse il morello dall'albero di maestra e attese che i contrabbandieri gettassero l'ancora. Dopodiché si congedò con il patron e scese sulla terraferma per proseguire al galoppo.

Giunse a Pomposa alle prime luci.

Lasciò il cavallo negli stallaggi, si sciacquò il viso a un pozzo e, prima di chiedere dell'abate, andò a bussare al carro di Gualtiero. Desiderava informarlo in anticipo degli ultimi sviluppi, nel caso si fosse resa necessaria la sua complicità di fronte a padre Andrea. Non ottenendo alcuna risposta, ipotizzò che fosse già nello scriptorium e andò in cerca del reverendo.

Trovò Andrea nel chiostro, davanti all'ingresso della sala del capitolo. Sedeva ai piedi di una colonna, molto corrucciato e all'apparenza intento a parlare tra sé. Avvicinandosi, Maynard scorse il levriere acquattato di fronte a lui, quasi lo stesse ascoltando. «Reverendo, i miei ossequi», lo salutò.

L'abate si levò di scatto. «Qual buon vento, messere?»

«Dovreste immaginarlo».

«I seicento fiorini?», chiese speranzoso.

«Il *Codex Millenarius*», lo disilluse Rocheblanche, con una punta di stizza. «Dato che non vi siete più degnato di informarmi, mi avete costretto a scomodarmi».

«Il motivo del mio silenzio è che non c'era nulla da comunicarvi», si giustificò il religioso. «Come temevo, non ho trovato alcunché».

Maynard lo scrutò diffidente. «Siete sicuro di aver cercato bene?»

«Mi credete un inetto?», ribatté Andrea, lasciando trapelare il suo malanimo.

«Lungi da me, reverendo», lo placò il francese. «E tuttavia, conoscendo l'arguzia di padre Facio, non mi stupirei se avesse celato quel libro con maggior accuratezza di quanto possiamo sospettare».

L'abate scosse il capo. «Ho cercato in ogni dove».

«In ogni angolo del monastero?»
«Della biblioteca, messere».
«E voi affidereste un libro tanto prezioso a un luogo accessibile a tutti?».
Andrea lo fissò di sbieco. «Non è così facile entrare in biblioteca».
«Suvvia padre, avete certo inteso le mie parole», insistette Maynard, alzando la voce. Era esausto, e il pensiero di quanto doveva ancora sostenere gli rendeva odioso quel battibecco. «Malaspina era un monaco avvezzo a inganni e trabocchetti. Chissà di quali nascondigli disponeva al tempo del suo abbaziato a Pomposa».
Il reverendo fece per impuntarsi, poi ebbe un ripensamento. Il suo sguardo andò a Fiumano, una carezza. Poi prese a passeggiare in tondo, domando la misteriosa foga che lo rodeva dentro. Spiò più volte l'espressione perplessa del francese, infine sospirò. «Mi avete persuaso», disse, «cercherò ancora».
Rocheblanche studiò le sue occhiaie insonni e il rossore delle gote, colto ancora dalla sensazione di trovarsi dinanzi a un estraneo. Con una punta di irritazione, si chiese se quell'improvvisa compiacenza non fosse altro che un espediente per zittirlo.
«Ora tuttavia», proseguì Andrea, «vorrei parlarvi di vostra sorella...».
«Eudeline?», disse Maynard, colto di sorpresa. «Il denaro arriverà, non abbiate tema».
«Mi riferivo a Isabeau», chiarì il religioso, intrecciando le braccia al petto. «Spero abbiate valutato la mia proposta...».
Rocheblanche dovette compiere un piccolo sforzo di memoria, poi si rammentò del suggerimento di trasferire la ragazza presso le monache di Sant'Antonio, vicino Ferrara. «Ne parleremo tra breve», promise con un gesto vago. «Ora vorrei chiedervi un servigio riguardante lo scriptorium di Pomposa».
«Di quale genere?».
Il cavaliere aprì la bisaccia che portava a tracolla ed estrasse il libricino affidatogli da Obizzo. «Mi è capitata tra le mani questa *Vita Merlini*. Gradirei ricavarne una copia».
Andrea fissò con interesse il piccolo volume. «Consideratelo fatto», assicurò. «Affiderò la trascrizione al più capace dei miei amanuensi».
«Sta bene». Maynard sollevò un indice. «A patto che le miniature siano realizzate da Gualtiero de' Bruni».

«Si capisce, messere».

«Ebbene, fatelo convocare. Voglio parlargli a quattrocchi, per sincerarmi di come realizzerà le illuminature».

Non appena seppe chi chiedeva di lui, Gualtiero fu colto da un fremito. Uscì dallo scriptorium serbando il maggior contegno possibile, dopodiché si lanciò di corsa per le scale del palatium e sotto il sole cocente della corte. Maynard lo attendeva all'ombra della torre campanaria, appoggiato ad antichi mattoni capaci di rilasciare, a dispetto dell'afa, una dolce frescura.

«Dite, messere», lo interpellò il giovane, fermandosi di fronte a lui.

Rocheblanche era di umore cupo, assai pensieroso. «Non qui», disse. Si staccò dal muro e, aggirando il campanile, si fece seguire lungo la parete meridionale dell'abbazia. Raggiunta la zona dell'abside, proseguì per un sentiero che costeggiava l'orto, in direzione di uno stabbio.

«Notizie su mia madre?», insistette Gualtiero, non appena furono lontani da sguardi indiscreti.

Il cavaliere sollevò una mano. «Procediamo per gradi».

«Vi ascolto».

«Dovrete miniare un libro», rivelò. «L'abate Andrea vi dirà che è per me, ma in verità si tratta di un lavoro per un'altra persona. Prima che vi metta al corrente della sua identità, promettetemi di tenerlo per voi e di non dare in escandescenze».

Il giovane annuì senza esitare.

Maynard lo fissò con intensità. «Sua signoria, Obizzo III d'Este».

«Quel cane...», grugnì Gualtiero.

«Mantenete la calma», si raccomandò Rocheblanche. Attese un cenno di consenso, poi continuò: «La copia del libro è destinata a una donna, probabilmente una cortigiana vicina al marchese. Tenetelo a mente quando sceglierete i soggetti da rappresentare».

«Non mi aggrada, messere. Preferirei declinare l'incarico».

«Non siate sciocco, la compiacenza del marchese potrebbe farvi comodo».

«In quale modo?»

«Per la sua ricompensa, innanzitutto». Il tono di Maynard lasciò trapelare un pizzico di complicità. «Presto vi occorrerà del denaro. Molto denaro. Sempre che siate ancora dell'idea di mettervi in viaggio».

Gualtiero spalancò gli occhi, euforico. «Dunque avete scoperto qualcosa!».

Il francese gli pose una mano sulla spalla. «Aspettate a esultare», e si fece serio. «Non vi piacerà».

Il giovane avvertì una fitta allo stomaco e d'un tratto non fu più certo di voler sapere cosa fosse capitato alla madre. E se anche Sapia fosse finita sulla forca? Strinse gli occhi, fugando quel pensiero scellerato. Doveva essere forte, come l'uomo che aveva di fronte. «Sono pronto, messere».

Sul volto di Rocheblanche balenò una fugace ammirazione. «Rammentate la notte in cui ci recammo a Ferrara, per scoprire dove fossero stati incarcerati i vostri genitori?»

«Come potrei dimenticare? Il nome di mia madre non compariva sui registri del capitano delle carceri».

«Tuttavia», lo informò il francese con enfasi, «risulta che lo stesso giorno fu arrestata un'altra donna».

«Ebbene?»

«Ebbene, di recente ho avuto modo di consultare l'archivio della cancelleria marchionale. Ciò mi ha permesso di scoprire che la donna di cui vi parlo fu detenuta per un breve periodo nelle prigioni del Castello dei Curtensi, finché non fu trasferita sotto scorta ad Avignone».

«Proprio come mia madre...», mormorò Gualtiero.

«Amico mio», Maynard abbozzò un sorriso amaro, «è assai improbabile che due persone siano state tradotte lo stesso giorno nella città dei papi. Capite cosa intendo?».

Il giovane lo fissò attonito, poi sobbalzò. Gli ci volle un attimo per riprendersi dallo stupore e ricostruire i fatti. «Se non con il nome di Sapia», disse con le labbra tremanti, «come viene chiamata mia madre, sulle carte da voi consultate?».

Dopo un attimo di riluttanza, l'uomo rispose: «Elisa de' Bonacossi».

Gualtiero rimase interdetto. Elisa de' Bonacossi. Per lui non significava nulla. Era sul punto di convincersi che Maynard si fosse sbagliato, che avesse esaminato documenti viziati o che addirittura avesse frainteso i notai di Obizzo III d'Este. Poi andò col pensiero al giorno in cui i suoi genitori erano stati arrestati e rammentò di aver colto in Sapia qualcosa di diverso: un'indole talmente dura e altezzosa da fargliela sembrare un'estranea.

«Tuttavia c'è ancora molto da scoprire», continuò il cavaliere. «Se, come penso, Elisa de' Bonacossi è il *vero* nome di vostra madre, sui registri della cancelleria non si spiega né perché né da chi fu ordinato di condurla ad Avignone».

Il giovane strinse i pugni con tanta foga da affondare le unghie nei palmi. Già sopportava poco il peso di non essere figlio di Sigismondo, e ora si imbatteva in una nuova, sconvolgente rivelazione. Per quanto si sforzasse, fu incapace di trattenere un grido. Non sapeva se provare sdegno o apprensione nei confronti di colei che, pur dicendosi sua madre, gli aveva mentito fin dalla nascita, per ogni giorno della sua vita. Ancor più forte, però, era il desiderio di ritrovarla per chiederle il perché di tanti segreti. «Non posso attendere oltre in questo luogo», mormorò.

«Invece vi chiedo di pazientare», ribatté il francese.

«Come potete?», avvampò Gualtiero. «Voi non immaginate il tormento che mi provoca questo continuo indugiare! E ora che so...».

Maynard gli impose la calma. «Vale ancora quanto vi dissi dopo la morte di vostro padre». Lo afferrò per le spalle, con palese risentimento. «Seguite il mio consiglio, amico mio. Oggi stesso farò ritorno a Ferrara e otterrò altre informazioni su vostra madre. Capite? Soltanto una settimana di pazienza, al massimo due, e si potrà decidere sul da farsi. Nel frattempo, mantenete il silenzio. Soprattutto con il reverendo Andrea».

Il giovane indugiò sui suoi occhi benevoli, opponendosi al tumulto che aveva nell'anima. Tra le poche persone in grado di aiutarlo, poteva fidarsi esclusivamente di quell'uomo. «Il reverendo Andrea...», commentò. «Da qualche giorno, non è più lo stesso».

«Me ne sono accorto», sospirò il cavaliere. «È per questo che ho acconsentito a portar via Isabeau da Pomposa».

Gualtiero fece un passo indietro. «E lei... lo sa?»

«Non ancora. Tuttavia mi vedo costretto, l'abate non tollera più la sua presenza».

Il miniaturista abbassò lo sguardo. «Forse a causa mia...».

La reazione di Maynard fu tanto repentina da togliergli il respiro. «Spiegatevi!», sibilò.

Il ragazzo si sentì afferrare per il bavero. Davanti a lui, un uomo totalmente trasfigurato lo squadrava con una smorfia arcigna. Cercò di divincolarsi, ma poté soltanto aggrapparsi ai suoi polsi. «Mi ha raccontato chi è...», balbettò. «Chi è *davvero*, intendo...».

Ben lungi dal rabbonirsi, Rocheblanche continuò a incombere su di lui come uno sparviero. «Cos'altro vi ha detto?», lo scosse. «Orsù, parlate!».

«Che siete giunto fin qui per cercare due reliquie scomparse... E per svelare un mistero che si chiama *Lapis exilii*...».

Con un'imprecazione secca, l'uomo lo lasciò andare e gli voltò le spalle. «Non osate mai più pronunciare quel nome».

«Io...», cercò di giustificarsi Gualtiero, trafelato.

«Ne va della vostra vita», lo zittì Rocheblanche, dopodiché si incamminò senza aspettarlo verso l'abbazia. «Ora tornate allo scriptorium», ordinò, «e fate come vi ho detto. Riceverete presto mie notizie».

«Aspettate!», lo inseguì il ragazzo. «Lasciate almeno che dica addio a Isabeau!».

Il cavaliere si voltò di scatto, trapassandolo con un'occhiata severa che non ammetteva repliche. «Se quanto mi avete appena detto è vero, sarà meglio per tutti che non la vediate mai più».

25

Reims, piazza della Cattedrale

Dopo una settimana di appostamenti, Vermandois iniziava a sentirsi a disagio. Un uomo della sua stazza non passava certo inosservato, e aggirarsi per giorni nello stesso luogo lo esponeva al rischio di farsi notare dalla sua preda. Per quel motivo si spostava il più possibile, battendo le vie del mercato per confondersi tra i passanti.

I banchi dei mestieri gli offrivano una varietà di punti di osservazione distribuiti intorno al *cloître* di Notre-Dame[10]. Il piccardo si muoveva lungo le logge della merceria, degli speziali e degli orefici, senza allontanarsi mai troppo dal lato meridionale della piazza, dove, a cento passi dalla cattedrale, sorgevano le botteghe dei fabbri. Era lì che si augurava di veder spuntare prima o poi il volto dell'Arabo. Perciò, di tanto in tanto, si portava nelle vicinanze, tra il chiostro dei domenicani e l'attività dei legnaioli, fingendosi interessato al traffico di cavalli diretto alla fiera del bestiame. E aspettava.

Era la terza volta che faceva la spola dalla chiesa di Saint-Jacques al luogo interessato, quando incrociò una nobildonna intenta ad acquistare delle stoffe. Era giovane, con i capelli sciolti e un abito di raso verde stretto ai fianchi. Robert la fissò per un istante, cercando di immaginarsi Eudeline agghindata a quella maniera. Ah, sospirò. Se solo fosse stato possibile…

Il comparire tra la folla di un singolare individuo lo strappò all'improvviso dalle fantasie. Non molto alto, indossava un mantello scarlatto e un turbante bianco che ne metteva in risalto i tratti moreschi. In un crescendo di eccitazione, Vermandois lo vide fermarsi a una

[10] Il *cloître* (recinto) di Notre-Dame racchiudeva, oltre all'edificio della cattedrale, la corte capitolare, il palazzo vescovile e le case dei canonici.

pietra del cambio per riscuotere delle monete, quindi riprendere il cammino verso la loggia dei fabbri.

Era l'Arabo, senz'ombra di dubbio. Il piccardo lo seguì guardingo. Era probabile che si stesse recando dall'armaiolo per pagare l'armatura ultimata.

Tuttavia, qualcosa non andava. Quell'uomo non poteva certo pretendere di ritirare un pesante arnese in quello stato. Gli sarebbe occorso un carro, o almeno un robusto animale da soma.

Robert lo tenne d'occhio finché non lo vide entrare nella bottega dell'armaiolo. A quel punto le regole del buonsenso avrebbero richiesto di attendere all'esterno, quindi di seguire l'Arabo lungo la via del ritorno per scoprire la sua dimora. Ma Vermandois era troppo stanco di fare la posta e altrettanto impaziente di compiacere Eudeline. Molto meglio irrompere nella bottega, afferrare il saraceno per il bavero e scuoterlo quel tanto che bastava a farlo parlare.

Non aveva ancora concluso il ragionamento che era già entrato nell'officina, un sorriso agguerrito sulle labbra. L'Arabo si trovava a pochi passi, intento a elargire un sacchetto di denari al fabbro. Prima di rivolgersi a lui, Robert indugiò davanti all'enorme armatura seminascosta nell'ombra. Interamente montata su un manichino, infondeva timore al solo guardarla. Non tanto per le proporzioni degne di un ciclope, quanto per l'elmo dotato di una ventaglia a forma di becco e di due corna che richiamavano l'aspetto del demonio.

Il tempo di un respiro e il piccardo colse l'allarme sul volto dell'Arabo. Scattò in avanti per acciuffarlo, ma d'un tratto assistette a qualcosa per cui era totalmente impreparato.

L'armatura si mosse.

La vide piegarsi su un ginocchio e brandire un mazzapicchio allo stato grezzo – poco più di un grumo di metallo – riposto accanto alla forgia, quindi rialzarsi e dirigersi verso di lui con incedere minaccioso. Agendo d'istinto, Vermandois schivò un fendente e si allontanò da quel corpo lucente, nero come l'inferno. Ma l'ambiente era troppo angusto perché potesse stargli lontano. Aggirò un tavolo, abbassò la testa e scansò per miracolo un secondo attacco. Non sfuggì al terzo, che lo colse al polpaccio facendolo cadere a terra.

Un attimo dopo, il gigante corazzato era di fronte a lui con il mazzapicchio sollevato in aria.

Robert ebbe la prontezza di imbracciare un vecchio scudo appoggiato a una parete, riuscendo così a difendersi da una gragnola di colpi sempre più violenti. Non fece tempo a chiedersi con chi stesse combattendo che le enormi mani del nemico afferrarono i bordi della sua protezione e gliela strapparono via.

La spinta fu tale che Vermandois si ritrovò scaraventato in avanti. Batté il petto sul tavolo, restando quasi senza respiro. Poi si sentì afferrare per le spalle e, senza che potesse reagire, trascinare verso il barile in cui venivano raffreddati i metalli.

Nell'ultimo istante di lucidità udì un «No!» gridato a squarciagola. Credette di essere stato lui, poi sollevò lo sguardo dall'orlo del recipiente e vide l'Arabo che accorreva in sua direzione, le iridi feline, il mantello scarlatto contro il pulsare delle braci.

Infine le dita di nero metallo gli si chiusero sulla sua nuca e lo spinsero nell'acqua acida.

26

«Non so spiegarmi perché, madonna, ma mi ha risparmiato».

In preda al tumulto, suor Eudeline strinse i bordi dello scrittoio e fissò Robert. Le sedeva di fronte con il volto provato, segnato da una tensione che metteva spavento. Benché in quel momento fossero al sicuro, entro le solide mura di Sainte-Balsamie, la monaca dovette guardarsi intorno per trovare conforto tra le pareti familiari del suo studio. «Sia ringraziato il cielo», mormorò, facendosi il segno della croce.

«Ringrazio il fabbro», sbuffò l'uomo. «È stato lui a togliermi la testa dal barile, dopo che il gigante in armatura se n'è andato».

«E l'Arabo?».

Vermandois si strinse nelle spalle. «È fuggito al seguito del gigante. Così dice il fabbro, perlomeno». La sua voce tradì una punta di vergogna. «Chiedo venia per la mia inettitudine, madonna».

«Non siate severo con voi stesso», lo rinfrancò Eudeline. «Vi siete appena ristabilito da una grave ingiuria, dopotutto. E se ho ben compreso, il vostro rivale vi ha colto di sorpresa».

Il piccardo batté un pugno sul bracciolo. «Finché non l'ho vista muoversi, ho creduto che quella dannata armatura fosse vuota!».

«Avete idea di chi potesse celare?»

«No, madonna. Il fabbro afferma di non conoscere né il vero nome dell'Arabo, né quello dell'uomo per cui ha realizzato l'arnese. In verità, ha saputo fornirmi dettagli esclusivamente sull'armatura».

«Qualcosa di utile?»

«È stata realizzata in verghe di ferro bresciano, giunte appositamente da Avignone. Soltanto il trasporto vale un salasso».

«Un committente facoltoso, pertanto».

Robert annuì. «Facoltoso, sì, e ben addestrato alla guerra. In quanto all'Arabo, è mia opinione che sia il suo servitore. Se sono ancora vivo, credo di doverlo a lui».

La reverenda madre chinò il capo, le dita intrecciate sullo scrittoio. L'enigma si infittiva, eppure le ultime parole di Vermandois avvaloravano la sua convinzione che l'Arabo non rappresentasse una minaccia. «A vostro giudizio, perché siete stato attaccato?».

Il piccardo rifletté un istante. «Lo ignoro, dato che non mi è stato concesso il tempo di proferir verbo. Tuttavia, perché stupirsi? Chi ordisce complotti agisce sempre in modo violento».

«E se invece si fossero sentiti minacciati?»

«Non ne avrebbero avuto motivo».

«Forse sapevano di essere spiati», ipotizzò la monaca. «Forse avevano già notato il vostro viso».

«Non lo escludo», dovette ammettere Robert.

Eudeline cercò di tranquillizzarlo con un sorriso. «Farò svolgere altre indagini», proseguì. «Ma in ogni caso, a voi…».

Lui scattò in piedi, stizzito. «Comprendo la vostra decisione di mettermi da parte, però…».

«Messere, equivocate», lo interruppe Eudeline. «Vi ho esposto a un pericolo mortale e ringrazio la Vergine che ne siate uscito indenne. Pertanto, non insistete con questa storia. Fatelo per me, per la mia tranquillità. Inoltre, sapete bene che vi attende un compito più importante».

Vermandois tornò a sedersi, affatto entusiasta. «Alludete a vostro fratello, immagino».

La badessa annuì. «Da troppo tempo necessita di una cospicua somma di denari. Non posso più rimandare».

«Mi state forse suggerendo di lasciarvi indifesa?»

«Alla bisogna, mi rivolgerò agli armigeri del vescovo».

Robert abbozzò una smorfia di biasimo. «Se foste la mia sposa, non vi permetterei mai…».

«Invece sono una monaca», ribatté lei, «avvezza a fare di necessità virtù».

Vermandois la fissò in tralice, vincendo a stento un impeto d'ira. «Come volete voi, madonna». Pose i gomiti sulle ginocchia e nascose il viso tra le mani, chiudendosi in un gravoso silenzio. Quando tornò a parlarle, fu evidente il suo sforzo di apparire il più accondiscendente possibile. «Partirò per Pomposa non appena mi avrete consegnato quei fiorini. Basterà una lettera di cambio che mi consenta di riscuoterli presso una banca di Firenze».

La badessa scosse il capo. «Preferirei affidarvi della moneta sonante», disse. «So bene che è più rischioso, ma pare che la guerra e la carestia abbiano rovinato molte famiglie di banchieri. Corre voce che persino i Bardi e i Peruzzi siano diventati insolventi».

«In tal caso, un piccolo forziere andrà egregiamente».

«Molto bene. Aspettatemi qui».

Così dicendo, Eudeline prese licenza e uscì all'aperto.

Il bel tempo del mattino si era improvvisamente guastato, lasciando mercé a una pioggia torrenziale che aveva trasformato il chiostro in un pantano. Protetta dal velo, la reverenda madre corse sotto lo scroscio e si rifugiò dentro la chiesa di Sainte-Balsamie. La struttura a navata unica la avvolse in un abbraccio di silenzio, dandole quasi l'impressione di spiare il suo incedere fra i tenui riflessi delle vetrate. Dopo essersi sincerata che non vi fosse nessun altro a parte lei, Eudeline raggiunse la zona dell'abside, afferrò un candelabro ed entrò nella cripta.

Scese le scale avvolte dalle tenebre, amareggiata dal ricordo di Aleydis rinchiusa là sotto. Sciocca donna, si rimproverò. Perché impietosirsi per una bugiarda assassina? Quella vipera aveva ottenuto il giusto castigo. Anzi, non le era andata affatto male, considerando i tormenti inflitti ai rei dagli inquisitori e dagli sgherri del vescovo. Si ripromise in ogni caso di farle visita più tardi, nella vecchia ghiacciaia, subito dopo aver risolto la questione con Robert.

Proseguì fino a raggiungere una parete sovrastata da un arco di mattoni, sopra alla quale c'era una rappresentazione a fresco di santa Balsamia intenta ad allattare l'infante san Remigio. Eudeline restava sempre molto colpita da quell'immagine, rendendola ogni volta consapevole che non avrebbe mai avuto figli.

Essere madre… Un tempo l'aveva desiderato più di ogni altra cosa. E in parte lo desiderava ancora. Adesso però era una donna diversa, una monaca benedettina votata a Cristo.

Si inchinò con un sospiro davanti alla santa nutrice e mosse la fiamma lungo la parete, portando alla luce una piccola maniglia di ferro. Pochi erano al corrente della stanza segreta celata dietro quell'affresco, e la reverenda madre era l'unica ad avere libero accesso.

Con un lieve sforzo, scostò il battente perfettamente mimetizzato nel muro e sollevò il candelabro per rischiarare la soglia di un cubicolo cieco. All'interno, sul pavimento di pietra, c'erano sei forzieri sigillati con dei lucchetti. Eudeline si avvicinò al più capiente, estrasse un anello di chiavi da una tasca e l'aprì, rivelandone il contenuto di monete d'oro. Restò a osservarlo per un po', compiaciuta. Gran parte della ricchezza dei Rocheblanche si trovava davanti ai suoi occhi, e lei non aveva vergogna di sentirsi meglio ogni volta che la ammirava. La chiamassero pure sterco del diavolo, gli ipocriti e i senza terra. Per la badessa di Sainte-Balsamie, la pecunia era sinonimo di indipendenza. E non fu senza riluttanza che contò seicento pezzi e li depose in un piccolo scrigno.

A lavoro ultimato, serrò il forziere, prese con sé lo scrigno e uscì, richiudendo con cura la porta segreta. Il carico tuttavia si rivelò talmente pesante che Eudeline dovette sorreggerlo con ambo le mani, trovandosi costretta a rinunciare al candelabro.

Procedette senza intoppi fino alle scale, ma non appena fu uscita dall'arco di luce si rese conto di quanto fosse stata incauta. Si fermò a metà strada, sedendosi sui gradini per riprendere fiato. Infine, rinfrancata dal lucore proveniente dall'alto, proseguì fino a raggiungere la superficie. Il più era fatto, si disse. Ora doveva soltanto richiudere il cancello della cripta... Quando una figura maschile le si parò di fronte.

La badessa arretrò di scatto, rischiando per poco di finire giù dalle scale.

«Reverenda madre...», squittì l'uomo. «Non mi aspettavo...».

Suor Eudeline impiegò un istante per riprendersi dallo spavento, dopodiché riconobbe il giovane *procurator* che le era stato assegnato dalla Curia due mesi prima. «Padre Claret!», sibilò con rimprovero. «Vi sembra il modo?».

Il prete intrecciò le dita ossute in segno di supplica. «Chiedo venia se vi ho messo paura, ma io non sapevo...».

«Fate largo», gli ordinò la monaca. Il solo guardarlo la indisponeva, e non solo per via della sua faccia da ratto. Aveva fatto di tutto per liberarsi di quell'impiccione, ma la Regola obbligava ogni comunità femminile a far amministrare i propri beni da un intendente maschio. Fino ad allora Eudeline era riuscita a evitarlo, gestendo da sola i propri interessi, tuttavia di recente era stata richiamata all'ordine.

Si allontanò il più in fretta possibile, tenendo lo scrigno sollevato sotto il mento.

Padre Claret la seguì, osservando con curiosità il suo pesante fardello. «Desiderate un aiuto?»

«Se spariste dal mio sguardo», lo fulminò lei, «sareste in effetti di gran beneficio».

«Mi rincresce», perseverò l'intendente con tono untuoso, «ma se avete prelevato dei denari, devo saperlo», e allungò le mani sullo scrigno.

In uno slancio di indignazione, Eudeline lo respinse con una spallata e proseguì quasi correndo. «Nulla che vi competa», esclamò trafelata.

Il procurator si fermò, fingendo un'aria afflitta mentre la guardava uscire dal portale e svanire come un'ombra sotto lo scroscio. Non appena rimase solo, il suo viso si trasfigurò in una maschera subdola. «Goditela finché puoi, stupida cagna», mormorò a denti stretti. «Ben presto scoprirò tutti i tuoi segreti...».

«Ecco i seicento fiorini», disse Eudeline, porgendo lo scrigno a Robert.

Lui prese il contenitore e se lo mise sottobraccio come se non pesasse nulla. «Partirò domani alle prime luci», promise. «Con l'impegno di raggiungere Maynard il prima possibile».

«Che il Signore vi assista, messere».

Lui sorrise con audacia. «Mi accontenterei del vostro amore», e le accarezzò il viso bagnato dalla pioggia.

La badessa si ritrasse. «Avete la mia amicizia».

«E voi la mia lealtà». Con quelle parole, Vermandois le rivolse un cenno di commiato. Quando raggiunse l'uscita dello studio, indugiò. «Oltre al denaro, avete qualche messaggio per vostro fratello?».

Suor Eudeline rifletté un istante, poi aggrottò la fronte. «Parlategli del cardinale Bertrand du Pouget», disse. «Di tutto ciò che mi ha fatto, e della minaccia che rappresenta».

27

«Un arabo e un guerriero molto alto, un gigante».

Aleydis fissò la badessa con una punta di stupore, coricata sul giaciglio con le mani intrecciate sul ventre rigonfio. Aveva preso l'abitudine di assumere quella posizione da quando si era accorta che metteva a disagio la sua carceriera. «Davvero siete scesa fin qui soltanto per chiedermi questo?».

Ritta al centro della vecchia ghiacciaia, suor Eudeline la scrutò con finta indifferenza. «Li avete mai visti o conosciuti?»

«No».

«Siete certa che il vostro cardinale non ve ne abbia mai fatto parola?».

La reclusa fletté leggermente la schiena, mettendo in risalto le sue rotondità. Le parve che una ferita si fosse aperta sul volto della reverenda madre. «Non so cosa andiate cercando», rise, «ma mi sembrate assai confusa. O forse, soltanto spaventata».

«Al vostro cospetto predomina il disgusto», ribatté la badessa. «Eviterei volentieri di consultarvi, se non fosse per il sospetto che mi nascondiate ancora qualcosa».

«Sua eminenza mi teneva all'oscuro dei suoi piani, ve l'ho già detto. Lo giuro sul figlio che porto in grembo».

«In effetti, per lui dovevate essere un'insignificante servitrice». La voce della reverenda si colorì di un astio beffardo. «Lo dimostra il fatto che sia fuggito da Reims senza curarsi di voi. Vi ha lasciato qui, a marcire».

La ragazza strinse i pugni. «Non potete capire», ribatté sprezzante. «Lui mi aveva promesso…».

«Che cosa?», la derise Eudeline. «Di rendervi ricca? Di nominarvi badessa? Povera donna, irretita da qualche lusinga!».

«Tacete!». Aleydis si levò in piedi con l'intento di ghermirle il viso.

Poi si trattenne, per ferirla in maniera diversa, più sottile. «Almeno io saprò cosa significa essere madre».

Lo sguardo della badessa cadde sul suo ventre, un lampo d'invidia dietro un velo di impassibilità. Seguirono delle parole atone, degne di un epitaffio: «Sappiate che un uomo fidato è partito oggi stesso per mettere in guardia mio fratello Maynard sul cardinale du Pouget. Ben presto giustizia sarà fatta, statene certa. A voi la scelta di collaborare, per redimervi, o di restare confinata tra queste mura fino alla morte». Senza attendere risposta, suor Eudeline le diede le spalle e raggiunse l'uscita della cella. Prima di richiudere il battente, con noncuranza, aggiunse: «In quanto al vostro desiderio di diventare madre, non siate troppo speranzosa. Dopo il parto, vostro figlio verrà portato via per essere cresciuto in un ospitale di bastardini».

Con un urlo lacerante, l'ira di Aleydis la inseguì per le buie scale che conducevano alla superficie. Un fendente di spada non avrebbe potuto ferirla più a fondo.

Non appena uscita dalla prigione, si imbatté ancora una volta in padre Claret.

Il procurator fu lesto a scansarsi e accennò persino un saluto garbato. La badessa tuttavia proseguì senza degnarlo di uno sguardo. Era troppo scossa per badare a lui, e per sospettare che avesse origliato.

28

Lungo le sponde del Padus

Isabeau non si fece convincere facilmente a lasciare Pomposa. Venuta a sapere che Maynard intendeva portarla via, scappò dentro la chiesa e si barricò nella sacrestia. Rocheblanche fu costretto a picchiare con insistenza sul battente, ordinandole a gran voce di lasciarlo entrare, ma nel momento in cui ebbe via libera dovette vedersela con una piccola furia decisa a sfuggirgli. Dopo un breve trambusto, i monaci lo videro uscire con la ragazza caricata in spalla, intenta a scalciare come un mulo. Indifferente alle sue smanie, il francese raggiunse la corte, la mise in groppa e diede di sprone verso il Portus Abbatis. Doveva assolutamente raggiungere Ferrara per il tramonto, quindi meglio evitare altri contrattempi. Ma lungo il tragitto le cose volsero al peggio. Per ben due volte la ragazza balzò giù dalla sella e tentò di scappare, costringendolo a inseguirla tra gli alberi.

«Maledizione, volete dirmi cosa vi prende?», la rimproverò, acciuffandola prima che si desse alla macchia.

«Lasciatemi!», strillò Isabeau. «Non avete il diritto di trattarmi così!».

Lui la trascinò verso il morello, spazientito. «Ma se fino all'altro giorno mi supplicavate di portarvi con me!».

«Le cose sono cambiate».

«Per colpa del giovane de' Bruni, suppongo», grugnì Maynard, rimettendola in sella.

Isabeau avvampò per la vergogna. «Non vi riguarda!».

«Invece sì». Prima di aizzare il cavallo, Rocheblanche le avvolse un laccio intorno alla vita e l'assicurò con un nodo all'arcione. «Mi riguarda eccome, dal momento che gli avete confidato i miei segreti».

«Gualtiero è una persona fidata», si difese la ragazza.

«*Per ora*. Se un domani fosse costretto a parlare del *Lapis exilii*, potrebbe anche cambiare idea».

«Non lo farà mai».

«Neppure se le circostanze lo richiedessero?», obiettò Maynard. «Ognuno di noi tiene a qualcosa, sia essa una persona o un'ambizione da realizzare. Ebbene, per quel qualcosa si è disposti a tutto».

Isabeau si strinse nelle spalle e rimase muta e imbronciata per il resto del viaggio. Il francese fu tentato di tornare sull'argomento, ma si rese conto che era meglio tacere. Aveva già troppi grattacapi per curarsi anche di una ragazzina innamorata. Perché di quello si trattava.

La figlia del guitto spasimava per Gualtiero. E questo, forse, gli avrebbe causato dei problemi.

Imbarcatisi su un naviglio alla Torre della Lanterna, il cavaliere e la ragazza scivolarono lungo il fiume sotto una pioggia fine e insistente. Risalendo il Padus superarono l'approdo di Caput Gauri per proseguire in acque sempre più turbolente, fra dossi di mota e frasche su cui sorgevano borghi rurali dai nomi ormai familiari alle orecchie di Maynard. Miliarium, Valclusura, Fiscalia e Alberlongum si succedettero uno dopo l'altro, svanendo dietro distese di canneti, finché le mura di Ferrara si profilarono nel grigiore dell'acquerugiola.

Anziché sbarcare presso San Giorgio extra moenia, Rocheblanche si fece traghettare oltre il ponte mobile di Barbacane, lungo un braccio fluviale diretto a ponente. Isabeau si aggrappò al suo mantello per chiedere spiegazioni, ma lui restò in silenzio fino a quando lo scafo toccò le sponde di un'isoletta a sud della città, di fronte alla Porta di San Pietro.

«L'isola sacra di Sant'Antonio», annunciò Maynard, invitando la giovane compagna a seguirlo.

«Perché siamo qui?»

«Sarà il vostro nuovo rifugio».

La ragazza si fermò a pochi passi dalla sponda. «Ma io… avevo inteso che sarei rimasta insieme a voi!».

Rocheblanche le prese un polso con delicatezza. «Vi sarò vicino», la rassicurò. «Dimorerò oltre le mura, a breve distanza da qui».

Con quelle parole, la guidò attraverso un recinto di mattoni, oltre il quale si apriva un cortile dominato da una chiesa con la facciata a salienti. Alla destra di quella struttura si sviluppava un chiostro avvolto da un intrico di rampicanti talmente fitto da non consentire di scorgere chi camminasse tra le sue colonne.

Ormai imbruniva, e Maynard sentì l'urgenza di andarsene. Poche ore e avrebbe dovuto incontrare quella serpe di Superanzio Orsini. Bussò quindi al portale del convento e attese con impazienza il comparire di una monaca vestita di nero.

Ritta sull'uscio, la religiosa osservò prima lui, poi Isabeau. «È questa la fanciulla di cui mi ha scritto l'abate di Pomposa?»

«Sì, madre», rispose Maynard.

Lo sguardo della donna si soffermò sulle iridi della ragazza. «I suoi occhi...», e, con malcelata ostilità, si fece il segno della croce.

Il francese pose le mani sulle spalle di Isabeau, domando sul nascere un accenno di ribellione. «È mia sorella», mentì. «Sarebbe mio desiderio affidarla alle vostre cure, per un breve periodo».

La monaca fece un gesto stizzito. «Questo non è un ospitale», mise in chiaro. «Dovrà adeguarsi alla nostra condotta».

«Lo farà».

«Quanto alle spese per il suo mantenimento?».

Senza esitare, Rocheblanche slacciò la scarsella che aveva alla cintura e gliela porse. «Questo coprirà oltre un semestre».

«Sta bene, messere». La donna soppesò il gruzzolo e lo fece sparire in una piega dell'abito. Rimase quindi sull'uscio, come un uccello del malaugurio.

«Per qualsiasi genere di problema», si sentì di aggiungere il francese, «mandatemi pure a chiamare. Alloggio presso il palazzo marchionale, in qualità di maestro d'armi. Io stesso, di tanto in tanto, mi farò vivo».

«Lo terrò a mente».

Prima di affidare Isabeau alla monaca, Maynard la prese da parte per un rapido congedo.

La ragazza tuttavia si sottrasse al suo abbraccio. «È così che vi prendete cura di me?», inveì. «Siate sincero, messere. Non vi importa un fico secco della mia sorte».

«Evidentemente non avete prestato abbastanza attenzione, mia cara», ribatté l'uomo. «Per il vostro benestare, ho appena elargito a quella monaca tutti i denari rimasti in mio possesso».

E con un sorriso amaro, si voltò per incamminarsi verso l'unico ponte di legno che collegava l'isola alla città di Ferrara.

29

Abbazia di Santa Maria di Pomposa

Padre Andrea non l'avrebbe mai ammesso, ma in cuor suo esultava. Al pensiero che non avrebbe più rivisto quella piccola ribelle si sentiva rinascere. La presenza di Isabeau era stata un tormento continuo, al punto da non permettergli di tollerare oltre la sua bellezza capace di ammaliare i monaci, né il suo incessante vagabondare. Ma la goccia che aveva fatto traboccare il vaso era stato il suo atteggiamento malizioso nei confronti di Gualtiero. Per grazia di Dio, soltanto l'abate l'aveva notato e si sarebbe ben guardato dal farne parola con i confratelli. La reputazione del giovane de' Bruni doveva restare immacolata fino al momento della sua candidatura al noviziato. Un momento che sarebbe giunto senz'altro, ora che il ragazzo era al sicuro dal richiamo della lussuria.

Serviva ancora pazienza, tuttavia. La volontà del Signore si sarebbe manifestata a tempo debito. Per ora Andrea si godeva la piccola vittoria nello studio del palatium, lontano da sguardi che avrebbero potuto mal interpretare la sua improvvisa gaiezza. Anche con Rocheblanche aveva rischiato di lasciar trapelare troppo.

Già, pensò d'un tratto. Rocheblanche. Se quell'uomo fosse stato di parola, gli avrebbe presto elargito seicento fiorini. Una somma in grado di riscattare Pomposa dalle recenti malversazioni. Se Andrea avesse potuto disporne, si sarebbe prodigato per approntare diverse migliorie nel cenobio e nei fondi, al fine di rendere più accettabili le condizioni di vita dei monaci e dei servi casati.

D'altro canto doveva mantenere la promessa fatta al cavaliere, rimettersi in cerca del *Codex Millenarius* nascosto da padre Facio. Il reverendo si appoggiò allo scrittoio, increspando la fronte. Era certo che l'impresa sarebbe stata infruttuosa quanto la precedente. La biblioteca si era dimostrata un vicolo cieco, privo di qualsiasi indizio. Eppure, dove cercare ancora? In qualsiasi altro luogo, un manoscritto sarebbe apparso talmente fuori posto da attirare subito l'attenzione, senza contare il rischio di riportare danni. Lo stesso Andrea si guardava bene dal fare uscire i propri documenti dal suo studio. Per timore di smarrirli, li teneva custoditi lì, al sicuro nel suo… "Oh, mio Dio! E se fosse?".

Posò le mani sullo scrittoio, soffermandosi a esaminarlo. Costruito in legno di noce e intarsiato sui bordi con un motivo zodiacale, rappresentava ben più di un semplice oggetto. Era appartenuto al suo maestro Severino da Padova, che a sua volta l'aveva ricevuto in dono dall'astrologo Pietro d'Abano, poco prima che venisse arso sul rogo.

Andrea fece scivolare le dita fino all'orlo rivolto alla seduta e sollevò il piano di scrittura, rivelando uno scomparto utilizzato per riporre le pergamene di maggior pregio. Restò a fissarlo un attimo, valutando la sua intuizione, quindi raggiunse l'uscio e chiamò a gran voce: «Bonus!».

Il famiglio accorse trafelato. «Ai vostri ordini, dominus».

«Il vecchio scrittoio, quello appartenuto al precedente abate». Padre Andrea era talmente irrequieto da mangiarsi le parole. «Che fine ha fatto?».

Bonus lo scrutò confuso.

«Il banco per la scrittura!», sbraitò il reverendo. «L'ultimo a servirsene fu padre Facio di Malaspina, prima che io lo sostituissi».

Allarmato da tanta impazienza, il servo chiese licenza di meditare un istante. La paura di deludere il padrone gli aveva acceso le orecchie di un rosso paonazzo. «Credo di rammentarmi», disse infine. «So dov'è finito».

La fucina del monastero non era certo il luogo più degno per un mobile su cui si erano posati per decenni i calami dei padri di Pomposa, ma Andrea fu ben lungi dallo scandalizzarsi. Bonus gli spiegò che quel vecchio scrittoio non aveva trovato impiego nella sala degli amanuensi, né presso la biblioteca, perché difettoso.

«Difettoso?», ripeté il reverendo.

«Presto capirete», disse Bonus.

L'officina del maniscalco era un antro buio e disordinato. Dovettero cercare a lungo prima di trovare lo scrittoio sotto cumuli di attrezzi, catene e scarti metallici di ogni foggia,

«Vedete, dominus?», spiegò a quel punto il famiglio. «Lo scomparto sotto la superficie di scrittura non si apre, sembra incastrato».

L'abate lo esaminò con attenzione. Pur con quel difetto, si trattava di un oggetto di gran pregio. O almeno lo era stato prima che la trascuratezza e l'usura lo riducessero in uno stato pietoso. Erano ancora riconoscibili, sulla sommità del piano d'appoggio, due monaci intagliati in ginocchio, simili a quelli scolpiti nel fonte battesimale dell'abbazia. Non passava inosservata, inoltre, la vetusta eleganza dei sostegni e dello schienale. Tuttavia Bonus aveva ragione, la custodia non si apriva.

Andrea dubitò si trattasse di un difetto. Era più propenso a credere all'esistenza di un ordigno in grado di bloccare lo scomparto, come a volte si trovava in mobili del genere. Probabilmente da qualche parte si nascondeva una leva o una serratura per aprirlo. L'impazienza di sapere era troppa.

«Voglio che sia forzato», ordinò al maniscalco. «Adesso».

«Così facendo», obiettò l'uomo, «lo danneggerei...».

L'abate si strinse nelle spalle. «Pazienza».

A tali parole, l'artigiano posizionò uno scalpello nel punto di appoggio del ripiano e, vincendo una fugace titubanza, lo colpì con un martello. Lo schianto del legno risuonò come un lamento, ma fu necessario battere altre volte per allargare lo scasso. Anche così, tuttavia, il mobile rifiutò di aprirsi.

Incitato da padre Andrea, il maniscalco ripose lo scalpello e prese a martellate gli angoli dello scrittoio, fino a scardinarne la parte superiore.

«Molto bene». L'abate, sbrigativo, si avvicinò alla carcassa e scostò quanto restava della superficie di scrittura per controllare cosa celasse.

Lo scomparto sottostante era piuttosto angusto. Sul lato sinistro si notava un ingegnoso sistema di serrature impiegato per tenerlo sigillato.

L'attenzione di Andrea, però, ricadde immediatamente sul libro riposto al centro. Era un grande *in folio* foderato in pelle, con quattro borchie fissate agli angoli della legatura.

Reprimendo un fremito, lo strinse fra le mani. Non poteva ancora esserne certo, ma sentiva di aver trovato il prezioso tomo nascosto dall'astuto Facio. Sì, doveva essere così. Il Signore, nel suo imperscrutabile silenzio, l'aveva guidato.

Accarezzò i bordi del libro, spaventato dal pensiero di violarne i segreti.

Poi la curiosità ebbe il sopravvento, e lo aprì.

Le prime righe bastarono a sconvolgerlo.

30

Ferrara, contrada della Rotta

Il luogo dell'appuntamento scelto dal visdomino Orsini non si addiceva certo a un incontro tra gentiluomini. Sorgeva fuori dalle mura, su un dosso delimitato a est da una borgata di abitazioni povere e sul lato opposto da una fossa diretta alla Porta Spinella, laddove le acque si gettavano nel Padus.

Quando Maynard vi giunse, pioveva a dirotto e la tenebra era talmente fitta da consentirgli a malapena di procedere al lume di una fiaccola. Frenò il cavallo sotto la chioma di un grande faggio e restò in attesa, al riparo dallo scroscio, fra un intrico di arbusti e cespugli che scendevano per un declivio limaccioso fino al canale.

Sapeva bene di aver agito in modo avventato, ma la posta in gioco era troppo alta per seguire i dettami della prudenza. L'infido Superanzio aveva dimostrato di essere informato su molte cose e, benché non fosse stato capace di risolvere l'enigma del *Lapis exilii*, poteva conoscere dettagli utili a ritrovare le due reliquie rubate da padre Facio. Rocheblanche lo sperava con tutto se stesso, pur intuendo che non sarebbe stato facile farlo parlare. Se intendeva ottenere qualcosa da lui, avrebbe dovuto minacciarlo e comportarsi in maniera spregevole.

Rise tra sé. Quanti scrupoli, all'improvviso. Far da maestro a un giovinetto aveva intenerito la sua scorza. O forse era stato l'affetto per Isabeau a cambiarlo. Lo sospettava da tempo, ma il rammarico che l'accompagnava dall'isola di Sant'Antonio rendeva più vivo quel pensiero. Gli era dispiaciuto isolare la ragazza in un convento di monache, ma non aveva avuto scelta. Come anni prima, per Eudeline. Ancora una volta, il dubbio di aver commesso un errore lo tormentava.

Un movimento fra le ombre lo mise in allerta. Sollevò la fiaccola e afferrò il pomolo della spada. «Mostratevi!», ordinò.

Un uomo avvolto in una cappa scivolò fuori dalla notte. «Sono io», bisbigliò, abbassando il cappuccio fradicio di pioggia.

Rocheblanche riconobbe il ghigno perverso di Superanzio Orsini. «Bentrovato», lo salutò cupo. «Mi auguro siate in vena di rivelazioni».

«Parlerò», lo assecondò il visdomino. «Vi dirò ogni cosa sulla moglie del mastro pittore, ma prima dovrete rivelarmi ciò che sapete sul *Lapis exilii*. Questi erano i patti».

«Al diavolo i patti». Maynard avanzò d'un passo, facendogli notare che era armato. «Vi dirò io come andrà. Mi restituirete l'anello e la pergamena con l'enigma, poi mi svelerete i vostri segreti, uno per uno, finché non sarò soddisfatto. Non solo sulla moglie del pittore, ma anche su Bertrand du Pouget e su Facio di Malaspina. Avete compreso?».

Superanzio scoppiò in una risata grassa. «Maledetto francese!», sibilò. «Siete uno stolto!».

Allarmato da un improvviso presentimento, il cavaliere si voltò di scatto verso un frusciare di rami e s'imbatté nella sagoma di un uomo. La randellata lo colse in pieno viso, accecandolo con un fulmine scarlatto.

Stramazzò nel pantano in un vortice di rabbia e tentò subito di rialzarsi, ma un secondo sgherro gli pestò il torace costringendolo a terra. Poi il randello calò di nuovo, violento, aprendogli squarci di dolore su tutto il corpo.

Con la vista offuscata da un sudario di fango, Rocheblanche si girò su un fianco e sguainò la spada, ma il suo fendente sibilò nell'aria senza affondare nella carne.

Poi un colpo sulla mano lo disarmò, un altro alla tempia gli tolse la speranza.

«Basta Petricciolo!», ordinò d'un tratto l'Orsini. «Di' al tuo compare di smetterla. Lo voglio vivo!».

A quelle parole, il tormento cessò. Maynard si sentì afferrare per le ascelle e fu trascinato al cospetto del visdomino.

L'Orsini torreggiava su di lui. «Finalmente ho la mia vendetta!», proclamò tronfio. Quasi sbavava per la soddisfazione, benché non ancora pago di quel sadico godimento. Afferrò Rocheblanche per i capelli e gli puntò una daga alla gola. «Ora ditemi tutto, bastardo.

Tutto quello che sapete sull'enigma del *Lapis exilii*, e forse mi limiterò a tagliarvi il naso».

Il francese gli sputò in faccia, strappandogli un grido osceno. Prima che gli sgherri potessero reagire, calcò un piede a terra e si divincolò con uno strattone, afferrando il collo del visdomino con tutta la forza che gli restava in corpo.

Si godette quell'istante di pura ferocia, poi capì che la daga di Superanzio era stata altrettanto veloce. Gli era entrata di mezza spanna nel costato, quasi senza provocargli dolore.

Lasciò la presa e arretrò tremante, cadendo dal ciglio del dosso prima che quei cani rognosi potessero riacciuffarlo. Tutto finito, ebbe appena il tempo di pensare. Poi scivolò su una lingua di melma più viscosa del sangue, finché il ribollire delle acque lo strappò via da ogni cosa.

PARTE SECONDA

I giorni dell'ira

31

Abbazia di Santa Maria di Pomposa
9 ottobre

Quel giorno Fiumano si allontanò più del solito dall'abbazia. La pista di una lepre l'aveva fatto avventurare lungo un sentiero che serpeggiava a occidente, attraverso una selva ammantata d'autunno. Seguì la scia sul tappeto di foglie secche, sobbalzando al guizzare di ogni scoiattolo o fagiano che fuggiva al suo passaggio. Prede ormai troppo veloci perché potesse raggiungerle. Ciò nondimeno, il levriere continuò a zoppicare tra la vegetazione, eccitato dall'odore di selvaggina che permeava ogni recesso di quel luogo. Di tanto in tanto rallentava, infilava il muso in una tana e raspava, fiutando afrori animali, muschi e terra, mentre minuscoli insetti gli solleticavano il naso.

Il tambureggiare degli zoccoli era ancora lontano quando giunse alle sue orecchie. Dimentico della lepre, Fiumano annusò nel vento l'odore di uomini e cavalli, ne stabilì la provenienza e, incuriosito, si diresse verso quella direzione. Superò una distesa di rovi e un declivio venato di radici, mentre le vibrazioni sul terreno si facevano sempre più intense. Infine li vide.

Un pugno di armigeri con vessilli e speroni lucenti.

Rimase a spiarli tra il folto dei cespugli, finché il suo istinto di cane da caccia lo indusse a seguirli. Guadagnò la distanza e uniformò la falcata al trotto, senza curarsi degli sgherri della retroguardia che si facevano beffe della sua andatura a tre zampe.

Il drappello proseguì tra sfumature di marrone e vinaccia, verso la guglia di un campanile che svettava oltre le ramificazioni spoglie della selva. Non appena fu visibile anche il resto dell'abbazia, l'uomo al comando aizzò il suo cavallo, ordinando alla compagnia di affrettarsi. Spiccava tra gli altri per via dell'espressione truce, divisa tra la collera e la foga. Ma anche se così non fosse stato, si sarebbe ugualmente distinto per via del segno d'ustione che gli deturpava il lato sinistro del volto.

Superanzio Orsini frenò il cavallo dinanzi alla facciata del monastero e ordinò agli armigeri di attendere. Vide padre Andrea avanzare dal chiostro fino a sbarrargli il passo davanti all'ingresso del portico esterno, il nodoso pastorale piantato a terra. Il visdomino fu colto da un'istintiva animosità. Una vita trascorsa a servire uomini di quel genere e ancora non riusciva a guadagnarsi il loro rispetto. Con la coda dell'occhio, notò il levriere zoppo avanzare dalla retroguardia per poi accucciarsi accanto al religioso. Rise. «Un nuovo accolito per il vostro claustro, venerabile *abbas*?»

«Quale motivo vi ha condotto alle mie porte?». Il reverendo indugiò con lo sguardo sulla sua cicatrice, poi aggiunse con asprezza: «Non troverete altri denari per le bisacce di Avignone».

«A onor del vero cerco un uomo».

«L'ultima volta che pronunciaste queste parole, metteste ai ceppi degli innocenti».

Superanzio scrutò l'abate dall'alto della sella. Sarebbe bastato un colpo di briglia per vederlo schiacciato sotto gli zoccoli della sua cavalcatura. Si calmò. Non doveva scordare il motivo per cui si era spinto fino a Pomposa. «Il cavaliere francese», rivelò a gran voce. «Maynard de Rocheblanche».

Padre Andrea inarcò un sopracciglio, evasivo.

Il visdomino notò la sua fugace incertezza. «So per certo che intrattenete rapporti con lui», lo avvertì. «Lo state nascondendo?»

«Non ho sue notizie da oltre due mesi».

Per un istante Superanzio rivide il francese che precipitava nella fossa con la daga conficcata in corpo. Nei giorni successivi aveva sguinzagliato i suoi sgherri lungo le sponde del Padus, alla ricerca di possibili tracce della sopravvivenza del cavaliere. Invano. Le acque sembravano aver ingoiato quel maledetto, insieme ai suoi segreti. Eppure, il presentimento che in qualche modo se la fosse cavata non lo abbandonava mai. Nulla di certo, benché sapesse per esperienza che i morti – o presunti tali – tornavano a volte per vendicarsi.

«Da due mesi, avete detto». Fissò l'abate con fare sospettoso. «E quale fu il motivo della sua ultima visita a Pomposa?».

Nulla di importante, diede da intendere il religioso con un'alzata di spalle. «Solo per prendere con sé la sorella e condurla al convento di Sant'Antonio».

«Una sorella?»

«Una ragazzina», precisò Andrea.

Superanzio si lasciò sfuggire un sorrisetto, ma per non fomentare i sospetti del religioso cambiò subito discorso. «Quindi», insinuò, «se ordinassi ai miei uomini di perquisire il vostro cenobio non troverei nulla?».

Anziché rispondere, l'abate osservò con diffidenza il pugno di armigeri alle spalle dell'Orsini. «Tra le insegne al vostro seguito scorgo quelle degli Este, ma non della Curia. In nome di chi siete venuto, per l'esattezza?»

«Di sua signoria il marchese. Mi ha chiesto di indagare sull'assenza prolungata del suo maestro d'armi».

«Siete dunque diventato il cane da riporto di Obizzo III?».

Il visdomino ignorò la provocazione. Aveva inteso il gioco dell'abate e non intendeva fornirgli cavilli dietro cui difendersi. «Ordinaria amministrazione», si giustificò. «Il vescovo mi ha concesso licenza di servire il vicario del papa».

«Ciò nondimeno, non potete esercitare alcuna autorità a Pomposa», lo avvertì l'abate. «Né in nome del vescovo, né del marchese. A meno che non abbiate una licenza papale, s'intende».

Superanzio strinse le redini con rabbia. «Attento, monaco!», sibilò. «Già una volta vi feci rimangiare la vostra arroganza».

Padre Andrea continuava a ergersi di fronte a lui, guardiano impassibile. «Fra queste mura non troverete Rocheblanche», ripeté asciutto. «Ma se desiderate comunque entrare, lo farete da penitente, senza armi né sproni».

«Indifeso, come una pecora al macello?». Il visdomino fece arretrare il cavallo, allarmato dallo sporgersi di due arcieri dalle arcate del campanile. Si trattava di uomini leali al vescovo e al marchese, e tuttavia rimasti troppo a lungo agli ordini dell'abate per scommettere su chi avrebbero obbedito. «Giammai!», esclamò, accennando al seguito di ritirarsi.

Quindi voltò il destriero per far ritorno a Ferrara.

32

Gualtiero osservò il demone rosso nel riquadro superiore della pagina, le ali di pipistrello e la grazia furtiva con cui si insinuava tra le coltri di una pulzella addormentata. *Conceptio Merlini*. Aveva realizzato quella miniatura di nascosto, aspettando che lo scriptorium fosse deserto, per completare il libro commissionato da sua signoria Obizzo III d'Este. Nel mestiere delle immagini, non gli era mai capitato di subire il trasporto della concupiscenza. Eppure, dal primo tratto di pennino, quella illuminatura aveva instillato in lui fantasie lussuriose. A tentarlo, inizialmente, era stata la fanciulla coricata sul letto, ignara ma lasciva. Poi le si era sovrapposto il ricordo di Isabeau, provocando in lui un repentino desiderio di sedurla. La ragazza gli mancava, e non solo per la sua bellezza.

Fugò le tentazioni del demone rosso, accarezzando la superficie della pergamena sotto il palpitare della candela. Ammirava l'audace acume con cui l'autore aveva contrapposto il concepimento del mago a quello di Gesù. C'era da chiedersi se tanta insolenza celasse il germe dell'eresia o uno sberleffo ai danni dei teologi.

D'altro canto, l'amanuense che aveva copiato la *Vita Merlini* su ordine di padre Andrea sembrava essersi dilettato nell'accostarsi al testo. Diversivi del genere non capitavano spesso a chi si consumava gli occhi da una vita su vulgate, sermoni dei Padri del Deserto e trattati di sant'Agostino. Lo stesso Gualtiero aveva tratto innumerevoli spunti dagli stilemi figurativi di quel codice profano. Era stata un'esperienza stimolante, benché gli ultimi mesi fossero stati segnati da una crescente ansietà. Il giovane non sapeva come interpretare la prolungata assenza di Rocheblanche, al punto da vivere nel timore che i suoi progetti andassero in fumo.

Senza Maynard, gli sarebbe stato impossibile ottenere altre informazioni sulla madre e sapere dove si trovasse Isabeau. Inoltre c'era la questione della *Vita Merlini*: spiegare a padre Andrea che la copia andava consegnata al marchese Obizzo sarebbe stata un'impresa non da poco.

Gualtiero tuttavia era deciso a trovare una soluzione. Aveva fatto del suo meglio per realizzare miniature degne di una nobildonna, e ora pretendeva la ricompensa.

Un tremolio della fiamma rivelò un movimento alle sue spalle. Il giovane fece appena in tempo a occultare la miniatura equivoca sotto un foglio, che si ritrovò al fianco l'abate.

«Lavorate fino a tardi», osservò padre Andrea.

«Se ho causato problemi, reverendo...», si scusò il miniaturista.

Il monaco sorrise. «Al contrario, mi compiaccio. Ogni giorno dimostrate di più quanto siate ligio ai doveri e al sacrificio. Rischiate tuttavia di perdervi la cena».

«In tal caso, mi affretterò a concludere».

Gualtiero ordinò il materiale da disegno sullo scrittoio e impilò le pagine di pergamena del codice, accennando a volerle riporre nello scomparto sottostante il ripiano. Esitò di fronte all'improvviso incupirsi dell'abate.

«Attendo ancora una risposta da voi, figliolo», mormorò Andrea. «Non dimenticate».

«Vi prego di non confondere il mio indugiare con irriconoscenza, reverendo», disse il giovane. In realtà, era trascorso così tanto dal loro ultimo colloquio da fargli sperare che il reverendo ci avesse messo una pietra sopra. Soltanto ora si rendeva conto di quanto fosse stato ingenuo. «Sono in attesa di un'importante notizia», fu costretto a spiegare, «e finché non sarà giunta mi sarà impossibile prendere una decisione».

L'abate gli rivolse un tiepido sorriso. «Prego allora il Signore che ciò accada al più presto», e fece per allontanarsi. Poi, dopo un breve titubare, tornò sui suoi passi. «Ma se questa notizia dovrà giungere per bocca di Rocheblanche, vi consiglio di lasciare ogni speranza».

Gualtiero sobbalzò. «Sapete forse cosa gli è successo?»

«Oggi degli uomini sono giunti da Ferrara per cercarlo. Pare sia scomparso».

«Scomparso... Cosa significa?».

Padre Andrea si chinò su di lui, sempre più cupo. «Poiché l'informazione proviene dal visdomino del vescovo, sono propenso a interpretarla come un annuncio di morte».

Dopo cena, Gualtiero aveva già meditato sul da farsi.

Attese che i confratelli si riunissero nel monastero per il canto dei vespri, poi si introdusse nello scriptorium e rubò la copia della *Vita Merlini* insieme all'originale. Sia il testo che le miniature erano completi, eseguiti in maniera impeccabile. Mancava soltanto la legatura. Poco male, si disse. Obizzo d'Este avrebbe fatto ricorso alle maestranze di un rilegatore di Ferrara.

Con l'opera in fogli sciolti nascosta nella bisaccia, rimase nascosto fino al tramonto, dopodiché si allontanò di corsa dall'abbazia. Non immaginava quanto tempo ci sarebbe voluto per arrivare in città a piedi, ma non voleva rischiare di essere raggiunto all'imbarco della Torre della Lanterna. Quello sarebbe stato senz'altro il primo luogo in cui l'abate l'avrebbe fatto cercare.

Per non correre rischi, aveva portato con sé i denari guadagnati in quei mesi. Si trattava di pochi bagattini, appena sufficienti a garantirgli riparo e vettovaglie lungo il cammino. Doveva curarsi di tenerli nascosti, tuttavia. In tempi di miseria come quelli, sarebbero bastati a procurargli una coltellata.

Percorse un sentiero tra gli alberi al chiaro di luna, evitando di accendere la lanterna che aveva portato con sé finché non si trovò abbastanza distante dall'abbazia. Meglio essere prudenti. La recita dei vespri doveva essere ormai conclusa, e ben presto si sarebbero accorti della sua assenza.

All'improvviso, una luce emerse dal folto della macchia.

Nel timore di essere stato scoperto, Gualtiero fuggì con la bisaccia stretta al petto. Corse dove la vegetazione s'infittiva, cercando riparo tra i cespugli. Costasse quel che costasse, non doveva farsi sorprendere. La luce tuttavia si avvicinava implacabile, accompagnata da un tambureggiare di zoccoli.

Il giovane scavalcò un grosso tronco caduto di traverso sul sentiero e vi si nascose dietro, sfruttando una lieve depressione del terreno. Un attimo dopo, scorse la sagoma di un enorme cavallo balzare sopra l'ostacolo e atterrare a poca distanza.

L'uomo in sella strattonò le briglie e sollevò la torcia che teneva in pugno. Era maestoso quanto il destriero, con un mantello avvolto sulle spalle possenti.

Prima di farsi scoprire, Gualtiero scattò in piedi e riprese a correre a testa bassa. Ma con poche falcate, il cavaliere gli bloccò il passo.

«Fermo, villano. Per cortesia!», esclamò con pronunciato accento francese. «Chiedo informazioni sull'itinerario».

Il giovane si mantenne guardingo, pronto alla fuga. «Ditemi dove siete diretto, messere».

«All'abbazia di Pomposa».

«L'avete quasi raggiunta», si affrettò a rispondere Gualtiero. «Proseguite verso est e non tarderete a trovarla».

«Provenite da là?», chiese l'uomo, osservandolo con maggior attenzione. «A guardarvi meglio, sembrereste un monaco...».

Il giovane de' Bruni si guardò bene dal ribattere. Arretrò lentamente, tenendo la bisaccia sempre ben stretta.

Sotto il bagliore della fiaccola, il volto del francese assunse una piega speranzosa. «Forse conoscete un cavaliere che alloggia là», continuò. «Viene dal nord, come me. Il suo nome è Maynard de Rocheblanche».

Gualtiero dovette attingere a tutta la sua freddezza per mantenere il controllo. Se avesse risposto in modo affermativo, il forestiero avrebbe senz'altro preteso di essere accompagnato fino all'abbazia. Ma la curiosità di sapere chi fosse, e per quale motivo cercasse Rocheblanche, lo pungolava oltre ogni dire. «Non lo conosco», balbettò, pregando di apparire convincente.

L'uomo lo scrutò un istante, infine annuì. «Che il Signore sia con voi, vi sono comunque grato», e spronò il destriero.

«Aspettate!», lo trattenne il ragazzo, a suo rischio e pericolo. «Il vostro nome?».

Senza accennare a fermarsi, il cavaliere gridò nella notte: «Robert, barone di Vermandois».

La luce della sua torcia si dileguò a poco a poco, fra le sagome nere degli alberi.

33

«Un bel ginepraio, capisci?», mormorò padre Andrea, allontanandosi a capo chino dal monastero.

Fiumano lo seguiva nel buio, sul manto erboso che si estendeva fino al palatium, mentre i monaci, in lontananza, sciamavano verso il dormitorio.

«Un ginepraio», ripeté l'abate, quasi in attesa di commenti. «Proprio ora che Rocheblanche avrebbe potuto ottenere quanto cercava, sparisce nel nulla», sospirò. «E poi Gualtiero... Oh, quell'irrequieto ragazzo!».

Raggiunto l'edificio, si attardò fra le colonne del porticato. L'ufficio vespertino non aveva placato la sua fronte inquieta. Al contrario l'aveva intristito, spingendolo a uscire il prima possibile dal coro. E ora indugiava a ritirarsi al chiuso, nella sua cella privata, dove l'attendevano ore di sonno agitato. Meglio starsene là, sotto la volta celeste, che quella notte, come non mai, gli risvegliava il ricordo dell'amato maestro Severino. Il folle che aveva pianto davanti al rogo di Pietro d'Abano.

Andrea si asciugò una lacrima. Forse era quel genere di follia a tenere viva la fede, a costo di distorcerla. Non smetteva di domandarselo da quando aveva aperto il libro rinvenuto nel vecchio scrittoio. Ormai non aveva dubbi al riguardo. Doveva proprio trattarsi del *Codex Millenarius* posseduto da Facio di Malaspina, il libro dei segreti sublimi e orrendi che da mesi lo turbavano nel profondo.

L'eresia, pensò. Una volta Severino da Padova gli aveva detto che non esisteva. Era inammissibile pretendere che la ragione restasse immota, senza interrogarsi sui dogmi e sulla verità delle cose. Se Dio aveva donato l'intelletto all'uomo, era perché lo usasse a dispetto delle catene imposte dai suoi simili.

Andrea però temeva quelle parole. Gli mancava il coraggio di affrontare il dubbio e di smarrirsi in lande oscure.

Lasciate ogni cosa e seguitemi.

Aveva compreso a fondo quell'invito soltanto dopo aver letto il *Codex Millenarius*. E ora non riusciva ad allontanarlo dalla mente.

Lasciate ogni cosa.

Sì, ogni cosa.

Quindi anche ogni certezza.

Ora finalmente sapeva perché aveva perduto la fede. Era stato per timore di abbandonarsi totalmente a essa, come faceva da novizio. Timore di lasciarsi trasportare da qualcosa di ignoto, senza tener conto delle regole e degli insegnamenti dei superiori.

Comportamenti che, con grande rammarico, si accorgeva di non poter più assumere.

Ecco perché quel libro doveva sparire.

«Maledetto Rocheblanche», bisbigliò a denti stretti. «Dove siete finito?».

Fiumano emise un uggiolio, distraendolo per un attimo da quel cupo rimuginare. L'abate si chinò per accarezzargli il capo, invidiando per un attimo la sua pacifica inconsapevolezza. Poi, nel rialzare lo sguardo, fissò il carro dei de' Bruni sito a poca distanza e fu colto da un improvviso presagio. Dall'interno non proveniva alcuna luce. Strano, per un animo insonne come Gualtiero. Pensò di incamminarsi verso quella direzione e controllare, quando la voce di un servo lo costrinse a voltarsi.

«Dominus, un cavaliere è appena giunto all'abbazia!».

Padre Andrea si portò una mano al petto. «Si tratta di Rocheblanche?»

«No, dominus», lo deluse il servo. «Afferma di provenire da molto lontano, e chiede di voi».

Padre Andrea ricevette il forestiero nel parlatorio dell'abbazia. Era rimasto colpito dalla sua ostinazione a volerlo incontrare subito, nonostante l'evidente spossatezza per il viaggio. Alto, avviluppato nel mantello e con il capo bendato di stoffa nera, gli stava di fronte solenne, quasi si trattasse di una questione di vita o di morte.

«Robert de Vermandois», ripeté il religioso. «Ho ben compreso?»

«Sì, vostra grazia». Il cavaliere aggrottò la fronte. «E come ho detto, sto cercando Maynard de Rocheblanche».

Padre Andrea alzò gli occhi al cielo. «Molti lo cercano, di questi tempi».

«Io, tuttavia, so per certo che si trova qui», insistette l'uomo. «Ho una cosa da consegnargli a tutti i costi. Una cosa... di grande valore», e scostando un lembo del mantello, mostrò un piccolo scrigno che teneva sottobraccio.

«Oh, Signore...», si lasciò sfuggire l'abate. «Non vorrete dire che... I seicento fiorini?».

Robert si insospettì. «A quanto pare siete informato».

«Non pensate male, messere», lo tranquillizzò Andrea. «Rocheblanche me ne aveva parlato, naturalmente. Perché, a esser franchi, quei denari sarebbero destinati all'abbazia».

«Abbiate pazienza, reverendo, ma di norma diffido dei preti che si arrogano oblazioni con tanta disinvoltura».

L'abate abbozzò un cenno di scuse. «Lungi da me il pretendere qualcosa che non mi spetta, però...».

Vermandois lo zittì, spazientito. «Non mi avete ancora detto dove si trova messer Maynard».

D'un tratto padre Andrea si pentì di aver ricevuto quell'individuo da solo. Percepiva il crescere della sua collera, ma temeva che, chiamando un famiglio, avrebbe finito per istigarla. «La verità è che non lo so», ribatté pacato. «Non lo sa nessuno, per la precisione. È sparito da quasi tre mesi».

Con uno scatto minaccioso, il piccardo avanzò d'un passo. «Raccontatemi tutto, dal principio».

Il religioso arretrò. «C'è poco da dire, a essere sinceri. Rocheblanche ha dimorato presso il marchese di Ferrara in qualità di maestro d'armi, finché, senza preavviso, è sparito nel nulla».

«Se era ospite del marchese di Ferrara, perché farmi giungere fin qui?»

«Perché», rispose Andrea, «si fidava soltanto di me».

A quelle parole, Vermandois si passò una mano sul viso e prese a guardarsi intorno, assai spaesato. «Chiedo ospitalità per la notte», disse infine. «E finché non avrò ritrovato il mio compagno d'arme, state pur certo che non toccherete questi denari».

34

Ferrara, isola di Sant'Antonio Abate
10 ottobre, mattina

Isabeau detestava la vita da conversa. Se a Pomposa ne aveva avuto un assaggio, le regole imposte dalle benedettine di Sant'Antonio erano assai più dure. Doveva lavorare nel giardino, condividere la camera da letto con estranee e prendere parte a tutti gli uffici sacri, svegliandosi prima del sorgere del sole. La disciplina e l'isolamento le pesavano come un macigno. Inoltre, non avrebbe saputo esprimere a parole quanto odiasse il canto. Era costretta a unirsi al coro delle consorelle ogni santo giorno, per recitare i salmi, e ogni qualvolta veniva scoperta a mangiarsi le parole o a fingere di intonarle veniva ammonita con la storia del diavolo Tittivillus, che rubava le sillabe taciute dei versetti per farne omaggio al Maligno. La ragazza tuttavia avrebbe preferito di gran lunga la compagnia dell'effimero Tittivillus a quella della badessa. Riusciva a evitarla di rado, e in quelle occasioni correva a rifugiarsi sotto le fronde di un grande ciliegio ai margini del chiostro, per pensare a Gualtiero.

Quel giorno però era mercoledì, l'unico della settimana in cui le veniva concesso di uscire dal claustro. Non era un'occasione di spasso, a onor del vero. Isabeau aveva il compito di assistere la madre depositaria durante il controllo dei possedimenti dell'isola, oltre la cinta di mura alta una tesa e mezza[11] che isolava il convento dal resto del mondo. Sembrava impossibile che uno spazio così esiguo potesse comprendere tante cose, eppure quel lembo di terra circondato dal fiume bastava a rendere indipendente la comunità di Sant'Anto-

[11] Misura di lunghezza italo-francese in uso nel Medioevo, equivalente a sei piedi e corrispondente – in base ai luoghi e ai momenti – a una distanza compresa tra i metri 1,414 e 2,242.

nio. Oltre a una vigna e a coltivazioni di ortaggi, era persino dotato di un mulino e di una rimessa per le barche.

La ragazza non disdegnava la compagnia della depositaria. Suor Imelda era una donna di poche parole ma di buon cuore. Bassa e pasciuta, sembrava non essersi mai abituata all'ampio abito nero che le avvolgeva il corpo, rendendone impacciati i movimenti. Dava l'impressione di trovarsi a suo agio soltanto mentre annotava quantità di raccolto e migliorie da apportare su una tavoletta di cera, eseguendo computi di matematica senza sforzo alcuno.

Isabeau ammirava quella sveltezza di mente, reputandola una dote di gran lunga superiore al saper cantare o all'atteggiarsi con grazia. Ma anziché prestare attenzione alla depositaria, approfittava di quel momento all'aperto per osservare le mura della città dall'altra parte del Padus, immaginando l'intrico di vie e il viavai della gente oltre le porte d'accesso. Accadeva sempre più di frequente, da quando l'assenza di Maynard si faceva preoccupante. L'estate era volta all'autunno e la poverina non sapeva più cosa pensare.

Avviluppata nelle sue vesti da conversa, passeggiava nei dintorni della banchina in attesa che la depositaria interrogasse una famiglia di pescatori sui canestri di pesce da destinarsi al convento quella settimana, quando avvertì una presenza alle sue spalle.

«Rocheblanche».

La ragazza non era avvezza a sentirsi chiamare a quel modo, ma nella speranza di trovarsi al cospetto di un messaggero di Maynard si voltò subito con un cenno affermativo. L'uomo che si trovò di fronte la spaventò. Tarchiato, con il labbro leporino arricciato in un ghigno sordido, era avvolto in un mantello nero da cui spuntava una daga. Anziché presentarsi, allungò le mani per afferrarla.

Prima che Isabeau potesse gridare, suor Imelda si lanciò in sua difesa. Bastò una spinta per mandarla gambe all'aria. Poi lo sgherro sguainò la daga e, trattenendo la fanciulla, tenne lontano i pescatori.

Isabeau scalciò senza riuscire a divincolarsi. L'uomo la trascinò incurante fino alla riva per gettarla come un sacco su una barca nascosta tra le frasche. Un secondo individuo, avvolto in una cappa, attendeva seduto a poppa.

«Rema!», gli ordinò Petricciolo saltando a bordo.

Senza che nessuno potesse intervenire, il natante scivolò via lungo il fiume.

35

Ferrara, Palazzo della Signoria
11 ottobre

Gualtiero impiegò due giorni per raggiungere Ferrara. Aveva proceduto per buona parte a piedi, attraverso una distesa di campi argillosi ove di tanto in tanto si scorgevano figure magre, aggrappate ad aratri trainati da bestie ancor più smunte. Villani sfiniti, piegati sotto un giogo che incuteva al ragazzo maggior paura dei rischi a cui andava incontro. Nella peggiore delle ipotesi, a lui sarebbe rimasta la possibilità di farsi monaco e sopravvivere grazie al suo ingegno. Quei derelitti invece erano destinati a trascinarsi fino alla morte su una sterile gleba, mentre il loro dio privo di forma si manifestava a tratti, sotto un cielo grigio, dietro una maschera d'ossa o il sorriso pasciuto di un vescovo.

Coprì l'ultimo tratto di strada sul carro di un fattore, sonnecchiando al ballonzolare delle ruote. Giunto presso il sobborgo delle Pioppe, varcò la porta sud-orientale della città, seguì la Via Grande fino al Castello dei Curtensi e deviò per la Via dei Sabbioni che lo portò alla piazza. Le precedenti visite a Ferrara l'avevano reso abbastanza accorto da evitare i vicoli popolati dalla feccia. La misera gente, tuttavia, abbondava anche lungo le strade principali. Storpi, mendicanti e finti frati invocavano aiuto a ogni crocicchio.

Gualtiero mostrò indifferenza fin quando non si imbatté in una bambina vestita di cenci seduta sul selciato, intenta a masticare un impasto di farina e terra. Fermò la mano prima di affondarla nella scarsella, pensando che la sua carità sarebbe finita nelle mani di un essere più rapace non appena si fosse allontanato.

Proseguì, suo malgrado, a fianco della cattedrale, allungando il passo oltre la Porta dei Romei, fino a giungere al cospetto del palazzo marchionale.

Aveva già avuto a che fare con le guardie appostate davanti all'ingresso, e non ne serbava un buon ricordo. Da allora aveva imparato ad atteggiarsi. E a mentire.

Si avvicinò a testa alta, con rispetto ma senza eccessiva riverenza. «Sono atteso da sua signoria, il marchese Obizzo», annunciò. «Mi manda messer Rocheblanche».

Gualtiero non si era mai trovato al cospetto di un nobile signore della levatura di Obizzo III d'Este, e ne rimase subito impressionato. Non per via dell'imponenza o della boria, comune a qualsiasi uomo d'arme, ma per il suo modo di guardare. Ombroso e riflessivo, capace di scrutare senza tradire emozioni. Il giovane se ne sentì trapassato e, pur di evitarlo, spostò l'attenzione sulle vesti rutilanti e sulle mani inanellate, imbarazzato al pensiero di indossare una vecchia tonaca sporca di fango. A farlo arrossire però fu la rabbia – tenuta bene a freno – di trovarsi forse al cospetto di colui che aveva fatto arrestare sua madre e impiccare suo padre.

Sua signoria gli aveva concesso udienza sotto il loggiato della corte interna, quasi a sottolineare la sconvenienza di ricevere un plebeo negli ambienti interni del palazzo. Nessuna guardia si trovava ad assistere. Soltanto il marchese e il giovane pittore, in ginocchio al suo cospetto.

«Ebbene, vi manderebbe Rocheblanche», disse l'Estense, con tono sospettoso. «Siete cosciente del fatto che quell'impertinente diserti la mia corte dalla scorsa estate?».

Gualtiero si limitò ad annuire.

«Ho dovuto sostituirlo con un altro maestro di spada», proseguì Obizzo, «con gran delusione di mio figlio».

«Anch'io non ho più sue notizie», si decise a rivelare il giovane. «Nondimeno, mi sono preso la licenza di presentarmi al vostro cospetto per onorare un servigio affidatomi proprio da vostra grazia, su mediazione del cavaliere di Rocheblanche».

Il marchese lasciò trapelare un pizzico di stupore. «Quale servigio?»

«La copia della *Vita Merlini*».

«Ah, sì, il libro...», mormorò sua signoria, e aggrottò le sopracciglia. «Voi dunque sareste il miniaturista».

«Sì, vostra grazia. Gualtiero de' Bruni, per servirvi».

«Il figlio del mastro pittore», continuò a rimuginare il nobiluomo.

Il giovane rimase inginocchiato, gli occhi puntati sugli stivali dell'Estense. Per un attimo si ritrovò nel Prato della Forca, davanti alla sagoma nera del padre che penzolava dalla corda. «Sì».

Con sua grande sorpresa, Obizzo emise un sospiro e cambiò argomento: «Ancora una parola su Rocheblanche. Sapete cosa gli sia successo?»

«Lo ignoro», rispose Gualtiero. Sollevò per un attimo lo sguardo, spiando l'espressione sfuggente del marchese. «So soltanto che i vostri uomini, di recente, sono giunti a Pomposa per cercarlo».

«Si è trattato di uno scrupolo, su consiglio del visdomino del vescovo», spiegò. Poi prestò di nuovo attenzione al ragazzo e gli fece cenno di alzarsi. «Ma ora, suvvia, mostratemi il libro».

Obbediente, Gualtiero prese dalla bisaccia due codici rubati dallo scriptorium di Pomposa e glieli porse. «Vi ho riportato anche il volume originale», spiegò.

Non appena ebbe la copia della *Vita Merlini* tra le mani, Obizzo si stizzì. «Ma... è in pagine sciolte!».

Il giovane sostenne il suo sguardo, vincendo l'istinto di rimettersi in ginocchio. «Forse ho mal inteso, ma considerato l'uso che intendete farne ho ritenuto fosse opportuno farlo rilegare da maestranze più fidate, al di sopra delle capacità del legatore di un monastero».

Obizzo meditò su quelle parole, battendo le dita sul plico di pergamena. «Ben detto», disse infine. «E l'abate, come si è espresso al riguardo?»

«L'abate non ne sa nulla», confessò Gualtiero. «Lui crede che la copia del libro sia stata richiesta da messer Maynard».

Un sorrisetto affiorò sulle labbra dell'Estense. «Non mi dispiace, l'ammetto, prendermi gioco di quella cornacchia bisbetica», e con aria beffarda, prese a passeggiare sotto il loggiato. «Il venerabile Andrea! Sempre pronto a scagliar anatemi, quando invece dovrebbe curarsi delle poche sostanze che gli restano». Poi si rivolse al giovane, rimasto a osservarlo con le mani giunte. «Ma forse sto esagerando, al cospetto di un suo...».

«Non sono un monaco», precisò Gualtiero, chinando la testa per mostrare il capo non tonsurato. «Nemmeno un novizio».

«E nonostante ciò, vi fanno lavorare nello scriptorium?». Con un'espressione incredula, il marchese controllò le pagine consegnate dal ragazzo. Le sfogliò una a una, lasciando trapelare un crescente stupore, dopodiché le mise a confronto con quelle del testo originale. «Miniature incredibili...», si lasciò sfuggire. «Davvero magistrali...».

Il giovane de' Bruni, non insensibile alle lodi, s'impettì dimenticandosi per un attimo dei suoi crucci. «Opera mia, vostra grazia».

«Ancora imberbe, e già tanto capace...», continuava Obizzo, senza stancarsi di ammirare le illustrazioni. D'un tratto Gualtiero si accorse che la barriera ombrosa del suo sguardo era totalmente dissolta, lasciandolo al cospetto di un uomo comune, quasi rozzo se paragonato allo studiato contegno di certi monaci. Restò a osservarlo, muto come un pesce, finché non lo vide slacciare un sacchetto di pelle appeso alla cintura e porgerglielo con queste parole: «Il degno onorario per la vostra bell'arte».

Il ragazzo accettò il compenso con un cenno di riconoscenza. Il peso di quella piccola scarsella gli accendeva il desiderio di allontanarsi al più presto per contare le monete al sicuro da sguardi indiscreti.

«Ora andate, de' Bruni», lo congedò Obizzo, improvvisamente allertato dal sopraggiungere di un messaggero. «Fate ritorno al vostro monastero, e continuate a serbarmi lealtà».

Ripresosi in fretta dalle emozioni, Gualtiero disegnò un inchino e fece per allontanarsi. Ma all'improvviso sentì qualcosa di oscuro e doloroso risalire dal fondo nell'anima, facendolo vergognare di aver assunto un atteggiamento tanto servile.

Calcò i talloni sul pavimento e, sentendo crescere la collera dominata tanto a lungo, si rivolse con durezza al marchese. «Me ne andrò, vostra grazia, non appena mi avrete detto perché avete condannato mio padre alla forca».

Obizzo d'Este, già intento a conversare con il messaggero, si voltò di scatto. Era tornato a essere sfuggente, quasi ostile, e per un istante sembrò sul punto di compiere un gesto inconsulto. «Non fu per mio volere che vostro padre fu giustiziato», rispose enigmatico. «E nulla so del perché vostra madre sia caduta vittima di una sorte tanto sciagurata».

Poco dopo, uno sconfortato Gualtiero usciva dal Palazzo della Signoria. Benché le monete pesassero nella sua bisaccia, aveva l'impressione di dover tornare a Pomposa con un pugno di mosche.

«Fate la carità a un povero cieco!».

Il giovane si scostò dall'uomo avvolto in una cappa logora che gli si era avvicinato, prestando attenzione a non inciampare nel suo bordone. «Non ho denari», si schermì.

«Aspettate, messere!», insistette quello, quasi canzonatorio. «Poche monete per alleviare il fardello dei vostri peccati».

Gualtiero sentì la sua mano afferrargli una spalla e, pronto a reagire, si trovò faccia a faccia con lo sconosciuto. Oppose resistenza, finché il suo sguardo non andò oltre l'ombra del cappuccio e la barba incolta che gli nascondevano il viso.

«Oh Signore!», esclamò allora, basito. «Non credo ai miei occhi!».

36

«Parlate a voce bassa, amico mio», disse Maynard, «o finirete per insospettire qualcuno».

Prima di annuire, Gualtiero si dovette riprendere dalla sorpresa. Sbalordito e al contempo felice, lo seguì con finta indifferenza in una via stretta ai margini della piazza. Soltanto allora Rocheblanche si tolse il cappuccio. Era pallido, segnato da profonde occhiaie.

«Voi non state bene, messere…».

«Non temete, mi rimetterò». Rocheblanche si guardò intorno, circospetto. «Cosa siete venuto a fare a Ferrara?»

«Ho consegnato la *Vita Merlini*».

«Impresa rischiosa, senza il mio appoggio».

Gualtiero si strinse nelle spalle. «Sua signoria ha chiesto di voi, e io non ho saputo cosa rispondere», aggiunse, d'un tratto curioso di sapere. «Cosa vi è accaduto?»

«Il visdomino Orsini mi ha teso un'imboscata». Con una smorfia sprezzante, Maynard si portò una mano al costato. «Se sono sopravvissuto, lo devo a un buttero che mi ha ripescato dal Padus e trascinato in un eremo dove ho ricevuto cure. Ero moribondo, ferito gravemente. Mi è servito tempo per ristabilirmi. Ma finché non sarò guarito del tutto, resterò nascosto a controllare il mio nemico».

«Intendete vendicarvi?»

«Ora non posso spiegare…». Si interruppe al passaggio di due uomini, quindi occultò il viso sotto il cappuccio e riprese il cammino lungo una strettoia che portava alla chiesa di Ognissanti.

Il giovane de' Bruni lo seguì. «Degli armigeri sono giunti a Pomposa per chiedere di voi», lo avvertì a voce bassa. «Io non ho potuto vederli, ero nello scriptorium. L'abate però mi ha detto che erano al seguito del visdomino».

Maynard annuì. «Quel ribaldo dell'Orsini sospetta che sia sopravvissuto e continua a darmi la caccia. Anche la città brulica di sue spie».

A udir ciò, Gualtiero sentì un brivido corrergli lungo la schiena. Superò a capo chino un capannello di gente davanti alla chiesa e imboccò insieme al compagno una vecchia contrada che correva verso ponente. «Un altro uomo vi sta cercando», lo avvertì non appena furono soli. «Un cavaliere francese».

«Il suo nome?», chiese Rocheblanche senza voltarsi.

«Non rammento bene. Mi ci sono imbattuto due notti fa, mentre fuggivo da Pomposa. È un barone. Vardois o Mandois, mi pare abbia detto...».

Maynard si arrestò all'improvviso e, quasi spaventandolo, lo afferrò per un braccio. «Robert de Vermandois?»

«Può essere...», disse il giovane con un sobbalzo.

«Devo assolutamente incontrarlo». Il francese si staccò da lui e allungò il passo. «Verrò con voi a Pomposa, oggi stesso».

«Sta bene, messere», esclamò Gualtiero. «Finché ci troviamo a Ferrara, però, pretendo da voi un favore».

Rocheblanche lo scrutò in tralice. «Di cosa si tratta?»

«Vorrei rivedere Isabeau».

37

Il ponte che collegava l'isola di Sant'Antonio alla Porta di San Pietro era un'esile passerella legata su ambo le sponde a dei pali di legno. Maynard e Gualtiero lo attraversarono mentre il giorno volgeva al tramonto e una lieve foschia si levava dalle rive, insinuandosi fra le pieghe dei loro abiti.

Nonostante la città fosse vicina, fu come accedere a un romitorio isolato dal resto del mondo, un luogo in cui i pellegrini erano mal tollerati e il semplice parlare ad alta voce sembrava un'infrazione meritevole di castigo. Non che i due avessero granché di cui discutere. Se Rocheblanche non aveva più proferito verbo dopo la richiesta del ragazzo, Gualtiero si era ben guardato dal chiedergli spiegazioni.

Varcate le cinta del convento, chiesero a un famiglio di essere ricevuti dalla badessa. L'uomo fece strada fin oltre il chiostro, conducendoli ai margini di un giardino delimitato da una siepe di rose. La reverenda madre passeggiava là, sola, con un piccolo codice tra le mani.

Maynard accennò un inchino e le andò incontro. Prima di seguirlo, Gualtiero levò lo sguardo verso le strette grate di un edificio vicino, attraverso le quali si scorgevano sagome di monache intente a spiare all'esterno. Il pensiero che Isabeau si trovasse tra quelle recluse gli strappò un sospiro di dispiacere. Si affrettò quindi a raggiungere il compagno, nella speranza di poter rivedere la ragazza al più presto.

«Sono tornato per mia sorella», spiegò Maynard.

La badessa, visibilmente colpita dal suo aspetto miserevole, scosse il capo con aria dispiaciuta.

«Cosa volete intendere?», domandò il cavaliere, crucciandosi.

«Che è stata rapita», rispose la monaca. «Ieri mattina, da due uomini giunti in barca. Dopo l'accaduto ho subito inviato un messaggio al palazzo marchionale, per informarvi, ma mi è giunta risposta che non vi trovavate più là. Pertanto, non sapendo a chi rivolgermi...».

«Due uomini, avete detto?», tagliò corto Maynard.

Spaventata dal suo tono, la badessa arretrò. «Sì», rispose. «La madre depositaria, che era insieme alla fanciulla, ne ha visto bene soltanto uno. Era un armigero, avvolto in un mantello».

«L'ha udito pronunciare qualcosa? Ha riconosciuto blasoni o colori di casati?»

«Nulla, messere. Ha soltanto notato il suo labbro leporino».

Rocheblanche fece per ribattere, poi meditò su quelle ultime parole. «Un labbro leporino...», mormorò tra sé. Un sorriso amaro gli si stagliò sul volto. «Vi ringrazio madre», prese congedo con un frettoloso inchino, «me ne occuperò io».

«Ma messere!», obiettò Gualtiero, che aveva seguito il discorso con crescente apprensione. «Non sarebbe utile apprendere i fatti direttamente dalla bocca della depositaria? Forse, se le ponessimo le domande giuste...».

«Non serve, amico mio», lo interruppe Maynard. «So già di chi si tratta».

«È stato un uomo di Superanzio Orsini».

Gualtiero fissò il cavaliere con sgomento. «Ne siete certo?».

Prima di rispondere, Maynard terminò la traversata del ponte e si fermò davanti alla Porta di San Pietro. Sotto la luce grigia della sera, le torri di Ferrara si ergevano come muti guardiani. «Come affermavo poc'anzi», spiegò al ragazzo, «lo sorveglio ormai abbastanza da conoscere i suoi sgherri. Il più fidato è una carogna di nome Petricciolo e corrisponde alla descrizione fornita dalla badessa. Non può trattarsi di una coincidenza».

«Cosa aspettiamo, dunque?»

«Pazienza, amico mio».

Il giovane de' Bruni strinse i pugni. «Isabeau è nelle loro mani e voi titubate?»

«Non pensiate di essere l'unico in pena per lei», lo ammonì Rocheblanche con voce roca. «È evidente, quei cani l'hanno rapita per attirarmi allo scoperto. Conosceranno la mia ira, molto presto. Ma se vogliamo salvarla, dovremo commisurare il rischio all'astuzia».

Gualtiero abbassò lo sguardo, fremente di rabbia. «Cosa ne sapete della sua sorte? Potrebbe essere già morta!».

Maynard rimuginò a braccia conserte, chiudendosi in un mutismo che spaventò il ragazzo. La sua espressione fu un avvicendarsi di pena e di furia, finché non si distese in una maschera di fredda razionalità. «No, Superanzio Orsini non l'ha ancora uccisa», concluse. «L'unico modo di ottenere qualcosa da me sarebbe restituirmi Isabeau viva. Non dimenticate che la ritiene mia sorella. Chiederà in suo riscatto i miei segreti, e io in cambio gli darò la morte».

Il ragazzo lo fissò risoluto. «Contate sul mio aiuto, messere».

«Non dovete sentirvi in dovere», ribatté il francese.

Ben lungi dal desistere, Gualtiero lo affrontò con gli occhi duri e umidi di lacrime. «Isabeau non è una persona qualunque, per me», confessò. «Conta molto, più di quanto abbia creduto finora. Più di quanto le abbia detto. E al solo pensiero che le possa essere fatto del male...».

Rocheblanche fece cenno di comprendere. «Siete un uomo di valore, amico mio». Gli afferrò le mani, quasi volesse saggiare i suoi sentimenti. «Chiedo venia se in passato vi ho trattato con durezza, ma ero talmente accecato dal proposito di difendere i miei segreti da non curarmi del mio prossimo. Ora però non voglio che rischiate la vita per un mio errore».

Il giovane si ritrasse. «Se credete che possa restare in disparte...».

«Non lo farete», gli promise Maynard.

Gualtiero annuì lentamente, quasi pacato. «Rivelatemi il vostro piano, dunque».

Rocheblanche lo invitò a rimettersi in movimento e, camminandogli al fianco, gli spiegò a bassa voce: «Io resterò in città e tornerò quanto prima al Palazzo della Signoria. Non appena l'Orsini si accorgerà della mia presenza, farà senza alcun dubbio la sua mossa».

«E io, nel frattempo?»

«Tornerete a Pomposa e incontrerete in segreto il cavaliere di cui mi avete parlato. Verificate che si tratti proprio del mio amico Robert de Vermandois, dopodiché gli comunicherete che ho bisogno di lui e lo condurrete a Ferrara, in un luogo nascosto, finché non riceverete mie notizie».

«Nell'attesa che ciò avvenga, dove ci stabiliremo?»

«Non certo all'ospitale della Misericordia», rispose Maynard. «Dopo la mia permanenza, quel luogo sarà sorvegliato. Vi indicherò io dove. E ora ascoltate con attenzione, poiché non dovrete commettere errori...».

38

Gualtiero fece ritorno all'abbazia il giorno successivo, sotto una nebbia talmente fitta da impedire alla luce dell'alba di baciare la terra. Aggirò il Palatium Abbatis e percorse di soppiatto il limitare della corte fino a un grande albero, attento a non farsi scorgere da nessuno. Al pensiero delle ore trascorse con Isabeau sotto quelle fronde s'intristì, poi mise da parte i ricordi, scavò una buca ai piedi del tronco e vi depose le monete elargite da Obizzo d'Este. Quindici fiorini d'oro. Una somma ben più alta delle aspettative, che in circostanze diverse l'avrebbe spinto a muovere alla volta di Avignone senza la minima esitazione. Ora tuttavia era necessario mettere da parte le preoccupazioni per la madre, insieme a quella piccola fortuna.

Richiuse la buca, mimetizzandola fra l'erba e le radici dell'albero, poi si avvicinò al monastero in cerca del padre portinaio. Lo trovò sotto il nartece, intento a lucidare i battenti del portale.

«Perdonatemi, *frater*».

«Dite pure, figliolo», rispose il monaco, interrompendo il suo lavoro.

«Sapete per caso qualcosa a proposito del cavaliere giunto in questi ultimi giorni all'abbazia?»

«Vi riferite al barone piccardo, immagino». Il religioso lo scrutò con sospetto. «Alloggia nella foresteria, su ordine del reverendo Andrea».

«Vi ringrazio», concluse in fretta Gualtiero. E si allontanò.

Voleva incontrare quell'uomo senza farsi scoprire da nessuno, specie dall'abate. Per fortuna, la nebbia gli consentì di avvicinarsi indisturbato alla foresteria.

Il francese era all'esterno, voltato di schiena. Stava sellando il cavallo con l'aria di voler ripartire al più presto.

"Grazie a Dio sono giunto in tempo", pensò Gualtiero. Gli si avvicinò in fretta, assai colpito dalla sua stazza. Superava in altezza Maynard di almeno una spanna e aveva il torace di un Golia, messo in risalto da un corsaletto di cuoio allacciato ai fianchi.

«Messere...», disse per richiamare la sua attenzione.

Prima che l'uomo potesse rispondergli, due arcieri sbucarono dalla nebbia. «Fermo!», ordinarono con l'arco alla mano.

Reagendo d'istinto, Vermandois afferrò la spada posata a terra e la sguainò per metà, pronto a battersi. L'irreparabile fu scongiurato dall'intervento di padre Andrea, che comparve alle spalle degli armigeri con la mano destra alzata.

«Riponete il vostro ferro, cavaliere», vociò l'abate. «Le guardie non sono qui per voi, ma per l'ingrato che vi sta appresso», e scrutò Gualtiero con un'occhiata severa. «Voi... Credevate di entrare e uscire dall'abbazia senza che me ne accorgessi? Vergogna! Avete tradito la mia fiducia e rubato un codice dallo scriptorium».

Pur avendo agito con l'inganno, il giovane de' Bruni non si sarebbe mai aspettato di essere trattato alla stregua di un ladro. Restò impettito, fissando il reverendo senza curarsi degli arcieri. «Chiedo venia per la mia fuga», si difese. «E in quanto al codice, non ho rubato nulla. L'ho semplicemente consegnato al cavaliere di Rocheblanche, come convenuto».

All'udire quel nome, Robert de Vermandois si voltò verso di lui. «Parlate di messer Maynard?», chiese concitato.

«Non immischiatevi, cavaliere», lo avvertì padre Andrea. «La questione è tra me e questo impudente».

Gualtiero ribatté con l'intento di attizzare ancor più il barone piccardo: «Rocheblanche è vivo, capite? L'ho incontrato ieri, fra le mura di Ferrara. Soltanto questo conta, al momento».

«Me ne parlerete nel mio studio, seduta stante», gli ordinò l'abate, «o vi farò mettere ai ceppi».

«Qui invece non si muoverà nessuno». Il prode Robert puntò la spada verso gli arcieri. «Sempre che il reverendo non voglia vedere quest'erba macchiata di sangue», e fece una smorfia di sfida. «Per due volte il ragazzo ha fatto il nome di un mio fratello d'arme, e quant'è vero Iddio ora mi rivelerà con chiarezza ogni cosa».

Il giovane non se lo fece ripetere. «Maynard ha bisogno di voi, messere», disse d'un fiato. «Gli ho promesso di condurvi a Ferrara, per incontrarlo».

«Sciocchezze!», sibilò Andrea.

«È la verità, invece», insistette Gualtiero. «E se ora voi tutti non mi darete ascolto, avrete sulla coscienza il sangue di una fanciulla innocente».

39

Reims, convento di Sainte-Balsamie
12 ottobre

Appena fu messa al corrente dello stato di Aleydis, suor Eudeline abbandonò la funzione pomeridiana e si precipitò alla vecchia ghiacciaia. Scese nel seminterrato con passi frettolosi, seguendo l'eco di lamenti che provenivano dalla prigione della ragazza. La trovò raggomitolata sul giaciglio, in preda agli spasmi. L'infirmaria già china su di lei.

«Cosa succede?», chiese la badessa, trafelata.

La monaca mantenne lo sguardo su Aleydis, tastandole il ventre. «Sta avendo delle contrazioni».

«Come può? È solo al sesto mese».

«E perderà il bambino, se non interverremo».

Eudeline avanzò esitante, prestando attenzione agli oggetti disposti sul pavimento. Un catino, panni puliti, un mortaio e boccette dal contenuto ignoto. Pur sentendo la necessità di rendersi utile, fu come se la nebbia avesse offuscato il suo intendimento.

«Non restate impalata!», la scosse l'infirmaria. «Svelta! Correte all'*herbaria* e portatemi la mandragora».

La reverenda la scrutò sorpresa. «Proprio quella pianta?»

«Non posso allontanarmi da qui, dovrete farlo voi». Le sapienti mani della monaca continuavano a tastare il ventre di Aleydis. «Ma state attenta».

Suor Eudeline fu sul punto di ribattere. Non ammetteva di essere trattata con sufficienza nel *suo* convento. I lamenti della reclusa, però, fecero passare in secondo piano l'orgoglio. Tornò all'aperto, fece segno a un famiglio di seguirla e raggiunse il campo delle erbe officinali.

La mandragora si trovava al limitare, separata dalle altre colture, per evitare che qualcuno potesse raccoglierla per sbaglio. I suoi fiori violacei, sbocciati sotto la rugiada di ottobre, parvero rivolgerle un silenzioso saluto. La badessa si avvicinò con cautela, senza sfiorarla neppure con i piedi. A spaventarla non erano le sue proprietà venefiche, quanto le voci sulle pratiche magiche legate a essa. I filtri ricavati dal suo succo erano in grado di infondere la libido e la follia, e forse anche la capacità di levitare. Si chiese pertanto, nonostante la fiducia riposta nell'infirmaria, quale beneficio potesse offrire a una giovane in minaccia di aborto.

Il famiglio la mise in guardia: «Prima di raccogliere l'erba delle streghe, *domina*, sarebbe meglio tracciarvi tre cerchi intorno e tapparsi le orecchie...».

«Non abbiamo tempo», lo zittì Eudeline. «Limitatevi a legarla con un cappio e a sradicarla, senza entrarci a contatto».

L'uomo annuì, si fece il segno della croce, ma non accennò a muoversi.

«Fatevi da parte, vigliacco!», esclamò la badessa, spazientita. Gli strappò la corda di mano e la legò intorno all'arbusto, dando sfogo allo sdegno. Prima il tono autoritario dell'infirmaria e ora l'insubordinazione di un servo. Era davvero troppo! Tirò con foga, pensando alla povera Aleydis in preda al dolore. *Almeno io saprò cosa significa essere madre*. Tirò più forte. "Forse no, bambina mia".

Appena vide la radice uscire dalla terra, arretrò d'istinto. Era scura e più piccola di quanto si aspettasse, di una somiglianza impressionante con un infante. Nella parte superiore presentava persino l'abbozzo di un naso e le cavità degli occhi. Nessuna esalazione mefitica, tuttavia. Né tantomeno urla laceranti o vagiti demoniaci.

Avvolse quindi la pianta in uno straccio e, tenendola fra le braccia, fece ritorno alla prigione.

L'infirmaria era ancora china sulla ragazza, in trepidante attesa. Eudeline le porse il fagotto con la mandragora e fissò l'espressione sconvolta di Aleydis. Non capiva. A dispetto della rabbia che ancora nutriva nei confronti di quella traditrice, non riusciva a trattenere la compassione. Si inginocchiò al suo capezzale e le accarezzò la fronte. «Come sta?»

«Le contrazioni dell'utero non cessano», spiegò l'infirmaria, esaminando il contenuto dell'involto. «Proveremo a lenirle con un decotto».

«Con un'erba velenosa?», obiettò la badessa.

«La mandragora è velenosa soltanto in dosi eccessive». Così dicendo, la monaca le porse dei guanti di tela. «Indossateli», ordinò, «e passatemi il coltello e il mortaio».

Suor Eudeline non avrebbe saputo dire se fu grazie al decotto di mandragora o alla clemenza di Dio, ma di fatto Aleydis fu liberata dagli spasmi. Il succo della pianta l'aveva sprofondata in un dormiveglia allucinato, quasi estatico. Nonostante le rassicurazioni dell'infirmaria, la badessa aveva finito per tenerle compagnia sino a tarda sera.

La verità era che si sentiva colpevole. Forse, se a suo tempo avesse rinchiuso la ragazza in un luogo più confortevole, non si sarebbe giunti a quell'evento. Eppure non era riuscita a evitarlo. Scoperti i misfatti di Aleydis, si era sentita in diritto di sfogare su di lei le paure e gli insuccessi accumulati negli ultimi mesi. Compreso l'amore impossibile per Vermandois e l'apprensione per il fratello. E l'aveva fatto quasi con godimento, senza riflettere sulle proprie azioni, fino a quel giorno.

"Che cosa sono diventata?", si chiese.

Terse la fronte di Aleydis con una pezza bagnata e le sistemò i riccioli. Le era piaciuta fin dal primo momento. Graziosa e determinata, desiderosa di riscatto. L'aveva seguita da lontano nei progressi della vita conventuale, incoraggiandola in ogni occasione, a costo di lasciar trapelare la sua predilezione.

E poi, il tradimento. Non era stato quello, però, a ferirla. Era stata l'invidia. Pur compiendo un imperdonabile errore, una semplice novizia le aveva mostrato il coraggio di infrangere le regole e di mettersi in gioco più di quanto lei avrebbe mai osato fare. Quel pensiero l'aveva fatta rigirare tra le coltri per notti intere, fomentando il desiderio di fuggire con Robert, mandando al diavolo il peccato, il velo e le paure che l'avevano spinta a prendere i voti.

Non era però ad Aleydis che doveva imputare le colpe di un simile tormento. Con una ritrovata dolcezza, la reverenda posò lo sguardo sul suo ventre e pensò al bambino che dormiva dentro, di nuovo al sicuro.

Forse la ragazza si era sbagliata, pensò.

Anche lei, dopo tutto, avrebbe appreso il significato di essere madre.

La ragazza si svegliò di colpo, scrutandola sorpresa.

Suor Eudeline prese congedo da lei con un'ultima carezza. «Starà bene», disse, levandosi in piedi. «E ve lo lascerò tenere».

Padre Claret rimase acquattato dietro i tralci di una vite finché non scorse la badessa uscire dalla vecchia ghiacciaia. Ormai imbruniva e, benché avveduta, la donna si sarebbe accorta della sua presenza. Attese per maggior sicurezza che si fosse allontanata, poi si avviò allo scoperto verso lo stabile da cui se ne era appena andata.

Aveva approfittato del piccolo scompiglio di quel giorno per impossessarsi delle chiavi del seminterrato. Doveva riporle al più presto, tuttavia, se non voleva rischiare di fomentare dei sospetti. Fece scattare la serratura e scese al barlume di una lucerna, attento a non scivolare sui gradini smussati. Sarebbe stato imbarazzante se, in seguito a una caduta, fosse stato trovato morto o svenuto in quel luogo. Imbarazzante e pericoloso, per i giochi oscuri del cardinal du Pouget.

Usando sempre maggior cautela, aprì l'ultima porta e si trovò faccia a faccia con la prigioniera.

«Dunque siete voi», disse il procurator, «la prima emissaria di sua eminenza».

Richiuse il battente, dirigendo la fiammella verso l'espressione sconcertata di Aleydis. «Ora mi direte tutto ciò che sapete sulla badessa», aggiunse minaccioso. «Ogni cosa, e con dovizia di particolari. O, giuro su Dio, la vostra vita diverrà un inferno».

40

Quella notte, l'Arabo si spinse fino ai borghi occidentali di Reims. Non lo faceva da molto, ma di recente aveva saputo di movimenti sospetti presso il convento di Sainte-Balsamie e voleva sincerarsi che Eudeline de Rocheblanche non corresse rischi. Lo preoccupava soprattutto un armigero in nero, con un leone rampante sulla fibbia, comparso in città da pochi giorni. Un uomo del cardinal du Pouget, senz'ombra di dubbio, tuttavia l'Arabo era all'oscuro di troppi dettagli per sperare di comprendere la vicenda. Inoltre gli ordini del suo padrone erano stati chiari: osservare in disparte e intervenire soltanto se necessario.

E così aveva fatto. Trovò un nascondiglio sotto un androne dirimpetto a Sainte-Balsamie e rimase di guardia, sprofondando in uno stato vigile e al contempo assorto, che gli ricordava i tempi in cui si appostava sui bastioni andalusi, sotto i cieli stellati o nelle albe torride, ingiallite dal vento del deserto. Allora era poco più che un ragazzo, e non sapeva ancora nulla della magia medica e dei guerrieri cristiani. Tantomeno del destino avventuroso a cui sarebbe andato incontro.

Aveva udito da poco i rintocchi della mezzanotte quando intravide una figura uscire dalle cinta della chiesa. La osservò con attenzione finché riconobbe il procurator. L'aveva notato un paio di volte, nei mesi precedenti, giudicandolo talmente vile da non considerarlo una minaccia.

Eppure adesso si aggirava guardingo, quasi furtivo, per la strada deserta.

L'Arabo continuò a spiarlo finché non vide un secondo individuo sbucare da un vicolo. Era alto e prestante, avvolto in un mantello nero. Andò incontro al procurator, scambiò con lui poche parole, dopodiché ricevette dalle sue mani una lettera.

Padre Claret accompagnò quel gesto con altre parole.
L'uomo in nero si limitò ad annuire e si allontanò nella notte.
Lasciando nell'Arabo il sentore di una terribile insidia.

41

Ferrara, Palazzo della Signoria
13 ottobre

Maynard osservò il riflesso del suo volto allo specchio e, dopo essersi accarezzato la barba, affilò il rasoio su una striscia di cuoio. Ora che si trovava di nuovo a corte, doveva riacquistare un aspetto decoroso. Obizzo d'Este era stato generoso a ospitarlo in quella camera del palazzo senza pretendere scuse, benché non avesse fatto mistero di voler conoscere il motivo della sua assenza. Il francese aveva promesso di dare spiegazioni quanto prima, nella speranza di guadagnare abbastanza tempo da attirare allo scoperto Superanzio Orsini. Giusto mezza giornata, valutò. L'indomani si sarebbe aggirato a viso scoperto per la piazza e i luoghi più frequentati della città, prestando particolare attenzione al sesto di San Romano, per farsi notare dal nemico. Conosceva i rischi a cui si esponeva, ma non poteva lasciare Isabeau nelle luride mani del visdomino. Al solo pensiero di cosa potesse averle fatto, si sentiva avvampare d'ira.

Fece scivolare il rasoio lungo le mascelle, risparmiando il pizzo sul mento, e dopo una seconda affilatura sul cuoio si dedicò alla pulizia del collo. Come d'accordo, Gualtiero e Vermandois si trovavano già a Ferrara. Il ragazzo gli aveva fatto recapitare un messaggio quel mattino, comunicandogli il luogo in cui alloggiavano in attesa di istruzioni.

Rocheblanche fremeva per l'impazienza. L'ultima volta che aveva visto Robert era stato a Reims, al convento di Sainte-Balsamie. Era curioso di sapere il motivo della sua presenza a Pomposa, inoltre voleva chiedergli di Eudeline e degli eventi terribili che funestavano la Francia.

Ma era ancor più ansioso di parlare con Gualtiero. Nel messaggio, il ragazzo accennava di avere notizie da padre Andrea, riguardo un misterioso codice dato per smarrito da tempo.

Il rasoio tagliò la pelle, lasciando una sottile scia di sangue.

"Tutto a suo tempo", meditò Maynard, imponendosi la calma.

Usò un panno umido per tergere il viso e lo gettò su un ripiano accanto al camino, insieme agli utensili impiegati per radersi. Alle sue spalle, lo attendeva un letto dall'alto schienale e la promessa di un sonno ristoratore.

Fu allora che notò una presenza sull'uscio.

La serva varcò l'ingresso con una piccola giara tra le mani. Era giovane, di una bellezza scialba. «La mia signora vi manda quest'unguento», disse. «Un tonico profumato, per distendere le membra».

Il cavaliere si gettò il farsetto sulle spalle, per coprire il torso nudo. «La vostra signora?», indagò.

«Madonna Ariosti».

Lui esitò un istante, poi annuì. «Posate il vaso ai piedi del giaciglio», e si mise accanto al fuoco nell'attesa di essere lasciato solo. Accorgendosi tuttavia che la ragazza non se ne andava, la congedò con un cenno di ringraziamento.

La serva rimase accanto al letto. «La mia signora», aggiunse con malizia, «mi mette a vostra disposizione».

L'impassibile Rocheblanche le si mise di fronte e prese tra le dita una ciocca dei suoi capelli. «Riferite alla vostra padrona», sussurrò, «che non ho bisogno di altre attenzioni».

«Ditelo a lei stessa».

Prima che il francese capisse chi aveva parlato, vide la figura di Lippa Ariosti profilarsi sull'uscio. Sorridente e sicura di sé, la dama lo scrutò a sua volta, per poi avvicinarsi alla bocca del camino. Sotto la guarnacca di vaio indossava una tunica verde di zendale, troppo leggera per le sere autunnali.

«Madonna», disse Maynard, nascondendo lo stupore. «Se avessi saputo che intendevate incontrarmi...».

«È stata una decisione del momento, messere». La luce del fuoco vibrò sul suo volto, ravvivando il colore ramato dei capelli. «Sono una donna volubile».

«E vostro marito ne è al corrente?».

Lei si voltò di scatto, fingendosi piccata. «Obizzo non è mio marito».

Rocheblanche aveva già notato il suo interesse e non poteva certo dichiararsene indifferente. Tuttavia si trattava dell'amante del marchese, e non aveva intenzione di dare adito a situazioni equivoche alla vigilia di un'ardua impresa. «Dovreste comunque andarvene», rimarcò.

«Mi trovate a tal punto sgradevole?»

«Non intendevo questo, madonna».

Lippa si strinse nelle spalle. Indirizzò un gesto alla serva, invitandola a uscire, dopodiché rilassò il viso, perfettamente a suo agio. Non appena furono soli, si rivolse di nuovo al cavaliere: «Dove siete stato per tutto questo tempo?»

«Questioni complicate, madonna», si difese Maynard. «Ne darò notizia a sua signoria domani stesso, in privato».

«Questioni complicate...». Lippa fece scorrere lo sguardo fra le pieghe del suo farsetto, soffermandosi sulla recente ferita al costato. «E pericolose, a quanto pare».

Il francese si allontanò, dandole le spalle.

«Dovreste provare l'unguento che vi ho portato», continuò la nobildonna, cercando di vincere quella ritrosia. «Potrebbe giovare alla vostra lesione».

«Terrò a mente il vostro consiglio».

«Permettete che lo faccia io».

Maynard avvertì la sua presenza alla schiena. «Madonna...».

«Voi mi incuriosite, Rocheblanche», sussurrò la dama, più vicina di quanto consentissero le norme del decoro. «E in un mondo di uomini noiosi, ciò rappresenta un invito troppo allettante perché io possa ignorarlo». Le sue dita, lucide d'unguento, si insinuarono sotto il farsetto. «Cosa siete venuto a cercare a Ferrara? Potere? Gloria? Ricchezza?».

Lui restò immobile, combattuto tra il contegno e il desiderio di abbandonarsi alle carezze. «Nulla di tutto questo».

«Cos'altro può spingere un cavaliere del vostro rango?».

Sentì la mano di Lippa soffermarsi sulla ferita, e per un attimo rivide il visdomino che lo pugnalava sotto la pioggia. O forse era suo padre, il bestiale Gaspar de Rocheblanche. Represse sul nascere un impeto di rabbia. «Il desiderio di riscattarsi da un grave peccato», rispose arrochito.

«Mentite, Rocheblanche. Ve lo leggo negli occhi». La bocca di madonna Ariosti gli stava sfiorando il collo. «Voi cercate sangue».

«Forse avete ragione». Maynard le afferrò il polso e si voltò per respingerla. Ma si rese conto di aver sottovalutato il sorriso voluttuoso della sua tentatrice.

«Sangue», ripeté Lippa, lasciando cadere a terra la guarnacca di vaio. «È una giusta causa per dar sfogo alla vostra furia».

Acquattata dietro l'uscio socchiuso, la giovane serva continuò a spiare finché le sagome dei due amanti sparirono in un viluppo di coltri. Quasi sobbalzò al risuonare di passi alla sua schiena. Si voltò sgomenta, imbattendosi in un valletto di sua signoria.

«Sciò!», sibilò con un gestaccio.

Il ragazzo obbedì. Soffermandosi tuttavia un attimo di troppo.

42

L'indomani Maynard tenne fede ai propri piani e si aggirò fino al battere dell'ora sesta per le vie principali di Ferrara. Come previsto, suscitò attenzioni moleste soprattutto lungo il sesto di San Romano, ove sorgeva il palazzo episcopale. Non distante da quella sede, infatti, s'imbatté in tre sgherri armati di tutto punto che sobbalzarono al suo passaggio. Fu superfluo prestare attenzione ai colori delle loro uniformi. Dal momento che il vescovo Guido di Baisio aveva fatto ritorno a Bologna con le sue milizie, non poteva che trattarsi di uomini del visdomino. Rocheblanche li salutò con un sorrisetto di sfida e proseguì come se niente fosse, sentendoli bisbigliare concitati. Fece ritorno alla corte di Obizzo guardandosi alle spalle, la mano pronta sull'elsa della spada.

Il giardino marchionale era quasi deserto, quando vi giunse. Nonostante il sole alto, era invaso da una luce biancastra che gli conferiva un aspetto lugubre. Madonna Ariosti sedeva al centro, ai piedi di un pozzo, intenta a leggere un libro. Avvolta in un abito di velluto, con un delizioso *hennin* a coronarle il capo, gli lanciò una lunga occhiata. Lui ricambiò con un cenno e, fingendosi assorto, proseguì per le siepi finché una giovane voce lo indusse a voltarsi.

«Messere, dubitavo sareste tornato!», lo salutò Aldobrandino.

«Sono qui, come vedete», ribatté il francese con un sorriso.

Il ragazzo era entusiasta. «Il mio signor padre sostiene di non conoscere il motivo del vostro allontanamento».

«Glielo spiegherò oggi stesso, a cena».

«Intendete riprendere a insegnarmi?»

«Se vi farà piacere».

«Ho perfezionato il mio fendente», aggiunse il giovane signore, ansioso di mettersi alla prova. Era talmente eccitato da aver smarrito il contegno. «Lasciate che vi mostri, ora».

Maynard ne fu compiaciuto e per poco non decise di accontentarlo, quando notò l'ingresso di un uomo in arme. Era uno degli sgherri incrociati poc'anzi, presso il palazzo vescovile. Si fermò sotto la loggia ai margini del giardino, con le braccia conserte, e prese a fissarlo con intensità.

«Andate da vostra madre, messer Aldobrandino», disse Rocheblanche. «Sarò da voi fra un istante». Andò quindi incontro al nuovo arrivato, pronto a battersi benché dubitasse di dover arrivare a tanto. Quando gli fu di fronte, gli fece un cenno con il mento per indurlo a parlare. Lo sgherro si limitò a porgergli un biglietto e, con fare altezzoso, si allontanò.

Maynard seguì con lo sguardo i suoi passi, dopodiché lesse il messaggio che gli era stato consegnato. Conteneva poche parole, sufficienti a fargli capire di aver colto nel segno.

Se ci tenete a lei venite domani notte al palazzo vescovile.

43

Avignone, cinta interne del Rocher des Doms
14 ottobre

Era da tempo che il cardinal du Pouget non si concedeva una cavalcata, e quel mattino approfittò dell'aria tiepida dell'autunno per ritemprare lo spirito. Spronò il suo baio sotto le gigantesche torri merlate che difendevano il palazzo pontificio e la città vecchia, ammirando le mura erette da Benedetto XII e Clemente VI. Provava orgoglio nel contemplarle, benché rappresentassero per lui un segno di sconfitta. Erano trascorsi tredici anni da quando aveva fatto ritorno dalla penisola italica, in seguito alle rivolte di Emilia e Romagna, e il ricordo gli bruciava ancora nel petto. Veder sfumare i sogni di conquista non era stato nulla, rispetto al dover informare Giovanni XXII, suo padre, che quattro milioni di fiorini in armi e milizie erano finiti alle ortiche. Per evitare il tracollo della Camera Apostolica, il pontefice aveva dovuto sborsare di tasca propria un decimo di quella somma. Che ora Bertrand vedeva concretizzato nei poderosi bastioni che aveva davanti agli occhi.

«Mi impressionano sempre, queste cinta», esclamò il vescovo dal profilo aquilino che gli cavalcava al fianco. Il suo nome era Bernardo de Graves, e spiccava nella corte privata di sua santità – una schiera di quattrocento persone – per cupidigia e ostentazione del lusso. «Se non fosse stato per la lungimiranza degli ultimi due pontefici, saremmo esposti a ogni orda di straccioni e mercenari di passaggio per la Provenza».

«Se beneficiamo di queste mura», precisò il cardinale, «è grazie al lascito di papa Giovanni XXII».

De Graves aizzò il suo superbo pomellato. «Tanta ingratitudine verso i suoi successori?», lo punzecchiò.

Il cardinale non si pronunciò. Quel prelato era una creatura di

Clemente VI, e come tale prosperato in seno a una stabilità economica fittizia, basata su debiti e promesse. «Pensate piuttosto alle vostre proprietà», motteggiò, attraversando al trotto una distesa di alberi. «Mantenerle vi costa assai, a quanto si mormora».

«Di questi tempi la vita è dura per tutti», sospirò de Graves. «E la morte di Ludovico il Bavaro non sembra aver migliorato le cose».

Bertrand si guardò dal commentare. La notizia gli era giunta il giorno precedente e non si era ancora fatto un'opinione al riguardo. Il decesso del Bavaro, avvenuto per un colpo apoplettico, poneva termine a venticinque anni di eresia, sedizioni e lotte intestine, ma anche all'idea di un *imperium romanorum* votato all'autorità universale. «Non riponete fiducia in Karel di Boemia?», indagò con finta indifferenza. «È lui, ora, il nuovo imperatore».

«Il vostro pupillo è una bella rogna», sospirò il vescovo. «Si vocifera che abbia stretto legami con il duca d'Austria e con altri nobili antipapali».

«E anche se fosse? Resta comunque un uomo devoto».

«Devoto alle reliquie che colleziona, forse. O al suo ossessivo ideale di austerità. L'incognita è se lo sia verso Madre Chiesa».

«Se vi può consolare», ribatté du Pouget, «fra le pagine del suo *Speculum principum* esalta degnamente l'Ecclesia».

De Graves rise beffardo. «A un principe moralista, il pontefice preferirebbe di gran lunga un fedele illetterato».

Bertrand non obiettò. I governatori fantoccio erano una manna dal cielo, specie in tempi come quelli. Karel di Boemia, in un primo momento, era stato proprio quello, al punto da rimanergli appiccicato addosso il soprannome *Pfaffenkönig*, "re dei preti". Il cardinale tuttavia non aveva più interesse nel guidarlo. Ora che aveva ricevuto da lui la punta di lancia, poteva proseguire da solo la ricerca del *Lapis exilii*. «Gli uomini di potere sono come baldracche», commentò impassibile. «Per ottenere i loro servigi, basta concordare il prezzo del loro meretricio».

De Graves si morse la lingua, in dubbio se quelle parole alludessero al suo stato o al nuovo imperatore. Prima che potesse ribattere, l'attenzione di entrambi fu catturata dal sopraggiungere di un cavaliere al galoppo.

«Vostra eminenza!», vociò l'uomo in direzione di Bertrand. Frenò la bestia con un violento strattone e gli porse un rotolo di pergamena. «Un dispaccio urgente da Reims!».

Il cardinale prese la missiva con malgarbo, irritato da tanta indiscrezione. Fece avanzare il baio fra una distesa di arbusti e, al sicuro dagli sguardi del vescovo, aprì il messaggio.

Si trattava del procurator di Sainte-Balsamie. Lo informava di aver scoperto qualcosa di interessante sulla reverenda Eudeline. Nulla sul fratello, per il momento, e nemmeno sul *Lapis exilii*. Tuttavia, sospettava che la badessa avesse affidato una grossa somma di denaro a un compagno d'arme di Rocheblanche. Tra le varie ipotesi, padre Claret non escludeva che fosse indirizzata proprio a messer Maynard.

Bertrand si sentì più vicino alla preda. Proseguì nella lettura, ansioso di sapere.

Alla luce di ulteriori indagini, il procurator sosteneva di aver trovato il punto debole di suor Eudeline e di poterlo sfruttare a proprio vantaggio, costringendola a rivelare il nascondiglio di Maynard.

Il cardinale si compiacque di tanta astuzia. Il piano che gli veniva prospettato nelle righe successive non era solo ingegnoso, ma avrebbe permesso di agire senza infrangere alcuna legge. Una volta messa alle strette, la badessa di Sainte-Balsamie sarebbe stata costretta a parlare.

Ripose la lettera in una tasca della sella e accarezzò la criniera del suo destriero. A una decina di passi di distanza, de Graves lo scrutava con un misto di curiosità e impazienza.

Bertrand du Pouget diede di sprone, senza più curarsi della sua presenza.

Se il piano di padre Claret avesse avuto successo, ben presto sarebbe stato conosciuto dal mondo come il nuovo papa.

44

Ferrara, sesto di San Romano
15 ottobre, all'imbrunire

Maynard e Vermandois si erano appostati sul tetto di un edificio alto abbastanza da consentir loro di tenere d'occhio l'ingresso principale del palazzo vescovile, compreso uno scorcio del cortile interno. Alla loro sinistra, il campanile di San Romano faceva capo – insieme al complesso della parrocchia – a una fila di case e pergolati che correvano verso sud fin quasi a congiungersi alle mura. Sul lato opposto, lo spettacolo si chiudeva con la formidabile mole della Cattedrale e la torre del palazzo marchionale. Nessuna scolta di guardia fra i merli. I due compagni avevano studiato con cura il terreno d'azione. Dalla loro posizione, con sufficiente cautela, era possibile spostarsi sulla distesa di tegole fino a raggiungere la sommità di un fabbricato adiacente, che offriva una maggior vista della corte. Più in basso, in un giardinetto deserto, attendevano due cavalli pronti alla fuga. Il problema era non farsi scorgere dagli sgherri di ronda prima del momento dell'attacco, ragion per cui avevano scelto entrambi di indossare delle cappe nere per mimetizzarsi con le ombre della sera. Sotto portavano delle brigantine di cuoio insieme a una ricca fornitura di armi bianche. In aggiunta, Robert era equipaggiato di un lungo arco di tasso e di una faretra da gamba.

Rimasero in attesa, acquattati come gatti, finché il sole oscurò del tutto il suo volto.

«Finirete per farvi ammazzare», grugnì d'un tratto il piccardo.

«Se così fosse, starà a voi salvare la ragazza», disse Rocheblanche, senza perdere di vista il movimento della strada. «Ma fino ad allora resterete su questo tetto, a coprirmi le spalle».

Robert non sembrava convinto. «Ho contato quindici uomini, laggiù», ribatté per persuaderlo. «Se tentassimo insieme?»

«Non voglio che vi esponiate a tal punto. Il vostro coinvolgimento dovrà restare celato».

«E voi credete che starei qui a guardare, se le cose dovessero volgere al peggio?».

Maynard gli lanciò un'occhiata volpina. «Non mi farò cogliere impreparato una seconda volta. Non dai cani del visdomino».

«Sarà meglio per tutti», sospirò il compagno. «Vostra sorella ha bisogno di voi».

«Dopo questa avventura, voglio che torniate subito da lei».

A quelle parole, Vermandois si schermì. «Io… non posso».

«Cosa intendete?», lo interrogò Rocheblanche.

«Vi ho già portato i seicento fiorini, come lei stessa mi ha richiesto», rimbrottò il piccardo. «Cos'altro dovrei fare?».

Assai perplesso, Maynard si accorse che evitava il suo sguardo. «Amico mio, che vi succede? Non è da voi esprimervi in questo modo».

Robert si strinse nelle spalle. «È ora che vi prendiate le vostre responsabilità. Siete voi a dover tornare».

«Lo farò, ma non prima di aver risolto un'importante faccenda».

«La risolverete stanotte».

«Non riguarda il visdomino». Rocheblanche si chiese fino a che punto il compagno fosse informato sui fatti. Eudeline doveva avergli senz'altro raccontato qualcosa per convincerlo a spingersi fino a Pomposa. Meglio tuttavia non rischiare di rivelargli più del dovuto. «Mesi fa ho prestato un giuramento e intendo onorarlo», si limitò a dire.

«Riguarda Bertrand du Pouget?».

Il cavaliere abbozzò una smorfia sprezzante. Dopo aver saputo da Robert dell'azione infame compiuta dal cardinale ai danni di Eudeline, aveva sentito crescere dentro di sé il desiderio di ucciderlo con le proprie mani. «Du Pouget è sicuramente coinvolto, ma l'intrigo è assai più esteso di quanto immaginiate. Io stesso non ne scorgo i contorni».

«Anche se fosse, non potete lasciare indifesa vostra sorella».

«È per questo che chiedo il vostro aiuto».

«Io la amo».

Maynard si voltò di scatto, scordandosi per un attimo della pericolosa missione a cui si stava preparando. «Come dite?».

Vermandois continuava a guardare altrove. La sua destra si staccò dall'arco e iniziò a tormentare i folti mustacchi. «È per questo che non posso tornare a Reims, capite?», rivelò con un filo di voce. «Il solo vederla...».

Il compagno lo fissò in silenzio, cogliendo il rovello di quell'uomo fiero, dall'aspetto imbattibile. Sorrise. «Bel momento, per dichiararvi».

Robert lo scrutò basito. «La notizia non vi sconvolge?»

«Non quanto il vostro impaccio», lo canzonò Rocheblanche. Poi, aggrottandosi, tornò a guardare in basso come un triste predatore. «Eudeline non era destinata al claustro», confessò. «Prese il velo per un mio errore, compiuto in un momento di disperazione. E non me lo perdonerò mai, poiché dicendosi felice di tale scelta, mia sorella mente a se stessa. Perciò non sentitevi in imbarazzo, amico mio, né tantomeno colpevole. Le vostre parole d'affetto non possono che riempirmi di gioia».

«Ella resta una monaca, tuttavia», ribatté cupo Vermandois.

«Soltanto finché lo vorrà».

«Attento!», lo allertò il piccardo, indicando una figura incappucciata che si stava avvicinando al palazzo vescovile.

«Sì, l'ho visto», lo tranquillizzò Rocheblanche. «Procede tutto secondo i piani».

Robert pizzicò il nervo dell'arco, con un fremito d'impazienza. «Vi fidate di quel ragazzo?»

«Più del mio stesso cuore».

Gualtiero si fermò dinanzi all'ingresso del palazzo illuminato da fiaccole, sforzandosi di non pensare ai due angeli custodi appostati dieci braccia sopra di lui, intenti a osservare ogni sua mossa. Non era un compito facile quello che avrebbe dovuto portare a termine, tuttavia era deciso a salvare Isabeau. A costo di mettere a rischio la propria vita.

Fissò i tre armigeri di ronda finché uno di loro diede segno di essersi accorto di lui.

«Devo incontrare sua grazia», disse con ossequio, «il visdomino del vescovo».

«Sua grazia non concede udienza ai pellegrini», lo schernì lo sgherro.

«Non sono un pellegrino». Gualtiero notò la grossa daga appesa al fianco dell'uomo, ma non si lasciò intimidire. «Sono uno scrivano, giunto fin qui su sua richiesta».

«Tornate domani, scrivano», ridacchiò quello. «Forse vi imbatterete in animi più clementi».

Il giovane de' Bruni rimase ben ritto al suo cospetto. «Gli riferirete voi, quindi, delle illuminature?»

«Quali... luminarie?»

«*Illuminature*», lo corresse il ragazzo. Come previsto, il riferimento ad argomenti intellettuali aveva confuso l'armigero. Lo guardò toccarsi il labbro con un certo imbarazzo e nervosismo. «Ebbene, ci penserete voi?», insistette. «Come potrete capire, si tratta di cose assai importanti».

Prima di ribattere, lo sgherro si consultò con i compari che gli risposero con un'alzata di spalle. Tornò quindi a fissare il giovane con aria bovina, invitandolo ad avvicinarsi alla luce delle fiaccole. «Spiegatevi meglio, messere».

A quel punto, Gualtiero seppe di tenerlo in pugno. Aprì la bisaccia ed estrasse il taccuino con i suoi migliori bozzetti. «Le illuminature che sua grazia richiede per un sacro codice del vescovo», spiegò, mostrando al barlume del fuoco alcuni disegni di angeli e santi stesi a carboncino. «Qui potete ammirare gli schizzi che intendo mostrargli prima di iniziare il lavoro».

L'armigero guardò le immagini, lasciando trapelare una punta di ammirazione. «Sono opera vostra?», volle sapere.

Il ragazzo annuì.

L'uomo lo fissò ancora, per accertarsi che non rappresentasse una minaccia. «Vi accompagno all'interno», disse infine, facendosi da parte.

«Non c'è bisogno», ribatté Gualtiero. «Conosco il palazzo». E con quell'ultima menzogna, varcò il portale senza scorta.

Superò l'atrio e proseguì per un ampio corridoio che attraversava il pianoterra dell'edificio, cercando di evitare gli sguardi di chi incontrava lungo il cammino. Escluso qualche famiglio, si trattava esclusivamente di uomini armati. A detta di messer Maynard, facevano tutti parte dell'esercito privato di Superanzio Orsini. In assenza del vescovo, era lui a comandare in quel luogo.

Proseguì a testa china, fingendo di ruminare delle preghiere mentre si orientava alla svelta. Benché la sua tonaca con cappuccio lo rendesse immune alle occhiate dei guardiani, fin troppo avvezzi alla presenza di religiosi, non sarebbe bastata a giustificare dei comportamenti insoliti.

Tutto andò liscio finché dovette deviare verso la corte esterna. Prima di farlo restò in attesa all'ombra di una nicchia, per sincerarsi di non aver allertato nessuno, poi imboccò un loggiato che costeggiava il perimetro del cortile.

Da quando era entrato nel palazzo non aveva smesso di guardarsi intorno per capire dove fosse tenuta prigioniera Isabeau. La tentazione di andarla a cercare era fortissima, ma Rocheblanche l'aveva messo in guardia. «Attenetevi al piano e tutto andrà bene», gli aveva ordinato.

«Attenetevi al piano», mormorò tra sé Gualtiero.

Si nascose dietro una colonna per non farsi notare da uno sgherro di ronda e appena poté si sporse per studiare la corte. Nonostante fosse calata la notte, una dozzina di torce infisse su pali gli consentirono di cogliere i particolari intorno a sé. Ciò tuttavia avrebbe costituito un problema al momento di uscire allo scoperto.

Si sforzò di non pensare al pericolo e continuò a osservare finché vide ciò che stava cercando. Come indicato da Maynard, gli stallaggi si trovavano al margine meridionale della corte. Una ventina di passi, trenta al massimo, e li avrebbe raggiunti.

Il ragazzo esitò un istante. Se l'avessero acciuffato, tutto sarebbe andato perduto. Inspirò a fondo, poi uscì di corsa, a testa bassa, per confondersi tra le ombre di una siepe.

Non appena ebbe raggiunto le stalle, si intrufolò all'interno e rimase ad ascoltare con il fiato grosso. Contò fino a dieci, poi a venti, e non accadde nulla. Sbirciò all'esterno e non vide nessuno. Bene, si disse. Poteva agire.

Si inginocchiò su un deposito di paglia e biada ammonticchiato sul lato opposto dell'entrata, estrasse dalla bisaccia un acciarino e una pietra focaia. Iniziò quindi a sfregarli tra loro, con un sorriso folle, fino a produrre una piccola scintilla.

E poi un'altra.

E un'altra ancora.

45

Le fiamme divamparono all'improvviso, con un fragore tale da provocare un grido di Vermandois. Maynard gli strinse una spalla per imporgli il silenzio, osservando le lingue di fuoco uscire dagli stallaggi con ululati famelici. Temette per Gualtiero, finché non vide i battenti del fabbricato spalancarsi sotto la spinta dei cavalli imbizzarriti, infine una sagoma incappucciata defilarsi in un contrasto di luci e ombre.

Si avvicinò dunque al ciglio della tettoia e rivolse un'occhiata di commiato all'amico. «Rammentate le mie parole», gli disse.

Scese con agilità sulla balconata sottostante e da quella fino al piano della strada, poi si avviò a grandi falcate verso l'ingresso del palazzo. Trovò i tre sgherri di guardia, confusi dal baccano infernale proveniente dall'interno. Prima che potessero proferir verbo, uno di loro fu colpito da una freccia alla base della nuca e stramazzò al suolo. Maynard sguainò la spada e l'affondò nel ventre del più prestante, mentre l'ultimo veniva abbattuto da un altro strale.

Il francese sfilò la lama dalla vittima e guardò in alto, accennando un ringraziamento al compagno appostato sul tetto. Vermandois si ergeva contro il cielo stellato, la cappa nera gettata all'indietro e i flettenti dell'arco tesi, pronto di nuovo a scoccare.

Senza ulteriori indugi, Rocheblanche entrò. Doveva raggiungere al più presto la corte, dove avrebbe potuto godere ancora della copertura dell'amico. Nel frattempo, si augurò che Gualtiero stesse procedendo come d'accordo.

Attraversò un lungo corridoio, ma prima di giungere all'aperto si imbatté in due armigeri. Fulminò il più avanzato con un'imboccata alla gola e spinse a terra il secondo, conficcandogli la spada tra le scapole. Incurante della chiazza di sangue che si allargava sul pavimento, riprese a correre a perdifiato, guidato dalle grida d'allarme e dall'odore di combustione.

Era a pochi passi dal cortile quando si scostò d'istinto per lasciar passare un cavallo con la coda in fiamme. Lo guardò fuggire all'interno del palazzo, colto d'un tratto da un oscuro presagio. Quasi fosse scivolato in un incubo.

Infine si voltò verso la corte del palazzo.

Era diventata la bocca dell'inferno.

Divorati gli stallaggi, l'incendio si era propagato lungo il perimetro delle mura, sulle siepi e sugli alberi, fino a raggiungere le balconate in legno del piano superiore. Una decina di uomini in arme correva disordinatamente sull'erba, indecisa se estinguere il fuoco o fermare i cavalli imbizzarriti.

Maynard slacciò la cappa e la lasciò cadere ai piedi, avanzando al centro della devastazione con la spada in pugno. Con la coda dell'occhio seguì i movimenti di una figura furtiva su un tetto vicino e, appena la vide pronta a colpire, gridò con tutto il fiato che aveva in corpo: «Superanzio Orsini, maledetto cane! Venite fuori!».

Ci fu un attimo di silenzio. Poi ogni presente posò lo sguardo su di lui.

Il francese li scrutò a uno a uno, in cerca del visdomino. Non lo trovò. «Vorrà dire che morirete tutti», e aprì le braccia in segno d'invito.

Prima che gli armigeri potessero attaccarlo, iniziarono a piovere le frecce. Celato nel buio, Vermandois iniziò a far strage dei più avanzati per concedere tempo al compagno. Ma anche così, Rocheblanche dovette agire in fretta. Passò la spada alla mano sinistra e con la destra brandì un pesante mazzapicchio, abbattendolo sul capo del primo avversario che gli si parò di fronte. Si spostò quindi di lato e, nascosto tra le volute di fumo, ne infilzò un secondo alla schiena.

Ben presto, tuttavia, la freddezza lasciò posto al sadico piacere di battersi nella mischia. Accerchiato dai nemici, Maynard schivò l'affondo di una picca e si concentrò su un gigante dalla barba bionda che guidava gli sgherri all'attacco. Bloccò un suo fendente incrociando spada e mazzapicchio, poi lo colpì con una ginocchiata al basso ventre. L'uomo arretrò con una smorfia di dolore, mentre uno degli infami al suo fianco veniva trafitto da una freccia di Robert. Rocheblanche approfittò di quel diversivo per aprirsi un varco, vibrò un mandritto alla cieca e fracassò la spalla a un altro rivale.

Si fermò un istante, per pulirsi il sangue dal volto, e per poco non fu passato a fil di spada dal gigante con la barba bionda. Rocheblanche lo scansò con la rapidità di un demone e, con un unico movimento, lo ferì con un fendente al polpaccio destro, facendolo cadere in ginocchio, per poi abbattere il mazzapicchio sulla sua tempia. La testa si staccò quasi di netto, accompagnata da un suono raccapricciante che fece indietreggiare i pochi sopravvissuti.

«Superanzio Orsini!». Maynard allontanò con un calcio il cadavere dell'ultima vittima, pervaso da una brama omicida. «Siete tanto codardo da continuare a nascondervi?».

Attese con una smorfia rapace, davanti a un pugno di miliziani spaventati come topi. Nessuno osò più muovergli contro. Finché, tra il fumo e le fiamme della corte in rovina, emerse la sagoma di un uomo.

«Bastardo di un francese!», sibilò il visdomino, schiumante di rabbia. «Stavolta vi strapperò il cuore dal petto!».

Gualtiero era rientrato di soppiatto nel palazzo, confondendosi tra i servi fuggiti dalle fiamme. Aveva poco tempo per agire, e ancor meno per chiedersi a quale sorte stesse andando incontro Rocheblanche. Il problema non erano soltanto gli armigeri del visdomino, ma anche i birri del marchese, che non avrebbero certo tardato a intervenire.

Percorse a ritroso il cammino fatto poc'anzi, fino a trovare l'accesso ai sotterranei. Secondo i due cavalieri, quello era il luogo più probabile dove poter trovare Isabeau. Il giovane lo varcò senza indugio, fiducioso che ogni uomo in arme fosse accorso all'aperto per catturare messer Maynard.

«Isabeau!», esclamò, scendendo le scale. «Isabeau!».

Proseguì per un passaggio angusto chiamando di continuo la ragazza, ma giunse al termine senza riuscire a trovare nulla, l'eco delle parole a rimbombare fra le mura. «Isabeau!», gridò ancora, mentre l'angoscia gli attanagliava il cuore. «Ti prego! Dimmi dove sei!».

«Gualtiero!».

Il giovane si voltò di scatto, colto dall'improvvisa sensazione di rinascere. «Sì, Isabeau! Sono io! Dimmi dove sei!».

«Non lo so!», rispose la fanciulla.

Il suono della voce tuttavia fu sufficiente per scoprire la strada giusta. Gualtiero si accorse di aver ignorato un ingresso laterale, tanto angusto da sfuggire alla vista. Lo imboccò d'istinto, sempre più impaziente di riabbracciare la ragazza. «Continua a parlare!», la incitò.

«Sta' attento!», gridò lei a quel punto.
«Ti sento! Sei vicina!».
«Attento, ti prego! C'è un uomo!».
Nel momento stesso in cui udì l'avvertimento, Gualtiero percepì una presenza alle spalle. La sua mano scivolò veloce, più di quanto avesse mai potuto immaginare. E mentre delle ruvide dita gli si posavano sulle spalle, brandì il piccolo pugnale che nascondeva in una tasca dell'abito e colpì d'affondo, alla cieca.

46

«Liberate la ragazza», ordinò Maynard.

Superanzio Orsini avanzò tra le fiamme e il fumo che ormai invadevano ogni angolo della corte. Nonostante la collera si manteneva guardingo, quasi posato. «E voi comandate al vostro arciere di farsi indietro».

«Non datevi pensiero, messere». Il francese gli sfiorò il petto con la punta della spada, macchiandogli di rosso lo stemma episcopale cucito sulla tunica. «Se stanotte morrete, sarà solo per mano mia».

Il visdomino si scostò. «Siete un maledetto pazzo, Rocheblanche! Pensate davvero che una violazione del genere possa restare impunita? La vostra testa finirà su una picca!».

«Liberate la ragazza, ho detto».

«Pretendo prima di conoscere i vostri segreti».

Maynard sorrise sprezzante. Quella notte aveva ucciso fin troppi uomini per essere nella condizione di trattare. Desiderava la salvezza di Isabeau, ma anche il sangue di quel fellone. «Voglio vederla ora, *viva*, maledetto cane».

Con un'esclamazione esasperata, il visdomino sguainò la propria spada e si lanciò all'attacco. «Non osate parlarmi così!».

La parata di Rocheblanche scivolò in uno stridere di lame, poi seguì uno scambio di colpi furiosi che mise in difficoltà l'Orsini.

«Petricciolo!», gridò quest'ultimo, svincolandosi come una serpe da un tentativo di bloccaggio.

Maynard si voltò d'istinto verso tre soldati accorsi al richiamo. Una freccia di Robert ne trafisse uno, l'altra sibilò a vuoto, conficcandosi nel terreno. Il cavaliere indietreggiò con un balzo per facilitare la mira del compagno, ma d'un tratto si rese conto che Vermandois non era più in grado di aiutarlo. Dall'incendio ormai si levavano nubi di fumo talmente spesse da impedirgli di scoccare con precisione.

Una fitta lacerante alla spalla sinistra gli strappò un sibilo di strazio. Prese subito le distanze dal vigliacco che l'aveva colpito a tradimento e, appena scorse il suo labbro leporino, riconobbe il masnadiere che mesi prima l'aveva quasi ucciso a randellate. Brandiva una daga, pronto a un secondo affondo. «Bastardo!», ruggì Rocheblanche, scagliandogli contro il mazzapicchio.

Petricciolo schivò il colpo gettandosi di lato, e il francese ne approfittò per abbattere l'ultimo armigero rimasto al fianco dell'Orsini. Lo assalì frontalmente, sfondandogli il naso e la fronte con la fornitura della spada, poi indietreggiò per studiare i due avversari scampati al massacro. Il masnadiere e il visdomino. Intorno a loro, uno stuolo di corpi tra le vampe del fuoco.

Petricciolo fu il primo a rompere gli indugi. Si lanciò all'assalto, consentendo al suo signore di attaccare alla schiena.

Maynard si divincolò da entrambi, ma la ferita alla spalla gli impedì di portare a termine una contromossa. Sorpreso da uno sgambetto, finì su un letto di cenere. Superanzio fu immediatamente sopra di lui, smanioso d'infilzarlo, ma il francese deviò i suoi colpi, ferendolo di striscio a una coscia. «Finalmente il vostro sangue!», esclamò, rimettendosi in piedi.

Il visdomino arretrò con goffaggine, guardandosi intorno in cerca d'aiuto. Petricciolo sembrava svanito tra il buio e le fiamme, quando all'improvviso sbucò dal fumo con un grido di battaglia. Maynard non riuscì a evitare un affondo di daga, che fortunatamente non riuscì a penetrare la sua cintura di cuoio, e spinse l'aggressore contro un porticato in fiamme. La struttura crollò sopra il malcapitato, sommergendolo.

Non ancora pago, Rocheblanche afferrò Petricciolo per un piede e lo trascinò fuori dal cumulo di braci, osservandolo contorcersi per le ustioni. Rammentò il brutale godimento con cui quell'uomo l'aveva percosso e umiliato alla contrada della Rotta, e anche il rapimento di Isabeau. Gli bloccò la testa sotto lo stivale, e dopo aver sputato con sprezzo gli piantò la spada in bocca.

L'Orsini assistette impietrito.

«Ora tocca a voi, grazioso signore», lo canzonò Maynard, pulendo la lama sulle vesti bruciacchiate del cadavere.

Superanzio arretrò con una smorfia rabbiosa. «E se ve la consegnassi?».

Freddo come un boia, il cavaliere non si scompose. «Ditemi dove si trova, e valuterò l'offerta».

«Nei sotterranei».

«In tal caso, il giovane de' Bruni l'avrà già tratta in salvo».

Il visdomino soffocò un'imprecazione, poi sollevò la spada per rimettersi in guardia. «E il cardinal du Pouget?», aggiunse sempre più nervoso. «Non vi importa più sapere di lui?».

Rocheblanche fece un gesto disinteressato. «Di recente sono stato informato al riguardo». Gli inferse un colpo fulmineo per saggiare la sua difesa, quindi un fendente meglio assestato che gli fece tremare i polsi. «So tutto di lui».

«Ne dubito!». L'Orsini resistette a una terza presa di ferro, dopodiché ruppe la distanza, spossato. «Voi non sapete di cosa è capace quel porporato».

«So che è un mostro come voi, benché più rapace». Deciso a non dargli requie, Maynard respinse un colpo sgualembro e chiuse la misura, sferrandogli un pugno con la mano disarmata.

Superanzio cadde riverso, mandando in frantumi uno steccato di legno. Una grossa scheggia gli si conficcò nel fianco, facendolo ululare di dolore.

«Du Pouget!», continuò Rocheblanche, disgustato. «Quello scellerato inviò dei sicari per uccidermi, invano. Poi tentò di rapire mia sorella, non pago di aver insinuato una spia nel suo convento. So fin troppo di lui, come vedete. Me ne ha recato notizia un amico, lo stesso che stanotte ha trucidato con l'arco i vostri armigeri». Gli puntò la spada alla gola. «Ma non finisce qui, messere. Inizio infatti a sospettare che sia stato proprio Bertrand du Pouget a tradire Jang de Blannen, portando a termine un complotto che dura da anni. E tutto... per il *Lapis exilii.* Sì, dev'essere così. Ecco spiegata la presenza del suo anello...».

«Forse avete ragione». L'Orsini strisciò sui gomiti, in cerca di scampo. «Dopotutto anche Facio di Malaspina temeva il cardinale... L'ha sempre temuto...».

Maynard continuò a incombere su di lui. «Ora tuttavia du Pouget non rappresenta più una minaccia», disse. «Ignora dove mi nasconda e i segreti di cui sono a conoscenza. Al momento giusto saprò coglierlo di sorpresa e...».

«Stolto!», lo derise l'uomo del vescovo, con una risata sguaiata.

Il cavaliere si piegò su di lui. «Cosa intendete? Parlate, carogna!

Parlate o giuro...». Prima di terminare la frase, udì una voce provenire dall'alto. Guardò verso i tetti coperti dalle nuvole di fumo finché non scorse Robert agitare le braccia.

«Fate presto, amico mio!», gridava il piccardo. «Da quassù si scorgono dei birri accorrere dalla piazza!».

«Procedete!», ribatté Rocheblanche. «Vi raggiungerò!».

«Vi coprirò la fuga!», insistette Vermandois.

«No, andate! Pensate ai ragazzi!».

Attese un cenno di consenso, dopodiché salutò l'amico e si voltò verso il visdomino, che ne aveva approfittato per brandire di nuovo la spada. Maynard schivò per un soffio un affondo e, reagendo d'istinto, infilzò lo stomaco del rivale.

Il grido di Superanzio fu soffocato da un rigurgito di sangue. «Stolto...», ripeté. «Il cardinale... verrà a sapere tutto...».

Il francese lo afferrò per il bavero, sollevandolo da terra. «Come può essere?», sibilò. «Confessate! Rivelatemi tutto!».

L'infame trovò la forza di sorridere. «Ho dato ordine... che se fossi morto... venisse informata una persona...».

«Chi?».

Le palpebre del visdomino si abbassarono.

«Chi?», ripeté il cavaliere, scuotendolo con rabbia.

Ma l'ultima cosa che uscì dalla bocca dell'Orsini, fu una bava scarlatta.

47

Con l'arco a tracolla, Vermandois balzò giù dal tetto e fece per raggiungere il luogo in cui aspettavano i cavalli. Poi ripensò alle ultime parole di Maynard. Girò i tacchi e, incurante dell'incombere dei birri, si lanciò verso l'ingresso del palazzo vescovile. Scavalcò i cadaveri delle sentinelle, pronto a battersi nel caso di qualche agguerrito superstite, quando vide due sagome uscire dal portale.

«Cavaliere, siete voi!», esclamò Gualtiero, pallido in volto. La persona al suo fianco era una fanciulla dai capelli biondi, avviluppata in una veste monacale.

«Svelti!», li incitò Robert, tornando senza indugio sui propri passi. «Non c'è tempo da perdere!».

«E Maynard?», chiese Isabeau.

«Ho il compito di portarvi al sicuro», si limitò a dire il piccardo, facendo strada attraverso un vicolo tra due caseggiati. «A Rocheblanche penserò più tardi».

Raggiunsero un giardino deserto, al centro del quale aspettavano due destrieri già sellati. Gualtiero riconobbe il morello di Rocheblanche e vi saltò in groppa. «Forza, sali!», incitò la ragazza, tendendole la mano.

Vermandois montò sull'altra cavalcatura e schioccò le redini, avviandosi al galoppo verso la via principale. Non era ancora uscito dal vicolo quando s'imbatté in un drappello di birri muniti di fiaccole. Fece impennare il destriero, gettando a terra i più avanzati, dopodiché diede di sprone aprendo una breccia ai ragazzi. «Seguitemi!», gridò, travolgendo gli armigeri al suo passaggio.

Giunti in strada, si diressero di volata verso sud, mentre un nugolo di armati faceva irruzione nella sede episcopale. «Alla Porta di San Romano!», vociò in direzione di Gualtiero e Isabeau.

Superarono al galoppo l'incrocio con la Via Grande, schizzando di sterco e fanghiglia i radi passanti che si attardavano per strada.

Varcate le mura, le fiamme dell'incendio si scorgevano ancora. Un cuore di luce nella notte.

Era appena sorta l'alba del nuovo giorno quando un messaggero a cavallo oltrepassò i fossati della città di Bologna e proseguì al galoppo finché non giunse nella contrada di San Domenico. Poco dopo, il vescovo Guido di Baisio veniva svegliato nel suo letto a baldacchino, in una delle stanze meglio protette del sontuoso palazzo che occupava dai tempi in cui era stato arcidiacono della curia *bononiensis*.

Avviluppato nella camicia da notte, l'anziano prelato accolse il messaggero nel suo studio e gli chiese di attendere in disparte mentre, tra uno sbadiglio e l'altro, spezzava il sigillo della lettera che gli aveva portato. Proveniva dal visdomino Orsini, quindi era senz'altro foriera di grane. Ma quando, aperta la busta, si trovò tra le dita un anello cardinalizio, iniziò davvero a preoccuparsi.

Esaminò di sfuggita il castone, recante un leone d'argento su smalto rosso, poi si concentrò sul testo della missiva. Ormai era sveglio, benché di malumore, ma se un'ombra di sopore gli avesse ancora appesantito le palpebre, sarebbe svanita del tutto nel leggere un nome.

Bertrand du Pouget.

Guido di Baisio si sistemò sullo scranno, sempre più accigliato e nervoso. Era ansioso di capire in quale pericoloso intrigo si fosse cacciato Superanzio. Al termine della lettera, tuttavia, la sua curiosità si era tramutata in paura.

Fissò il messaggero, che attendeva immobile ai margini dello studio. E senza proferir verbo, si fece il segno della croce.

48

Abbazia di Santa Maria di Pomposa
16 ottobre

Padre Andrea camminava avanti e indietro per la sacrestia sotto gli occhi attenti di Fiumano. Per un paio di volte fu sul punto di inginocchiarsi davanti a un crocifisso tempestato di pietre preziose, quasi anelasse al consiglio divino, per poi riprendere a muoversi concitato. A pochi passi da lui, l'irrequieto Gualtiero stava in piedi accanto all'uscio, in attesa che il religioso si desse pace. Quando gli aveva chiesto un'udienza privata per informarlo sui fatti, non si era certo aspettato una reazione così concitata.

«Oh, se avessi saputo...», ripeteva l'abate, battendosi la fronte. «Non l'avrei mai permesso... No, Signore mio! Mai e poi mai!».

«È stato necessario», mormorò il giovane.

Il reverendo si fermò di scatto. «Necessario?», snocciolò. «Uccidere degli uomini? Dare alle fiamme il palazzo del vescovo?».

Gualtiero sostenne il suo sguardo. «Tenevano in ostaggio Isabeau».

«Svegliatevi, figliolo! È stata una rappresaglia!».

«Messer Maynard ha semplicemente voluto fare giustizia».

«Ha voluto *vendicarsi*», lo contraddisse l'abate, battendo un piede sul pavimento di cocciopesto. «Se quel che mi avete riferito è vero, la sua faida con il visdomino va al di là di ogni nostra immaginazione».

«E anche se fosse?», si oppose il ragazzo, lasciandosi trascinare dalla foga. «Ha ucciso un uomo crudele. San Tommaso non avrebbe esitato un istante ad assolverlo».

Al sentir nominare il Dottore Angelico, il venerabile Andrea si inalberò. «*Vox populi, vox ignorantiæ!*», esclamò. «Anche se l'Aquinate giustifica l'eccidio dei malvagi, non ammette certo l'uso della violenza. Far giustizia spetta ai principi, non agli animi avventati».

Il giovane de' Bruni gli si avvicinò a pugni stretti, dando sfogo allo sdegno che aveva nel cuore. «Tanta indignazione per un malvagio, e non ne mostraste la metà per la morte di mio padre!». Lo fissò minaccioso, facendolo arretrare. «Tutti uguali, voi uomini di potere. Sempre pronti ad azzannarvi, ma anche a spalleggiarvi alla presenza del popolo!».

«Come osate?», avvampò il religioso. «Rimangiatevi subito le vostre parole, oppure io...».

Gualtiero lo ammutolì con un gesto sprezzante. «E se Rocheblanche avesse davvero cercato vendetta? Magari ci fossi riuscito io! Magari!». Abbozzò un sorriso amaro, quietando le fiamme dell'ira. «Ma Isabeau è salva, e tanto mi basta».

Curvo sulle spalle, Andrea rimase ad ascoltare con aria contrita. «Isabeau...», ripeté. «L'avete... condotta qui?»

«So bene quanto vi sia importuna», disse il giovane senza infierire. «L'ho riportata dalle monache di Sant'Antonio Abate, su consiglio di Vermandois».

L'abate contemplò il prezioso crocifisso appeso al muro, poi il levriere acquattato in un angolo, mentre un nuovo dubbio prendeva forma nelle sue iridi. «Perché messer Robert non è qui con voi?», chiese d'un tratto, preoccupato.

«Mi ha messo sulla strada maestra ed è tornato a Ferrara. Intende informarsi sul destino di Maynard».

«Oh, santo cielo! È forse impazzito? Finirà per farsi arrestare dai birri».

Stupito da quella reazione, il giovane si chiese se tanta pena per uno sconosciuto fosse legata a un secondo fine. Non era un mistero che Vermandois avesse lasciato in deposito a Pomposa un forziere pieno di monete. «Messer Robert si sente in dovere nei confronti di Rocheblanche», spiegò. «Il loro legame va oltre l'amicizia. È una questione di devozione reciproca, oserei dire».

«E voi, Gualtiero? A chi siete devoto?». Andrea lo fissò combattivo. «Ho mostrato fin troppa indulgenza nei vostri confronti, pazientando e sopportando imprevisti senza batter ciglio. Ma ora basta, pretendo da voi una risposta».

Il ragazzo, spiazzato, aprì le braccia in modo arrendevole. Le emozioni della notte precedente gli avevano fatto completamente dimenticare le mire dell'abate. «Non sono degno della vita contemplativa», ammise d'un tratto.

«Secondo me, sareste invece un eccellente novizio».

«Ho ucciso un uomo».

Padre Andrea sbarrò gli occhi. «Quand'è successo?»

«Stanotte, nel palazzo del vescovo». Gualtiero appoggiò la schiena contro una parete e, colto da un'improvvisa spossatezza, si lasciò scivolare giù fino a sedere per terra. «Ho dovuto farlo», proseguì. «Per liberare Isabeau».

«Ah, quella femmina!».

«Lei non ha colpa».

«Provate almeno rimorso?»

«Rimorso?». Gualtiero compì un rapido esame di coscienza, sempre più desideroso di restare solo e di smettere di pensare. «No, reverendo. Soltanto il sollievo di essere ancora vivo».

L'abate si chinò su di lui. «Dovete pentirvi, figliolo», lo ammonì. «Siete ancora in tempo! Accogliete Dio nel vostro cuore...».

«Perché mai?», si stizzì. «Voi forse riuscite a udirlo?».

Il reverendo abbozzò una smorfia dolente. «Una volta lo udii, sì», gli confidò. «Vivo per il momento in cui accadrà di nuovo».

Gualtiero posò le mani sul freddo pavimento, cercando la forza per rialzarsi. «Il momento che attendo *io*, invece, è quello in cui rivedrò mia madre».

«Siate ragionevole», insistette il religioso. «L'ansia offusca il vostro intendimento».

«Non è l'ansia a dominarmi. Non più, da quando so che mia madre mi mentì. Ora voglio conoscere la verità, e scoprire chi sono veramente. Non posso continuare a vivere nel dubbio».

«Non capisco... Di quali menzogne state parlando?»

«È stato Rocheblanche a scoprirlo, per me».

«Rocheblanche?».

Gualtiero si avvicinò all'uscio, ma esitò ad andarsene. «Perché vi stupite?», ribatté. «Non condividete anche voi, forse, dei segreti con quell'uomo?»

«Se accennate al libro di cui vi parlavo...», accennò Andrea.

«Non mi riguarda», tagliò corto il ragazzo. «Sappiate comunque che ho recapitato il vostro messaggio». E sparì dalla sua vista.

L'abate restò da solo, nella penombra della sacrestia. «Dopo quanto è successo», mormorò, «dubito che servirà a qualcosa».

49

Reims, convento di Sainte-Balsamie
1 novembre

La messa di Ognissanti turbò Eudeline al punto da farla uscire dalla chiesa appena possibile. Al pensiero di tutti quei beati raccolti sull'Empireo, intenti a contemplare i mortali e a giudicarli alla luce della grazia celeste, si era sentita sporca e meschina. Non solo per via di Aleydis, che aveva fatto sistemare in un'ala confortevole del convento. Il guaio era che non riusciva a reprimere i suoi sentimenti verso Robert, né il senso di colpa per averlo esposto al pericolo. Da tre mesi, ormai, non riceveva sue notizie, e benché conoscesse i tempi impiegati dalla corrispondenza attraverso le lunghe distanze, fremeva per l'impazienza di sapere di lui. Si sarebbe accontentata di poche parole, solo per sincerarsi che stesse bene e che l'amasse ancora. "Sciocca donna", pensò d'impulso. C'era stato un tempo in cui aveva creduto di essere forte e di aver sofferto abbastanza da sopportare senza sforzo la vita monastica. Invece eccola a spasimare per un uomo, come una delle tante popolane vanesie che intravedeva dalle grate del suo claustro.

Intabarrata nel mantello di lana, attraversò a passo svelto il sentiero diretto alla sua domus particularis, prima che qualche consorella la importunasse con l'ennesima assurda richiesta. Non era dell'umore per ascoltare monache desiderose di abbellire le tonache con ricami, adottare gatti e prolungare l'ora del pasto. Avrebbe senz'altro reagito in modo inconsulto.

Giunse indisturbata fino al chiostro, ma a quel punto sentì dei passi affrettarsi per raggiungerla. Si voltò di sbieco, con l'espressione più severa di cui era capace.

Assai stupita, vide padre Claret.

«Desidero restare sola», lo avvertì, proseguendo il cammino.

«Non è mia intenzione molestarvi», il procurator allungò la falcata e le si mise al fianco. «Ciò nondimeno, ho bisogno di un vostro consiglio».

La reverenda madre scrutò il suo sorrisetto untuoso, ricavandone un'immediata repulsione. Notò poi che teneva un cartulario di pelle sottobraccio. «Di cosa si tratta?»

«È da qualche tempo che volevo parlarvene, e in tutta coscienza non posso rimandare oltre». Padre Claret la invitò a fermarsi in prossimità del chiostro, lontano da sguardi indiscreti, e moderò il tono della voce: «Come sapete, sto redigendo l'inventario degli atti e dei documenti di Sainte-Balsamie. Sua eccellenza il vescovo esige che ogni parrocchia e comunità religiosa di Reims godano di una gestione trasparente, per facilitare i controlli fiscali della Camera Apostolica». Attese che la monaca annuisse, dopodiché emise un sospiro. «Ebbene, consultando i vecchi registri del convento mi sono imbattuto di recente in alcune irregolarità».

«Spiegatevi meglio».

«Ci tengo a precisare che non riguardano la vostra gestione, ma quella della precedente badessa».

«Non mi meraviglio», ribatté Eudeline, seccata da tante premesse. «Madre Cécile non era particolarmente versata nell'amministrazione. A volte stendeva i documenti di fretta, con incuria».

Il procurator abbassò lo sguardo. «Temo sia ben più di questo, reverenda madre».

«Allora smettetela di tergiversare».

Di fronte a quelle parole, l'uomo si decise. «Immagino sappiate che madre Cécile fosse stata investita badessa su nomina papale, e in quanto tale obbligata a riconoscere un terzo delle sue entrate annue alla Santa Sede. Si tratta di una pratica comune, a cui voi stessa siete soggetta. Eppure, secondo i documenti in mio possesso», e mostrò il cartulario, «la vostra predecessora ha adempiuto soltanto in parte ai suoi impegni, evitando di pagare le tasse *ordinariae*, o *servitia communia*, per tutta la durata della sua carica. Inoltre vi sono irregolarità sul versamento delle *decimae* e dei *servitia minuta*, che appaiono discontinue, specie nel periodo antecedente alla sua morte».

La reverenda madre non credeva alle proprie orecchie. «Mi rincresce assai», disse, spiando di sottecchi la falsa espressione di rammarico del procurator. Madre Cécile era stata per lei una maestra, le aveva insegnato ogni cosa su come amministrare il convento e le proprietà terriere, spingendola a mettere a frutto la sua intelligenza e il suo carattere. Venire a sapere che aveva defraudato per anni gli esattori della Santa Sede la sorprendeva, ma non abbastanza da farle perdere il sangue freddo. «Mi rincresce», ripeté. «Tuttavia non mi riguarda».

«Vi riguarda eccome», obiettò padre Claret, evitando il suo sguardo. «In quanto detentrice degli stessi benefici, siete tenuta a colmare i debiti della badessa Cécile».

Eudeline ebbe un sobbalzo. «Ma... è inammissibile!».

«Così decreta la Camera Apostolica». Il procurator lasciò trapelare un sorrisetto. «Il sistema di esazione non si basa sui beneficiari bensì sui benefici, che devono costantemente rendere per il loro valore a prescindere dal succedersi delle persone a cui vengono affidati».

«E tuttavia, io non ne sapevo nulla», continuò la badessa, sempre più preoccupata.

«Nessuno sapeva, reverenda madre. Ora però la magagna è stata scoperta, e va risolta».

«Avete già idea dell'ammanco?».

Sempre più a fatica, padre Claret riuscì a nascondere il suo sadico diletto. «Settemila fiorini, a occhio e croce. Devo ancora verificare lo stato delle imposte di quietanza e...».

«È una follia!». Eudeline gli strappò il cartulario di mano e consultò gli incartamenti custoditi all'interno, scorrendo lo sguardo su elenchi di date e cifre. L'evasione di madre Cécile era evidente, eppure riusciva a incolpare soltanto l'uomo che aveva di fronte. Ne godeva, quel maledetto. Più scrutava la sua faccia da roditore, più ne era convinta. Gli restituì i documenti con un gesto scontroso. «Le casse del convento non dispongono di tanta ricchezza».

Il procurator annuì, dissimulando una complicità capace di renderlo ancor più odioso. «Lo so bene, conosco le finanze di Sainte-Balsamie», e la sorprese con un ghigno subdolo. «So però che voi disponete di altre ricchezze, ereditate dalla vostra famiglia».

La reverenda madre arretrò indignata. «Non pretenderete che sborsi di mia tasca una simile somma!».

«Io non ho alcuna pretesa». Chiarì l'uomo, sempre più sfacciato. «Porgerete le vostre rimostranze agli agenti della tesoreria papale. Io sono soltanto in dovere di informarvi che un rifiuto vi costerebbe la scomunica, se non l'*aggravatio*».

Pur fremente di rabbia, Eudeline non poté dargli torto. Conosceva bene le punizioni inflitte dalla Chiesa ai creditori recalcitranti, specie ai tempi del prodigo Clemente VI. Eppure non voleva accettare a testa bassa un simile sopruso. Versando settemila fiorini avrebbe dilapidato il patrimonio di famiglia, lasciandola soltanto in possesso del castello di Rocheblanche e dei feudi ereditati dal padre. «Potreste concedermi qualche giorno, prima di notificare l'ammanco alla Camera Apostolica?»

«Mi chiedete molto, venerabile madre».

«Ve ne sarei grata», disse la badessa, sforzandosi di apparire gentile. «Vorrei trovare una soluzione alternativa, che salvi dal tracollo le mie finanze».

Padre Claret si sfiorò il mento, riflettendo per un istante. «Vi lascerò un giorno», disse infine. Dopodiché le porse un inchino e si voltò di spalle, lasciandole appena scorgere un sorrisetto tronfio.

Eudeline lo guardò allontanarsi, appoggiata a una colonna del chiostro per evitare di stramazzare a terra. Tremante per la disperazione.

Quella notte non riuscì a prendere sonno. Si rigirò fra le coltri fino a tarda ora, sempre più nervosa, finché avvertì il bisogno di camminare all'aperto. Balzò giù dal giaciglio, si gettò il mantello di lana sulle spalle e uscì dalla sua domus, provando un immediato sollievo, a dispetto del freddo, nell'affondare i piedi nell'erba. Il buio era quasi palpabile e l'aria portava con sé l'odore della neve, nonostante il cielo avesse deciso di risparmiare, per il momento, i borghi e le campagne di Reims.

Immersa nei pensieri, imboccò un sentiero ombroso e proseguì alla luce delle fiaccole lungo le mura che separavano il convento dalla città. Se solo ci fosse stato Maynard! Lui sì, sarebbe stato in grado di consigliarla. Per prima cosa avrebbe afferrato padre Claret per il bavero, cacciandolo via come uno straccione molesto, per poi andare a battere i pugni sullo scrittoio del vescovo.

Ma in quel mondo di uomini, Eudeline doveva combattere da sola la sua battaglia. Era consapevole di non potersi ribellare alla Camera Apostolica, che avrebbe preteso di riscuotere il debito anche se lei avesse rinunciato al titolo di superiora. Ciò nondimeno, la badessa non poteva nemmeno permettersi di dar fondo alle ricchezze di famiglia. Sarebbe stato ingiusto nei confronti del fratello, padrone quanto e più di lei dei lasciti del padre. Inoltre, non osava pensare a cosa le sarebbe accaduto se d'un tratto fosse stata privata delle ricchezze che fino ad allora le avevano consentito di vivere in piena autonomia.

Insieme ai fiorini, le sarebbe stata tolta anche la possibilità di apportare migliorie ai campi, di pagare i braccianti e persino i messi che gestivano in sua vece quei compiti. Ben presto sarebbe rimasta con un pugno di agri sterili, senza più nessun servitore disposto a coltivarli.

Imprecò contro madre Cécile, così irresponsabile da lasciarle sulle spalle quell'enorme fardello. Non si sarebbe mai aspettata da lei una simile disonestà, al punto da sentir venir meno l'affetto provato per anni nei suoi confronti. "Eppure ci deve essere una soluzione", rifletté, continuando a camminare nel freddo silenzio della notte.

D'un tratto sollevò lo sguardo e sussultò per la paura.

Aveva seguito il perimetro delle mura fino al grande cancello affacciato sulla strada. Proprio lì, sul lato opposto, si stagliava la figura di un uomo avvolto in un mantello. Stava immobile, con lo sguardo fisso su di lei.

Superato lo spavento, Eudeline gli si avvicinò in preda a un pungente senso di familiarità, mentre lo sconosciuto si aggrappava alle inferriate per darle modo di osservarlo.

Era l'Arabo.

Prima di parlare, la badessa scrutò quegli occhi felini, capaci di scintillare anche nelle tenebre. «Cosa volete?», chiese con fermezza.

«Soltanto mettervi in guardia», proferì l'uomo con voce bassa.

«Non so chi siete. Né chi vi manda».

«E tuttavia dovete fidarvi», ribatté l'Arabo, sempre impassibile.

Eudeline rammentò la notte in cui l'aveva salvata e fu attraversata da un fremito. Percepì l'odore speziato del suo mantello e si chiese se sotto si nascondesse ancora la lama ricurva usata per uccidere lo sgherro del cardinale. Gli fece cenno di proseguire.

«Guardatevi dal procurator». Le dita dell'Arabo si staccarono dal cancello e la sua elegante figura arretrò, quasi scivolando, nell'oscurità. «Egli viene in nome di colui che vi rapì».

Dopo un istante, la badessa si ritrovò a fissare il buio. E a chiedersi se l'avesse visto davvero, o se fosse stato soltanto un sogno.

50

Padre Claret si ripresentò dopo un giorno, come promesso, ma non da solo. Era in compagnia di un prelato alto e adiposo, appositamente giunto da Avignone insieme a una scorta di armigeri.

Suor Eudeline non si lasciò cogliere impreparata. Accolse i visitatori al varco delle mura conventuali e fece strada, imperturbabile, fino alla corte davanti alla chiesa. «Gli armati dovranno attendere qui», disse, facendo cenno al procurator e all'uomo di Avignone di proseguire verso la sua domus particularis. Oltrepassato l'ingresso, non proferì verbo sino a quando li ebbe fatti accomodare nello studio. Sedette quindi allo scrittoio e, le mani giunte premute sulle labbra, li invitò a parlare.

Padre Claret consultò con una rapida occhiata il suo accompagnatore, infine si decise ad aprire il discorso. «Come da accordi presi», disse alla badessa, «sono qui in merito alla questione del debito contratto dalla precedente superiora di Sainte-Balsamie, per un ammontante di circa settantaduemila fiorini da rendere alla Camera Apostolica. La mia parte nella vicenda è quella del semplice testimone. A trattare con voi sarà l'uomo che mi siede accanto: monsignor Pierre de Banhac, referendario di sua santità, incaricato di agire in vece della tesoreria pontificia».

L'interpellato si limitò a squadrare la reverenda madre, accarezzandosi la flaccida pappagorgia.

Celando il disgusto, Eudeline lo fissò a sua volta. «E dunque», proferì con cautela, «quali sarebbero le proposte della Camera Apostolica?»

«Saldare il debito», intervenne de Banhac. La sua voce era profonda e decisa, pur tradendo una sfumatura effeminata tipica di certi preti.

«Lo farei di buon grado», commentò la badessa, «ma il convento non possiede tanto denaro».

Per tutta risposta, l'uomo di Avignone si voltò verso il procurator.

«Venerabile madre», disse quest'ultimo, «rammentate di certo la nostra ultima conversazione...».

«Quale conversazione?», lo interrogò la badessa, fingendo di cadere dalle nuvole.

Padre Claret abbozzò un sorriso nervoso. «Quella riguardante la vostra possibilità di saldare il debito... in altro modo».

«Foste piuttosto vago, a onor del vero. Al punto da lasciarmi assai perplessa».

Il pingue de Banhac si sporse verso di lei. «State per caso negando di possedere le sostanze sufficienti a coprire il debito?».

Eudeline aprì le mani, sempre impassibile. «Come affermavo poc'anzi, il mio convento non si può permettere un simile...».

«Accennavo al vostro patrimonio personale», la interruppe il prelato, diventando improvvisamente paonazzo. «Voi siete ricca, madonna de Rocheblanche. Molto ricca! Non osate canzonarci con simili giochi di parole».

«La mia ricchezza consiste in feudi e foreste», si difese lei. «La scarsa pecunia di cui disponevo è andata spesa per l'ultima semina e per mantenere la servitù della gleba».

Tanto bastò a far sgonfiare l'ira del prelato. «Eppure, padre Claret sostiene che...».

La badessa abbozzò una smorfia beffarda. «Padre Claret non ha accesso ai miei libri contabili, tantomeno alle mie sostanze. Dev'essersi fatto un'idea sbagliata».

«Non è vero!», sobbalzò il procurator. «Questa donna mente. Vuol mettermi in imbarazzo dinanzi a sua grazia».

Il più nervoso tuttavia era de Banhac. Si dimenò come una grossa larva sullo scranno, quasi fosse incapace di rialzarsi in piedi. «Maledizione a voi, padre Claret!», sbottò. «Pensavo aveste già sbrogliato la matassa, prima di farmi scomodare. E invece...».

«Vi assicuro che è così!», insistette il religioso, abbassando il tono di un'ottava. «Vi assicuro, non mi sbaglio. So per certo che costei custodisce i suoi denari entro queste mura».

«Se così fosse», l'uomo di Avignone scrutò minaccioso la badessa, «ci avrebbe mentito».

Eudeline assunse un'aria di sfida. «Vostra grazia dubita forse della mia parola?»

«Il beneficio del dubbio non rientra nel mio ufficio». Monsignor de Banhac era al limite della pazienza. «Farò perquisire il convento dai miei armigeri, così vedremo chi ha ragione».

«Come osate?», avvampò la reverenda madre. «Se vi azzardate a sguinzagliare i vostri sgherri tra le mie monache…».

Con estrema goffaggine, il prelato si rialzò torreggiando con la sua stazza sui presenti. «Ho ascoltato fin troppo questa femmina», sentenziò. «Padre Claret, andate a portare i miei ordini».

Suor Eudeline dovette assistere impotente. Accompagnò monsignor de Banhac per gli ambienti del convento, mentre gli armigeri rovistavano in ogni dove senza curarsi di recar disagio alle monache. Padre Claret li seguì da lontano, barricato dietro a una maschera di nervoso imbarazzo, scoccando di tanto in tanto occhiate di puro odio.

La perquisizione non trascurò alcun ambiente, nemmeno la cripta. Con sadica premeditazione, il prelato di Avignone aveva lasciato per ultimo quel luogo, convinto che proprio lì si celassero i denari. La badessa assistette in disparte, seguendo senza batter ciglio gli uomini intenti a frugare tra i paramenti e le suppellettili dinanzi all'affresco di santa Balsamia. Pur mantenendosi impassibile, non poté evitare di fissare ripetutamente l'ingresso segreto sito in quel punto.

Il procurator se ne accorse. «Un attimo!», vociò, avvicinandosi insospettito all'affresco sotto l'arcata di mattoni. «Cosa osservate con tanta insistenza, reverenda madre?», e fece scivolare le dita sulla parete, imbattendosi in una piccola maniglia.

De Banhac si pose subito al suo fianco. «Che venga aperto!», ordinò.

Con un sospiro rassegnato, la badessa si diresse verso loro e aprì il battente mimetizzato dietro l'affresco, scostandosi poi per consentire agli sgraditi ospiti di controllare l'interno.

Il cubicolo era completamente vuoto.

I due uomini si sporsero oltre l'ingresso, stupefatti.

«Eppure avrei giurato…», si lasciò sfuggire padre Claret.

«Zitto!», esclamò l'uomo di Avignone, esasperato. «Con questa farsa, mi avete fatto soltanto perdere tempo».

Eudeline non poté assaporare pienamente quella fugace vittoria, poiché il prelato la trapassò con lo sguardo. «Quanto a voi, badessa, non crediate di averla avuta vinta! Se non con la moneta sonante, estinguerete i debiti in altro modo. Vi farò confiscare fino all'ultimo feudo, se sarà necessario!».

Lei arretrò di scatto, allibita. Non si era aspettata che la bramosia della Camera Apostolica potesse arrivare a tanto.

Le labbra di de Banhac si arricciarono in modo osceno. «Sì, madonna, resterete senza terra. Il nome del vostro casato sarà l'ultimo vessillo in grado di distinguervi dalla comune plebe».

«Voi non vi permetterete!», reagì la monaca, battagliera. «Mio padre prese la Croce in nome del papa e morì nella Spagna moresca. Inoltre, il mio prode fratello…».

«E dove sono, ora, i vostri paladini?», la schernì il procurator. «A meno che non vogliate rivelarci dove si trova vostro fratello, dovremo dare per scontato che sia morto anche lui. E in tal caso…».

«In tal caso, la nostra badessa resta l'ultima dei Rocheblanche», chiosò il prelato, «e non potrà evitare che la Camera Apostolica si rifaccia sui suoi feudi». La squadrò con un sogghigno. «Sempre che il fratello non torni dall'oltretomba per rivendicarne i diritti».

Eudeline sentì qualcosa di gelido e velenoso esploderle nello stomaco. D'un tratto capì d'essere finita in trappola! La questione del debito era un pretesto per farle confessare dove si nascondesse Maynard. Strinse i denti, trattenendo una fila di insulti nei recessi della gola. "Giustizia divina", pensò, "dove sei ora! Dove sei!". Ma dovette accontentarsi di guardare quegli uomini subdoli uscire dalla cripta senza subire altri dileggi.

Muta come una tomba, li seguì lungo la navata della chiesa e, giunti all'aperto, attese che varcassero le cinta del convento con aria di sufficienza, quasi che quel luogo appartenesse a loro. Sopportò quell'estremo gesto di scherno con un fremito di rabbia, e soltanto all'ultimo si accorse che il procurator si era attardato per porgerle il saluto.

«Se non volete perdere tutto», le sussurrò mellifluo, «dovrete decidervi a svelate i vostri segreti al cardinal du Pouget». E la lasciò sola, con il sapore amaro della bile a invaderle la bocca.

Suor Eudeline deglutì e, soffocando un grido, fece ritorno alla corte. Per un tempo che le parve infinito rimase ferma tra gli alberi e le erbe officinali, sforzandosi di non piangere. Poi camminò verso il pozzo disseccato in cui mesi prima aveva trovato il cadavere della sua giovane cappellana.

"Pace all'anima vostra, mansueta suor Claire".

Si sporse oltre la bocca e guardò in fondo, tra le ombre, finché non riuscì a riconoscere i contorni dei pesanti forzieri che la notte prima aveva fatto calare dai servi, affinché nessuno li trovasse.

E finalmente, si concesse un sorriso compiaciuto.

51

Abbazia di Santa Maria di Pomposa
21 dicembre

L'inverno si affacciò sui feudi del Padus con venti di tramontana talmente rigidi da indurire la terra fino a spaccarla. Nel giro di pochi giorni, la neve invase gli agri, le selve e la via dei romei che correva lungo il litorale, costringendo i pellegrini a cercar rifugio tra i monasteri e gli *hospitalia* sulla strada. Qualsiasi attività si era fermata a causa del forzato letargo che regnava sui villaggi tra Ferrara e il mare. Soltanto i campanili continuavano a dar segni di vita, coi loro bronzi a scandire le ore di giornate buie e interminabili. E mentre le famiglie si rintanavano al tepore dei focolai, i lupi, i cervi e le donnole uscivano dai boschi per spingersi oltre gli steccati, fino agli usci delle case, in cerca di cibo. Ma non erano gli unici a patire la fame.

Inasprita dal freddo, la carestia si abbatteva su chiunque non fosse in grado di provvedere a se stesso. Divennero sempre più frequenti i ritrovamenti di cadaveri al limitare dei centri abitati, dove i pezzenti e gli emarginati si arrabattavano per la sopravvivenza quotidiana. I monasteri furono presi d'assedio.

Nell'*insula Pomposiæ*, una coltre di neve spessa tre spanne aveva ricoperto le rive del fiume fino all'abbazia, creando l'illusione di una quiete quasi inviolabile. Non furono soltanto i canti dei monaci a turbarla. Padre Andrea aveva fatto allestire presso il campanile un pergolato di paglia con un fuoco sempre acceso, per tenere a bada i mendicanti accalcati davanti al portale. Il timore che la fame li rendesse violenti, tuttavia, lo indusse a triplicare le ronde degli arcieri.

Da circa due mesi, Robert de Vermandois alloggiava tra quelle sacre mura. Gli era sembrato il rifugio più adatto in seguito agli eventi di Ferrara, eppure fremeva per l'impazienza di rientrare in azione. Tornare in città subito dopo l'assalto al palazzo vescovile non gli era servito a nulla. Aveva soltanto saputo che Maynard, infilzato l'Orsini, era stato accerchiato e scortato in prigione dai birri del marchese.

Il barone piccardo aveva trascorso settimane in cerca di una soluzione per salvare l'amico, nel costante timore che potesse finire sul patibolo. Per tenersi informato sul suo stato si era spinto altre due volte a Ferrara, sempre in anonimato, finché non si era fatto un'idea della situazione.

Rocheblanche era ancora in vita e veniva tenuto prigioniero nelle segrete del Palazzo della Signoria. Robert aveva girato intorno a quell'edificio per un intero pomeriggio, pensando a come poterlo aiutare a fuggire. Aveva memorizzato ogni porta e finestra, l'altezza delle mura, i merli e le posizioni delle scolte. Nulla tuttavia che potesse essergli d'ispirazione per come agire.

Fino a quel giorno.

Svegliato dai rintocchi delle campane, uscì dalla foresteria per rifornirsi di legna. Il freddo lo costrinse a rientrare per avvolgersi nel mantello, dopodiché si avventurò per la corte affondando nella neve fino alle ginocchia.

Nella notte, una violenta bufera aveva imbiancato il tetto dell'abbazia e la scalinata d'ingresso fino al portale. Vermandois stava proseguendo oltre quando scorse i monaci uscire all'aperto. La messa dell'ora terza era appena conclusa e padre Andrea guidava i confratelli verso il chiostro.

Robert gli rivolse un cenno di saluto, sforzandosi di mostrare rispetto. L'abate non gli piaceva. Benché l'avesse accolto nel monastero, continuava a mostrarsi troppo interessato ai seicento fiorini portati dalla Francia. Il piccardo era stato costretto a ripetergli più volte che non ne sarebbe stato speso nemmeno uno finché Maynard non fosse tornato in libertà.

Guardò il reverendo allontanarsi in testa ai monaci infreddoliti, fissando la sua candida veste cerimoniale su cui campeggiava la stola nera dei giorni dell'Avvento[12]. E, d'un tratto, ebbe una folgorazione.

Rimase immobile, insensibile all'aria gelida del mattino, mentre un'idea prendeva lentamente forma nella sua mente. Era prematuro parlare di un piano, ma forse, se avesse fatto alcune verifiche…

Gualtiero uscì dal Palatium Abbatis, prese una manciata di neve e

[12] In seguito al Concilio di Trento, il colore liturgico dell'Avvento passò dal nero al viola.

la premette sul viso per dare sollievo agli occhi. Il lavoro allo scriptorium procedeva indefesso, su miriadi di libri e miniature dai contenuti sacri e profani. Nonostante la sua decisione di non farsi monaco, il reverendo Andrea gli aveva concesso di restare a Pomposa finché non si fosse deciso a partire in cerca della madre. Il giovane sapeva di illuderlo con il suo temporeggiare, però non voleva andarsene senza prima aver conosciuto la sorte di Maynard. Inoltre, soffriva al pensiero di allontanarsi da Isabeau.

Il contatto con la neve gli strappò un'esclamazione di piacere, ma non appena riaprì gli occhi si accigliò.

Robert de Vermandois stava camminando tutto concitato verso di lui.

«Ragazzo mio», vociò, «dovete ascoltarmi!».

Gualtiero notò che indossava gli abiti da viaggio, inclusa la spessa cintura di cuoio dov'era inguainato il pugnale. «A che proposito?», chiese.

Il piccardo gli mise una mano sulla spalla e si chinò su di lui. «Forse so come salvare Rocheblanche», gli bisbigliò all'orecchio. «Mi occorre il vostro aiuto».

52

Ferrara, prigioni del Palazzo della Signoria
23 dicembre

Udì i passi del carceriere avvicinarsi alla cella, poi uno stridere di cardini, prima d'essere accecato dalla luce di una lanterna. Maynard schermò gli occhi per opporsi al doloroso restringersi delle pupille, senza curarsi dell'uomo fermatosi sull'uscio. Inutile opporre resistenza. I ceppi ai polsi gli avrebbero impedito qualsiasi movimento. Non ricordava da quanto giacesse in quella sudicia segreta. Una settimana, forse un mese. Con i soli pensieri a tenergli compagnia, distinguere la veglia dal sonno allucinato diventava un'ardua impresa.

D'altro canto, il cavaliere non aveva smarrito la sua fierezza. Appena si fu abituato al lucore, tolse la mano dal viso e si alzò in piedi. Fu allora che comprese di non essere al cospetto di una semplice guardia.

Con la lanterna protesa in avanti, Obizzo d'Este entrò. «Ancora stento a crederci», proferì con sprezzo. «Mi ero allevato una serpe in seno».

Rocheblanche ignorò la provocazione. «Vostra signoria, ero appunto curioso di sapere quando mi avreste fatto visita».

«Noiose incombenze mi hanno trattenuto», disse il marchese. «Ora tuttavia sono qui, a fissare stupefatto il volto dell'uomo che tengo in catene».

Ben lungi dal ritenersi pentito, il cavaliere si limitò ad annuire. «Se ho tradito la vostra fiducia, è stato per una giusta causa».

«Una giusta causa?», sbottò l'Estense. «Cosa potrebbe giustificare il massacro del visdomino insieme ai suoi armati?»

«Non era l'uomo retto che reputate».

«Attento a come parlate, messere. Superanzio Orsini era un servitore di Ferrara, un amico fidato».

«Era un aspide velenoso», lo contraddisse Maynard, sfidando il suo sdegno. «Avrebbe tradito chiunque pur di raggiungere i propri scopi, voi compreso. Non ho prove per dimostrarlo, ma era in combutta con Facio di Malaspina e forse fu lui in persona a ucciderlo».

«Facio di Malaspina». Il marchese pronunciò quelle parole come se sputasse del fango. «Ecco il nome di un altro parassita. Ossessionò mio fratello, sapete? Rinaldo non fu più la stessa persona da quando lo sentì parlare di quel libro famigerato».

«Alludete al *Codex Millenarius*?».

L'Estense annuì con un sorriso astioso. «Anche voi nutrite le stesse brame, lo so bene. Lo compresi il giorno in cui duellammo al cospetto di mio figlio, nella corte. Allora però non vi credevo un mio nemico», e gli puntò la lanterna in faccia. «Ma su una cosa vi sbagliate, messere».

Rocheblanche attese che proseguisse senza proferir verbo.

«Fui io a uccidere il Malaspina», rivelò Obizzo, ed emise un ghigno perverso. «Vi pensavate davvero più furbo di me? Ero informato da tempo sul suo progetto di adescare il visdomino, così lo feci seguire e gli trafissi di persona quella lingua superba, affinché la smettesse di infettare chiunque con le sue pericolose follie».

La rivelazione fu troppo inattesa perché il cavaliere potesse nascondere lo stupore. Trattenne un'esclamazione d'incredulità e, con sgomento, si chiese fino a che punto il marchese conoscesse i segreti di padre Facio. «Perché assassinarlo, quando avreste potuto farlo giustiziare?»

«Esponendolo così al giudizio dei dodici Savi? Mai e poi mai! Quello scellerato se ne sarebbe approfittato per rivelare l'interesse di Rinaldo verso le sue dottrine eretiche, gettando infamia sugli Este. Perché credete che gli avessi offerto rifugio? Era stato l'unico modo per non cedere ai suoi ricatti».

«Adesso capisco, vostra grazia, benché su una cosa vi sbagliate: non c'è traccia di eresia nei misteri di padre Facio».

«E voi cosa ne sapete? Non immaginate l'insidia che si cela tra le pagine di quel suo dannato libro!».

Per la prima volta, Maynard percepì timore nella voce del marchese. La curiosità dovette a tal punto trapelargli dallo sguardo che Obizzo, con un mesto cenno di consenso, esclamò: «Già una volta la mia famiglia fu perseguitata dall'Inquisizione. Giuro su Dio, non accadrà mai più».

«Dovreste essermi grato, allora», tentò di riscattarsi Rocheblanche. «Con il tempo, Superanzio Orsini si sarebbe rivelato più insidioso del Malaspina».

«Pure lui alla ricerca del *Lapis exilii*?», ribatté l'Estense, canzonatorio.

«Dunque conoscete anche quel nome!».

«Ve l'ho detto», ribadì il nobiluomo, «mio fratello era ossessionato dalle eresie di padre Facio, al punto da ordinargli di trovare il *Lapis exilii* e le altre due reliquie». Fece un cenno irritato. «Le reliquie del Cristo, nientemeno! Figurarsi! Quello sciagurato monaco gli obbedì, mettendosi subito in viaggio per la Francia. Del resto, dopo la perdita della carica abbaziale pareva non aspettare altro!».

Fu un altro duro colpo per Rocheblanche. D'un tratto comprese infatti da dove fosse scaturito il vortice di eventi in cui si era trovato coinvolto. Se il segreto di Mont-Fleur era stato violato e le voci sul *Lapis exilii* giunte all'orecchio di Bertrand du Pouget e di Jang de Blannen, doveva essere accaduto proprio per colpa del Malaspina.

«Io non sono padre Facio, né tantomeno l'Orsini», esclamò d'istinto. «Non rappresento alcun pericolo per voi».

«Lo so bene, non dubitate». Gli occhi di Obizzo lo scrutarono come torbidi guardiani. «Se fosse stato per la morte del visdomino, la vostra testa adornerebbe già la punta di una picca. No, messere mio, non è per questo motivo che vi lascio marcire nelle mie segrete. Il crimine che mi induce a tenervi in vita è assai più meschino, e riguarda direttamente la mia persona».

Maynard gli si avvicinò, facendo tintinnare le catene. «Ignoro in quale modo possa aver offeso vostra grazia».

La smorfia del marchese era una maschera implacabile. «Con tante femmine in questo palazzo, perché proprio la madre dei miei figli?», e avanzando all'improvviso, gli sferrò un pugno.

Rocheblanche stramazzò a terra.

«Cosa dichiarate ora a vostra discolpa?», inveì sua signoria, in un crescendo di furore. «Siete stato visto, perdio! Visto da un mio servo, nel mio palazzo! E non immaginate l'onta che tuttora mi arrovella. Non immaginate davvero, signore mio... Ah, ma la pagherete! Pagherete tutto!».

Il francese rimase supino, incapace di ribattere.

Pazzo di gelosia, Obizzo d'Este prese le distanze e indugiò sull'uscio della cella. «Non verrete punito subito, e non certo con i riguardi che si convengono agli uomini del vostro rango. No, Rocheblanche, non vi condannerò a un'onorevole morte». Rise sguaiato. «All'aprirsi del nuovo anno, verrete condotto nella pubblica piazza per essere castrato sul patibolo. Per il mio diletto e per quello del popolo».

Così dicendo, l'Estense lo liberò dalla sua presenza. Insieme all'ultimo barlume di luce.

53

Ferrara, Burgus novus
25 dicembre

Le grandi ali d'angelo spuntavano dal retro del carro, fluttuando sotto l'intenso fioccare con le loro piume di seta e broccato. Gualtiero le seguì insieme a Vermandois, risalendo la via lungo il fosso Gorgodello che separava il borgo nuovo dalla Cattedrale. A dorso di mulo e vestiti con cappe in tela di sacco, si confondevano alla perfezione con la compagnia di bagatti, cantori e attori girovaghi che quella sera avrebbero interpretato nella piazza la sacra Natività.

Il popolo accorreva al loro passaggio, rapito dai colori rutilanti e dalla baldanza dei guitti seduti sui carri, pregustando lo spettacolo promesso dal marchese. Per un istante, il giovane de' Bruni capì cosa avesse provato Isabeau nel corso della sua vita di vagabondaggi, e ne fu scosso. Non leggeva soltanto curiosità sui volti della gente. Dietro quelle smorfie eccitate c'era ostilità, quasi timore, verso chi era giunto a interrompere, anche se per poco, la loro ordinata monotonia.

La processione di carri procedette fino all'ingresso secondario del Palazzo della Signoria che dava accesso alla corte, in prossimità degli stallaggi. Lì la compagnia poté sostare in attesa dello spettacolo, mentre il palco veniva montato al centro della piazza.

Il piano procedeva senza intoppi. In principio Gualtiero l'aveva trovato rischioso, ma a conti fatti rappresentava l'unica concreta opportunità per salvare messer Maynard. Inoltre Vermandois era assai fiducioso. Se l'idea di intrufolarsi nel palazzo sfruttando la rilassatezza del Natale era stata sua, l'incontro con gli attori girovaghi poteva considerarsi un caso fortuito. «Un aiuto divino», aveva commentato il piccardo. O un inganno di Satana, era stato tentato di ribattere il ragazzo.

Finsero di collaborare con gli altri, assistendo ai preparativi di chi indossava costumi di scena, si truccava o accordava strumenti, senza perdere di vista la situazione. La sorveglianza degli ambienti interni era limitata e messer Robert prevedeva che sarebbe andata scemando all'imbrunire, quando le guardie si sarebbero riversate nella piazza per tenere a bada il popolo festante. A partire da quel momento, la priorità sarebbe stata difendere la famiglia del marchese e ogni personalità di rango intervenuta ad assistere all'evento.

«E a quel punto, io scenderò nelle prigioni», disse il piccardo. «In cerca di Rocheblanche».

«Potrebbe servirvi il mio aiuto», propose il giovane. «Vi imbatterete senz'altro in qualche guardia, nei recessi».

«Sarete più utile all'aperto». Vermandois indicò un punto appartato in cui le mura dividevano la corte dalla strada. Raggiungevano l'altezza di circa due uomini e, con l'ausilio di una corda o di una scala, potevano essere agevolmente scavalcate. «Dovrete trovare il modo di passare oltre».

Gualtiero annuì, sforzandosi di non pensare a cosa gli sarebbe capitato se fosse stato scoperto.

«Dovrete esser pronto», continuò l'uomo, «quando sarò di ritorno con il nostro amico».

Tutto andò come previsto. Non appena gli attori e gli istrioni uscirono in strada per dare inizio agli spettacoli, Gualtiero e Vermandois si nascosero sotto un carro finché l'ultima guardia non si fu allontanata dalla corte. Dopodiché si separarono.

«State attento», si raccomandò il piccardo.

Il giovane osservò la sua mole erculea allontanarsi tra le ombre del giardino e sotto il loggiato adiacente alle stanze del palazzo. Poi si mise all'opera.

Certo di trovare l'occorrente per scavalcare il muro tra gli strumenti da teatro lasciati incustoditi, frugò a uno a uno i carri dei guitti. Ben presto si rese conto che erano stati interamente svuotati. Ogni oggetto contenuto al loro interno doveva essere servito per montare la scena della rappresentazione sacra. Non una cima o una semplice pertica era rimasta a suo beneficio.

Si guardò intorno, in preda all'ansia. Nella corte non c'era altro luogo ove poter sperare di trovare qualcosa di utile, e spingersi a cercare dentro il palazzo l'avrebbe esposto a troppi rischi. Eppure doveva risolvere il problema.

Tornò a osservare il muro. Alto quanto due uomini adulti, forse un po' meno. Sarebbe bastato inerpicarsi quel tanto da aggrapparsi alla sommità, per poi issarsi e saltare giù dall'altro lato.

Un'impresa semplice e impossibile al tempo stesso.

Udì delle voci e corse a nascondersi presso gli stallaggi, appena in tempo per scorgere due guardie di ronda. Attese il loro passaggio dietro una greppia colma di biada, infine uscì di nuovo allo scoperto.

Il panico aumentava, impedendogli di ragionare.

"Spicciati", si disse, "o al ritorno di Vermandois resterete imprigionati qui dentro".

Un nitrito lo fece sobbalzare.

Si voltò verso i cavalli legati a un carro e si rasserenò. Nessun pericolo, per il momento. Ma un pensiero recondito gli impedì di distogliere lo sguardo dalle bestie.

Aveva trovato la soluzione!

Vermandois tornò poco dopo. Sbucò dalle ombre del loggiato e per un soffio non cadde riverso. Un'altra figura comparve alle sue spalle e lo sorresse. Nel riconoscerla, Gualtiero si portò le mani alla bocca in preda allo stupore. Fece un cenno per segnalare la sua presenza e corse incontro ai due uomini.

«Messer Maynard!», mormorò con esultanza. «Siete salvo...».

Il cavaliere continuò ad avanzare, tenendo Robert per una spalla. «Aiutatemi a sorreggerlo», ordinò al ragazzo. «È stato ferito a una gamba».

«Nulla di grave...», grugnì il piccardo.

Gualtiero li aiutò a raggiungere il muro.

«Come passiamo oltre?». Rocheblanche era trafelato. Nonostante gli abiti sudici e la barba lunga, arruffata, si guardava intorno con spirito ardito.

Il giovane de' Bruni gli chiese di attendere e, allontanandosi un istante, fece ritorno con un cavallo sellato al seguito. Affiancò l'animale al muro e spiegò: «Dovremo salire in piedi sulla sella, uno per volta. In questo modo, saremo abbastanza in alto da poter scavalcare».

«Sta bene», disse Maynard. «Ma Robert…».

Vermandois sputò una bestemmia. «Ce la faccio, dannazione!».

E si apprestarono alla fuga.

54

Ferrara, isola di Sant'Antonio Abate

Il Natale la rendeva triste. Era il periodo dell'anno che maggiormente le rammentava il padre. Lo rivedeva esibirsi nelle piazze o davanti alle chiese, raccogliendo il plauso del volgo. Era facile provare ancora orgoglio per le sue mirabolanti acrobazie, per la gioiosa passione che l'aveva accompagnato fino alla fine.

Isabeau non condivideva nemmeno il fervore per una ricorrenza che cadeva nel periodo più freddo dell'anno, quando la gente moriva di fame e di gelo. Era chiaro che nessuna delle monache di Sant'Antonio conoscesse gli stenti della vita raminga, né la paura di chi viaggiava sotto la sferza dei venti, tra foreste innevate infestate di lupi. La clausura impediva di percepire tutto ciò, insieme alla vera essenza del mondo, alla stregua di una prigione ovattata in cui bastava obbedire perché tutto andasse per il meglio. La ragazza la detestava con tutta se stessa.

Benché anelasse la libertà, quella notte si dovette accontentare di sgattaiolare fuori dal dormitorio e passeggiare da sola per il giardino, ascoltando il crocchiare dei suoi passi sopra la neve. Se c'era una cosa gradevole, in quel luogo, era il borboglio del Padus che pareva accentuarsi nelle ore buie.

Tese l'orecchio, camminando verso la chioma spoglia del grande ciliegio. Nonostante la morsa del freddo, desiderò accoccolarsi alle sue radici e chiudere gli occhi, senza pensare più a nulla. Era stanca di aspettare. Stanca di preoccuparsi per Maynard e per Gualtiero. Le mancavano entrambi, anche se in modo diverso.

Il comparire di una figura avvolta in un mantello la fece sobbalzare, instillandole il ricordo dello sgherro giunto dal fiume per rapirla. Ma prima di urlare, riconobbe la voce di colui che amava.

«Non pensavo fosse tanto facile penetrare in un convento».

Isabeau gli corse incontro, lo abbracciò e lo baciò. «Perché mi hai fatto attendere così a lungo?», lo ammonì. «Dove sei stato?».

Gualtiero le diede un altro bacio, e sorrise. «Abbiamo fatto evadere messer Maynard».

A quella notizia, lei lo strinse ancora più forte. «E ora dove si trova?»

«In viaggio con messer Robert, verso Pomposa. Si nasconderà là finché non avrà deciso sul da farsi».

«Ma sarà il primo luogo in cui lo andranno a cercare!», obiettò Isabeau.

Il giovane si fece serio. «Ha urgenza di parlare con il reverendo Andrea». Le accarezzò il viso, per tranquillizzarla. «Non temere, finché starà fra quelle mura nessuno potrà nuocergli».

Isabeau gli afferrò una mano, era gelida. «E tu?»

«Io mi sono attardato, per incontrarti».

«I birri del marchese ti staranno cercando».

«Nessuno sospetta di me».

Lei annuì. Era felice, benché sapesse di non poter prolungare quel momento. Intrecciò le dita alle sue, invitandolo a seguirla. «Voglio che tu veda una cosa».

Il monastero di Sant'Antonio Abate era deserto, palpitava alla luce di centinaia di candele. Appena varcò il portale, Gualtiero fu avvolto dal suo tepore. «Non posso entrare qui», bisbigliò.

«Ora non c'è nessuno». Isabeau fece strada verso il fondo della navata. «Le monache stanno tutte dormendo».

«Tutte meno una», motteggiò il giovane, andandole appresso.

«Io non sono una monaca», ribatté lei. «E non lo sarò mai».

Ma Gualtiero non la stava più ascoltando. La sua attenzione era già stata catturata dalla *Biblia pauperum* decorata a fresco lungo le pareti del coro. Osservò la cappella di destra, dov'erano raffigurate le storie della Passione e del Battista insieme all'apostolo Giovanni. Poi si voltò verso il lato opposto, scorgendo le scene dell'infanzia di Gesù.

Studiò il tocco semplice ma intenso dei pittori succedutisi fra quelle mura, l'ultimo dei quali assai di recente, a giudicare dai colori vividi di certi affreschi. In particolare, fu attratto dall'abbraccio tra Maria ed Elisabetta e dal tema della fuga in Egitto, dove stranamente il Bambino figurava sulle spalle di san Giuseppe, rappresentato a mo' di san Cristoforo.

Isabeau gli affondò le dita tra i capelli. «Sapevo che ti sarebbe piaciuto».

Lui annuì, diviso tra l'ammirazione e l'orgoglio. «Un giorno eseguirò anch'io un'opera del genere. E sarà più grande, più luminosa di questa».

«Non hai altri progetti per il futuro?», lo interrogò lei, posandogli il capo su una spalla.

Gualtiero sospirò. Sapeva bene a cosa alludesse la ragazza e per un attimo desiderò compiacerla, rispondendole quello che si aspettava. Si rese conto però di non poterlo fare. Abbassò lo sguardo per sfuggire al suo.

La fanciulla si indispettì. «Non pensi a me?»

«Devo prima trovare mia madre. Capire chi sono».

«Verrò con te».

«No». Prese le distanze, incamminandosi verso il pulpito. «Metteresti in pericolo la tua vita».

«Di' quel che vuoi», ribatté Isabeau. «Ti seguirò comunque».

Ogni sua parola era una dolce stilettata. Gualtiero cercò di sciogliere il grumo di emozioni che aveva nel cuore, ma troppe cure, troppi pensieri lo rendevano incapace di veder chiaro dentro di sé. «Io non sono sicuro di quello che provo per te».

La ragazza lo fissò immobile, sfiorata dal vibrare delle fiammelle. «Bugiardo». Gli si mise di fronte e lo baciò con passione, finché non sentì le sue mani scivolarle sui fianchi. «Bugiardo».

55

I due compagni cavalcarono verso Pomposa, andando incontro a un'alba grigiastra sotto un incessante fioccare. Nonostante il gelo, Maynard era lieto di respirare di nuovo all'aperto e di sentir sopra di sé nient'altro che il cielo. Il fatto che accadesse proprio la notte della nascita del Salvatore rendeva per lui ancora più speciale quel momento. Una volta usciti dalle mura di Ferrara, aveva convinto Robert a fare ritorno all'abbazia, opponendo alle sue esortazioni di prudenza la necessità di dover parlare con padre Andrea. Voleva sapere del libro trovato dall'abate, nella speranza di scoprire qualcosa sul *Lapis exilii* e su dove padre Facio avesse nascosto le reliquie rubate a Mont-Fleur.

Non gli servivano certo le raccomandazioni di Vermandois per intuire che l'*Insula Pomposiæ* sarebbe stato il primo luogo in cui Obizzo d'Este l'avrebbe fatto cercare. D'altro canto, gli sarebbe stato impossibile allontanarsi da quelle terre senza prima aver smascherato il misterioso referente di Superanzio Orsini. Il pensiero che qualcuno fosse stato messo al corrente dei suoi segreti e potesse informare il cardinal du Pouget era un pungolo insopportabile.

A consolarlo era soltanto il pensiero che Isabeau fosse salva, e che anche lui, all'abbazia, avrebbe trovato asilo. Se il venerabile Andrea desiderava metter mano sui suoi seicento fiorini, non si sarebbe potuto rifiutare di difenderlo dal marchese di Ferrara.

Madonna Ariosti si mise seduta sul giaciglio, facendo scivolare sul pavimento la *Vita Merlini* dimenticata prima di addormentarsi accanto al capezzale. Aveva udito dei passi avvicinarsi alla stanza, e la cadenza imperiosa non lasciava dubbi riguardo a chi appartenessero. Attese con calma, sistemando i capelli e la camicia da notte. Era da molto che non riceveva visite da sua signoria, ma forse la generosa scollatura esibita durante la cena di Natale ne aveva risvegliato gli appetiti. L'orario era strano, nondimeno. A giudicare dalla luce opaca che filtrava dalla finestrella, albeggiava.

Sentì i passi fermarsi davanti alla porta con un sospiro profondo, quasi cavernoso. Poi l'attesa, ben più lunga di quanto si aspettasse. «Mio signore?», chiese, alzandosi in piedi.

Nessuna risposta.

Eppure era lì, dietro il battente. Ne era certa, come il fatto che quel silenzio non preludesse a nulla di buono. Ruppe gli indugi e corse ad aprire.

Il volto di Obizzo la spaventò. Era teso in una smorfia grottesca, quasi una maschera in procinto di spezzarsi.

«Mio signore», ripeté Lippa, facendosi da parte per invitarlo a entrare.

Lui la spinse indietro, mandandola a sbattere contro un grande specchio d'argento. «È fuggito!», gridò.

«C... chi?», balbettò la dama.

Il marchese avanzò sbattendo la porta. «Rocheblanche!».

Madonna Ariosti si schiacciò contro una parete. «Non capisco...».

L'Estense, violento, l'afferrò per il collo. Le sue iridi nere erano pozzi senza fondo. «Siete stata voi?», la inquisì. «Avete mandato un servo ad aiutarlo?»

«Vi giuro di no...».

«Allora come ha fatto?». Obizzo la lasciò andare con sgarbo e si sfogò su uno scranno, mandandolo in pezzi. «Ha ucciso due carcerieri ed è sparito nel nulla!».

Lippa sgattaiolò di lato, lontana dalla sua portata. Assai di rado l'aveva visto in un simile stato, ma sapeva bene di cosa fosse capace quell'uomo taciturno nei momenti in cui indulgeva all'ira. «Perché venite a dirlo proprio a me?»

«Perché so che spasimate per lui!». Soddisfatto di vederla fremere, il marchese le si avvicinò con modi più composti. «Ho osservato in silenzio i vostri giochi di sguardi, e ho taciuto. Sì, ho finto di non saper nulla anche quando mi fu riferito della vostra visita alle sue stanze».

«Una menzogna», si difese la dama, riacquistando un briciolo di dignità.

Obizzo la squadrò con un sorriso incredulo. «Ho sgozzato il valletto che me ne fece parola, affinché non lo rivelasse ad altri. Ma voi... voi...», strinse il pugno e lo sollevò, pronto a colpirla.

«Non osate!», sibilò Lippa.

Sua signoria rise sguaiato, il pugno fermo a mezz'aria. «Oh, se è per questo è da molto che non oso», motteggiò senza ironia. «Eppure, stupida troia, non vi ho mai fatto mancare nulla».

Pur conscia che quella collera nascesse non dalla gelosia ma dall'orgoglio ferito, madonna Ariosti rinunciò a difendersi e trovò il coraggio di sfidarlo. «Ne siete certo, vostra grazia?».

Spiazzato, il marchese soppesò brevemente la domanda. «Non vi ho presa in moglie, è vero. Ebbene? Una moglie l'ho già avuta, ed è stato un tedio!».

«Se non per me, almeno per i vostri figli avreste dovuto farlo».

«I miei bastardi», ghignò lui. «Siete certa che siano tutti miei?».

Per Lippa fu davvero troppo. Infiammata dallo sdegno, gli puntò il dito contro. «Siete voi il bastardo!». Fu un attimo di compiacimento, durante il quale colse l'umiliazione e la sorpresa di colui che avrebbe potuto terrorizzare l'intera Ferrara. La tentazione di prolungare quella fugace vittoria le fece arricciare le labbra in un ghigno di scherno. «Dio mi sia testimone, se ho cercato piacere tra le braccia di un altro uomo è stato perché voi...».

«Zittaaa!». Obizzo l'assalì imbestialito dall'ira. Prima di rendersi conto della propria reazione, scorse il disprezzo di madonna Ariosti sfumare in un rantolo. «Zitta...», ripeté con un filo di voce.

Rivolgendogli un'occhiata che non ammetteva perdono, lei strinse le dita sulla sua mano destra. E spinse più a fondo la lama che le era penetrata nel ventre.

56

Abbazia di Pomposa, Palatium Abbatis
26 dicembre

«Vi serve riposo, messere», osservò padre Andrea, chiudendo l'uscio alle proprie spalle. «Avete un'aria esausta».

Rocheblanche camminò verso il centro dello studio e restò in piedi. «Mi concederò qualche ora di sonno più tardi», disse con cautela. «Sempre che siate disposto ad accogliermi ancora nel vostro claustro».

L'abate sedette allo scrittoio e lo invitò ad accomodarsi di fronte a lui. Ogni suo gesto tradiva nervosismo, ma non scortesia. «Si capisce», mormorò.

«Non nascondo che possa rappresentare per voi un pericolo», si sentì in dovere di precisare il cavaliere.

«Sono comunque coinvolto». Il religioso sospirò. «Gli uomini di Obizzo III verranno a cercarvi qui, che ci siate oppure no. È solo questione di tempo».

«E tuttavia, se mi trovassero…».

«Non vi troveranno», lo rassicurò il reverendo. «Né voi, né il vostro compagno d'arme. Starete nella cripta, lontano da sguardi indiscreti».

Assai compiaciuto, Maynard non colse nel suo atteggiamento alcuna traccia di finzione o di esitazione. «Vi sono debitore».

Andrea aprì le braccia. «Avete saldato il vostro debito in anticipo», e indicò il piccolo scrigno riposto in un angolo della stanza. «Con me, per lo meno».

«A cosa alludete?»

«Alla vostra coscienza, messere».

Il cavaliere si strinse nelle spalle. «Se il giovane de' Bruni vi ha accennato…».

«Mi ha descritto *puntualmente* la vostra riprovevole impresa». All'improvviso, l'abate assunse un atteggiamento di rimprovero. «Un uomo retto come voi, un cavaliere... Come avete potuto far strage di servi della Chiesa?»

«Lupi travestiti da pecore», ribatté Rocheblanche. «Se per la loro uccisione dovrò scontare l'inferno, tanto peggio per me. Ma non accetterò biasimo da chi non ha mai brandito armi contro un infame».

Il reverendo abbozzò un sorriso amaro. «L'onore prima di tutto, dico bene?»

«Dite bene, padre». Il francese accarezzò la lunga barba cresciuta durante la prigionia. «E ora, se permettete, veniamo al vero motivo della mia presenza a Pomposa. Gualtiero mi ha recapitato il vostro messaggio».

Gli occhi di Andrea mandarono un fugace scintillio. «Il libro».

«Sì, il *Codex Millenarius*. L'avete davvero trovato?»

«Era celato all'interno dello scrittoio appartenuto a padre Facio. Ringrazierei il Signore per aver guidato il mio intuito, se non fosse per i contenuti di quel manoscritto».

Maynard protese la mano verso di lui. «Vi prego di mostratemelo».

Vincendo una momentanea ritrosia, l'abate si alzò e aprì un armarium alla sua destra. «Non vi sarà di alcun aiuto, vi avverto».

«Lasciate che sia io a decidere», insistette il cavaliere.

Andrea annuì rassegnato, infine gli porse il codice rilegato in pelle. «Il vero titolo non compare fra le sue pagine», spiegò, mentre Rocheblanche lo soppesava con un'espressione piena di speranza. «È scritto in latino e a un primo sguardo può essere scambiato per una *collectanea* di passi del Vangelo. Ma a un esame più approfondito, inizia il delirio».

A tali parole, il cavaliere sollevò lo sguardo. «L'avete letto?»

«Più volte, a onor del vero», confessò l'abate. «L'autore si chiama Flegetanis. L'argomento principale della sua opera riguarda un testo sacro, molto antico, caduto nelle mani di Giuseppe di Arimatea».

Rocheblanche ne fu impressionato. «Vi riferite a colui che depose il corpo di Nostro Signore nel sepolcro?».

«Proprio lui, sì. Giuseppe, facoltoso membro del Sinedrio nonché discepolo di Gesù».

«E cosa vi spaventa?».

Il religioso, profondamente accigliato, tornò a sedersi e premette i polpastrelli sulla fronte. «Cosa mi spaventa, mi chiedete?», e rise nervoso. «Il fatto che, secondo Flegetanis, il testo sacro posseduto da Giuseppe di Arimatea fosse stato scritto da Gesù Cristo, poco prima della crocifissione».

Incapace di dominare le emozioni, Maynard scattò in piedi e prese a girare in tondo come un lupo in gabbia. Ripensò al volto ascetico dell'abate Manessier, colui che l'aveva inviato a Pomposa senza rivelargli nulla sulle reliquie rubate da padre Facio. E ora, eccolo a sentir parlare di una testimonianza scritta dal figlio di Dio! Si strinse al petto il *Codex Millenarius*. «Flegetanis rivela anche dove poter trovare quel testo?».

Andrea scosse il capo. «Afferma soltanto che fu affidato a Giuseppe di Arimatea insieme alla coppa dell'Ultima Cena e alla punta della lancia di Longino. Sostiene inoltre che Giuseppe incise ogni sua singola parola su una pietra mistica, affinché non se ne perdesse mai la memoria».

«Una pietra mistica...».

«La chiama *Lapis exilii*».

Quel nome riecheggiò nella mente di Rocheblanche come la sferza di una frusta. Ecco, dunque, cos'era il segreto nascosto nella cripta di Mont-Fleur! Ripensò all'enigma che l'aveva condotto fino a quel monastero sperduto nella Francia e capì finalmente l'allusione latina *nostra salute* – per la nostra salvezza – riportata nella terza riga. Del resto, perché meravigliarsi? In cuor suo aveva sempre intuito che si trattasse di qualcosa del genere, ma al sentirne parlare si sentì schiacciato dal peso della responsabilità. "Padre Manessier, siete un folle", pensò. "Affidare a una sola persona, un uomo smarrito, un simile fardello...". Fissò il reverendo Andrea, che non aveva smesso di tormentarsi le meningi. «Parlatemi di questo Flegetanis. Cosa sapete di lui?»

«È la prima volta che mi imbatto nel suo nome», confessò l'abate. «Nessun passo della Bibbia o dottore della Chiesa ne fa menzione, perciò posso basarmi soltanto su quanto afferma egli stesso fra le pagine del libro. Si definisce un ebreo battezzato che discende della stirpe regale di Salomone, un sapiente e profondo conoscitore degli astri».

Con uno sforzo di autocontrollo, Maynard tornò a sedersi. «Un... *astrologus*?»

«Sì. Afferma di saper determinare l'influenza degli astri sul destino umano».

«Ancor più, ora, comprendo il vostro titubare».

«Non è questa la ragione, messere». Cessando di schermirsi, padre Andrea sollevò il capo e riacquistò il suo proverbiale contegno. «Il mio stesso maestro, Severino da Padova, era attratto da simili questioni, al punto da convincermi che il firmamento sia il libro scritto da Dio per i suoi figli. Ma da qui ad ammettere che un ignoto astrologo ebreo possa aver tramandato un mistero talmente inestimabile…».

«La mia esperienza mi induce a credere il contrario», ribatté Rocheblanche. «Prima di intraprendere questa ricerca, feci un sogno che non riuscii a interpretare finché un saggio, un abate come voi, mi indusse a cercare la risposta nel movimento dei corpi celesti. E in essi vidi i segni dell'Apocalisse».

«Vorreste parlarmene?»

«Forse un giorno, reverendo padre». Il cavaliere si alzò dallo scranno e, con il libro di Flegetanis nascosto sotto il mantello, si avviò verso l'uscita. «Per ora sappiate soltanto che il segreto del *Lapis exilii* è messo in pericolo da uomini malvagi. Superanzio Orsini era uno di loro, ma prima di morire l'ha svelato a qualcun altro. Un prelato di Ferrara, suppongo. È mio dovere trovarlo, e ora che conosco la posta in gioco sono disposto a tutto pur di riuscirci».

57

Ferrara, chiesa di San Francesco
27 dicembre

La carrozza trainata da giumente nere sfilò sul far della sera lungo la via dietro il duomo, passando oltre la chiesa di San Cristoforo per fermarsi al convento dei frati minori. Sua signoria attendeva là, con gran sfarzo di nobili e religiosi, per porgere omaggio a una delle cortigiane più belle di Ferrara. Salì sulla vettura coperta di drappi e pennacchi del colore della notte e, senza l'aiuto dei servi, ne scese reggendo tra le braccia madonna Ariosti. Alla vista del volto esangue della dama, appena nascosto dai capelli di fiamma, molti tra i presenti soffocarono un gemito d'orrore.

Indifferente a quella reazione, Obizzo d'Este proseguì impettito verso l'interno della chiesa e attraversò la navata, seguito dal codazzo di vassalli e dal pianto dei figli. Aldobrandino, il maggiore, camminava al suo fianco con la mano aggrappata a un velo della madre.

Il sacerdote era fermo sull'altare, raggelato in un'espressione di sconcerto. Il suo sguardo indugiò per un istante sulla bara adorna di rose collocata a pochi passi, poi tornò sul marchese, intento a inginocchiarsi al suo cospetto senza cessare di sorreggere la dama. L'Estense aveva il colorito bigio degli insonni e profonde occhiaie a rendere ancor più cupo il suo volto.

«Mio principe», si premurò il frate, «siete certo che queste nozze *in extremis*...».

«Recitate l'ufficio», lo interruppe Obizzo, cavernoso. «Finché respira ancora».

Il religioso fissò con timorosa incertezza le labbra livide di Lippa, infine gli occhi vitrei e sbarrati. Si fece il segno della croce.

Seguì la cerimonia di connubio, in un silenzio funereo rotto a stento dalla voce del sacerdote. Poi, con un estremo gesto che suscitò il generale raccapriccio, il marchese depose la sposa nel letto di rose e prese congedo da lei con un bacio.

Si rivolse quindi ai presenti con un'espressione dura come il ferro. «Ferrara pianga la sua marchesa», proclamò a gran voce, «e accolga con giubilo i miei legittimi eredi!».

Facendosi largo tra i presenti al risuonare del *Requiem*, guadagnò a lunghi passi l'uscita e raggiunse il cortile presso le mura, dove i cavalli già aspettavano.

Era notte fonda quando Gualtiero fu destato da un trepestio di zoccoli nella corte dell'abbazia. Si affacciò dal suo carro, sfregandosi gli occhi assonnati, e scorse una dozzina di uomini a cavallo disposti a semicerchio davanti alla facciata del monastero. Tutti muniti di torce, meno colui che stava al centro dello schieramento: un individuo dalla barba e dai capelli scuri, avvolto in un mantello talmente lungo da coprire la groppa del proprio destriero. Era troppo buio perché il giovane potesse riconoscerlo, ma apena udì la sua voce non ebbe dubbi su chi fosse.

«Abate Andrea, siate maledetto!», gridò Obizzo III d'Este, facendo impennare il destriero. «Mostratevi, e portate con voi quel codardo di Rocheblanche!». L'intimidazione fu accompagnata dallo sghignazzare degli uomini.

Gualtiero immaginò all'istante il motivo di quella visita e si guardò bene dal rendere manifesta la propria presenza. D'altro canto, non si sarebbe mai aspettato che il marchese in persona piombasse a Pomposa all'improvviso, nel cuore di una delle notti più rigide dell'anno, per reclamare la testa di messer Maynard.

Prima che il ragazzo potesse giungere a qualche conclusione, il reverendo uscì dal portale come se nulla fosse. «Vostra grazia», esordì algido, «vi rivolgerei un saluto cortese se non avessi udito degli insulti». Scese i gradini della facciata, gettando lo sguardo verso le sagome degli arcieri appostati sul campanile. «Ciò nondimeno, che la pace sia con voi».

«Tenetevi la vostra pace, monaco», sibilò Obizzo, «e datemi quel francese figlio di puttana!».

«Siete sicuro di cercare nel posto giusto?»

«So che lo proteggete. Osate forse negare?».

Andrea sostenne il suo sguardo senza manifestare incertezza. «Fra queste mura albergano soltanto uomini timorati di Dio».

«Uno di loro è un assassino! Un fuggiasco!».

«Anche se fosse vero, il cavaliere di cui parlate sarebbe comunque sotto la mia protezione».

«Me lo consegnerete, nondimeno!».

Sua signoria aveva assunto un atteggiamento così feroce da spaventare lo stesso Gualtiero, benché nascosto nel carro. Il reverendo gli si avvicinò con passi misurati, affondando la punta del pastorale nello strato di neve. La fretta di accorrere all'aperto era stata tale da fargli scordare di indossare un mantello sopra la tonaca, per proteggersi dal freddo. «Io non sono tenuto a consegnarvi chicchessia, tantomeno a farvi entrare nel mio monastero», ribatté con fermezza. «Pomposa è nata libera, e tale resterà per sempre».

«Stupido vecchio, siete impazzito?», tuonò Obizzo. «Vi trovate di fronte al signore di Ferrara, il vicario di sua santità il papa!».

Con uno scatto repentino, Andrea afferrò il morso del suo cavallo. «*Apostolica dignitate in spiritualibus, iurisdictio solius Imperii*», recitò a denti stretti. «Ergo, vostra grazia, a meno che non vogliate speculare *in spiritualibus* sui precetti del santo padre, vi intimo di andarvene».

L'Estense strattonò le redini per liberare il destriero. «Superanzio Orsini arrestò due persone nelle vostre pertinenze», disse sbalordito, «e a me negate lo stesso diritto?»

«L'Orsini arrestò due persone *all'esterno* del monastero», precisò l'abate. «Nulla e nessuno varcherà questo portale per sostituire la propria potestà a quella di Dio».

In un crescendo di collera, l'Estense portò la mano alla lunga spada appesa all'arcione. Poi desistette e con un sorriso malvagio smontò da sella. «Vi fate beffe di me?», e schiaffeggiò Andrea con una tale violenza da mandarlo a terra. «Ho appena deposto la madre dei miei figli in un sarcofago, e voi osate insultarmi con queste ridicole questioni? Non mi impedirete di catturare quel bastardo!».

Il reverendo puntellò il pastorale per rimettersi in piedi, ma lo stivale del marchese lo costrinse ad affondare la faccia nella neve. Pungolato dallo sdegno, Gualtiero sentì l'istinto di intervenire. Fece per balzare allo scoperto, un ruggito di collera che gli bruciava in gola, quando tornò a osservare il semicerchio di fiaccole intorno all'Estense. Quegli armigeri l'avrebbero ucciso prima ancora che si fosse avvicinato al loro signore.

Padre Andrea riuscì a liberarsi e sollevò il viso, respirando con affanno. «Umiliatemi pure, se volete...», mormorò con un rantolo. «Ma mai l'asilo di questa abbazia potrà essere violato...».

Nel nero della notte, l'abate e il marchese si fissarono in un silenzioso contrasto, lasciando sulle spine tutti i presenti. Poi uno degli uomini giunti al seguito di Obizzo smontò da cavallo e, con cautela, bisbigliò qualcosa all'orecchio del suo signore.

Dopo un'iniziale ritrosia, l'Estense annuì. «Ringrazio messer Filippo Migliorati, nostro giudice dei Savi, sempre pronto a consigliarmi», e indietreggiò con sprezzo.

Quasi incredulo, padre Andrea lo guardò rimontare in sella e ordinare la ritirata.

Obizzo gli rivolse un'ultima occhiata carica di astio. «Non pensiate di averla avuta vinta, sciocco *frater*. A costo di mandare in fiamme questa vetusta abbazia, farò uscire allo scoperto Maynard de Rocheblanche. E allora, peggio per lui... ma anche per voi!».

58

Reims, convento di Sainte-Balsamie
7 gennaio 1348

«Serve altra acqua calda!». La monaca infirmaria dovette quasi gridare per sovrastare i lamenti di Aleydis.

Suor Eudeline le stava inginocchiata di fronte, con il capo della ragazza in grembo. Fece cenno a una consorella di obbedire, poi tornò a fissare la poveretta. Era la prima volta che assisteva a un parto e si sentiva del tutto impreparata di fronte a una simile manifestazione di dolore. "Perché?", si chiedeva di continuo. "Perché questa estrema umiliazione?". Né la fede né la ragione le giunsero in soccorso. Davanti ai suoi occhi c'era soltanto Aleydis, sconvolta e madida di sudore, costretta a scontare la colpa di Eva per dare alla luce il proprio figlio. Il suo corpo era mutato giorno dopo giorno, trasformandosi in un otre sgraziato che nell'ultimo mese l'aveva resa incapace di camminare e persino di provvedere ai propri bisogni. La reverenda madre si era prodigata in ogni modo per aiutarla, spesso di persona, ristabilendo il legame di affetto che meno di un anno prima l'aveva spinta a prendersi cura di quella giovane orfana. Ogni colpa era stata perdonata, ogni torto messo da parte. Come sorelle, avevano atteso con pazienza.

Poi il precoce rompersi delle acque e le contrazioni sempre più frequenti, strazianti come pugnalate. Ora Eudeline fissava l'infirmaria controllare la dilatazione dell'utero, mentre Aleydis, in preda al travaglio, non faceva che dibattersi e scuotere il capo.

Ecco, pensò, la dimostrazione di quanta poca grazia albergasse nel genere umano. Nessun progresso, filosofia estetica o teologia avrebbero potuto cancellare la natura bestiale dei figli di Adamo. Animali accecati dalla vanità dell'intelletto, dimentichi di essere venuti al mondo nella più brutale delle sofferenze.

D'un tratto Aleydis si piegò in avanti e vomitò. La badessa le tenne la fronte, tergendola con una garza.

«Spingete!», esclamò l'infirmaria. «Vedo la testa».

Eudeline non seppe se provare esultanza o disgusto. Spiò i movimenti della monaca tra le cosce della partoriente, infine notò con la coda dell'occhio il ritorno della consorella con la brocca dell'acqua calda.

Aleydis nel frattempo soffocò un grido. Eudeline la sentì vibrare come un albero sotto la tempesta e le strinse le spalle per assecondare i suoi movimenti. «Siate forte, sorella mia», mormorò. «Non vi abbandono».

Con sua grande sorpresa, la ragazza le rivolse una smorfia commossa. «Vi voglio bene...», balbettò. Poi strinse i denti, lacerata da una nuova contrazione.

La reverenda la tenne ferma per evitare di farla cadere dal giaciglio. Le parole d'incoraggiamento dell'infirmaria le giunsero lontane, quasi un'eco. D'altronde, non aveva una chiara percezione di nulla. Le pareti della stanza fluttuavano in una danza frenetica di suoni e ombre intorno ad Aleydis, trasfigurata da un dolore così pungente che Eudeline se ne sentì compenetrata. Per un attimo la ammirò con una tale intensità da commuoversi. Poi la contrazione cessò.

«Se dovessi morire...», riprese la ragazza, trafelata, «promettetemi... promettetemi che sarete voi a prendervi cura del mio bambino...».

«Voi non morirete», la rassicurò Eudeline.

Aleydis fece per ribattere ma fu sopraffatta da un'altra contrazione. Poi un'altra, e un'altra ancora. La badessa perse il conto, al punto da iniziare a credere di vivere un'assurda allucinazione.

Quando infine udì il pianto del bambino, lo ignorò. Mantenne lo sguardo sulla sua protetta, allietata da quel viso finalmente rilassato.

«È una femmina», annunciò l'infirmaria, porgendole un corpicino arrossato avvolto in un panno. «Mostratela alla madre».

Suor Eudeline attraversò un ambulacro deserto con la piccina fra le braccia e si fermò davanti a una finestra alta e sottile, da cui filtrava l'algida luce invernale. Aveva atteso che Aleydis si rilassasse per prendere sua figlia con sé e osservarla meglio, da sola. Era suo desiderio non farsi scorgere da nessuno mentre indulgeva in sorrisi e tenerezze. Non ancora, per lo meno. Finché non avesse imparato a contenere i suoi stati d'animo di fronte a quella creaturina.

La trovava bellissima, con le sue piccole dita e il nasino appena abbozzato che sembrava non aspettare altro di essere mordicchiato. Il semplice cullarla le infondeva una sensazione di serenità mai provata prima, in grado di cancellare non solo i ricordi del lungo travaglio ma anche quelli delle profonde ingiustizie subite nell'ultimo mese.

Monsignor Pierre de Banhac non aveva perso tempo a mantenere la parola. Grazie all'aiuto del vescovo e di padre Claret, si era impegnato a sequestrare gran parte dei possedimenti dei Rocheblanche per rimpinguare la casse di Avignone.

Eudeline aveva dovuto sopportare in silenzio. D'altro canto l'unico referente per ogni sua rimostranza restava il viscido procurator, e quel maledetto faccia di topo era stato abilissimo nel metterla alle strette. «Se volete recuperare i vostri beni», aveva ribadito al loro ultimo incontro, «dovrete dimostrare di non essere l'ultima erede rimasta in vita».

Il nome del cardinal du Pouget non era stato pronunciato nemmeno una volta, eppure alla badessa era sembrato di sentirlo risuonare in ogni sillaba. Era certa che se mai avesse rivelato dove trovare Maynard, i sicari di quello sciagurato sarebbero piombati su di lui come falchi. Perciò, anche se vedersi spogliata di ogni bene la faceva bruciare di una rabbia ferina, aveva scelto di accettare la sconfitta. Per il momento.

Prima o poi Vermandois sarebbe tornato, e avrebbe portato notizie del suo amato fratello. Allora sì, Eudeline de Rocheblanche avrebbe pensato alla vendetta.

Accarezzò l'angioletto fra le sue braccia, e deliziata dalla sua smorfia si tolse il crocifisso gemmato che portava sul petto e glielo mise al collo.

«Angélique», sussurrò con dolcezza. «Proporrò alla tua mamma di chiamarti Angélique».

PARTE TERZA

Il trionfo della morte

59

Abbazia di Santa Maria di Pomposa
23 febbraio

All'inizio dell'anno la terra tremò, così com'era già successo mesi addietro, infondendo il terrore nel popolo di Ferrara che assistette impotente all'oscillare di torri e campanili, quasi fossero giunchi. Lo stesso padre Andrea temette per la sua amata abbazia, finché non si rese conto che fondamenta, colonne e murature avevano resistito ai capricci della natura. Anche altrove lo spavento cessò rapidamente, presto sostituito dall'angoscia per l'ombra della fame che si allungava funesta su feudi e città.

Andrea non fu il solo, tuttavia, a ripensare ai sommovimenti del suolo quando seppe di un nuovo flagello che, veloce come il diavolo, scavalcava la dorsale dell'Appennino per stringersi intorno alle sue terre. Ne sentiva parlare da settimane e ancora esitava a metterne al corrente i confratelli, per non turbarli con storie degne del peggiore degli incubi. Notizie controverse davano adito a dicerie sul Giudizio Divino, su navi maledette sbarcate a Marsiglia e persino su una congiura degli ebrei... I dispacci riportavano tali e tante versioni da farlo dubitare della loro veridicità, a fatta eccezione per il diffuso terrore verso la morte, che d'un tratto pareva camminare con gambe proprie per i borghi delle città.

Se il reverendo poté farsi un'idea precisa, fu soltanto grazie a una lettera colma di sconforto ricevuta dal venerabile padre Michele Flammini, abate di Vallombrosa.

Giunse quella notte nella bisaccia di una staffetta che aveva valicato i monti presso l'eremo di Camaldoli, a rischio della vita. Non appena ricevuta, Andrea si ritirò nello studio del palatium e lesse il testo trattenendo sotto le palpebre le descrizioni di un morbo misterioso, capace di uccidere un uomo in vigore nell'arco di pochi giorni.

Per descriverne i sintomi, padre Flammini aveva fatto ricorso alla sapienza pagana di Ippocrate e Galeno, oltre alla sua esperienza diretta. Spiegava infatti di aver cercato tra gli scaffali di varie biblioteche senza reperire alcun testo vergato da mano cristiana in grado di dargli maggiori riferimenti. A suo dire, il male si manifestava con spaventosi ascessi e bubboni spesso localizzati sotto le ascelle e intorno all'inguine. I danni maggiori però li infliggeva nei recessi del corpo, scatenando una discrasia degli umori[13] che portava alla putrefazione degli organi interni. La sua diffusione era implacabile e la mortalità altissima, tale da riuscire a salvarsi soltanto per grazia di Dio. Firenze ne era la prova concreta, e pagava i propri peccati con un lutto talmente ingente da non essere quantificato. Ogni giorno le strade venivano sgomberate dai cadaveri lasciati fuori dalle case alle prime luci, benché ormai le fosse comuni traboccassero dei resti miserabili di chi veniva chiamato anzitempo alla vita eterna.

L'abate di Vallombrosa lasciava trapelare a ogni riga inquietudine e sconcerto. Ciò nondimeno, aveva saputo mantenersi abbastanza lucido da sforzarsi di fornire alla chiusura del testo una spiegazione razionale per quello che, con orrore, definiva "soffio pestifero". Sempre sulla scorta della medicina pagana, accennava infatti a un *aer corruptus* – un'aria miasmatica – portato dai venti del sud o forse scaturito dal ventre della terra, capace di infettare il genere umano.

Nell'angosciosa solitudine del Palatium Abbatis, il reverendo Andrea rimase fino all'alba a riflettere su quelle terribili parole. In giovane età aveva appreso dal maestro Severino da Padova a non trascurare mai i rapporti tra i fenomeni universali e quelli particolari. E se da un lato era propenso a condividere le opinioni di padre Flammini, dall'altro le compendiava con le asserzioni di Tolomeo riguardo i grandi eventi naturali capaci di funestare il genere umano. Nulla, dunque, gli parve più scontato che ricercare la causa del soffio pestifero nei terremoti verificatisi i mesi precedenti. A quanto ne sapeva, i feudi di Ferrara non erano stati gli unici a esserne stati colpiti. Le scosse si erano manifestate pure nelle Alpi orientali, e for-

[13] Secondo la medicina del mondo antico, i disturbi di salute erano dovuti dalla cattiva mescolanza (*discrasia*) dei quattro umori interni al corpo umano: il sangue, il flegma, la bile gialla e la bile nera.

se altrove. C'era pertanto da chiedersi se non fossero state proprio quelle, spaccando il suolo, a liberare i miasmi velenosi della terra.

Ma in quanto monaco, Andrea non poté esimersi dall'interpellare la propria fede. Lo stesso abate di Vallombrosa, del resto, chiudeva la lettera con una supplica rivolta a Dio, poiché nemmeno i cristiani ferventi come Simone da Cascia venivano risparmiati dal flagello.

Giunse le mani e intonò un'invocazione affinché Pomposa venisse risparmiata. Aveva paura. Una paura fredda, quasi razionale, venata di un senso di ineluttabilità quasi biblico. Nella sua mente, tuttavia, continuava ad agitarsi un vespaio di ragionamenti. Benché l'orrendo morbo non potesse che scaturire dalla volontà del Creatore, l'abate di Pomposa subiva la tentazione di speculare su cause ed effetti, come aveva imparato a fare dal suo antico precettore.

«Misero me!», si rimproverò con rabbia. Negli ultimi tempi aveva maturato la consapevolezza che fosse stato proprio l'orgoglio intellettuale a fargli perdere la fede. Lo stesso orgoglio che l'aveva spinto a leggere il libro di Flegetanis e a cercare fra le sue pagine una verità più alta rispetto a quella dei dogmi. Anziché gettarsi sulle ginocchia e umiliarsi mille volte di fronte al crocifisso.

In quanto *miles Christi*, doveva anzitutto vigilare sulla propria anima e su quelle dei suoi monaci. Pertanto, le uniche domande lecite erano perché il Padre fosse adirato e come si dovesse agire per frenare la spada del Suo angelo.

Il cigolio della porta risuonò talmente inaspettato da farlo sobbalzare. Andrea ripose la lettera in grembo e puntò lo sguardo verso il viso grifagno che spuntava tra le ombre. «Chi va là?»

«Dominus». Bonus si inchinò al suo cospetto. «Una delegazione di visitatori chiede di voi».

«Di chi si tratta?»

«Di sua grazia, il vescovo di Ferrara».

Assai stupito, l'abate si avvicinò al famiglio. «Perché è giunto qui?».

Bonus si ritrasse. «Il padre portarius non ha saputo dirmelo…».

Padre Andrea contemplò le possibilità che avevano potuto spingere sua eccellenza a mettersi in viaggio per Pomposa nel cuore della notte, e non gliene piacque nessuna. «Fatelo accomodare nel parlatorio», ordinò. Poi si rammentò della lettera che stringeva in pugno. «E in quanto al messaggero giunto da Vallombrosa, provvedete affinché non scambi parola con nessuno del cenobio. Né con la servitù, né tantomeno con i monaci».

Uscì dal palatium e attraversò la corte nel gelo dell'alba, allungando il passo verso il monastero. Era talmente gravato dai crucci da non far caso alla pioggerella che gli batteva fastidiosamente sulla nuca e neppure alla sfarzosa carrozza ferma davanti agli stallaggi. Appena varcato il portale, non poté reprimere una smorfia dolente alla vista degli affreschi dell'abside, orribilmente deturpati dallo scalpello di mastro de' Bruni per accogliere una nuova decorazione che non sarebbe mai stata realizzata. L'immagine sbiadita del Cristo Pantocratore affiorava a stento, con il viso sfigurato da fori che adesso, agli occhi preoccupati dell'abate, assumevano l'aspetto degli orrendi ascessi descritti da padre Flammini.

Proseguì oltre la navatella di destra, verso il parlatorio, ed entrò con cautela.

Sua eccellenza Guido di Baisio sedeva su una panca ai bordi della piccola stanza, avviluppato in una cappa nera. Bonus si era prodigato ad accendere un candelabro e a porgergli una ciotola di minestra fumante, per rinfrancarlo dal viaggio. L'abbattimento trapelava con forza dalle occhiaie scure e dal viso congestionato.

«Vostra grazia», gli si rivolse Andrea, sedendogli di fronte, «cosa vi porta al mio uscio?».

L'anziano vescovo sorbì un sorso di minestra, poi lo fissò di sfuggita. «La peste», mormorò sgomento. «Ha messo in ginocchio Bologna, e già imperversa tra le vie di Ferrara».

«È già qui?», esclamò l'abate, incredulo.

Guido di Baisio annuì. «Il mio palazzo non è più sicuro, al pari delle altre residenze cittadine. La morte trapassa i muri senza far distinzione di sesso e di età...». Si sporse in avanti e afferrò una mano di Andrea. Le sue dita erano fredde, tremanti di paura. «Sono qui a chiedervi asilo, reverendo padre. Per me e per il mio seguito. L'*insula Pomposiæ* è protetta dalle selve e dal Padus... Non conosco rifugi altrettanto sicuri».

«Ma io...», tentennò l'abate. Era talmente scosso da sentire il desiderio di gettarsi a terra, piangere e battere i pugni sul pavimento. "Oh Signore!", pensò. Come poteva essere accaduto tanto in fretta? Lui non si sentiva ancora pronto, aveva bisogno di tempi più lunghi per prepararsi, rafforzare lo spirito... Premette i polpastrelli sulle palpebre, imponendosi di mantenere la calma. «Sarà un… onore, vostra eccellenza».

«Mi state salvando la vita», aggiunse il venerabile Guido con gratitudine. «Ciò nondimeno, sono qui per chiedervi un altro servigio».

«Vi ascolto».

Gli occhi del vescovo si strinsero in due fessure imperscrutabili. «Devo subito parlare con Maynard de Rocheblanche».

60

Quando Maynard entrò nel parlatorio, si sarebbe aspettato di tutto fuorché imbattersi nel vescovo di Ferrara. Lo vide seduto in fondo alla stanza, insieme a padre Andrea, e subodorò subito una minaccia. Accennò un inchino e chiuse la porta dietro di sé, ripensando al suo precedente incontro con quel vegliardo. Non era trascorso un anno, ma avrebbe detto molto di più, a giudicare dal suo volto. Benché in precedenza gli fosse già apparso provato dagli acciacchi, ora coglieva in lui un profondo sfinimento, forse più spirituale che fisico.

«I miei omaggi, vostra eccellenza», esordì.

«Ha un bell'ardire, costui». Il venerabile Guido insinuò una risatina nervosa. «Prima trucida un mio servitore e poi, come se nulla fosse, mi porge omaggio».

Dopo due mesi di latitanza, Rocheblanche non era dell'umore adatto per accogliere il motteggio. Alzò il mento, combattivo, e annunciò: «Se vostra grazia è qui per indurmi a consegnarmi a Obizzo d'Este…».

«Vi sono problemi ben più urgenti, messere», ribatté il vescovo. «Ho comunque il dovere di informarvi che siete stato dichiarato fuorilegge, e che c'è una taglia sulla vostra testa».

«Appena sciolte le nevi, saprò scagionarmi». Il francese fece un gesto sprezzante. «Mi misurerò nell'ordalia del duello con chiunque mi accusi, se necessario, e con l'aiuto di Dio…».

«Tacete, Maynard», lo apostrofò padre Andrea. Sembrava inquieto, e assai spaventato. Accennò ad alzarsi dalla panca, poi abbassò la fronte aggrottata e giunse le mani. «Se sua eccellenza ha preteso di vedervi, è per via di una questione che riguarda tutti i presenti, seppure in diversa misura», rivelò a bassa voce. «Non è trascorso molto dacché mi accennaste a una persona informata da Superanzio Orsini sull'indagine in cui siete implicato. Dico bene?».

Rocheblanche gli restituì lo sguardo pieno di diffidenza. «E anche se fosse?».

Guido di Baisio sospirò. «Il mio visdomino era uno smargiasso, ve ne do atto», ammise con tono conciliante. «Avendolo conosciuto, non dubito che si sia meritato il vostro castigo. Tuttavia mi dimostrò abbastanza lealtà da mettermi al corrente, come sua ultima volontà, dell'esistenza di tre reliquie di inestimabile valore».

Il cavaliere non riuscì a credere alle proprie orecchie. Dopo mesi trascorsi a interrogarsi sull'identità del misterioso contatto dell'Orsini, si trovava finalmente al suo cospetto. D'altro canto, non poteva escludere che si trattasse di un inganno. Fissò padre Andrea, chiedendosi fino a che punto avesse tradito la sua fiducia, poi tornò al vescovo. «Siate più preciso, eccellenza».

«Vi parlo di una coppa, di una punta di lancia e di un oggetto misterioso noto come *Lapis exilii*».

«Se questa è una trappola...», insinuò Maynard, scrutando con sdegno l'abate.

«Non siate sciocco, messere», lo rabbonì Guido di Baisio. «Ho qui la lettera dell'Orsini, a dimostrazione di quanto affermo», e dopo aver frugato in una tasca della cappa, gli porse un foglio di pergamena e un piccolo monile d'oro. «Insieme a questi».

Mentre l'astio si trasformava in stupore, Rocheblanche soppesò sul palmo due oggetti da cui era stato separato per lungo tempo: l'anello del cardinal du Pouget e l'enigma del *Lapis exilii* rinvenuto nel nascondiglio di padre Facio. Fissò il vescovo di Ferrara, cercando di immaginare cosa sapesse al riguardo. «Me li cedete così, a buon mercato?».

Sua grazia si strinse nelle spalle. «Se aveste cognizione di cosa succede fuori da queste mura, sapreste quanto sono futili le vostre parole».

Maynard notò il suo improvviso crucciarsi. «A cosa alludete, eccellenza?».

Il vescovo scambiò un'occhiata omertosa con l'abate. «Ne parleremo entro breve, messere», promise. «Ora desidero che vi concentriate sulla questione. Secondo il reverendo Andrea, voi siete in grado di sciogliere l'enigma vergato sulla pergamena che vi ho appena mostrato».

«Ho giurato di mantenere il silenzio», ribatté secco il cavaliere.

«Non è mia intenzione forzarvi, anche se la rilevanza del nome a cui si legano i vostri segreti mi obbliga a comprendere la situazione».

«Vi riferite a Bertrand du Pouget».

«Precisamente», affermò Guido con una punta d'enfasi. «Un porporato di Avignone, e non certo uno qualsiasi. Fu lui, vent'anni fa, a ratificare il vicariato degli Este su Ferrara, ponendo termine alle accuse di eresia che gravavano su quella nobile casata».

«E fu sempre lui», aggiunse Andrea con minor entusiasmo, «a tentare l'assedio di Ferrara poco tempo dopo».

Il vescovo grugnì contrariato. «A monsignor Bertrand è comunque dovuta la nostra obbedienza».

Seguendo quello scambio verbale, Maynard colse il sottile conflitto tra Andrea e Guido. Il primo manifestava una velata ostilità nei confronti dell'autorità pontificia, mentre il secondo lealtà. Del resto, era probabile che il vescovo dovesse la propria investitura alla curia di Avignone e che quindi si sentisse in dovere di parteggiare per la gerarchia cardinalizia. D'altro canto, Rocheblanche si trovava coinvolto sia sul piano morale che su quello personale. «Cardinale o no, du Pouget è un uomo scellerato», esclamò. «Potrei enumerare i molti delitti di cui si è macchiato nel tentativo di impossessarsi del *Lapis exilii*, ma mi limiterò a far cenno alla sua implicazione nella morte di Jang de Blannen e al nefasto ascendente che esercita sul nuovo imperatore».

L'anziano presule lo scrutò basito. «Dunque anche Karel di Boemia è coinvolto?»

«Sospetto di sì», rispose il cavaliere. «Quando mi sono allontanato da Crécy, le spie del cardinale gli stavano appresso come diavoli custodi».

Prima di dar seguito al discorso, Guido rifletté con il palmo premuto sulla bocca. «Siete alquanto sicuro di voi, messere», disse poi. «Da cosa vi deriva la certezza di non aver frainteso l'intervento di Bertrand du Pouget?»

«Il fatto che quel cane abbia cercato di uccidere prima me, poi mia sorella Eudeline». Rocheblanche frenò un moto di rabbia, insieme alla tentazione di uscire da quella stanza maledetta. «Inoltre, se mi è consentito parlare con libertà, feci voto di silenzio dinanzi a un uomo ben più saggio delle paternità vostre. Un uomo che non tradirò, costi quel che costi».

«Parole che vi fanno onore», commentò il vescovo, senza accusare il colpo. «Eppure, gli stessi scrupoli che vi vincolano alla segretezza impongono a me di valutare se sia opportuno informare il cardinal du Pouget».

«Commettereste un grave errore», lo mise in guardia il cavaliere.

«Mi credete uno sciocco?», commentò a tono Guido di Baisio. «Non si è ancora entrati nel merito della questione, ma mi pare d'intendere che le reliquie di cui si parla appartengano a Cristo Nostro Signore. Nel caso fosse vero, vorreste tenerle celate a Santa Madre Chiesa?»

Maynard studiò per un attimo l'espressione perplessa dell'abate, nella speranza di trovare un alleato. Andrea tuttavia era sprofondato nel mutismo. Strinse i denti. «Non sta a me decidere».

«No, per l'appunto», esclamò il vescovo, con l'aria di chi aspettava una simile risposta. «Ed ecco perché dovrete rimettervi al discernimento di qualcuno più in alto di voi, illuminato dallo Spirito Santo».

Rocheblanche gli rivolse un sorrisetto di scherno. «Quando Dio lo porrà sul mio cammino, saprò riconoscerlo», e fece cenno d'aver esaurito la pazienza. «Fino ad allora, avrò un solo compito da adempiere: ritrovare la coppa e la punta di lancia rubate da padre Facio, per riportarle nel luogo in cui erano custodite».

Anziché insistere, Guido di Baisio abbassò il capo con sconforto. «Un'impresa più ardua di quanto immaginiate, considerata la situazione attuale».

Stanco di essere tenuto all'oscuro, il francese pestò un piede a terra e sbottò: «Volete dirmi una volta per tutte cosa sta accadendo?».

Il vescovo sollevò le bianche sopracciglia. «L'ira dell'Onnipotente, messere», e nascose una smorfia di terrore sotto il cappuccio della cappa. «La peste imperversa su queste terre».

Maynard lo fissò sbalordito. Consultò con un'occhiata incredula l'abate di Pomposa, poi si piegò in ginocchio davanti al vescovo. «Ma come può essere accaduto… senza alcun preavviso?»

«La morte ha forse bisogno d'invito?», ribatté Guido. «A Ferrara è iniziata da un giorno e il volgo è già in preda al delirio. File di cadaveri lungo gli scorsuri, processioni di penitenti per le strade… I miserabili e i farabutti si aggirano a drappelli per i quartieri, dando sfogo agli istinti più bassi e prendendo d'assalto le case dei ricchi. Persino chiese e monasteri non sono più al sicuro».

A quelle parole, il francese sobbalzò. «Siate più chiaro, vi prego».

«La guardie non sono sufficienti ad ammansire la canaglia», spiegò il vescovo. «Nella follia collettiva, monaci e suore sono costretti a subire ogni genere d'angheria. Io stesso, per salvarmi...».

Di fronte a una simile rivelazione, Rocheblanche non poté più controllarsi. «Devo andare!», annunciò, rimettendosi in piedi.

Padre Andrea gli andò incontro per fermarlo. «Messere... siete uscito di senno?».

Maynard lo fece scostare con malgarbo. «Ho lasciato Isabeau a Ferrara, nella convinzione che si trovasse al sicuro. Devo sincerarmi che non le sia accaduto nulla».

«Rischiate l'arresto...», lo avvertì l'abate. «O il contagio».

Ma il francese stava già varcando l'uscio. «Pagherò il prezzo necessario», disse senza paura. «State pur certi, venerabili padri, non lascerò quella fanciulla indifesa».

61

Mura di Ferrara
24 febbraio

Maynard e Robert non avevano ancora raggiunto il suburbio di San Giorgio quando scorsero dei pennacchi di fumo sollevarsi dai bastioni, ben stagliati contro la foschia del mattino. Avanzarono al trotto, aggirando le zone abitate per non imbattersi in bande di disperati a caccia di bottino. Prima dell'alba avevano già respinto dei briganti al limitare delle selve, e intendevano risparmiare le forze in vista del compito da assolvere.

Seguirono le sponde del Padus dalla cima di un dosso, avvolti nei loro mantelli di lana, sforzandosi di ignorare i lamenti provenienti dai pressi dell'antica basilica. Per quanto possibile, desideravano mantenersi lontani dal contagio descritto dal vescovo Guido. Prima di arrivare alle cinta, tuttavia, furono costretti a oltrepassare una fossa comune traboccante di cadaveri. Rocheblanche sollevò il bavero fino al naso per proteggersi dal tanfo, disgustato dall'immagine di corpi sovrapposti e aggrovigliati come radici. Avevano la pelle di un blu tendente al nero, innaturale quanto le escrescenze visibili su alcuni volti. Emise un grido per scacciare i corvi che affondavano i becchi nelle loro orbite e spronò il morello verso le cinta, cercando di reprimere la sensazione di aver scorto qualcuno, nel fondo della cloaca, muoversi ancora.

Il ponte mobile era in uno stato di abbandono. La cancellata d'ingresso, spalancata e sguarnita, pareva dissuadere i viandanti dal proseguire all'interno, così come i fumi dall'odore pungente che esalavano dai falò accesi sulle sponde innevate.

Maynard incitò il compagno ad attraversare il fiume e gettò un'occhiata speranzosa verso occidente. L'isola di Sant'Antonio era poco più in là, circondata dai flutti color metallo. Per raggiungerla avrebbe dovuto entrare in città e percorrere la Via Grande fino alla Porta di San Pietro. Un tragitto breve, seppur pieno di incognite.

A metà del ponte dovettero fermarsi per lasciar spazio a un carro di cadaveri trainato da un mulo. L'uomo alla serpa, un vecchio vestito di cenci, li scrutò con occhi folli e passò oltre senza accennare un saluto. Uno sguardo fu sufficiente per notare i segni della peste sulla sua guancia sinistra.

«L'inferno», mormorò Vermandois.

«Fate ancora in tempo a tornare indietro», lo avvertì Rocheblanche. «Preferirei sapervi al sicuro. Soprattutto ora, che siete in procinto di ripartire per Reims».

Il piccardo lo mandò al diavolo con un gesto poco cortese e diede di sprone.

Altri roghi li accolsero al varco delle mura. L'aria era pregna di esalazioni d'incenso e di spezie così intense da risvegliare la nausea, ma insufficienti a coprire il lezzo della putredine. I cadaveri erano sparsi ovunque. A decine, forse centinaia. Gettati fuori dalle case, negli scoli dei liquami o adagiati contro i muri, a un passo dalle porte sprangate. Uomini adulti, infanti, anziani... La morte non si era fatta alcun riguardo, e in alcuni casi pareva essersi divertita a disegnare sui loro volti un ghigno sinistro, quasi a scherno dei viventi.

Rocheblanche fece strada verso ovest, guidando il cavallo lungo gli alti recinti del Castello dei Curtensi. Immaginò che buona parte del clero e dell'aristocrazia si fosse barricata là, sotto i campanili di San Pietro, San Gregorio e San Salvatore, perché in quel punto le fumigazioni si facevano più intense, sin quasi a oscurare il cielo.

In prossimità di una strettoia, schivò un altro barroccio stipato di carogne e frenò il destriero per lasciar passare una processione di flagellanti dai cappucci a punta. Davanti a loro camminava una donna lorda di sangue, con una tavoletta di legno appesa al collo che recitava MAGDALENA MERETRIX.

«Sporchi sciacalli», commentò Vermandois, governando una bizza del suo destriero.

«A ciascuno il proprio dio», sorrise con tristezza Maynard, e subito dopo tese l'orecchio.

Aveva udito un fragore.

Grida, nitriti e cozzare d'armi. Di primo acchito gli parvero risuonare da nord, verso la Via dei Sabbioni. Poi si rese conto che era impossibile stabilirne l'esatta provenienza. I rumori si propagavano come un'eco per le vie dei quartieri.

Spronò il morello verso ponente, deciso a evitare ogni genere di complicazione, ma alla prima svolta s'imbatté in una moltitudine armata di sassi e forconi. Erano la feccia del volgo, i più bassi e miserabili. Segnati dalla peste e dalla fame, sollevavano i trofei delle loro razzie in preda a una rabbia disperata.

Rocheblanche strattonò le redini e deviò d'istinto verso sud, tagliando per un vicolo di stamberghe in direzione delle mura. Robert gli stette alle calcagna, dietro di lui la marmaglia ululante.

Il percorso si strinse fin quasi a costringerli a smontare da cavallo, finché d'un tratto si aprì in uno spiazzo. Rizzandosi sulla sella, Maynard deviò all'improvviso per non schiantarsi contro una banda di folli che aveva rovesciato una carrozza, quindi riprese velocità verso un'apertura diretta all'esterno delle mura.

«La Porta di San Pietro?», vociò Robert, sempre alle sue spalle.

«Quella di Sant'Agnese!», sibilò il compagno. «Dovremo tornare indietro, il convento di Isabeau sorge più a est!».

Coprirono al galoppo un lembo di terraferma compreso tra il Padus e le cinta di pietra, facendo attenzione ai cadaveri che, di tanto in tanto, venivano gettati dalle merlature. Uno si sfracellò proprio davanti a Vermandois, rischiando di farlo cadere dal destriero.

Rocheblanche proseguì a spron battuto, sperando che il Signore avesse risparmiato Isabeau. Non si sarebbe mai aspettato di trovarsi invischiato in un simile incubo, e neppure di provare ancora orrore di fronte alla morte. Dopo Crécy credeva di essersi assuefatto agli scempi della grande mietitrice, ma non aveva fatto i conti con lo spettacolo di tanti corpi strappati alla vita senza un valido motivo, quasi per gioco. D'altro canto, una parte di sé si sforzava di trovare un senso in quel che vedeva. Doveva esserci una ragione profonda, un significato più alto. Così come nelle sue gesta.

Messo da parte l'affanno, scorse degli armigeri appostati davanti al ponte di legno che dava accesso all'isola di Sant'Antonio. A quanto pareva, il convento delle monache benedettine non aveva ancora subìto incursioni. Frenò il morello dinanzi all'assembramento e porse il saluto a colui che ritenne il più alto in grado. «Il vostro comandante?».

Il soldato sollevò la celata di ferro, scoprendo un giovane volto congestionato dalla stanchezza. «Morto stanotte, messere».

«Non mi stupisce», commentò Maynard. «Per giungere fin qui, ho attraversato un inferno».

L'armigero lo studiò con maggior attenzione, poi posò lo sguardo su Vermandois. «Provenite dalla porta orientale?»

«Sì», rispose il piccardo.

«Allora credetemi, non avete visto nulla».

Per tutta risposta, Rocheblanche scostò un lembo del mantello e smontò da cavallo con l'intenzione di attraversare il ponte diretto al convento. «Temo per una giovane affidata alle benedettine», spiegò con urgenza. «Sono qui per sincerarmi che stia bene».

Il giovane soldato gli intimò immediatamente di fermarsi. «Per volere della badessa, nessuno entra o esce dall'isola», esclamò. «Il mio drappello è incaricato di bloccare il passo a chicchessia».

«Spiegatevi meglio», lo pregò Maynard.

«È per tutelare le monache dal contagio, ma non solo», precisò l'armigero. «Se siete giunto fin qui avrete visto con i vostri occhi cosa succede per le strade. La canaglia è impazzita, approfitta della grande moria per assediare i granai dei palazzi e delle chiese. E poiché è appena stata respinta dalla piazza, non tarderà a riversarsi qui».

Rocheblanche ripensò alla bolgia in cui si era imbattuto poco prima e studiò quello sparuto drappello di soldati. Comprendeva quindici uomini, alcuni con ferite lievi, già reduci da scontri e forse contagiati dal soffio pestifero. «Siete birri del marchese?», volle sapere.

«Dei pochi rimasti», rispose il giovane con fierezza.

Maynard rifletté qualche istante sulle sorti del convento di Sant'Antonio e di Isabeau, quindi cercò conferma nell'espressione ardita di Robert. Infine annunciò: «Io e il mio compagno d'arme saremmo disposti ad aiutarvi, se non vi spiace».

«Non so chi siate, messere», ribatté il soldato. «Ma sarà un onore».

L'attesa fu più lunga del previsto, ma l'orda famelica giunse. Sbucò come un fiume in piena dalla Porta di San Pietro, mentre il sole rosseggiava dietro le colonne di fumo nero che si levavano sulla città. Maynard aveva impiegato quel tempo per interrogare i birri sull'accaduto ed era rimasto soprattutto impressionato dai racconti sull'implacabile velocità con cui la peste mieteva vittime tra la popolazione di Ferrara. I cadaveri crescevano a un tale ritmo da costringere gli abitanti del Borgo Inferiore a bruciarli in cumuli, a dispetto dei sacri divieti. Anche molte abitazioni venivano date alle fiamme, nella speranza di estinguere l'infezione del morbo che aveva corrotto intere famiglie.

Nel veder sopraggiungere la carica dei folli, Rocheblanche montò in sella e si mise alla sinistra dello schieramento, pronto a battersi. Vermandois prese posizione sul lato opposto, sganciò l'arco dall'arcione e iniziò a scoccare le sue frecce contro i bersagli più avanzati. Ne atterrò mezza dozzina quando ancora si trovavano a dieci pertiche di distanza, e continuò fino a vuotare la faretra. A quel punto, il corpo a corpo era imminente.

Maynard contò una sessantina di ribelli, soprattutto uomini nel pieno degli anni. Brandivano armi di fortuna, falci, bastoni e pietre. Nella mischia, tuttavia, baluginava anche qualche punta di picca, forse sottratta alle guardie cittadine durante qualche scontro.

Sguainò la spada e aizzò il morello, intenzionato a disperdere la marmaglia prima che si abbattesse sui difensori del ponte. Decapitò il povero diavolo in testa alla ressa, senza riuscire a frenare i suoi compagni. Si sforzò allora di contenere la carica e assestò fendenti a destra e a manca finché non ebbe abbastanza gioco da girare il destriero, coordinando un nuovo attacco.

Gli bastò una scorsa per individuare Vermandois, anch'egli alle strette. Decise quindi di sfoltire le frange ribelli che premevano sui birri. Calò la spada ancora e ancora, fin quando una spinta improvvisa lo strappò dalla sella.

Ruzzolò nel fango per evitare di farsi schiacciare, sollevò da terra una vecchia insegna di legno e la usò a mo' di scudo per difendersi e rialzarsi. I bifolchi si gettarono su di lui a ondate, costringendolo a ripiegare verso il ponte. In breve si trovò a combattere fianco a fianco coi birri.

«Serrate i ranghi!», gridò un soldato alle sue spalle. «Ormai sono nostri!».

Aveva ragione, pensò Rocheblanche. La furia dei miserabili era scemata insieme al loro numero, anche se a un prezzo altissimo. Gli armigeri erano stati decimati, le loro forze ormai allo stremo. Soltanto Robert pareva immune alla stanchezza. Continuava a governare il suo cavallo, seminando morte tra chi ancora resisteva con un impressionante martello a becco di corvo.

Infine la quiete, quasi improvvisa.

Gli sconfitti ripiegarono in fretta verso la Porta di San Paolo, trascinando nel fango le loro armi e i corpi laceri. Senza degnarli di uno sguardo, Maynard quietò il suo cavallo, inforcò la sella e contemplò l'isola con un'esclamazione di stupore.

Senza che nessuno se ne fosse accorto, la comunità di Sant'Antonio si era raccolta sulle sponde per assistere allo scontro. Il cavaliere riconobbe subito Isabeau e le rivolse un saluto, che la ragazza ricambiò con un sorriso. Poi l'attenzione generale ricadde sulla madre badessa, che rovesciò una giara di pece sull'assito del ponte e vi gettò sopra una torcia.

Le fiamme divamparono con una tale violenza da costringere Rocheblanche, insieme ai birri, a indietreggiare di scatto.

«Ora nessuno», sentenziò un soldato, «potrà mettere più piede su quell'isola».

Prima che Rocheblanche commentasse, notò l'espressione inquieta di Vermandois. E allora, a breve distanza dalle mura, scorse una teoria di cavalieri diretti verso occidente. L'uomo al loro comando ordinò all'improvviso di fermarsi e rimase immobile un istante, a fissarlo. Era interamente vestito di nero, la testa avvolta in uno scialle con una fessura per gli occhi.

Il tempo di un amen, e una campana d'allarme richiamò lo sguardo del condottiero verso la torre di San Romano. Un grido imperioso, e i cavalieri ripartirono alla carica.

«Era davvero lui?», chiese Robert, basito.

«Sì», rispose Maynard. «Sua signoria, il marchese di Ferrara».

62

Abbazia di Santa Maria di Pomposa

Al canto del gallo, Bonus era già in piedi. Il sopraggiungere del vescovo con tanto di seguito significava per lui un considerevole impegno. Non tanto per il crescere delle faccende pratiche, quanto per l'incombenza di indurre gli ospiti a rispettare le consuetudini del monastero. Benché uomini di chiesa, erano avvezzi alla vita rilassata della curia e andavano accuditi con discrezione in ogni momento della giornata.

Per la sua attenzione e per la conoscenza approfondita delle regole del cenobio, Bonus poteva ritenersi a buon diritto il servo più idoneo a quel genere di mansioni. Dietro l'atteggiamento deferente, celava tuttavia insofferenza verso gli ospiti di rilievo, specie se altezzosi e provenienti dalla città. Non aveva mai scordato le sue origini contadine, e anche dopo essere stato scelto come famiglio dall'abate Andrea non aveva rinunciato a compiere i gesti umili ma appaganti della vita rurale. Ogni mattina, perciò, si recava alle stalle per pulire l'aia e mungere le vacche.

Fu proprio così che s'imbatté nel ragazzo.

Lo riconobbe subito, benché fosse con il capo riverso nel pozzo della corte. Si trattava del giovane paggio di sua eccellenza, incaricato di prendersi cura dei cavalli usati per trainare la carrozza vescovile.

Credendolo svenuto, Bonus lo sollevò con delicatezza, per poi adagiarlo a terra.

Il ragazzo lo ringraziò emettendo un rantolo. Era madido di sudore, gli occhi febbricitanti. Il servo gli porse dell'acqua, ma vedendolo scoppiare in una crisi di tosse lo fece sedere conto il parapetto del pozzo e attese che si riprendesse. Poiché non migliorava, gli slacciò il farsetto per permettergli di respirare, e fu allora che scorse il bubbone rossastro che gli deturpava il petto.

Arretrando, gridò.

«La peste è a Pomposa», esclamò padre Andrea, «e siete stata *voi* a portarla!».

Guido di Baisio abbassò lo sguardo, stremato dallo sconforto e dalla paura. «Se avessi saputo che era infetto, non avrei mai portato con me quel paggio…».

Si trovavano nel piano basso del Palatium Abbatis, diventato all'occorrenza sede del vescovo. Da quelle stanze sua eccellenza aveva tentato di riallacciare i contatti con Ferrara, inviando messaggi al marchese e alle maggiori chiese tramite i colombi del monastero. Nell'attesa di una risposta si era isolato dal mondo, serrando persino ogni finestra. Nessuno, eccetto l'abate, aveva il permesso di conferire con lui.

Il reverendo Andrea disprezzava quell'atteggiamento. Mentre l'infirmarius rischiava di esporsi al contagio pur di salvare il giovane soccorso da Bonus, il pastore della diocesi ferrarese non faceva che preoccuparsi della propria incolumità. Frenò uno slancio d'ira, sforzandosi di rammentare a chi si stava rivolgendo. «Chiedo venia, eccellenza», disse a denti stretti. «È l'apprensione per i miei monaci a farmi esprimere con durezza».

«D'altro canto avete ragione», ammise Guido. «Sono io a dover chiedere scusa».

L'abate colse nelle sue parole qualcosa di più di una richiesta a indulgere. Gli parve di percepire del rimorso, se non addirittura un senso di colpa, ma la rilevanza dell'interlocutore gli impedì di porre una domanda diretta. «È la volontà del Signore», commentò, concedendogli occasione di replicare.

«Non tutto lo è», sospirò il presule. «Ci sono eventi che dipendono da noi, dalle nostre scelte».

«A cosa alludete?», lo interrogò Andrea, sentendosi in diritto di parlar chiaro.

Il vescovo fece spallucce. «Stamane ho spiato i vostri amanuensi», e lasciò intendere di voler riprendere il discorso alla larga. «Non ho potuto fare a meno di notare il giovane miniaturista».

«Un prodigioso talento».

«È il figlio di Sigismondo de' Bruni, non è vero?».

Andrea si adombrò. «Come fate a conoscerlo?»

«So più di quanto immaginiate, venerabile padre», rispose di Baisio. «*Più di quanto voi stesso sappiate*».

L'abate di Pomposa trattenne a stento una reazione inconsulta. «Vi scrissi mesi fa al riguardo, e mi rispondeste in modo vago», disse con un lieve tremito di voce. «Affermaste che era una famiglia di eretici».

Sua eccellenza scostò il tendaggio di una finestra e finse di spiare all'esterno. «Sono stato costretto a... mentire».

«E ora, perché mai vi rimorde la coscienza?»

«Perché fra qualche giorno potrei non esser più tra i vivi!», esclamò il vescovo, rivolgendogli uno sguardo terrorizzato. «Sono stato seduto accanto a quel paggio per tutto il tragitto da Bologna a Pomposa, capite? Pensate davvero che il soffio pestifero mi abbia risparmiato? Prego che sia così. Ma se morissi qui, in questo istante, nessuno scoprirebbe mai chi è davvero Gualtiero de' Bruni».

«Forse lui lo sa già», proclamò Andrea con malcelato stupore. «Non ha voluto rivelarmi nulla di preciso, però afferma di sapere dove si trova sua madre».

La risata sardonica di Guido di Baisio lo fece quasi sobbalzare. «Oh, sua madre! Chi credete sia stato a ordinare di scortarla ad Avignone?»

«Volete dire che...». L'abate sbarrò gli occhi. «*Voi?*».

Sua eccellenza annuì. «Appena fui informato dell'arresto di quella donna, capii di non avere scelta. Ho dovuto allontanarla da Ferrara, più rapidamente possibile».

«Di grazia, per quale ragione?»

«Ve lo dirò, non temete». Il vescovo dissimulava con sempre maggior difficoltà la sua necessità di confidarsi. «Ma prima, venerabile padre, dovrete farmi una promessa: convincerete Maynard de Rocheblanche a rivelare i suoi segreti al cardinal du Pouget».

63

Maynard fece ritorno a Pomposa sul far della sera, dopo quasi una giornata a cavallo. Era esausto nel corpo e nello spirito, come non gli accadeva da tempo. L'ultimo tratto di strada, in special modo, l'aveva messo a dura prova rendendolo insofferente agli sbuffi del morello e persino alla compagnia di Robert. Nonostante il vento freddo era sudato, oppresso da un intenso calore al petto.

Poco prima dell'arrivo si destò di soprassalto, rendendosi conto di aver proceduto in uno stato di dormiveglia. Conservava vaghi ricordi di un incubo in cui Eudeline – o forse Isabeau – precipitava in un abisso senza che lui potesse far nulla. Poi rammentò l'incombere di tre imponenti araldi in groppa a dei destrieri. Cinti da aureole fiammeggianti, percorrevano un sentiero lastricato di ossa.

«Amico mio, state bene?». La voce di Vermandois lo colse all'improvviso, carica di premura.

Rocheblanche si voltò verso il compagno per rassicurarlo, ma invece del suo volto vide un cadavere corrotto dalla putrefazione. Atterrito dall'allucinazione, soffocò un grido senza evitare di trasmettere lo spavento alla sua cavalcatura. Governò il morello e poi, stremato, cadde al suolo.

Prima che le forze lo abbandonassero, scorse tra gli alberi il campanile dell'abbazia.

64

Gualtiero ignorava dove fossero finiti messer Maynard e il suo compagno di ventura. Si erano allontanati da tre giorni senza lasciar detto nulla, in gran fretta e armati di tutto punto. Strano a dir poco, dal momento che il cavaliere non metteva piede fuori dall'abbazia da dicembre, per evitare di essere catturato dagli uomini del marchese. La comparsa del vescovo doveva aver cambiato qualcosa. Non solo in Rocheblanche, ma anche nella comunità di Pomposa. Del resto, il giovane de' Bruni aveva intuito che quel vecchio prelato avrebbe portato guai appena lo aveva visto scendere dalla carrozza con il suo seguito di leccapiedi.

Ma era l'assenza di Maynard a turbarlo. Temeva fosse partito per la Francia senza avvertirlo, infischiandosene dei suoi progetti di raggiungere la madre. Preso dal dubbio, il ragazzo decise alla fine di rivolgersi a padre Andrea, sperando che almeno lui fosse informato dei piani di Rocheblanche. Pur dubitando della sua schiettezza, Gualtiero era consapevole di non avere scelta. Perciò, concluso il lavoro giornaliero allo scriptorium, si recò nel cenobio per chiedergli udienza.

Non aveva ancora attraversato il bianco colonnato del chiostro quando si sentì afferrare da un braccio. Si voltò di scatto, incrociando lo sguardo inquieto del padre portarius.

«Presto figliolo», lo esortò il monaco, «dovete seguirmi».

Si lasciò condurre quasi di corsa in un edificio retrostante la farmacia, dove non era mai stato. Percorse un corridoio arredato con lunghi scaffali stipati di boccette fino a giungere davanti a un uscio, davanti al quale sonnecchiava Fiumano. A quel punto il portarius gli fece cenno di proseguire da solo e ripiegò in fretta verso l'esterno.

Gualtiero rimase fermo per un istante, chiedendosi di cosa potesse trattarsi, poi scostò la tenda che separava l'ingresso dal corridoio e si ritrovò in una stanza buia, priva di finestre. L'unica luce – la fiammella di una candela – proveniva da dietro una tela appesa al soffitto, attraverso la quale si intravedeva la sagoma di un uomo coricato su un giaciglio.

Prima che potesse avvicinarsi, un ordine improvviso lo fermò.

«Tenetevi a distanza!».

Il giovane si bloccò, attanagliato dallo sgomento. Quella voce era di Maynard, anche se molto debole. «Messere…», balbettò, «cosa vi è accaduto?»

«Prendete un lembo del vostro abito e ponetelo davanti al viso», gli ingiunse il cavaliere. «Respirate attraverso quello».

«Ma perché…».

«Fatelo e basta», insistette Rocheblanche, per poi esplodere in uno spasmo di tosse.

Gualtiero obbedì, coprendosi naso e bocca con la sciarpa che portava al collo. Gli fece quindi cenno di continuare.

«Vi ho fatto convocare per una ragione precisa, amico mio», spiegò Maynard. «Prima che ve ne parli, tuttavia, vi chiedo la cortesia di controllare oltre la tenda. Non vorrei che ci fosse qualcuno a origliare».

Sempre più perplesso, il ragazzo si sporse verso il corridoio che aveva appena percorso e tornò all'interno. «Siamo soli, messere».

La sagoma dietro la tela annuì. «Perdonate tante precauzioni, ma non mi fido dell'abate. Non del tutto, almeno». Seguì una breve pausa, poi un sospiro. Quando Rocheblanche riprese a parlare, il suo tono era ancor più flebile. «Ebbene, dovete sapere che sono stato colpito da un male improvviso e assai tenace».

La notizia colpì Gualtiero come una stilettata. «Com'è successo?», domandò atterrito. «Non sapevo nulla, nessuno mi ha informato…».

«Dev'essere accaduto a Ferrara, forse nella mischia», mormorò quasi tra sé. «A detta dell'infirmarius ho poche speranze di sopravvivere».

«Non ditelo nemmeno per scherzo! Voi siete forte, messere. Vi riprenderete…».

«Non è la morte che temo», proseguì l'uomo, rassegnato. «Uno dei miei maggiori rimpianti è quello di lasciare un'opera incompiuta. Un giuramento a cui non potrò prestare fede. Ecco perché mi rivolgo a voi».

«Messere…». Il ragazzo fece un passo indietro, pervaso da un profondo dispiacere e al tempo stesso dalla meraviglia. «Io non sono un nobile, né un uomo d'onore...».

«Vorreste insegnarmi cos'è l'onore? Mio padre fu un cavaliere mio pari, e a esser franchi non spese un giorno della propria vita all'insegna dell'onore. Voi invece avete passione, Gualtiero, e sapete amare. Lo so, ho imparato a conoscervi. Nonostante vi reputi ancora privo di esperienza, avete saputo guadagnarvi la mia fiducia».

«E messer Robert? Perché non vi rivolgete a lui?»

«Robert ha un'altra importante missione da compiere», rispose Maynard, con fare misterioso. Allungò un braccio, accennando a voler scostare la tenda per fissarlo negli occhi. Trattenne l'impulso. «Amico mio, non ho che voi. Vi farete carico delle mie ultime volontà?».

Consapevole dell'oneroso privilegio a cui veniva chiamato, Gualtiero fu colto da una vampata di orgoglio simile a quando, da fanciullo, osservava gli affreschi ultimati dal padre, ma avvertì al tempo stesso il timore di non essere all'altezza. D'altro canto, le parole pronunciate da messer Maynard l'avevano toccato più di quanto immaginasse. Si chiese cosa significasse per lui quell'uomo, rammentandosi dei vicendevoli favori che si erano scambiati nel corso dell'ultimo anno. E comprese allora che quelle parole, *amico mio*, non si scostavano dal vero. «Lo farò, messere».

Oltre i grigi tendaggi, si poté quasi distinguere il sorriso di Rocheblanche. «Prendete la scarsella appesa alla parete, accanto all'uscio», disse. «Apritela e ditemi cosa trovate all'interno».

Il giovane individuò un sacchetto di pelle che pendeva da un chiodo e sciolse il laccio che lo sigillava. Versò il contenuto sul palmo. «Un anello d'oro e una piccola pergamena accartocciata».

«Molto bene». Il cavaliere si fece perentorio. «Giurate di custodirli, di non mostrarli a nessuno e di non perderli mai, per nessuna ragione al mondo. Domani stesso Robert de Vermandois partirà da Pomposa per far ritorno a Reims. Voi vi unirete a lui, vi affiderete alla sua protezione, ma una volta giunto ad Avignone dovrete proseguire da solo verso nord».

Gualtiero ebbe un sobbalzo. «Dunque potrò rivedere mia madre!».

«Sì», gli concesse Maynard. «Trovate vostra madre, se potete. È d'importanza vitale, però, che qualsiasi cosa accada non vi lasciate distogliere dall'incarico che vi affido. Lasciata Avignone, vi spingerete verso i feudi di Vienne e raggiungerete un monastero nascosto tra le selve. È il monastero di Mont-Fleur, non distante da un luogo noto come *villa Cerisii*. Vi insegnerò la strada da percorrere e le insidie da evitare, affinché non vi smarriate».

«E giunto fin là, come dovrò agire?»

«Chiedete udienza all'abate Manessier e ditegli che venite da parte mia». Il cavaliere parlava sempre più rapidamente, quasi avesse il timore di essere rapito da un momento all'altro dalle ali della morte. «Gli dovrete consegnare gli oggetti contenuti nella scarsella e metterlo in guardia su due persone. Ma mi raccomando...», ed ebbe una crisi di tosse.

«Sì, messere», lo rassicurò il giovane. Non sapeva descrivere la pena che aveva nel cuore. «Vi ascolto».

«Mi raccomando... Non dovrete farne parola con nessun altro, né dire a nessuno dove siete diretto. Nemmeno a Vermandois».

«Lo giuro sulla Madonna. Ditemi quei nomi».

«Karel di Boemia e Bertrand du Pouget», snocciolò Maynard. «Dovrete avvertire il venerabile Manessier della minaccia che rappresentano per Mont-Fleur. Informatelo che entrambi sono al corrente dell'esistenza del *Lapis exilii*».

«Il *Lapis exilii*? Già una volta udii questo nome, da Isabeau... Di cosa si tratta?»

«Non mi è dato saperlo, amico mio. Importa soltanto che teniate bene a mente le mie parole».

«Ho buona memoria, messere».

«Un'ultima cosa», aggiunse l'uomo. «Dite a Manessier che ho fallito. Benché abbia tentato, non ho trovato le due reliquie che giurai di riportare a Mont-Fleur».

A quel punto risuonò un rumore di passi pesanti e un'enorme figura penetrò nella stanza. Rocheblanche si zittì all'istante, accennando un saluto. Robert de Vermandois si avvicinò al giaciglio e scostò la tenda che lo nascondeva.

«Siete pazzo?», gridò Maynard. «Volete esporvi al contagio?»

«Cosa volete che m'importi!». Il piccardo aveva il volto rigato di lacrime. «La vita più preziosa è la vostra! Siete voi a non dover morire!».

Gualtiero vide Rocheblanche scuotere il capo. Fu impressionato dal suo pallore e dalle chiazze di sudore sulla tunica.

«Sbagliate, Robert», disse il cavaliere, nel tentativo di rabbonirlo.

«Ora dipende tutto da voi. Dovete giurarmi di prendervi cura di lei. Proteggetela, amatela, e ditele che le sarò sempre vicino», poi si nascose dietro il velo di tela, tornando a essere poco più di un'ombra. «E ora, caro amico, siate cortese. Lasciatemi solo con questo giovane».

65

Quella sera Gualtiero si inginocchiò in preghiera davanti all'abside deturpata del Pantocrator. Recitò un *Pater noster* per messer Maynard, infine chiese coraggio per le traversie a cui stava andando incontro. Non poteva credere di essere stato coinvolto in eventi così importanti e misteriosi da infondergli il timore per il vasto mondo, e non riusciva a fugare il rammarico per il nobile cavaliere venuto dalla Francia. Gli pareva impossibile averlo visto afflitto da un morbo sconosciuto e, benché fosse figlio del volgo, ben comprendeva la sua tacita indignazione nel dover affrontare una morte miserevole, priva di senso. Lui stesso, del resto, avrebbe accolto a malincuore la prospettiva di lasciare qualcosa di incompiuto. Invocò la Vergine perché lo aiutasse a ritrovare sua madre e a scoprire la verità sulle proprie origini, qualsiasi fossero.

Per un attimo ebbe la sensazione di essere alla presenza di uno spirito grande e lieve calato fra le arcate per ascoltarlo. E pregò ancora, con maggior rapimento, finché la sua indole d'artista, avvezza a ragionar per immagini piuttosto che a parole, non tardò a fargli scorrere lo sguardo fra le vetuste decorazioni a fresco della navata centrale. Consultò quei volti di apostoli e profeti, sfiorato da un disagio che non riusciva bene a definire, finché se ne rese conto.

Non avrebbe più rivisto Isabeau.

Posò le mani sul pavimento mosaicato, risoluto a non cader in balia dei sentimenti. Portarla con sé era fuori discussione. Troppi rischi, troppe incertezze. Lei sarebbe dovuta restare sull'isola di Sant'Antonio.

Eppure, non poteva accettare che Isabeau smettesse di far parte della sua vita. Giurò a se stesso che adempiuti i propri doveri sarebbe tornato.

Si rialzò dunque in piedi e guadagnò l'uscita, pensando alle ultime incombenze da svolgere prima di lasciare Pomposa. Oltrepassò il

Palatium Abbatis e si spinse al limitare della corte, verso il grande albero ai cui piedi aveva sepolto i quindici fiorini d'oro elargiti dal marchese Obizzo. Gli sarebbero serviti alle necessità del viaggio, senza essere di peso a Vermandois.

Raggiunto il luogo del nascondiglio, si piegò davanti alle radici e notò che la terra era stata smossa di fresco. Colto da un tremendo sospetto, scavò in fretta e furia, arrivando ben più a fondo di quanto rammentasse di aver fatto la prima volta.

«Non è possibile!», esclamò, mentre le dita nere si ostinavano a cercare dentro la buca. «Oh Signore, fa' che non sia vero!».

Del sacchetto con i quindici fiorini non era rimasta traccia.

Trovò padre Andrea poco prima di cena. Era davanti all'ingresso della farmacia, intento a gettare dei brandelli di carne essiccata a Fiumano. Il levriere continuò a masticare la leccornia, gli occhi fissi sulle mani del padrone, anche quando il ragazzo sbucò dal chiostro gridando a squarciagola.

«So che li avete presi voi!».

L'abate alzò lo sguardo. «A cosa alludete?», chiese serafico.

«I quindici fiorini sepolti ai piedi dell'albero!», ripose Gualtiero.

Accorgendosi di quanto fosse stravolto, il reverendo aggrottò la fronte. «Figliolo, non capite...», disse in tono conciliante. «Quel denaro può farvi più male che bene».

Il giovane de' Bruni però era inconsolabile. «Mi appartiene!», e agitò i pugni sporchi di terra. «Voi non avete il diritto...».

«Davvero?», lo interruppe Andrea, adirandosi di colpo. Gettò a terra l'ultimo pezzo di carne e avanzò verso di lui, scrutandolo da meno di una spanna di distanza. «Mi reputate tanto ingenuo da non chiedermi come vi siete guadagnato quella piccola fortuna? O che sia all'oscuro della scomparsa della *Vita Merlini* dallo scriptorium? Sciocco ragazzo! Ho semplicemente scelto di tacere, e nel frattempo vi ho tenuto d'occhio per evitare che finiste nei guai».

«Quindi mi avete fatto spiare», ribatté Gualtiero con sprezzo, «anziché chiedermi di persona?»

«Sareste forse stato sincero?», gli rinfacciò l'abate con un'espressione severa. «So bene cosa covate, e so pure che nascondete dei segreti. Non giudicatemi male, tuttavia. Lungi da me il volervi imporre delle scelte, benché siate ancora sotto la mia custodia».

Il giovane de' Bruni intrecciò le braccia al petto. «Non lo sono più, venerabile padre».

«Cosa intendete?»

«Domani partirò con messer Robert alla volta della Francia».

Il religioso sbarrò gli occhi, pieno di sorpresa. «Verso Avignone?».

Gualtiero colse una nota di apprensione nella sua voce. «Non solo», ribatté senza lasciarsi intenerire. «Ho una missione da compiere per conto di messer Maynard».

«Addirittura una missione... In nome di Dio, di cosa si tratta?»

«Mi rincresce, sono vincolato al silenzio».

Con una smorfia preoccupata, Andrea si inginocchiò e accarezzò il mansueto Fiumano, ritrovando in quel gesto una parvenza di quiete. Sembrò riluttante a voler proseguire il discorso, ma alla fine ruppe l'indugio: «Rocheblanche custodisce un segreto assai pericoloso. Un segreto di cui io stesso, in parte, sono a conoscenza». E abbassò la voce. «Quel cavaliere tuttavia sta correndo un grave rischio. È molto malato, e se dovesse perire quel segreto svanirà con lui. Ecco perché, in accordo con il vescovo, io sarei propenso a...».

«Messer Maynard non si fida del vescovo», disse secco il ragazzo. «E neppure di voi».

«Messer Maynard vede nemici ovunque», rispose a tono l'abate, profondamente offeso. «Basti pensare alla sconsideratezza con cui ha agito nei confronti di Superanzio Orsini».

Osservando la sua espressione piccata, Gualtiero si rese conto di essersi lasciato trasportare troppo dalle emozioni. Se intendeva rientrare in possesso dei quindici fiorini d'oro, doveva subito smorzare i toni. «I metodi di Rocheblanche divergono dai vostri, è vero», ammise con fare accondiscendente, «ma so per certo che lo apprezzate. Sono testimone del coraggio che avete dimostrato nel proteggerlo davanti al marchese di Ferrara».

Colpito da quelle parole, Andrea annuì con un sospiro. «Avete ragione, lo stimo molto», confessò con un sorriso sofferto. «Non vorrei tuttavia che seguiste il suo esempio».

«Anche se fosse, dovete lasciarmi andare». Il ragazzo si inchinò al suo cospetto. «Ve lo chiedo come favore personale, insieme alla vostra benedizione».

Il religioso lo fece rialzare con un gesto stizzito. «Avevo riposto delle speranze in voi», confessò amareggiato. «E fatico a rinunciarvi».

«Quindi, vorreste costringermi?», insistette Gualtiero.

«Non ho affermato questo», ribatté l'abate. «Domattina, dopo il canto delle laudi, venite a cercarmi in sacrestia. Avrete il mio responso».

66

Abbazia di Santa Maria di Pomposa
28 febbraio, dopo le laudi

Gualtiero si recò all'appuntamento in sacrestia, eccitato per l'imminente partenza. Nonostante le recenti incomprensioni, desiderava accomiatarsi dall'abate come si addiceva a due persone che nutrivano reciproca stima. Era però risoluto a non lasciarsi né intimorire né persuadere a cambiare idea. Quel giorno avrebbe iniziato il cammino verso la Francia, con o senza la benedizione del padre spirituale di Pomposa.

Padre Andrea lo attendeva di fronte a un leggio, assorto nella lettura. Appena lo vide gli fece cenno di avvicinarsi. «Avete indossato gli abiti da viaggio», osservò con un'alzata di sopracciglio.

«Messer Robert mi sta aspettando nella corte», ribatté il ragazzo.

Il religioso annuì con lentezza. Poi, con un gesto di una lentezza indicibile, estrasse dalla tasca della tonaca una scarsella. «Vi rendo i vostri quindici fiorini d'oro».

Gualtiero lo scrutò con meraviglia. «Quindi... ho la vostra approvazione».

«Avete la mia resa», sospirò l'abate. «In questi mesi ho cercato di incoraggiare il vostro talento, nella speranza di consacrarlo a uno scopo più alto. Solo ora mi rendo conto di aver fallito».

«Al contrario, mi avete reso una persona migliore», lo contraddisse Gualtiero. «Lavorando nello scriptorium di Pomposa ho appreso più di quanto immaginiate. Non vi sarò mai grato abbastanza».

Il reverendo parve aggrapparsi a un'estrema speranza. «Non è ancora tardi per tornare indietro», proferì. «Pensateci bene, figliolo, prima di commettere una grave imprudenza».

Il giovane de' Bruni scosse il capo. «Io invece ho il sentore di aver già perso fin troppo tempo», affermò. «Devo partire. Adesso».

Andrea scrutò la sua espressione ostinata, e si adombrò. «Siete davvero sicuro della vostra scelta? Andrete incontro a un'impresa piena di insidie mortali. Voi non sapete cosa stia accadendo in questi giorni... Non avete idea del tremendo flagello che funesta la terra».

«Alludete al morbo che ha colpito messer Maynard?»

«Per l'esattezza. Allontanarvi da Pomposa equivarrebbe quasi di certo a caderne vittima».

Gualtiero rammentò il pallore cadaverico sul volto di Rocheblanche e si sentì raggelare. D'altro canto, aveva vissuto abbastanza tra i dotti amanuensi da sapere cosa fosse l'ignavia. «Sarà fatta la volontà di Dio», sancì.

«Dio!», proferì Andrea con una risata secca. Aprì le braccia e iniziò a camminare per la stanza, sempre più amareggiato. «C'è stato un momento in cui credevo di averlo scorto in voi», rivelò, «e invece... guardate! Si è fatto beffe di me, per l'ennesima volta».

«Si è fatto beffe di noi tutti», ribatté il giovane, ignorando a cosa alludesse l'abate. Percepiva il suo conflitto interiore e provò una punta di dispiacere. «Tuttavia», aggiunse, «non posso venir meno ai miei impegni».

Il religioso si fermò di colpo, accennando un gesto rassegnato. Sembrava aver placato il proprio rovello, almeno per ora, o forse aveva semplicemente rinunciato a vincere quella battaglia. A ogni modo, dopo quello sforzo di dominarsi si mise di fronte a Gualtiero e abbozzò un sorriso conciliante. «Spero abbiate ragione, davvero», confessò. «E spero con tutto il cuore di rivedervi».

«Lo spero anch'io», disse il ragazzo, rasserenato. Strinse le mani che gli venivano offerte, poi si rammentò di una cosa importante e porse all'abate un piccolo lembo di pergamena arrotolato. «La mia ultima richiesta è che affidiate a uno dei vostri colombi questo messaggio».

«La destinazione?», chiese Andrea, incuriosito.

«Il convento di Sant'Antonio Abate».

«Ho inteso, non c'è bisogno di altri chiarimenti. Prometto che oggi stesso solcherà l'aria».

«Sarebbe meglio domani, affinché giunga quando io sarò già lontano».

«Come desiderate».

Gualtiero manifestò la propria riconoscenza con un inchino. «Ancora una volta, vi sono debitore», e fece un passo indietro per prendere congedo.

«Ancora un attimo, figliolo», lo trattenne il reverendo. «Strada facendo potreste essere costretto a giustificare la vostra condizione di ramingo, con il rischio di correre disavventure». Si avvicinò dunque al leggio e prese un foglio di pergamena contrassegnato da un sigillo. «Ho vergato questo salvacondotto per voi».

Non appena l'ebbe tra le mani, il giovane esaminò il documento. «Di cosa si tratta?»

«Questa *charta*», rispose Andrea, «dichiara che state compiendo un pellegrinaggio verso la meta di San Giacomo maggiore, a Compostela. Se la terrete sempre con voi, nessun birro o borgomastro in cui vi imbatterete lungo il tragitto potrà accusarvi di vagabondaggio».

«Reverendo padre, troppa generosità...».

Il religioso si schermì con un gesto bonario e gli porse una conchiglia simile a un ventaglio, completamente striata. «Prendete anche questa», disse. «Affinché al vostro ritorno possiate dimostrare di essere stato nel luogo di cui parla la pergamena».

Gualtiero ripose il salvacondotto e la conchiglia di San Giacomo nella bisaccia, quindi accennò un saluto.

Prima di accomiatarsi, l'abate gli pose le mani sulle spalle e si oscurò. «Messer Maynard aveva ragione sul conto del vescovo», gli confidò con un bisbiglio. «Nel caso in cui, un domani, doveste avere a che fare con lui, guardatevi sempre le spalle».

Quando Gualtiero uscì dall'abbazia, trovò Robert de Vermandois già in sella al suo destriero. Gli bastò un'occhiata sul suo volto imbronciato per intuire che si fosse recato alla farmacia per rivolgere l'estremo saluto a Rocheblanche. Quel pensiero lo intristì oltre ogni dire.

«Svelto, salite a cavallo», lo incitò burbero il piccardo. «Il viaggio inizia!».

67

Ferrara, convento di Sant'Antonio Abate
29 febbraio

La badessa restò seduta, con le dita intrecciate sul ventre, a osservare la ragazza dagli strani occhi. Non l'aveva mai espresso a voce o dimostrato a gesti, eppure il disprezzo che provava per lei era palese. Faceva sempre di tutto per evitarla, relegandola alle mansioni più umili per tenerla il più possibile lontana dalle consorelle.

Isabeau, in cuor suo, le era grata. Quella sorta di punizione rappresentava una scappatoia alle regole ferree del convento. Dopo le interminabili ore di messe, canto e scrittura era lieta di uscire all'aperto per curare il giardino, le bestie o semplicemente riempire i secchi d'acqua. E in fin dei conti, non aveva mai avuto motivo di temere nulla dalla superiora.

Ora, tuttavia, coglieva in lei una pungente irritazione. Quasi un'aria di rimprovero, avrebbe detto, se non fosse stato per la consapevolezza di aver rigato dritto nell'ultimo mese. Attese dunque davanti al suo scrittoio, dondolandosi sulle gambe per l'impazienza, finché non le fu rivolta la parola.

«Rocheblanche», l'apostrofò la badessa, «reputate questa sacra dimora un lupanare?»

«No, reverenda madre», rispose la ragazza, cadendo dalle nuvole.

«Forse allora una casa per pulzelle destinate a maritarsi?»

«No di certo».

«Molto bene». La monaca le mostrò una striscia di pergamena con su scritte delle righe d'inchiostro. «Quindi, capirete che non posso incoraggiare la corrispondenza di uno spasimante».

Isabeau ebbe un sobbalzo. «È per me?»

«Proviene da un tal Gualtiero de' Bruni». Così dicendo, la badessa accostò il messaggio alla fiammella di una bugia e lo bruciò, incurante della smorfia di rabbia che affiorava sul volto della giovane.

«No!». La ragazza scattò in avanti per strapparle di mano quel che restava della pergamena. Ricevette uno schiaffo, ma riuscì comunque a impossessarsi di quella piccola striscia ridotta in cenere.

«Non osate mai più, piccola stupida!», la rimproverò la badessa, minacciandola di colpirla ancora. «Vi farò io un sunto del contenuto. Sorvolando sui dettagli che potremmo definire... licenziosi».

«Voi non siete la mia padrona!», le rinfacciò Isabeau. «Messer Maynard ha pagato perché vi prendeste cura di me».

Con una compostezza degna del santo Ordine a cui apparteneva, la monaca riprese a fissarla impassibile. Soltanto le dita, serrate ad artiglio sui braccioli dello scranno, tradivano l'aggressività che le ribolliva nel sangue. «Se desiderate tanto lasciare quest'isola, siete libera di farlo», sentenziò decisa. «Tenete però presente che la peste imperversa ovunque oltre le rive del Padus, e anche se per grazia di Dio riusciste a far ritorno a Pomposa, non trovereste alcuno ad accogliervi. Il vostro Gualtiero è partito per Avignone. E per quanto riguarda il nobile Maynard de Rocheblanche...», si fece il segno della croce, «egli giace impotente sul letto di morte».

Lo sgomento di Isabeau fu talmente improvviso che si tradusse in un grido istintivo e prolungato capace di lacerarle la gola, come una spada. Si allontanò di scatto da quella terribile donna e corse lontano, fuori dalle mura del convento, fino a cadere in ginocchio davanti al ponte bruciato che si affacciava sulle acque plumbee del fiume.

Il sapore delle lacrime e la disperazione furono a lungo le sue uniche compagne.

Infine si accorse di stringere ancora in pugno la striscia di pergamena. Era andata quasi del tutto bruciata, poche parole restavano leggibili. Furono sufficienti, tuttavia, a infonderle un barlume di speranza.

Aspettami... Tornerò per te...

68

Abbazia di Pomposa
Dal 2 al 9 marzo

L'agonia fu un lento annaspare in un bagno di sudore, intervallato da brividi talmente intensi da inasprire le visioni che, senza requie, tormentavano il sonno e la veglia. Udiva delle voci, un osceno contorcersi di corpi che invocavano il suo nome in un'incessante litania. E per un lasso di tempo che parve eterno si sentì sprofondare tra quei dannati, nella melma di un cieco avello, senza il minimo controllo delle membra e dei pensieri.

Ribellarsi fu un'impresa degna della più audace follia. Sentì le unghie spezzarsi nel tentativo di risalire verso la luce, aggrappandosi a pareti buie e scivolose. Guadagnando con fatica la consapevolezza di essere ancora vivo.

Poi, la sete.

La gola sembrava piena di sabbia, il semplice respirare provocava spasimi atroci. Attanagliato dal panico, provò a sollevare le palpebre ma erano come cucite. Sarebbe scoppiato in singhiozzi se non fosse stato così debole da non riuscire nemmeno a liberarsi delle coltri che avvolgevano il suo corpo.

Qualcosa gli toccò il viso. Una mano. Si sentì sollevare adagio la nuca, infine avvertì il contatto con una superficie ruvida sulle labbra. Un liquido fresco, soave gli scese giù per la gola. E ringraziò Dio.

Mentre la commozione gli inumidiva gli occhi, udì una voce.

«Un miracolo».

Maynard distinse la sagoma di un monaco, sempre più definita, finché riconobbe l'infirmarius.

«Un miracolo...», ripeté il frater, continuando a farlo bere a piccoli sorsi.

Poi sprofondò di nuovo nel sonno.

Il secondo risveglio fu meno traumatico, ma era talmente spossato da non poter nemmeno afferrare la brocca d'acqua a fianco del giaciglio. La frustrazione lo fece precipitare ancora una volta nell'incoscienza.

Quando riaprì gli occhi era notte fonda. Non aveva idea di quanto tempo fosse trascorso, l'eco di un incubo ancora nelle orecchie. Si girò a fatica su un fianco e scorse una candela accanto a sé. La brocca era sempre lì. Spinto dalla sete, Maynard allungò la mano destra, molto lentamente, e riuscì a prenderla. Sollevò il capo e bevve a piccoli sorsi, rendendo grazie alla Provvidenza.

Riprese conoscenza al canto del gallo.

L'infirmarius era al suo capezzale, intento a visitarlo. Appena si accorse che aveva aperto gli occhi sorrise. «Bene, bene...», mormorò, e gli propinò del succo di sambuco. Poi lo aiutò a mettersi seduto e gli porse del cibo.

Dopo una settimana si sentiva abbastanza in forze da poter parlare e reggersi in piedi. Le visite dell'infirmarius si fecero sempre più rade, finché non furono sostituite da quelle di un servo incaricato di portargli acqua e cibo. Gli incubi tuttavia non smisero di perseguitarlo. Per la terza volta era scampato alla morte e non riusciva a capacitarsene. Aveva visto troppi cadaveri per sentirsi semplicemente grato a Dio. Quanti corpi di bambini, lungo le strade di Ferrara? Se quel ricordo superava in orrore qualsiasi campo di battaglia, era reso ancora più atroce dal non sapere perché proprio lui, fra tanti, fosse sopravvissuto.

Fu quell'interrogativo a spingerlo giù dal letto.

Vestito delle sole brache e con una coperta sulle spalle, uscì dal cubicolo in cui aveva trascorso giorni d'inferno. Tenendosi appoggiato alle pareti, percorse lentamente il corridoio collegato alla farmacia, e nello sforzo di riprendere il controllo del proprio corpo giunse all'esterno.

Il sole tiepido del primo pomeriggio fu un invito a soffermarsi sull'uscio con le palpebre abbassate, a respirare a fondo. Soltanto allora fu davvero certo di essere tornato nel regno dei vivi. Affondò i piedi scalzi nell'erba e si allontanò dall'edificio in direzione del Palatium Abbatis.

L'assenza di monaci e servi lo turbò non poco, ma giunto davanti al palazzo trovò ad attenderlo ben altre stranezze. Ogni porta e finestra era sprangata. Tra le colonne del piano superiore, inoltre, si scorgeva un'abbondanza di bracieri da cui esalavano fumi dagli odori speziati.

Sempre più preoccupato, Rocheblanche penetrò nel loggiato, impugnò il batacchio dell'ingresso e lo picchiò con quanta forza gli consentisse il suo stato. Dovette insistere, tuttavia, prima di ricevere risposta.

«Andate via!», gli fu ordinato all'improvviso dall'altro lato del battente.

Riconobbe la voce dell'abate. «Fatemi entrare!», esclamò, a discapito della gola ancora indolenzita. «Sono Rocheblanche!».

«Rocheblanche?», ripeté il religioso, incredulo.

«Sono io, vi dico!».

Lo sportello dello spioncino si aprì di scatto, rivelando oltre il pertugio il volto di padre Andrea. «Oh, Madre dei cieli!». Seguì lo scrocco del catenaccio e, dopo un'ultima esitazione, il reverendo spalancò l'ingresso. «Vi credevo ancora in preda al delirio».

«L'infirmarius non vi ha informato del mio miglioramento?», chiese il cavaliere, assai perplesso.

«L'infirmarius è caduto in preda alle febbri tre giorni fa», rivelò l'abate. Rivolse un'occhiata amareggiata alla facciata dell'abbazia, quasi stesse per imprecare, poi tornò a Maynard. «Insieme agli altri...».

«Cosa intendete? Dove sono i vostri monaci?»

«La peste, messere. Il seguito di sua eccellenza, sei confratelli e quasi tutti i famigli sono stati contagiati. Data la mancanza di un valetudinarium, sono stato costretto a confinarli nella foresteria. Il resto dei monaci si è rinserrato nel dormitorium, nella speranza di scampare al flagello».

Rocheblanche scrutò oltre l'uscio del palazzo, scorgendo una penombra vibrante di candele e di effusioni d'incenso. Per contrastare la spossatezza, si appoggiò a una colonna del loggiato. «E voi, reverendo?».

Andrea emise un sospiro. «Il vescovo mi costringe a star segregato qui dentro, per tenergli compagnia. Non mi permette di uscire, nemmeno per fare visita ai confratelli. Immaginate la mia pena, messere! Se fosse possibile, offrirei volentieri la vita per salvare l'intero cenobio».

Pur cogliendo una punta di ipocrisia, il cavaliere provò compassione per quel vecchio monaco costretto ad assistere impotente allo sgretolarsi del suo mondo. «Notizie dalle città vicine?»

«Soltanto da Ferrara, sempre più scoraggianti», rispose l'abate. «Oltre metà della popolazione è stata decimata, e non solo i figli del volgo. Gli *spedali* di Sant'Anna, di Santa Maria Bianca e il lazzaretto del Borgo della Pioppa traboccano di moribondi, al punto da costringere i monaci a lasciarli agonizzare lungo le strade. Persino i frati di San Francesco e di San Domenico hanno aperto i loro chiostri. Ma a quanto pare, ha speranze soltanto chi spranga le porte dei palazzi e dei conventi, o fugge nelle campagne».

Maynard ripensò alla fossa comune del Borgo di San Giorgio e alle strade tappezzate di cadaveri, battute da orde di folli e scellerati. Il ricordo si sovrappose a quello di tre araldi a cavallo su lande insanguinate. «Sognai...», mormorò, portandosi una mano alla fronte.

Colpito da quell'accenno, Andrea vinse l'indugio che fino ad allora gli aveva impedito di varcare la soglia. «Alludete a una *visio*?», chiese incuriosito. «Già una volta me ne faceste menzione».

«L'Apocalisse, padre», esclamò il francese, opponendosi a una lieve vertigine. Da troppo tempo teneva per sé quel cupo presagio, e ora sentiva la necessità di aprirsi con una persona intelligente, capace di ascoltare, anche se di dubbia sincerità. «Mi fu annunciata da tre cavalieri con aureole di fiamma», confessò. «Li vidi tra il sonno e la veglia, dopo il massacro di Crécy, e da allora ho l'impressione che mi perseguitino».

«A suo tempo mi accennaste anche a un saggio che vi illuminò». Il religioso lo scrutava con attenzione, quasi rapito. «Ci ho riflettuto a lungo, messere, e sono giunto alla conclusione che si tratti del misterioso individuo a cui prestaste giuramento», e gli sfiorò una spalla. «L'asceta che vi mandò fin qui a cercare padre Facio».

Con istintiva diffidenza, Rocheblanche si sottrasse a quel tocco. L'esile vallo eretto a difesa dei suoi segreti vacillava, instillandogli il dubbio che l'abate avesse scoperto qualcosa sul venerabile Manessier e sul monastero di Mont-Fleur. Forse c'era riuscito attraverso le informazioni del vescovo Guido, oppure grazie a un'ignota postilla vergata da Facio di Malaspina... Le tempie martellavano selvaggiamente, suscitando le ipotesi più confuse, finché il cavaliere non colse in Andrea l'espressione mansueta di cui, un anno prima, aveva imparato a fidarsi. Si convinse allora di non correre rischi, e placando le proprie ansie rivelò: «Il saggio di cui parlate è monaco e astrologus. Fu lui a interpretare il mio *somnium* come l'avanzata dei tre cavalieri apocalittici prima di Morte, ovvero i portatori della corona, della spada e della bilancia. Senza esitare, riconobbe in essi le personificazioni di Giove, Marte e Saturno».

Andrea sbarrò gli occhi. «I tre pianeti...», balbettò. «I tre pianeti della grande congiunzione avvenuta tre anni or sono!».

Maynard annuì.

L'abate si appoggiò a uno stipite dell'ingresso, sgravato all'improvviso di ogni timore e dispiacere. Soltanto la meraviglia a dipingergli il volto. «Finora non l'ho mai confessato a nessuno», disse con un filo di voce. «Il mio maestro Severino fu seguace di Pietro d'Abano, il *medicus* eretico che insegnò a Parigi e a Padova la scienza degli astri, e mi trasmise i fondamenti del suo pensiero». Si interruppe per dare enfasi alla voce. «Alla stregua di Galeno e Albumasar, l'Abano asseriva che i moti celesti influenzano la diffusione delle malattie, e così pure i destini del genere umano, in un concatenarsi di cause ed effetti. Ho sempre dubitato di simili dottrine. Ma ora, di fronte a siffatte rivelazioni...».

«Ogni flagello nasce certo da una causa, sia essa il nostro peccato o l'ira dei cieli», commentò il francese. «Quel che io bramo, tuttavia, è di conoscere il mio ruolo in questi eventi. Ne ho estremo bisogno, padre, per dare un senso al mio essere ancora vivo, a dispetto di tanti poveri infelici».

Andrea allargò le braccia. «Il Signore deve avere un progetto per voi, non trovo altra spiegazione».

«Se è come affermate», ribatté Maynard, «perché Egli si manifesta attraverso sogni tanto astrusi?».

Inaspettatamente, la risposta provenne dall'ombra della sala d'ingresso: «Se Dio mandò la peste ai filistei, fu per punirli di aver rubato l'arca dell'alleanza».

Il cavaliere e l'abate si voltarono di scatto verso la figura intabarrata comparsa sull'uscio. Guido di Baisio era riconoscibile a stento per via della lunga striscia di tessuto avvolta intorno al capo, alla bocca e al naso. Coperto per intero da una cappa nera, portava appeso al collo un *pomme d'ambre*[14] da cui fuoriusciva un effluvio di ambra e benzoe.

«Vostra eccellenza, io non ho rubato proprio nulla», declamò a sua discolpa Rocheblanche. Superata la sorpresa per la grottesca apparizione, non tardò a cogliere il riferimento al *Lapis exilii* e si inasprì. «Al contrario, sono stato incaricato di recuperare due reliquie sottratte con l'inganno da padre Facio».

«E se il vostro destino fosse quello di consegnare il maltolto alla Chiesa?», insistette il vescovo. «Riflettete, cavaliere. Per vostra stessa ammissione, vi sfugge ancora il motivo di tante peripezie».

«Siete bravo a fomentar dubbi, ma non scomodatevi troppo. Una persona fidata cavalca già verso i valichi alpini, lontano dalla peste, e presto metterà in guardia chi di dovere sulla minaccia di Bertrand du Pouget».

«Io non sarei di indole così speranzosa», lo canzonò Guido. «A giudicare dagli ultimi dispacci, l'ira del Signore non si è abbattuta soltanto sulla nostra penisola. Il vostro messaggero perirà quasi sicuramente lungo la via Francigena, prima di giungere a destinazione».

Con un gesto indignato, Rocheblanche si avvicinò a padre Andrea e gli sussurrò all'orecchio: «Ho bisogno di parlarvi. In privato».

[14] Ciondolo traforato di forma sferica o ovale, per lo più d'oro o d'argento, in cui si racchiudevano resine profumate quali ambra, incenso, mirra e benzoino (*benzoe* in latino medievale). Oltre che per uso cosmetico, veniva impiegato per proteggersi dal contagio della peste e di altre malattie.

69

Lo scriptorium era deserto, immerso in un silenzio quasi innaturale. Rocheblanche lasciò che l'abate facesse strada e, dopo essersi ripreso dalla fatica delle scale, lo seguì fra i banchi vuoti immaginando schiere di amanuensi curvi, intenti a ricopiare manoscritti. Fantasmi, pensò, colto dalla sensazione di profanare un luogo inviolato da secoli.

«Da quando il contagio si è abbattuto sul cenobio», spiegò l'avvilito Andrea, «è cessata ogni attività».

Maynard era ansioso di parlare d'altro, ma frenò la lingua. Di fronte alla tragedia degli ultimi giorni, iniziava a chiedersi se avesse ancora senso dedicarsi anima e corpo al segreto di Mont-Fleur. D'altronde, Guido di Baisio non era pienamente in torto. Rivelare l'esistenza di un simbolo di salvezza avrebbe aiutato il genere umano ad affrontare la crudeltà di quei tempi. Pellegrini e devoti sarebbero accorsi da ogni dove pur di contemplare le vere reliquie del Cristo, riscoprendo il significato della fede e della speranza.

Eppure, la semplice prospettiva di violare il giuramento bastava ad accendere in lui un senso di colpa. Lo riteneva ingiusto nei confronti di Manessier e soprattutto di Gualtiero, che aveva inconsapevolmente intrapreso un viaggio maledetto. A quel pensiero, un improvviso affanno lo costrinse ad appoggiarsi a una parete. Respirò a scatti, la mano sul petto, pungolato dal rimorso. Se solo avesse saputo quanto fosse esteso il rischio del contagio, non si sarebbe mai azzardato a coinvolgere il ragazzo...

Nel riprendere fiato, notò Andrea chinarsi su un grande codice aperto su uno scrittoio. La pagina di *recto* accoglieva la miniatura di tre guerrieri in groppa a dei mostruosi corsieri, con teste di leone e code di serpente. Dalle loro armature e dalle bocche degli animali scaturivano lingue di fuoco.

L'abate si accorse della sua curiosità. «L'*Apocalisse* di Giovanni non menziona soltanto i *vostri* cavalieri», chiosò con triste ironia, «ma anche quelli della sesta tromba, i devastatori sulfurei della cupidigia e della superbia». Batté l'indice sull'immagine. «Secondo i commenti di Beda il Venerabile, essi incarnano un'allegoria dei *falsi doctores*».

Benché Andrea alludesse in apparenza alle disgrazie dell'umanità, Rocheblanche fu abbastanza arguto da cogliere nei fumi sulfurei un riferimento alla vanità capace di accecare il discernimento. Del resto, erano trascorsi pochi mesi da quando lo stesso Andrea aveva avanzato l'ipotesi che Flegetanis fosse un falso dottore. Eccolo dunque a rimarcare, più velato, il medesimo dubbio.

«Superba illuminatura», si limitò a replicare il francese, ma subito si pentì.

«L'ultima realizzata dal giovane de' Bruni». Il religioso chiuse il libro con malgarbo e lo invitò ad accomodarsi su uno scranno ai margini dell'ambiente. «Ho divagato fin troppo», aggiunse poi. «Perché volevate parlarmi in privato?».

Maynard sedette con gratitudine, ripromettendosi di tornare a riposo appena concluso il discorso, quindi si concentrò sui propri assilli. «Desidero sapere se avete parlato al vescovo del libro di Flegetanis».

L'abate lo fissò piccato. «Come osate pensarlo?»

«È mio dovere», incalzò risoluto il cavaliere. «Diffido di quell'uomo».

«Anche di me, a quanto ho sentito dire».

Rocheblanche placò l'indignato Andrea con un gesto bonario. La spossatezza lo rendeva incline all'indulgenza, inoltre c'era il rischio di perdere un prezioso alleato. Pur celando un'indole ambigua, quel vecchio monaco l'aveva comunque ospitato, aiutato e protetto dai nemici. «Siete un uomo di Dio», ammise. «La vostra obbedienza va alla Chiesa, lo comprendo. Non posso certo biasimarvi...».

«La mia lealtà all'Ecclesia non va confusa con un'ottusa sudditanza». Il reverendo lo scrutò con fare altero. «Conosco bene la putredine che infetta Avignone, e la aborro più del morbo che oggi minaccia l'umanità tutta».

«Ho notato a tal riguardo le vostre divergenze con il vescovo», gli rivelò Maynard, con il maggior tatto possibile. «Ciò che mi domando, però, è se temiate Bertrand du Pouget».

«Temo le conseguenze di una sua ipotetica sortita a Ferrara», rispose secco il religioso. «Disgraziatamente, sua eccellenza non è dello stesso parere».

«Credete abbia già scritto al cardinale del *Lapis exilii*?».

L'abate si strinse nelle spalle. «Il flagello della peste mette in secondo piano questa e qualsiasi altra minaccia. Per il momento, l'imperativo è sopravvivere e sperare nella clemenza del Signore». Prese a camminare tra gli scrittoi, lanciando rapide occhiate in ogni angolo, alla ricerca del levriere zoppo. «D'altra parte», aggiunse, «non posso negare che negli ultimi giorni monsignor Guido abbia inviato molte lettere, spesso senza rivelarmi a chi fossero destinate».

«Forse avete ragione», riconobbe Rocheblanche. «Mi angustio oltremodo, e per i problemi sbagliati. Apprezzo tuttavia la vostra franchezza, e rinnovo il mio permesso a spendere i seicento fiorini di cui vi feci dono per lenire le sofferenze di Pomposa».

«Più facile a dirsi che a farsi», si crucciò il reverendo.

«Cosa intendete?».

«Urgono derrate per il cenobio, o moriremo presto di fame. I nostri granai sono vuoti, e a causa della pestilenza e dei saccheggi non so come rimpinguarli».

«Che il vescovo faccia valere la sua autorità presso Ferrara», propose il francese.

Andrea scosse il capo. «Ormai non c'è più nessuno a cui rivolgersi. Le scorte nei depositi dei signori terrieri valgono più dell'oro, e chi ancora ne possiede non è disposto a separarsene».

Maynard rifletté un istante. La sua mente reclamava il sonno, eppure aveva intravisto una soluzione. «Non tutto è perduto», disse. «L'estate scorsa sono stato traghettato da certi contrabbandieri che trafficano lungo il Padus. Una volta rimessomi, nel caso siano scampati al contagio, potrei rintracciarli e chiedere i loro servigi».

«Siete un angelo, messere». L'abate sorrise timidamente. «Non vorrei tuttavia esservi in qualche modo d'intralcio».

«Se fossi abbastanza in forze, sarei già balzato in sella per raggiungere Robert e Gualtiero», commentò Rocheblanche. «Loro tuttavia sono lontani. E c'è un'insidia assai più grave da scongiurare».

«Ovvero?»

«Per esprimermi alla vostra maniera, non si tratta di una minaccia imminente. Qui, come ovunque, si dovrà prima di tutto scampare al morbo. Cessata l'ecatombe, tuttavia, il cardinal du Pouget riprenderà la sua caccia, salvo che la morte non lo abbia reclamato. Se per allora sarà stato informato dal vescovo, non tarderà a giungere in queste terre con i suoi emissari. Ecco perché, a mio avviso, dovremo evitare che trovi un alleato in Obizzo III d'Este».

L'abate strinse gli occhi, assai impressionato. A giudicare dall'espressione, stava valutando i rischi per sé e per il proprio cenobio. «Non vi allarmate a torto», commentò. «Benché quei due si siano congedati da nemici, c'è più di una maniera per piegare la volontà del marchese e di certo il cardinale saprebbe come farlo. E dunque, messere, con quale astuzia intendereste scongiurare una simile minaccia?».

Maynard ripensò all'ultima volta in cui si era imbattuto in Obizzo. Il marchese l'aveva a malapena degnato di uno sguardo, tanta era la premura per le sorti di Ferrara. «Non c'è fretta alcuna, date le funeste circostanze. Ma non dubitate, padre, al momento propizio saprò come agire».

«A meno che la vostra sicurezza non sia vana apparenza, pare che abbiate già un'idea precisa».

Rocheblanche si limitò a fare un cenno d'assenso. «Nell'attesa, mi terrò impegnato procacciando cibo per l'abbazia».

«E io ricambierò il favore», concluse Andrea, altrettanto sfuggente. «Lungi da me il volervi illudere, ma forse so come procurarmi informazioni sulla corrispondenza del vescovo Guido».

70

Lungo la via Francigena

«L'angelo prese l'incensiere, lo riempì del fuoco dell'altare e lo gettò sulla terra!».[15]

Il vecchio con il saio logoro gridava dal ciglio della strada, davanti a un crocifisso di legno conficcato tra i sassi. Una piccola folla di viandanti gli si era stretta intorno, incantata dai movimenti delle sue dita ossute e dal febbrile profetizzare. E il folle declamava con voce sempre più stridula, invocando la grandine mescolata al sangue, le locuste dell'abisso e la caduta della stella Assenzio.

Gualtiero frenò il cavallo per assistere al triste spettacolo. Da venti giorni, o forse più, percorreva strade funestate da una piaga orrenda. Aveva perso il conto delle volte in cui si era imbattuto in predicatori e invasati, ma non riusciva ancora a capacitarsi di come quegli uccelli del malaugurio guadagnassero tanto seguito. Pareva che la gente non ne avesse abbastanza di ammassare cadaveri nelle fosse, ai lati delle piazze o sulle pire infuocate, e cercasse la morte anche negli sproloqui di quelle bocche sbavanti.

Durante i primi giorni di marcia, nei momenti di pausa, il ragazzo aveva riempito il suo taccuino con bozzetti di corpi riversi sull'erba, appoggiati a tronchi d'albero o appesi a forche improvvisate. Poi aveva smesso, nauseato da tanta macabra monotonia. Non avrebbe saputo dire quando il raccapriccio fosse mutato in indifferenza, ma aveva l'impressione di solcare quell'oceano di carne putrefatta da una vita.

Era il dilagare della demenza a turbarlo. Ovunque, insieme alla peste, sembrava essersi diffuso un mistico furore capace di spingere il popolo a compiere gli atti più osceni. Saccheggi, roghi di presun-

[15] *Apocalisse* 8,5.

te streghe e processioni di flagellanti erano all'ordine del giorno, al punto da indurre lui e Vermandois a evitare quanto più possibile i centri abitati. D'altro canto, se le città erano pericolosi focolai di contagio, le selve offrivano rifugio a ogni sorta di predoni e miserabili.

La situazione era andata migliorando nell'avvicinarsi ai passi dei monti. Man mano che ci si inerpicava tra gole e sentieri ancora coperti di neve, capitava sempre più di rado di imbattersi in potenziali pericoli. Benché viaggiatori e fuggiaschi avessero portato fin là il morbo della morte nera, il clima più rigido sembrava averne limitato la diffusione.

Le grida del predicatore lo riportarono alla realtà, facendogli notare un mendicante che gli si stava aggrappando a uno stivale.

«Abbiate pietà, bel messere...», lo implorò il miserabile. «Poche monete per placare i morsi della fame...».

Il giovane de' Bruni strattonò le redini, ma l'uomo si ostinò a stargli addosso.

«Se elargirete pecunia a costui», lo mise in guardia Robert con un sorriso crudele, «ne avrete presto altri dieci alle calcagna», e indicò la gente raccolta intorno al predicatore.

A Gualtiero non servì udire altro. Sfiorò il pugnale assicurato alla fusciacca stretta intorno alla vita, poi ci ripensò. E mantenendosi ben saldo sull'arcione, esclamò un «Vattene!», e sferrò un calcio al derelitto, scagliandolo dritto a terra.

Senza attendere che si rialzasse, si allontanò con Vermandois da quell'infimo teatro di follia.

71

Insula Pomposiæ, *confini meridionali*
29 marzo

Dopo aver frenato il carro nel fitto delle frasche, Rocheblanche sollevò tre volte la lanterna e attese che il nero profilo del burchio attraccasse lungo la riva. Seguì l'operazione seduto alla cassetta, avviluppato nel mantello per difendersi dall'umidità della nebbia. La primavera stentava a farsi sentire, come se la maledizione della peste avesse corrotto l'alternarsi delle stagioni. E solo Dio sapeva quanto l'infelice umanità anelasse un tiepido sole.

Appena lo scafo ebbe toccato la sponda, un gruppo di contrabbandieri sbarcò da prua per scaricare una modesta quantità di anfore e barili. Il cavaliere fece cenno di riporli sul pianale alle sue spalle, ma mantenne lo sguardo sull'uomo nerboruto che gli stava andando incontro con il consueto atteggiamento furtivo, quasi vivesse nel perenne timore di essere spiato da qualcuno. «E le giare d'olio?», domandò Maynard, senza degnarsi di rivolgergli un saluto.

Oreste sputò a terra. «L'olio non si trova più», e accarezzò uno dei buoi aggiogati al carro. La sua mano era così grande da coprirne l'intera fronte. «Il resto però c'è tutto».

Rocheblanche attese che i marinai terminassero il carico, quindi estrasse un sacchetto di monete da sotto il mantello e lo soppesò sul palmo. «Se non sbaglio, avevo chiesto anche delle pastiglie di *triaca*[16]».

Con un sospiro cavernoso, il gigante slacciò un piccolo involto

[16] La *triaca*, o "principe dei medicamenti", era un miscuglio di sostanze inerti, oppiacei, estratti di vipera e polvere di rospo. Già dai tempi di Galeno era reperibile anche in pastiglie (*trocisci*).

assicurato alla cintura. «Sono le ultime», dichiarò. «Da qui a Pavia, ogni bottega di speziale è stata messa al sacco».

Il francese se le fece consegnare. «Ci sono ancora vittime?», lo interrogò poi. Non ottenendo risposta, si accorse che l'interesse del contrabbandiere era tutto per il suo sacchetto di monete. Glielo porse senza indugio. «Ottanta fiorini», mormorò. «Come pattuito».

«Sta bene, messere».

Dopo aver richiamato gli uomini, Oreste ripiegò verso lo scafo del natante. Soltanto all'ultimo parve rammentarsi della domanda che gli era stata posta e si voltò di nuovo verso il cavaliere. «Ci sono ancora vittime, sì», disse cupo. «Muoiono come mosche».

Le dita premute sulla fronte, padre Andrea rimase per tutto il mattino a fissare la porzione di cimitero visibile dalla finestra, incapace di fugare il ricordo di un oscuro esametro udito chissà dove. Lo ruminava di continuo, a denti stretti, suscitando la curiosità di Fiumano acciambellato accanto a una parete.

Florida me genuit nigrantem corpore tellus[17]

Nove croci erano state conficcate di fresco nel terreno. Nove confratelli rapiti da quella tetra notte partorita dalla terra. E l'abate non aveva potuto che piangere, invocando la clemenza di un dio muto e sfuggente. Si era dedicato alla preghiera come non gli capitava da anni, steso sul freddo pavimento, mentre una fiamma creduta estinta si ravvivava nell'intimo, giorno dopo giorno, nutrita dal dolore. Ma a nulla era valso un simile raccoglimento, se non a instillargli il sentore di una gravosa vocazione.

Lasciate ogni cosa e seguitemi.

Sì, ancora una volta.

Lasciare ogni certezza, persona e ambizione.

Lasciare i suoi monaci alla morte.

Andrea asciugò una lacrima e continuò a fissare le nove croci, sforzandosi di scrutare oltre l'inganno del mero divenire. I suoi confratelli non giacevano sotto a uno strato di fetida terra, tediati dal beccare dei corvi. No. Al pari di qualsiasi altro beato, erano ascesi

[17] "La florida terra mi partorì nera dal suo corpo". *Aenigmata Aldhelmi*, XCVII (*Nox*).

come pura luce fino al seno di Abramo, nell'attesa che il Giudizio Universale schiudesse le porte del paradiso.

Non era questa, forse, l'aspirazione suprema di un monaco? L'abate si impose di gioire per tutti coloro che avevano subìto i travagli della vita mortale e ora venivano cullati nell'abbraccio eterno. Ma provare gaudio era davvero troppo, quasi un insulto all'infelice genere umano. Snocciolò un silenzioso *Requiem* dedicato a ogni vittima della peste, dell'ingiustizia e della violenza, lasciandosi andare alla deriva dello sconforto finché non sentì una mano posarsi sulla sua spalla.

«Non rammaricatevi per chi già si trova nella casa del Padre».

Si voltò con lentezza, trovando il vescovo alle sue spalle. «Non mi rammarico per loro, bensì per me stesso». Cercò di trattenere un crescendo d'angustia, ma dopo tanto rimuginare si sentiva bisognoso di comprensione. «Un tempo non lontano ambivo a una grande rinascita spirituale», confessò d'istinto. «Ero superbo, arrogante... Però almeno nutrivo dei sogni!». Si allontanò dalla finestra con il capo chino, covando un'antica rabbia. «Ora invece guardatemi! Sono in ginocchio, spezzato dal lutto e dalla disillusione».

«Siete ancora in tempo», lo consolò il prelato. «Questa piaga cesserà. E voi... voi...».

«Non ho più speranza, eccellenza. Mi mancano le forze e le sostanze».

«Vi aiuterò io, come avete fatto voi con me».

L'abate colse l'espressione benevola di Guido di Baisio e ne rimase commosso, oltre che meravigliato, ma represse sul nascere la tentazione di accettare. «Così mi disonorate», proferì con durezza. «Non ho mai preteso di ottenere regalie in cambio dell'ospitalità. E nel caso vogliate indurmi a persuadere Rocheblanche, sappiate che non sono incline a vendere la mia lealtà».

Tutt'altro che offeso, il vescovo accennò un garbato diniego. «Sospettavo che non avreste tradito messer Maynard, e non ve ne faccio una colpa. Del resto, è merito di quell'uomo se abbiamo ancora di che sfamarci. È un cavaliere di nobili principi, benché inquieto e sospettoso. Sa Dio quanto avrei voluto fargli aprire gli occhi... ma come si suol dire, amen!».

«Quindi rinunciate a informare du Pouget?», chiese d'impulso Andrea.

«Non è affar vostro», ribatté Guido, aggrottando la fronte. Senza mostrar più interesse per la conversazione, ripiegò verso una rampa di scale diretta alla biblioteca. Si voltò un'ultima volta, di sfuggita. «A prescindere dallo sviluppo degli eventi, la mia offerta di aiuto resterà sempre valida», rimarcò. «Vi devo la vita, reverendo padre».

L'abate rimase solo con il pungolo del dubbio. Il cordoglio, l'abbattimento e lo stupore scemarono tempestivamente al pensiero di quel repentino sbalzo d'umore. Era bastata una domanda per irritare il vescovo, un minimo accenno ai segreti di Rocheblanche. Seguì il rumore dei suoi passi diretti al piano superiore, chiedendosi se fosse il momento giusto per attuare il suo piano. Era probabile che sua eccellenza si fermasse davanti allo scaffale dei messali, com'era solito fare quasi ogni giorno, poco prima di pranzo, lasciandogli il tempo di...

Andrea represse un fremito. La mente galoppava veloce, pericolosa.

"Agisci ora", si disse.

Ancor prima di aver concluso quel pensiero, si stava incamminando verso lo studio.

Entrò di soppiatto, quasi dimentico di varcare un ambiente che fino al mese prima era stato riservato alla sua persona. Ora invece era diventato l'impero di Guido, il labirinto di registri e scartoffie in cui il vescovo di Ferrara operava nel più assoluto riserbo, senza lasciar trapelare nulla.

Tuttavia, durante la convivenza forzata nel palatium, Andrea lo aveva osservato abbastanza da imparare le sue abitudini. Era sicuro che appuntasse i dati della propria corrispondenza in un cartulario che teneva nascosto sotto un plico di documenti.

Fece cenno a Fiumano di starsene al suo posto e si avvicinò allo scrittoio, meravigliato di quanto fosse mutata la disposizione sopra di esso. Guido di Baisio era uno scrivano caotico e morboso, avvezzo ad annotare qualsiasi cosa per il timore di dimenticarsene. Ed era disordinato oltre ogni dire.

L'abate dovette frugare ben più del previsto per trovare quello che cercava.

Il cartulario, a quanto pareva, non stava più sotto la pila di incartamenti. Era finito ai margini del ripiano, infilato a mo' di segnalibro fra le pagine di un poderoso volume di *aenigmata*.

Singolare associazione, pensò Andrea.

L'aprì, imbattendosi in un elenco di date e località, affiancato in alcuni casi da brevi postille. Come previsto, sua eccellenza aveva stilato un elenco delle missive inviate da Pomposa nelle ultime cinque settimane, omettendo però i nomi dei destinatari. Comparivano soltanto le città di residenza. Ferrara, Bologna, Rimini, Firenze, Roma... Pareva stesse tessendo una rete di contatti per verificare la diffusione del soffio pestifero, ma non solo. Dai brevi appunti vergati a margine della lista trapelavano riferimenti a spostamenti di denaro, citazioni teologiche e disposizioni per amministrare beni ecclesiastici. Assai poche, d'altro canto, erano le lettere che avevano ottenuto risposta. Con estrema diligenza, il vescovo aveva segnalato queste ultime con una crocetta a margine.

Non era il caso di una missiva partita per Avignone il primo di marzo.

Andrea si asciugò un velo di sudore dalla fronte, tremando al pensiero di cosa avesse scritto Guido di Baisio in quella lettera. E a chi l'avesse indirizzata. Che non fosse giunta a destinazione era un ben misero conforto, paragonato alla determinazione del vescovo.

Un rumore di passi risuonò dal piano superiore.

Temendo di vedere sua eccellenza scendere le scale, l'abate chiuse il cartulario e fece per riporlo dove l'aveva trovato, ma nella fretta gli scivolò di mano.

Aggirò lo scrittoio e si inginocchiò per raccogliere il piccolo registro. Era finito ai piedi dello scranno, e battendo a terra si era aperto sull'ultima pagina.

Prima di richiuderlo, Andrea diede una scorsa e sobbalzò.

«Oh mio Dio...», si lasciò sfuggire con un filo di voce.

Altri passi, più vicini, lo indussero a non indugiare. Sistemò il cartulario dove l'aveva trovato e uscì con il cuore in gola dallo studio.

Maynard frenò i buoi davanti alla facciata dell'abbazia e balzò giù dal carro, lieto di vedere un spicchio di sole occhieggiare tra le nuvole. Non fece in tempo a controllare se il carico avesse resistito al tragitto che udì una voce alle proprie spalle.

Si meravigliò di scorgere padre Andrea spuntare di soppiatto da una siepe.

«Reverendo...», mormorò il cavaliere.

«Devo sbrigarmi, se non voglio che noti la mia assenza...».

Rocheblanche colse l'allusione al vescovo e lo invitò a parlare.

«Ha inviato una lettera ad Avignone», disse in fretta Andrea, «ma non ha ancora ricevuto risposta».

«È presto per sperare che si sia smarrita».

«Non è questo a preoccuparmi», continuò l'abate. «Tra i suoi appunti ho trovato delle citazioni latine sul *Lapis exilii.* Temo si tratti del vostro enigma. Guido deve averlo trascritto prima di consegnarvelo».

Maynard lanciò un'imprecazione. «Ne rammentate il contenuto?»

«No messere, l'ho avuto sotto gli occhi soltanto per un attimo. È un testo di sei righe, e a giudicare dagli appunti scritti a margine pare che il vescovo stia cercando di comprenderne il significato».

Il francese annuì mesto. «Se così stanno le cose, preghiamo il Signore che fallisca nell'impresa», e consegnò all'abate l'involto con le pillole di triaca. «Ora andate. Rientrate nel palatium prima che quella serpe vi scopra».

72

Fortezza di Villeneuve, presso Avignone
27 giugno

I due viandanti lasciarono brucare i cavalli presso il ponte di Saint-Bénézet, davanti alle impressionanti difese della cittadella. Gualtiero sedeva ai piedi di un albero, nell'attesa che Vermandois terminasse di confabulare con un losco individuo incontrato due giorni prima nei bassifondi di Avignone. Ormai era giorno fatto, eppure l'unico suono a far da contrappunto al fluire del Rodano era il gracchiare dei corvi. Anche se il ragazzo non udiva altro da mesi, faticava ad abituarsi. Quel rumore era peggiore della desolazione e persino del lezzo di carogna che impregnava l'aria, poiché riusciva a enfatizzare il silenzio.

Cercare sua madre nella città dei papi era stato un buco nell'acqua. Nessun carceriere o borgomastro pareva conoscere il nome di Elisa de' Bonacossi, né era al corrente di una prigioniera giunta da Ferrara nei mesi precedenti. O così, per lo meno, quei galantuomini avevano lasciato intendere. Messer Robert tuttavia non si era dato per vinto e aveva continuato le ricerche nei sobborghi avignonesi, a dispetto del costante rischio di entrare a contatto con gli appestati.

Gualtiero non era in grado di esprimere la sua gratitudine nei confronti di quell'uomo. Dopo la pietosa fine toccata in sorte a messer Maynard, Vermandois l'aveva preso sotto la sua ala, insegnandogli a cavarsela in ogni situazione, non venendo mai meno all'onore e al coraggio. Senza di lui, dopo il fallimento di Avignone non avrebbe saputo come agire per mettersi sulle tracce della madre. Invece ora nutriva una nuova speranza.

Una speranza flebile, a onor del vero.

Se la peste avanzava implacabile, i feudi intorno al Rocher des Doms sembravano i più colpiti dall'infame flagello. Nonostante gli inenarrabili orrori a cui aveva assistito, il giovane non si era mai trovato dinanzi a una simile marea di cadaveri. Avignone era letteralmente assediata dalla morte, quasi fosse la vittima prescelta della furia divina. Correva voce che solo un prete su tre fosse sopravvissuto, e che non restasse speranza per chi albergava fra le sue mura.

Aggirandone il perimetro a cavallo insieme a messer Robert, non avrebbe mai immaginato di poter carpire tante informazioni su una città senza varcarne i portali. Ed era stato in una locanda del suburbio che si erano imbattuti nel furfante intento a parlare con il barone piccardo.

La conversazione cessò con l'elargizione di una lauta ricompensa, dopodiché Robert congedò l'uomo e si avvicinò al ragazzo. «Nulla di certo», annunciò, «ma non è da escludere che vostra madre si trovi qui vicino».

Gualtiero scattò in piedi, fremente per l'entusiasmo. «Cos'avete saputo?»

«Una donna è stata scortata di recente a Villeneuve, presso una chiesetta dedicata a Saint-Nicolas. La notizia risale a non più di tre giorni fa. Pare che in precedenza fosse tenuta prigioniera ad Avignone».

Prima che il resoconto fosse completo, il ragazzo aveva già un piede su una staffa. «Vale la pena tentare».

«Non sapete ancora tutto», lo mise in guardia il piccardo, con un tono troppo conciliante per lasciar presagire qualcosa di buono. «La chiesa di cui vi parlo si trova all'esterno della cittadella», e indicò un punto oltre il corso del Rodano, appena visibile tra la macchia. «Il suo chiostro è adibito a lazzaretto».

Gualtiero si sentì mancare il respiro. «Dunque... pensate che...».

Messer Robert si scurì in volto. Aveva la stessa espressione di quando si era intrattenuto per l'ultima volta a parlare con Rocheblanche. Fu quella, più ancora delle parole, a ferire nel profondo il giovane. «Non sperate troppo».

Gualtiero insistette a proseguire da solo. Attraversò a spron battuto il ponte di Saint-Bénézet e moderò l'andatura puntando al versante orientale delle cinta, verso la chiesetta di Saint-Nicolas. Era, questa, totalmente circondata da una rigogliosa vegetazione che si spingeva a ovest fin quasi a premere sulle fortificazioni. Quando giunse nelle vicinanze, scorse una massa di moribondi che sciamava verso il campanile. Uno sparuto assembramento di armigeri li teneva lontani dal complesso, facendo scintillare al sole le punte metalliche delle loro picche.

Il giovane si fece largo tra la marmaglia e frenò il cavallo dinanzi ai soldati. «Cerco una donna», annunciò in un francese stentato. «Il suo nome è Elisa de' Bonacossi».

Gli uomini si guardarono tra loro, indecisi su cosa rispondere. Gualtiero comprese la loro titubanza di fronte a un pellegrino che spiccava tra la folla di straccioni, vestito da monaco e in sella a un baio. Fece per aggiungere qualcosa, quando un individuo appoggiato all'antico portale sollevò il capo e gli rivolse un cenno incuriosito. «Chi siete per lei?».

Il ragazzo scrutò quel volto sospettoso, affilato come una selce. «Sono suo figlio», rispose, accennando a voler avanzare.

Lo sconosciuto tradì una punta di curiosità. «Fermo lì», gli ordinò. «Scendete da cavallo e toglietevi gli abiti».

Gualtiero era già avvezzo a simili richieste. A volte, prima di entrare negli abitati, lui e Vermandois erano stati sottoposti a dei controlli per verificare che non avessero bubboni sotto le ascelle e nell'inguine. «Non reco alcun segno», rivelò smontando da sella.

«Quindi», insistette l'individuo, «non avrete nulla in contrario a fornircene la prova».

Sfilò il pugnale dalla fusciacca e slacciò la tonaca, mostrando il collo, il torso e le cosce integri dal male. Ottenuto un cenno di consenso, si rivestì ed entrò nella chiesa.

Il cuore gli batteva con una tale forza da fargli tremare il petto.

73

La chiesa di Saint-Nicolas sembrava l'anticamera dell'inferno.

La navata era stata spogliata di panche, statue e ogni altro genere di arredo per far posto a quattro file di paglierìcci su cui giacevano almeno cento infermi. Gualtiero camminò tra di loro, diviso tra la speranza e il terrore di riconoscere il volto di Sapia. Vagava come un sonnambulo, stordito dall'assurdità del destino.

Non c'era stato un istante, durante il tragitto per Avignone, in cui si fosse soffermato sull'ipotesi che la madre avesse contratto la peste. Aveva pregato che non venisse maltrattata, né ricevesse torture o umiliazioni... Mai si era immaginato che potesse ammalarsi di un morbo tanto atroce.

Soltanto ora comprendeva la sua ingenuità.

Avanzò tra gli ammorbati con gli occhi umidi, pensando a quali parole le avrebbe rivolto non appena se la fosse trovata di fronte. Lo sdegno per l'inganno subìto e l'ansia di conoscere la verità l'avevano tormentato troppo a lungo perché potesse cancellarli dal cuore, eppure d'un tratto li sentiva affievolire dinanzi all'impazienza di rivederla, di riabbracciarla. La nostalgia sofferta per oltre un anno era giunta al culmine e ora gli si agitava dentro, furiosa, dilaniando ogni fibra del suo essere.

Ti voglio bene. Quella frase gli bruciava in gola da quando aveva varcato il portale della chiesa, anche se l'idea di pronunciarla lo terrorizzava. Non sapeva in quali condizioni l'avrebbe trovata, né se fosse stata ancora viva. Non sapeva quali suppliche rivolgere alla divina Provvidenza.

Per un attimo gli parve di riconoscerla in un cadavere avviluppato tra le coltri. Poi si accorse di essersi ingannato, ringraziò gli angeli del cielo e proseguì verso il coro, dove il tanfo si faceva più intenso. Non se ne curò. Continuò a controllare giaciglio per giaciglio, in modo febbrile, anche quando l'odore di escrementi e di corruzione divenne così penetrante da filtrare attraverso il lembo di stoffa che teneva premuto sul naso.

Ti voglio bene. Quel pensiero continuò a infondergli coraggio, nonostante gli orrori, le deturpazioni e le miserie che lo circondavano.

Ma quando raggiunse il fondo della navata senza averla trovata, fu attanagliato dalla disperazione di essere arrivato troppo tardi.

«No!», sibilò, mentre uno sfinimento improvviso gli gravava sulle spalle. Non poteva essere. Non così, senza aver posato lo sguardo su di lei un'ultima volta...

Si appoggiò a una colonna, accarezzato da un refolo di aria fresca che lo indusse a voltarsi verso un'arcata a sinistra dell'altare. Scorse un uscio luminoso, oltre il quale si apriva un chiostro. La speranza si riaccese.

Varcò la soglia e vide altre persone coricate all'aperto, su brande separate da scialbe cortine.

Con rinnovato coraggio riprese la ricerca, quando un frate gli si parò dinanzi. Alto e allampanato, lo interrogò con uno sguardo sprofondato in una trama di ombre.

«Elisa...». Gualtiero dovette deglutire per sciogliere il nodo alla gola. «Elisa de' Bonacossi».

Assai meravigliato, il religioso sussurrò quel nome tra le labbra, con ossequio, dopodiché annuì. Lo accompagnò tra le file dei moribondi sistemati nel chiostro, ognuno isolato dietro una tenda.

Il giovane non tardò a comprendere che sotto quei tetri baldacchini giacessero gli infermi di maggior riguardo e provò un minimo di conforto al pensiero che la madre ricevesse cure migliori rispetto al carnaio lasciato a marcire nella navata. E se fosse guarita? Del resto, strada facendo aveva saputo di gente sopravvissuta al flagello... Nella sua angoscia, mise in fila alcune parole francesi per informarsi sullo stato della madre. Anziché rispondere, il frate si arrestò davanti a una tenda.

Gualtiero lo fissò in tralice, turbato dal suo silenzio. Ogni illusione cessava là, di fronte a quell'esile confine di tessuto Il religioso, quasi brutale, scostò un lembo per permettergli di entrare.

E il ragazzo, scorgendo una sagoma in penombra, avanzò.

All'inizio non la riconobbe. Era piccola, quasi una bambina, le dita strette alle coltri e i capelli scarmigliati, assai più scuri di quanto rammentasse. Poi osservò il volto emaciato, di cui restavano soltanto gli zigomi, e si sentì trapassare da un dolore lacerante. Nulla restava del roseo incarnato e delle trecce dorate che con tanta abilità aveva saputo ritrarre un anno prima. Al loro posto c'era una maschera di consunzione, priva di colori e di sentimento.

Si piegò sulle ginocchia e premette il viso tra i palmi, incapace di credere ai propri occhi. *Non lei*, continuò a ripetersi. *Non lei!* Vedere sua madre ridotta al pari degli infiniti moribondi incontrati lungo il cammino era troppo, più di quanto avesse mai creduto. Per un momento si sentì annientato dalle emozioni. Poi, dovette farsi forza e abbozzare un sorriso.

Perché lei lo stava guardando.

«Figlio mio...», disse Sapia con un flebile sussurro.

Il ragazzo si asciugò le lacrime e si perse in quegli occhi minuscoli, lucenti come stelle. Solo allora si rese davvero conto di quanto avesse desiderato rivederla. «Madre...», balbettò.

«Mio amore...». La donna digrignò i denti, reprimendo uno spasmo che le fece tremare il corpo. Poi, uno slancio di paura. «Vattene!».

Gualtiero accennò un diniego. Non riusciva a smettere di piangere, combattuto tra il desiderio che quel momento non cessasse mai e lo strazio nel vederla soffrire così tanto.

Sua madre invece aveva il viso asciutto. Con inaspettato vigore, drizzò la testa sul capezzale e abbozzò una smorfia contrita. «Io ti ho... mentito».

«Non importa», ribatté lui, dimentico di ogni notte insonne trascorsa ad arrovellarsi per le domande. «Ora ti ho trovato e guarirai... Sì...». Con una fitta al cuore, finse di ignorare il gonfiore livido che le deturpava il collo. «Starai bene...».

La donna gli rivolse un sorriso rassegnato, lasciando trapelare un'ombra della sua antica dolcezza. Sollevò una mano e fece per accarezzarlo, ma subito dopo si ritrasse, inorridita al pensiero di poterlo contagiare. «Tuo padre?», chiese.

Il giovane aveva ancora viva nella memoria la tragedia del Prato delle Forche, così come la disperazione davanti al corpo di Sigismondo, ma per non farla soffrire si limitò a scuotere il capo.

Sapia fece cenno di comprendere e abbassò le palpebre. Non pareva stupita, tuttavia. «Era un brav'uomo», affermò con amarezza.

Nonostante la vedesse sfinita e sofferente, Gualtiero non seppe capacitarsi di una reazione così compassata. La scrutò con sconcerto, e ancora una volta colse in lei quel carattere altero e imperturbabile di cui aveva ignorato, fino al momento del suo arresto, l'esistenza. «Madre mia...», pronunciò. «Perché tutto questo?»

«Perché, mi chiedi? Semplice... Non ebbi altra scelta». Ormai la metamorfosi era completa. Lo sguardo, l'atteggiamento e persino l'intonazione della voce parevano appartenere a un'estranea.

«Il tuo nome... Il tuo *vero* nome...», insistette il ragazzo, tra il dispiacere e la collera. «Elisa de' Bonacossi, cosa significa?».

A tali parole, lei lo scrutò quasi con sospetto. «Bonacossi fu il nome del mio primo marito», rivelò fiera. «Io nacqui sotto l'insegna dell'aquila d'Este, figlia del marchese Aldobrandino II e Jacopina Fieschi... Signori di Ferrara».

Il giovane rimase sbalordito.

«Ascoltami bene», gli ordinò la donna, senza concedergli tregua. «Ascoltami, figlio mio...», si sforzò di contenere una crisi di tosse, «se vuoi conoscere il segreto del tuo sangue». Le emozioni le costarono un tremendo spasmo, che la costrinse a girarsi di lato e a torcersi nelle coperte.

Temendo il peggio, Gualtiero si chinò immediatamente per aiutarla, ma fu respinto da un gesto imperioso. Non percepì più in lei il timore di contagiarlo, bensì la vergogna di mostrarsi in quello stato. Si voltò quindi verso l'esterno, per chiedere soccorso. Invano. Del frate che l'aveva accompagnato fin lì non c'era più traccia.

Madonna Elisa si asciugò il sangue che le copriva le labbra e continuò a parlare, arrochita: «Prima che la mia gioventù sfiorisse... fui data in moglie a Passerino de' Bonacossi, signore di Mantova...». Inspirò a fondo e si ostinò a proseguire. «Restai al suo fianco... finché non finì vittima di un complotto dei Gonzaga e di Cangrande della Scala... Era l'agosto del 1328 quando i soldati invasero Mantova e io... io...». Strinse gli occhi, tormentata dai ricordi e dall'agonia. «Io ero incinta!». Tossì rabbiosa, al punto da smarrire quel poco di grazia che ancora conservava nei lineamenti. «Fuggii...», riprese secca, «fuggii prima di essere catturata e mi rifugiai a Ferrara... Sì, Ferrara... Ma il mio signor padre era già spirato... E non trovai protezione...».

Anche se scosso da un turbine di emozioni, Gualtiero non poté ignorare che da allora fossero trascorsi vent'anni. Quasi la sua età. Vincendo la riluttanza della madre, le afferrò una mano. «Eri incinta...», ripeté con un nodo al cuore.

«Di pochi mesi», confermò lei, presa dall'urgenza di spiegare ben altro. «Lo tenni nascosto ai miei fratelli, poiché non potevo rischiare... Fu un uomo di chiesa... Forse il vescovo di allora, a informarli...». Esausta, fece cenno al figlio di porgerle una brocca ai bordi del giaciglio.

Gualtiero le sollevò il capo, aiutandola a dissetarsi a piccoli sorsi. Era ansioso di conoscere la conclusione di quell'incredibile storia, ma al tempo stesso atterrito nel vedere la madre sempre più debole. Temeva che affaticandosi troppo potesse perdere i sensi, o ancor peggio. E benché intuisse che mancasse poco al fatidico istante, non era ancora pronto a separarsi da lei. Solo Dio sapeva a cosa sarebbe stato disposto pur di salvarla dall'ombra della morte che le offuscava lo sguardo.

La malata, tuttavia, non riusciva a darsi requie. Appena posò la nuca sul capezzale, manifestò l'intenzione di proseguire. «Da anni, ero diventata una spia di Avignone», confessò. Ormai parlava come se dalla gola non passasse più aria, suscitando in suo figlio un'indicibile pena. «Devi capire... *Ti prego* di capire...», si sforzò. «Fra mille intrighi e alleanze... mi ero illusa di poter fare del bene...».

Il giovane vide i suoi occhi ribaltarsi verso l'alto e fu assalito dalla paura di perderla. Poi la vide sussultare, quasi stesse affogando. «Riposati», la pregò. «Mi dirai tutto più tardi, quando ti sarai ripresa...».

Ma Elisa d'Este pareva intenta a rubare gli ultimi attimi di vita alla nera mietitrice. «Il figlio che portavo in grembo... Eri tu!», e ogni traccia di orgoglio si spezzò in un debole pianto. «Ora capisci... perché fuggii? Sei figlio del signore di Mantova... il suo legittimo erede... I sicari dei Gonzaga, degli Scaligeri e di Avignone ti avrebbero perseguitato... ovunque!». Un'altra crisi di tosse, ancora più violenta. Il mento della nobildonna si chiazzò di vermiglio. «Mi diedi alla macchia, cambiai nome... Sapia divenni, e sposai un uomo forte... che ti proteggesse e facesse da padre...».

«E io non ho mai saputo...», pianse Gualtiero, ripensando a quanto era stato ingiusto nei confronti di Sigismondo. Quell'uomo l'aveva cresciuto come sangue del suo sangue, istruito al mestiere della pittura, protetto... E lui l'aveva ripagato con continui litigi e discussioni!

La donna si agitò fra le coltri. «Gualtiero... dove sei?», chiese spaventata.

«Qui madre mia», la rassicurò lui.

«Devi dire a mio fratello...». Teneva gli occhi sbarrati, in preda al delirio. «Che sono pentita...».

Il ragazzo non riuscì a trattenere lo sprezzo. «Parli del marchese Obizzo?».

Elisa d'Este si guardava intorno, atterrita. «Non fu lui a mandarmi qui, a morire... Non sapeva...». E all'improvviso trasalì, quasi avesse visto uno spettro.

Lui le accarezzò la fronte, trovandola gelida. «Non agitarti», le sussurrò con tutta la dolcezza di cui era capace.

«È stato il vescovo... Il vescovo Guido... A volersi liberare...».

«Calmati, ti prego...», la implorò. «Per l'amor di Dio...».

«Perdonami, figlio mio... Se ti ho fatto del male...».

Gualtiero asciugò il velo di lacrime che gli impediva la vista e fece per rispondere.

Ma ormai era troppo tardi.

Sapia aveva chiuso gli occhi. Per sempre.

Dalle finestre più alte del *palais de Griffon*, eretto lungo la salita per Villeneuve, era possibile scorgere la tozza torre campanaria di Saint-Nicolas. Il cardinale rimase a osservarla per un po', facendo poi scorrere lo sguardo lungo il sentiero boscoso che si allontanava dalle mura, oltre il Rodano. Rimuginò su quanto gli era stato appena riferito, quindi inspirò e si rivolse all'uomo in attesa dietro una grata.

«Una visita per madonna Elisa d'Este, avete detto?».

L'individuo dal volto affilato annuì. «Il figlio».

«Ignoravo ne avesse uno», mormorò il porporato, assai perplesso. «Ha lasciato detto nulla? Il nome, la provenienza...».

«Nulla, eccellenza. È ripartito subito dopo la morte della madre».

«Avete fatto molto bene a riferirmelo subito. Meno a lasciarlo andar via».

Oltre la grata, risuonò una lieve imprecazione. «Forse», propose l'uomo, «potrei seguirlo».

Bertrand du Pouget annuì. «Mettetevi subito all'opera, dunque», lo congedò con un cenno. «E appena saprete qualcosa, riferite a me. Solo a me».

74

Gualtiero e Vermandois proseguirono ancora insieme per qualche settimana, risalendo il corso del Rodano. Il cavaliere era assai in pena per il ragazzo ed esitava ad abbandonarlo lungo il cammino. Più di una volta gli chiese quale fosse la sua destinazione, offrendosi di accompagnarlo. Il giovane tuttavia, sprofondato nel suo lutto, si limitò a scuotere il capo, restando fedele all'impegno preso con Maynard, finché giunse il momento in cui manifestò l'intenzione di proseguire da solo.

Si separarono tra i vigneti di Lyon, presso una locanda frequentata da poche anime. Prima di accomiatarsi, il piccardo lo mise in guardia sui pericoli del viaggio e gli donò una basilarda da usare al posto del suo piccolo pugnale. Gualtiero ne studiò la lunga lama triangolare, capace di sfondare un giaco o un usbergo, dopodiché l'assicurò all'arcione con un cenno di gratitudine. Ormai non era più un ragazzo. Le ultime traversie l'avevano profondamente cambiato, tanto nell'aspetto quanto nei modi. Robert prese commiato da lui con un abbraccio e diede di sprone verso nord.

Il giovane invece ripartì al galoppo verso occidente.

Nessuno dei due si era accorto del cavaliere dal volto affilato che li aveva seguiti da Villeneuve. Si era tenuto a debita distanza, guadagnando terreno nelle ore buie per non essere visto. E dopo aver assistito, tra il folto degli alberi, alla loro separazione, si era lanciato al galoppo verso ponente.

Alle calcagna del figlio di Elisa d'Este.

75

Reims, convento di Sainte-Balsamie
10 agosto

Nel corso dell'estate la peste dilagò a nord della Provenza, risalendo inesorabile i corsi della Loira, del Rodano e della Senna. Dotti e cronisti iniziarono a incolpare le congiunzioni astrali, i venti afosi del Mezzogiorno e la presenza nefasta degli invasori inglesi, mentre la gente di Parigi si asserragliava dentro le case, angosciata dall'incombere del contagio. E benché fossero stati in molti, poco prima della grande moria, a scorgere la scia di una cometa sopra i feudi di Champagne, il presagio più funesto rimase il focolaio di vaiolo scoppiato a Reims nel mese di luglio.

Suor Eudeline non si era lasciata cogliere impreparata. Al pari di vescovi, potestà e abati, aveva tenuto le orecchie ben tese su quanto accadeva nelle terre di confine, e all'udire di voci su un'epidemia che chiazzava la pelle con vesciche rossastre si era affrettata a isolare il claustro dal mondo esterno per proteggere le proprie consorelle. Sforzo vano, tuttavia. Alla stregua di un demonico afflato, l'infezione era riuscita a oltrepassare le mura decimando la comunità di Sainte-Balsamie, così come qualsiasi altra chiesa o borgata cittadina.

I decessi si erano succeduti in maniera talmente rapida da infondere il sospetto che non si fosse trattato soltanto di vaiolo, bensì già di peste. Ma la badessa era ben lungi dal curarsi di simili congetture.

Venti delle sue monache erano cadute come foglie in autunno e altrettante fuggite, spaventatissime, per non andare incontro alla medesima sorte. Eudeline aveva cercato di trattenerle, avvertendole dei rischi a cui sarebbero andate incontro per strada e nelle campagne. Invano. Lei stessa, del resto, provata da fin troppi lutti non disponeva più della tempra e dell'autorità necessarie a tenere unito il proprio gregge.

L'ultima a cadere era stata l'infirmaria. Aveva lottato con ostinazione, facendo appello a tutta la sapienza che possedeva per trovare un rimedio contro il flagello. Invano. Le vite delle consorelle le erano scivolate tra le mani, una dopo l'altra, rubate da una maledizione che le si era infine ritorta contro.

Vederla spegnersi, per Eudeline, era stata l'estrema sconfitta. Era come se fosse stata privata del poco coraggio rimastole, insieme alla speranza di poter continuare a battersi per la salvezza del prossimo.

Ormai, il convento offriva asilo soltanto a ricordi e spettri.

Come ogni giorno, la badessa attese lo scemare dell'arsura pomeridiana per visitare il piccolo cimitero di Sainte-Balsamie e rendere omaggio alle consorelle defunte. Le salutò a una a una, in maniera quasi marziale, fino a giungere dinanzi alla sepoltura dell'infirmaria. Le mancava la ruvida schiettezza di quella giovane consorella, tanto intelligente e ostinata da farle chiedere perché il Signore l'avesse chiamata a sé prematuramente.

Non era nuova a un simile sdegno. Dopo la violenza subìta da suo padre Gaspar, si era tormentata per anni al pensiero di quante ingiustizie accadessero nel mondo. Se davvero – come si pontificava dai pulpiti – le sciagure trovavano giustificazione nel peccato, perché non colpivano soltanto i malvagi?

Forse, era giunta a rispondersi, non esistevano innocenti.

Affondò le dita nella terra ancora umida e le chiuse, quasi per contenere un impeto di rabbia.

Infine sollevò lo sguardo. E sotto l'allungarsi delle ombre, lo vide camminare tra le croci.

Il procurator.

Si asciugò le lacrime, incurante di sporcare il viso con la mano nera di terra. Ferma nella sua silenziosa indignazione, scrutò il volto dell'uomo seminascosto nella cocolla e colse una trama di piaghe rossastre.

«Se siete giunto fin qui per togliermi altri averi», lo mise in guardia, «sappiate che ho già perso tutto».

«No», sussurrò padre Claret. «Non tutto».

Suor Eudeline rivolse un'ultima occhiata al fiore deposto sulla sepoltura. «Le mie consorelle sono morte… Il convento deserto, morto anch'esso», disse con durezza, «e quel che ancora avanza, verrà presto spazzato dal vento pestifero».

«Avete ancora la vita».

«È solo apparenza. Questa donna è ormai spirata da tempo».

L'espressione melliflua di padre Claret si fece minacciosa. «Ditemi dove trovarlo».

La badessa fissò senza timore il suo volto deturpato dal vaiolo. «Smettete di tediarmi».

Lo scellerato scosse il capo. «Se non a voi, lo chiederò a lei».

«Lei non sa nulla», ribatté Eudeline.

«So che la tenete nascosta qui, da qualche parte», insistette il procurator con un ghigno perverso. «La troverò e la porterò via. Oh sì, sapete bene che potrei farlo! La venderò al più squallido bordello di Avignone, affinché...».

«Andatevene!», sibilò lei.

Ma padre Claret era un otre rigonfio di rabbia. «Stupida cagna!». Con uno slancio improvviso, la spinse a terra e le strappò il velo dal capo. «Vi farò fare la stessa fine, se non parlate!», e la schiaffeggiò con violenza. «Venduta come puttana! Sì! E quando sarete passata sotto le mani di cento, mille uomini, allora tornerò per chiedervi dove si trova quel bastardo di vostro fratello e voi, voi...».

Quella bocca infame tacque all'improvviso, sputando un violento getto di sangue. Eudeline impugnò con maggior decisione la pietra raccolta da terra e l'abbatté per la seconda volta contro il volto dello scellerato.

Il procurator cadde riverso, dimenando braccia e gambe come un osceno insetto ferito. La reverenda non gli concesse requie, e premendogli un ginocchio sul petto lo colpì più volte, finché la furia delle sue ossessioni non fu paga.

Aleydis fu svegliata dal pianto della bambina.

«Reverenda madre, dove siete...?», mormorò, alzandosi dal giaciglio. La febbre le pregiudicava vista ed equilibrio, ma ancor peggio era il prurito al viso. Lo percepiva persino nel sonno, insieme all'afa soffocante di quell'estate maledetta. Evitò di toccarsi, rammentando quanto le fosse stato detto sul rischio di grattare le vesciche. «Madre...».

Angélique continuava a strillare come un'ossessa. Non vedendola da nessuna parte, la ragazza rammentò che si trovava in una stanza attigua. Strano, tuttavia, che suor Eudeline l'avesse lasciata sola... Avanzò tentoni, brancolando in cerca dell'uscio fino a imboccarlo senza quasi accorgersene, dopoiché proseguì lungo un corridoio ombroso.

Il pianto della bambina era sempre più intenso. Aleydis se ne lasciò guidare, rischiando più volte di inciampare sull'assito. Era esausta, la gola le bruciava in modo indicibile, eppure si oppose alla tentazione di tornare a coricarsi. La sua adorata figlia si stava lamentando, probabilmente senza nessuno a farle da balia. A qualsiasi costo, lei sarebbe andata a portarle conforto.

«Mia piccina...», cantilenò.

Passo dopo passo, riuscì a percepire la visione delle cose intorno a sé. Non netta, ma abbastanza dettagliata da consentirle di individuare i contorni di un ingresso. Lo varcò tenendosi aggrappata agli stipiti, scorgendo finalmente una culla di vimini.

Ora gli strilli di Angélique erano tanto intensi da ferirle le orecchie.

«Amore mio, fa' la brava...», le sorrise Aleydis. «Sono qui con te... Qui con te...».

Dovette insistere a lungo, infine la bimba si placò, ed emettendo una serie di singulti protese le manine per toccarla.

La giovane madre si lasciò stringere un pollice, cercando di ignorare i brividi della febbre. Era debole, estremamente debole, e con i sensi offuscati non avrebbe mai immaginato di poter giungere fino alla sua piccina. Ma ora, si disse, andava tutto bene. Doveva soltanto guarire e poi sarebbe stata la donna più felice al mondo, con la sua magnifica...

Ancora assorta nei pensieri, fissò il volto di Angélique e arretrò. «Oh mio Dio, fa' che non sia vero...», sussurrò incredula.

Aguzzò la vista e il terrore divenne palpabile.

«Mio Dio, no... Non la mia bambina...».

A dispetto della voce di Aleydis, ormai ridotta a poco più di un rantolo, l'immagine davanti ai suoi occhi diventava sempre più vivida. Ed era la cosa più tremenda su cui mai avesse posato lo sguardo.

Una piccola chiazza scarlatta sulla fronte di sua figlia.

Non trascorse molto dacché la stravolta Eudeline, con la pietra ancora stretta tra le dita, facesse ritorno all'ala del dormitorium in cui Aleydis riposava con la piccina. Aveva udito il pianto e voleva sincerarsi che Angélique stesse bene. Non poteva permettersi di perdere anche lei. Non ora, che anche la madre versava in condizioni gravissime.

Sforzandosi di fugare dalla mente l'immagine del procurator senza vita, controllò di sfuggita la stanza di Aleydis e non trovò nessuno. Allora, mentre uno strano presentimento si faceva strada dentro di lei, si lanciò di corsa verso la camera della bambina. Ma ancor prima di vedere, già sapeva, già sentiva. Ecco perché, quando si trovò di fronte alla culla vuota, stava già gridando.

76

Vermandois giunse a Reims quel giorno stesso. Allarmato dal silenzio di tomba che aleggiava per le vie cittadine, si diresse con il cuore in gola verso la chiesa di Sainte-Balsamie. Dopo tanta morte, l'ansia di non trovarla viva aumentava a ogni falcata del cavallo. Eppure, nonostante la sua fervente fede in Cristo, sapeva bene quanto poco contasse rivolgere preci al Signore.

Smontò da sella davanti alle mura del convento e osservò di sfuggita il suo destriero. Il candore del manto si intravedeva appena sotto strati di fango. Sorrise amaro, al pensiero di quanto lerciume avesse accumulato anche lui, nello spirito, viaggiando attraverso la peste e la miseria.

Superò a passo svelto la corte e il claustro, notando immediatamente la fila di nuove sepolture. Esitò a controllarle ed ebbe l'impulso di chiamare Eudeline a gran voce. Si trattenne alla vista di un cadavere abbandonato al limitare del cimitero. Vi si chinò sopra e riconobbe un prete con la testa sfondata. Il sangue era fresco.

Sguainò la spada e si guardò intorno, pronto al peggio. «Eudeline!», gridò. «Mia signora, siete in pericolo?».

A rispondergli, soltanto il vento della sera.

Ansioso di conoscere l'accaduto, si precipitò dentro la chiesa, nella sacrestia e infine nella domus della badessa. Niente! Sembrava che l'intera comunità di Sainte-Balsamie fosse svanita nel nulla. «Eudeliiine!», chiamò per la seconda volta, correndo come un pazzo per ogni ambiente del convento. Il refettorio, il valetudinarium, lo scriptorium, la piccola biblioteca…

Più cercava, più avvertiva il desiderio di gettarsi a terra e disperare. Del resto, continuare a illudersi era pura follia. Il silenzio di quel luogo era un responso più che eloquente ai suoi quesiti. Ma il cavaliere doveva continuare. Per il giuramento prestato a Maynard. Per l'amore che provava per lei.

Dopo aver frugato ogni dove, salì dunque le scale del dormitorium e controllò a uno a uno i cubicoli deserti.

Finché non la trovò.

Rannicchiata a terra, in lacrime.

Vermandois lasciò cadere la spada e si avvicinò incredulo.

Forse era stato ingiusto nel giudicare la Provvidenza.

Forse, di tanto in tanto, il Signore ascoltava le preghiere…

Si inginocchiò di fronte a lei e le prese il capo tra le mani, cogliendo il riflesso dello stupore nei suoi occhi. "Dille di Maynard!", si impose immediatamente. "Diglielo! Deve sapere!".

Ma Robert era stanco della disperazione. Stanco dell'infinita tristezza che oscurava il mondo. Inoltre, proprio in quell'istante, Eudeline stava schiudendo le labbra per pronunciare il suo nome.

Fu come la luce nel cuore.

"Glielo dirò dopo", promise a se stesso.

E la baciò con passione.

Come aveva sognato nelle notti più buie di quell'interminabile viaggio.

77

A sud di Tours

Gualtiero aveva continuato a evitare il più possibile gli *hospitalia* e le locande, ma di tanto in tanto si era visto costretto a cercare riparo in quel genere di alloggi. Fu così che quella notte, dopo mesi di peregrinazioni, assecondò per l'ennesima volta il desiderio di un comodo giaciglio e di un pasto caldo. Entrò in una bettola, si sedette lontano dal focolare e tenne d'occhio gli avventori chini sulla cena. Benché all'apparenza si trattasse di armigeri e semplici viandanti, il giovane non dubitò un istante che sotto alcuni di quegli abiti da viaggio si celassero ladri, truffatori e assassini. Strada facendo era a tal punto entrato in confidenza con l'adagio *Lupus est homo homini*, da impratichirsi sia della basilarda, sia della favella dei Galli. Più della prima che della seconda, a onor del vero, dacché il genere umano, negli ultimi tempi, sembrava aver perduto il gusto di comunicare con il prossimo.

Ma non era soltanto dai singoli che ci si doveva guardare. Nel lasciarsi alle spalle la Linguadoca, Gualtiero aveva rischiato in più occasioni di restare coinvolto in tumulti di villani esasperati dalla fame e dalla peste. L'ultima volta era accaduto nei feudi di Limoges, dove per distanziarsi dalla sommossa aveva dovuto fuggire a briglia sciolta lungo un corso d'acqua di cui ignorava il nome e la provenienza. Resosi conto di aver smarrito la strada, si era aggirato per oltre un mese tra selve e campagne finché non aveva capito di essersi spinto più a nord di quanto immaginasse. C'era mancato poco che finisse sotto le grinfie di un contingente di esploratori inglesi, prima di ritrovare la giusta via.

Aveva dunque ripiegato verso Tours e seguito il corso del fiume Clain, fino a giungere in quella bettola dimenticata da Dio.

Era così che iniziava a sentirsi. Dimenticato da Dio. Il dolore per la perdita della madre non accennava ad attenuarsi, nemmeno durante gli estenuanti cammini o nei momenti di maggior pericolo. Soltanto il sonno leniva il cordoglio, sempre che non lo facesse scivolare in incubi vividi e angoscianti quanto la realtà.

Ritrovarla per perderla definitivamente era stata una crudele beffa del destino. E l'aver scoperto di avere il sangue dei Bonacossi e degli Este non si discostava molto, a suo avviso, dall'essere un bastardo.

Soltanto il pensiero di Isabeau riusciva a dargli sollievo. Sentiva la sua mancanza e desiderava portare a termine la missione affidatagli da messer Maynard per tornare al più presto da lei.

Proprio in quell'istante, l'oste gli porse una ciotola di brodo in cui galleggiava una coscia di pollo di cui restava poco più dell'osso. Gualtiero lo ringraziò con un cenno e prese a sorbire il pasto, senza smettere di studiare gli avventori. Ce n'era uno in particolare ad aver suscitato il suo interesse: seduto in disparte, proprio come lui, con indosso una cappa pluviale che non riusciva a nascondere gli stivali da cavaliere e la faccia affilata come un pugnale.

In principio fu attirato soltanto dalla sua aria da sciacallo. Poi, dissimulando lo stupore, si rese conto di aver già visto quell'individuo.

Era accaduto a Villeneuve, davanti alla chiesa di Saint-Nicolas.

Intuì di correre un grave pericolo. Appena ebbe occasione di defilarsi senza destare sospetti, pagò la cena e si allontanò dalla locanda, preferendo dormire all'addiaccio piuttosto che scoprire cosa volesse da lui quell'uomo.

78

Villeneuve, palais de Griffon

Bertrand du Pouget ne aveva fin sopra i capelli di starsene segregato nelle stanze del suo secondo palazzo, lontano dalla vita e dai sollazzi di Avignone. Dopo quasi un anno trascorso senza progressi nella ricerca del *Lapis exilii*, iniziava a soffrire quella forzata inattività. Non che avesse scelta, naturalmente. Della città dei papi restava ben poco, se si ragionava in termini di sopravvissuti. Benché inaudito, sembrava proprio che gli angeli avessero sfogato l'ira divina sulle terre del successore di Pietro. Ma a turbare il cardinale era l'idea di morire di vecchiaia prima che il sole nero della peste smettesse di oscurare la terra.

Si alzò dal suo scranno ricoperto di velluto rosso e cercò consolazione nello scrigno riposto davanti a lui. Come sempre, prima di aprirlo si sincerò di aver chiuso a chiave l'ingresso dello studio. Nessuno, neppure il più fidato dei servi, doveva sapere.

Fece scattare il lucchetto e l'aprì.

La coppa e la punta di lancia scintillarono al barlume dei ceri. Più nere dell'ebano e quasi vibranti, emanavano una fragranza simile a quella dell'ambra, anche se più intensa. Il cardinale si chiese se si trattasse dello stesso profumo percepito dai pochi fortunati che avevano scoperchiato il sepolcro di un santo martire. Sempre ammessa l'esistenza di reliquie di veri martiri, in un mondo in cui l'apparenza valeva più della sostanza. Persino nel culto.

D'altro canto, se si poteva esser certi dell'autenticità di qualcosa, era il caso di quei due cimeli.

Da quando ne era entrato in possesso, Bertrand non aveva dubitato un istante che fossero legati al martirio del Cristo. Gli bastava sfiorarli per avvertire un flebile tepore e un immediato conforto, quasi fossero perennemente esposti alla fiamma della Grazia.

Riteneva di essere in salute, a dispetto dell'età avanzata, proprio grazie alla loro vicinanza. Il fatto stesso di essere scampato alla grande pestilenza la diceva lunga al riguardo.

Mancava ancora il *Lapis exilii*, tuttavia. L'ultima reliquia di Gesù Cristo, la più preziosa ed enigmatica. Il cardinale aveva speso molti anni a cercarla, con l'ambizione di servirsene per diventare papa, come suo padre. Ma adesso era obbligato a starsene al riparo dall'onda pestifera, in attesa dei progressi di padre Claret. Con il rischio di lasciarsi sfuggire Rocheblanche.

Dominò un moto d'ira, non ritenendo opportuno assecondare i bassi istinti al cospetto dei due sacri oggetti. Erano varchi sull'altro mondo, gli occhi del Dio giustiziere. Più scuri e impenetrabili della notte.

Il nitrito di un cavallo riportò la sua attenzione all'esterno. Richiuse lo scrigno e si sporse dalla bifora affacciata sulla corte del palazzo, a ridosso della salita per il forte di Villeneuve.

Erano sopraggiunti due messaggeri.

Il cardinale riconobbe sulle loro livree lo stemma pontificale di Avignone e si ritirò nella penombra, chiedendosi di cosa si trattasse. Poco dopo un servo bussò alla sua porta.

«Un messaggio, vostra eminenza!».

«Lascialo cadere dallo spioncino dell'uscio e vattene», gli ordinò Bertrand. Da quando infuriava la morte nera, evitava ogni contatto con chicchessia. Aveva inoltre preso l'abitudine di esaminare gli oggetti provenienti dall'esterno coprendosi il naso con un'arancia trafitta da così tanti *gariofili*[18] da equiparare il valore di un cavallo.

Attese che il servo eseguisse l'ordine e si chinò sull'infimo rotolo di pergamena caduto sul pavimento.

Molto strano, pensò. Era stato inviato prima dell'estate da un'abbazia lungo il corso del fiume Padus. Pomposa. Un vero miracolo che fosse giunto a destinazione. In calce riportava il nome del vescovo Guido di Ferrara.

Sempre più curioso, du Pouget accostò la strisciolina di pergamena a una candela per leggere il testo. Poche parole dai caratteri minuscoli, ma assai pregnanti.

Se è nel vostro interesse trovare il cavalier de Rocheblanche e le reli-

[18] Chiodi di garofano, considerati terapeutici e talmente preziosi che una loro manciata valeva quanto mezzo bue.

quie del Cristo, inviate messi alla curia di Ferrara. Lo scrivente custodisce l'enigma del Lapis exilii.
Che il Signore vi protegga.

Bertrand rilesse il messaggio con maggior attenzione e rivolse un'occhiata piena di sconcerto allo scrigno appena chiuso. Erano in pochi, nelle peccaminose terre di Avignone, a poter sostenere di aver beneficiato di un'illuminazione divina. Ebbene, lui poteva finalmente ascriversi fra quei prescelti.

Non c'era più bisogno di attendere notizie da padre Claret, né di forzar la mano con quella sgualdrina di Eudeline de Rocheblanche.

Sapeva dove cercare.

Doveva soltanto aspettare che il contagio cessasse di mietere vittime.

Fosse anche rimasto l'unico uomo vivo a calcare la terra, si sarebbe messo comunque in viaggio. Per compiacere le proprie brame.

79

Ferrara, Sesto di San Romano

Al pari di numerosi monaci, il reverendo Andrea provava sempre un lieve disagio nel camminare per le strade pubbliche, benché nel suo caso si trattasse più di un'inclinazione caratteriale che della formazione monastica. Prima di Pomposa, aveva operato per anni in centri pulsanti di attività come Fano, Padova e Rimini senza mai abituarsi alla calca e al chiasso.

Quel giorno, tuttavia, ne sentì quasi la mancanza.

A dispetto del mattino assolato, le vie di Ferrara erano completamente deserte. Non c'erano bancarelle di mercanti, né tantomeno carri o passanti a movimentare il passaggio. Persino all'ombra della cattedrale, dove erano soliti sostare pellegrini, accattoni e capannelli di comari, regnava il silenzio più assoluto.

L'abate ne trasse all'inizio un gran sollievo, poi però si soffermò sulle cause di quella desolazione e ne fu addolorato.

Non si gridava più alla peste da inizio estate, ma il morbo era tornato all'inferno portando con sé tre quarti del popolo. I sopravvissuti esitavano ancora a uscire di casa o a rientrare dalle campagne per il timore di una recrudescenza del contagio, e i pochi a mettere il naso fuori dall'uscio lo facevano di soppiatto, scivolando come gatti lungo le vie alberate e dentro gli androni, senza fermarsi per alcuna ragione.

Ansioso di sfuggire alla morsa di quella diabolica quiete, Andrea attraversò di buon passo la piazza e il sesto di San Romano, concentrato sulle motivazioni che l'avevano spinto fin lì. Nel corso delle precedenti settimane si era chiesto più volte se fosse la cosa giusta da fare, infine, spronato dal risvegliarsi di un antico fervore, aveva deciso di chiedere udienza al vescovo.

Giunto davanti al palazzo della curia, si soffermò a osservare i segni d'incendio che dall'inverno precedente deturpavano i muri e l'arcata dell'ingresso. A quanto pareva, la rappresaglia di Rocheblanche aveva recato oltraggio non solo all'orgoglioso marchese Obizzo, ma anche a una delle vie più rinomate della città. Scosse il capo, diviso tra il biasimo e la riconoscenza verso quell'impetuoso cavaliere, poi si avviò verso il portale.

Nessuna guardia stazionava all'entrata. Soltanto un servo assai impacciato che, saputo il suo nome e la motivazione della visita, lo indirizzò ai piani alti, dove il fuoco non era riuscito a far danni.

Sua eccellenza Guido di Baisio si trovava in una delle stanze nobili rivolte a ovest, seduto davanti a una bifora che consentiva di scorgere una distesa di tetti dominata dai campanili di Santa Giustina, San Biagio e Sant'Agata. Sorseggiava del vino da una coppa di peltro, immerso in cupi pensieri. Appena vide padre Andrea varcare la soglia, fugò ogni cruccio e gli rivolse un sorriso di gratitudine, subito temperato da un saluto di cortesia. «Vi trovo bene».

«Altrettanto voi». Andrea gli baciò l'anello, notando che portava ancora il pomo d'ambra al collo.

Il vescovo annuì. «Ringrazio il Signore ogni giorno», e gli indicò uno scranno su cui accomodarsi.

«Dubitavo vi sareste trattenuto a Ferrara così a lungo», osservò l'abate. «Senza guardie né servitù, per giunta. In una dimora tanto bisognosa di restauri…».

Il prelato fece spallucce, poi si avvicinò a un tavolino dotato di un vassoio con una caraffa e altre coppe. Ne riempì una e la porse all'ospite. «Bologna non è ancora sicura», spiegò con fare evasivo. «Inoltre l'incomodo del viaggio, il rischio dei banditi…».

«Capisco», tagliò corto Andrea. Non serviva l'astuzia di una volpe per comprendere che sua eccellenza si trattenesse in città per motivi di cui preferiva non parlare, e all'improvviso si chiese se avesse scelto un momento inopportuno per fargli visita. Colto dall'imbarazzo, posò la coppa e si alzò dallo scranno. «Fino a un attimo fa ero ansioso di parlarvi», confessò, «ma ora mi rendo conto di recarvi incomodo…».

«Quale incomodo?», replicò il vescovo. «Mi avete salvato la vita, reverendo padre! Se in qualche maniera posso esservi d'aiuto…».

«Avete già abbastanza problemi», continuò il monaco, dando voce al suo repentino malanimo. «Il vostro palazzo… Non mi aspettavo di trovarlo tanto malmesso».

Guido si guardò intorno con noncuranza. «Nulla di cui darsi pensiero», e con un disinvolto alternarsi di autorità e gentilezza lo costrinse a tornar seduto. «La struttura non è compromessa», spiegò, «la maggior parte dei danni è stata cagionata dal fumo».

Anche di fronte a tanta affabilità, Andrea non seppe darsi requie. Del resto, era proprio lui a proteggere il colpevole di quello scempio. Abbassò il capo, costernato. «A nome di Rocheblanche, vi chiedo venia».

Il vescovo sollevò un sopracciglio. «Rocheblanche!», esclamò. «Persevera ancora nell'intenzione di riscattarsi?»

«Ora più che mai», confermò l'abate, tenendo per sé le motivazioni del francese. «Vuole riconciliarsi con il marchese Obizzo. A costo di far valere le proprie ragioni davanti al Consiglio dei dodici Savi, se necessario».

Il venerabile Guido fece ruotare la coppa sul palmo e bevve un sorso. Il suo sguardo era tornato ombroso e imperscrutabile, al punto da infondere disagio nell'ospite. Meditò un istante, mentre osservava la distesa di tetti che giungevano fino al Canton di San Marco. «Potrei organizzare un incontro», propose infine.

Andrea accennò un diniego, lasciando intendere di non esser giunto fin lì per perorare la causa di messer Maynard.

Sua eccellenza, tuttavia, insistette. «Ditegli di venire da me». Poi alzò un indice. «Ma sarà rischioso, rammentateglielo bene. È pur sempre un fuorilegge».

Al monaco non restò che mostrar gratitudine, pur nel sospetto di un secondo fine. «Siete fin troppo magnanimo», affermò conciso. Dopo un attimo di esitazione, però, non poté trattenere la sua diffidenza: «Non aspettatevi, tuttavia, di ingraziarvi Rocheblanche attraverso un simile favore».

La risata del vescovo proruppe inattesa, tanto brusca quanto irritante. «Immagino abbiate letto gli appunti della mia corrispondenza, mentre risiedevo sotto la vostra ala tutelare», e domò lo sconcerto di Andrea battendogli una mano sulla spalla. «Non è un'accusa, reverendo padre. L'avrei fatto anch'io, al vostro posto». Ripose la coppa e gli si mise di fronte. «Ma nonostante siate a conoscenza della mia fedeltà ad Avignone, mi sorprende che cogliate del marcio nella mia offerta. È anche grazie a messer Maynard se sono ancora vivo e lo aiuterò di buon grado, a prescindere dal suo puntiglio di tener nascosto il *Lapis exilii*».

L'abate era più rigido dello scranno su cui sedeva. «Le vostre parole vi fanno onore», riconobbe, «e allo stesso tempo m'inquietano».

«Ho informato il cardinal du Pouget sulle reliquie del Cristo e non me ne pento», rivelò Guido, togliendo il freno alla lingua. Era franco, quasi serafico. «Dovevo farlo, e capirete certo il perché».

Andrea percepiva la sua convinzione di essere nel giusto e, a dispetto del proprio dissenso, la capiva davvero. Sul piano teologico, ne intuiva i legami con il principio di infallibilità decretato dalla massima *Ecclesia ab errore immunis*, grazie alla quale ogni alto prelato poteva sempre e comunque lavarsi la coscienza. «Du Pouget...», sospirò con scetticismo. «Sapete bene quanto quell'uomo odi Ferrara. Cosa ritenete che accadrà, richiamando qui la sua attenzione?»

«Monsignor Bertrand non odia affatto Ferrara», puntualizzò il Baisio. «Un tempo desiderava porla sotto l'egida di Avignone, insieme a Bologna, per renderla grande e potente».

«Lo fece al rischio di distruggerla, servendosi di eserciti e di spie».

«Eserciti e spie, sì. Ma a fin di bene».

I due religiosi si fronteggiarono come giocatori di scacchi, impassibili, quasi affabili.

Infine l'abate non poté più trattenersi dal punzecchiare il vescovo: «Anche la madre di Gualtiero de' Bruni agì a fin di bene. Non siete stato proprio voi a dirmelo? Eppure l'avete tenuta prigioniera ed esiliata».

«Preferivate forse che Obizzo venisse informato della sua presenza a Ferrara?», si difese sua eccellenza, con tono disincantato. «Voi ignorate, reverendo, le imprese di Elisa d'Este. Fu grazie a informatori come lei che Santa Madre Chiesa riuscì a tenere in scacco i feudi dell'Emilia e della Romagna. Ora però quei tempi sono finiti, e rivangare il passato servirebbe soltanto a guastare i rapporti tra la curia ferrarese e i signori Estensi. Cosa che io, naturalmente, non posso permettere».

Padre Andrea colse in quell'ultima frase un avvertimento, ben sottolineato da un'occhiata rapace di Guido. «Non guardatemi a quel modo!», si adombrò. «Vi ho giurato di mantenere il silenzio e lo farò». E rimandando a più tardi l'impellenza di darsi del vigliacco, si concentrò sulle conseguenze più preoccupanti della faccenda. «Mi chiedevo soltanto cosa accadrebbe al figlio, il giovane Gualtiero, se venisse a scoprire la verità...».

Sua eccellenza abbassò le palpebre, lasciando trapelare l'auspicio che una simile circostanza non dovesse mai verificarsi. «Un erede di Passerino de' Bonacossi avrebbe vita breve in questo mondo di lupi», sentenziò. «Quindi, se mai il vostro miniaturista dovesse sfuggire alla peste, ritrovare la madre e far ritorno in queste terre...».

«Mi impegno fin da ora a fargli mantenere il segreto», concluse d'impeto l'abate. Infine, prendendo il coraggio a due mani, aggiunse: «E a proteggerlo».

Il vescovo ne uscì con un sorrisetto pieno di sottintesi. «A vostra discrezione», si limitò a dire, e riacquistando un'espressione amabile si preparò a parlare d'altro. «A meno che non mi sia sfuggito qualcosa, ignoro ancora il motivo della vostra visita».

Ma a quel punto, Andrea aveva smarrito l'entusiasmo che l'aveva guidato fino alla curia. Desiderava soltanto tornare alla sua abbazia sperduta tra le acque e lasciarsi alle spalle quell'insidiosa conversazione. «A esser franchi, credo di aver recato già abbastanza disturbo».

«Fatela finita con questa farsa», ironizzò Guido. «Sembrate più timido di un novizio».

Vedendosi negata la licenza di prender congedo, l'abate fissò la coppa di peltro che aveva riposto ai bordi dello scranno, rendendosi conto di non aver bevuto neppure un sorso. La prese d'impulso e sorbì il vino color sangue. «Ebbene, avete vinto», si decise infine. «Riguarda la mia abbazia».

«Vi servono denari?»

«No, vostra grazia. Al momento ne ho a sufficienza per provvedere ai bisogni del cenobio».

Il vescovo annuì. «Siete rimasti soltanto in dieci, se ben rammento».

«Undici», precisò Andrea, cupo.

«E dunque?», lo spronò Guido.

«Riguarda le mie ambizioni di riforma spirituale».

«Me ne accennaste, è vero, e rammento pure di avervi incoraggiato a inseguire i vostri sogni. Tuttavia, a essere onesti... non so quanto ne valga la pena. Vi sembrano questi i tempi adatti per promuovere un regime ancor più austero dei costumi monastici?».

L'abate si era aspettato una simile obiezione. Mietendo vittime, la peste aveva seminato il terrore per l'Apocalisse e l'ossessione della mortificazione della carne. Accentuare quel comune sentimento con altro rigore avrebbe fomentato nel popolo il proliferare del fanatismo. «Non è l'austerità che voglio promuovere», rivelò, «bensì la luce».

Sua eccellenza lo scrutò con intensità. «Spiegatevi».

«Gli affreschi della navata», accennò Andrea, non sapendo da dove iniziare. «Sono vetusti, opachi».

«Per non parlare dell'abside», gli diede ragione il Baisio. «A voler essere gentili, la sua decorazione sembra essere stata rimossa a suon di scalpello».

«Fu opera di mastro Sigismondo de' Bruni», si sentì in dovere di precisare il reverendo. «Aveva appena terminato di picchiettare la parete per stendervi un nuovo strato d'intonaco da decorare, quando fu... arrestato».

Il vescovo si batté una mano sul petto, un tacito *Mea culpa* che valeva più di cento parole. L'ho fatto impiccare io, diceva il suo sguardo. Per timore che sapesse. Che riferisse ad altri... Sorrise magnanimo. «E dunque, cercate un valente mastro pittore».

«Precisamente, eccellenza».

Il sorriso di Guido si era deformato in una smorfia incuriosita. «C'è della follia nei vostri propositi», ammise. «Non fanno che giungermi voci sugli sforzi del giudice dei Savi, tutto impegnato a ripopolare Ferrara, a combattere la carestia e a dispensare gli edifici rimasti vuoti a nobili forestieri... e voi siete qui, disposto a spendere denari ed energie per un affresco!».

«Sono un monaco benedettino», ribatté l'abate, «e non conosco altro modo di rendere gloria a Dio se non attraverso la sapienza e la bellezza». D'un tratto aveva ritrovato il filo del discorso, insieme alla passione riaccesasi nel dolore e nel sacrificio. Veder spirare i suoi confratelli gli aveva insegnato quanto caduca fosse la vita per sprecarla a compiangersi. «*Splendor*, *nitor*, *lucor!*», esclamò, quasi per dissipare le ombre che l'avevano oppresso per anni. «Queste le parole che mi furono inculcate da novizio. Ebbene, che il loro messaggio raggiunga una nuova generazione di monaci attraverso gli affreschi, affinché noi tutti, dopo il grande flagello della morte nera, possiamo interpretare il futuro come una promessa di salvezza».

Sua eccellenza ascoltò con attenzione, mentre sul suo volto si alternavano titubanza ed entusiasmo. Infine, dopo aver annuito, ammise: «Vi ho dato del folle, ma non per questo irrido la vostra follia». Portò quindi una mano sul mento e camminò avanti e indietro per la stanza, mormorando tra sé. «Forse ho chi fa per voi», rivelò infine. «È un *magister pintor* di Bologna, un certo Vitale degli Equi. Qualche anno fa mi servì bene, eseguendo quattro statue lignee dipinte in bianco e oro che trovano posto in un'edicola della nostra cattedrale. Ignoro se abbia perso la vita nella pestilenza o per mano dei debitori, ma se avete pazienza, non esiterò a informarmi».

«Non chiedo di meglio, eccellenza», lo ringraziò l'abate. E alzandosi dallo scranno, fu finalmente libero di andarsene

Tornato a Pomposa il giorno successivo, padre Andrea si arroccò nel suo studio e fece subito convocare Rocheblanche. «Bentrovato reverendo», lo salutò il cavaliere con piglio salace. «Ho saputo del vostro viaggio a Ferrara».

«Nulla che vi riguardi, messere», ribatté impassibile il religioso. Conosceva fin troppo l'indole guardinga del cavaliere per non cogliere nel suo tono una punta di sospetto. «Nulla», ripeté, «eccetto una singolare offerta del vescovo Guido».

Il francese lo scrutò minaccioso. «Non gli avrete per caso rivelato qualcosa...».

«Mi avete preso per un fanciullo?», lo zittì Andrea, battendo il pastorale sul pavimento. «Gli ho reso noto lo stretto necessario sulla vostra condizione. E sua eccellenza, per qualche oscuro motivo, si è offerto di organizzarvi un incontro con il marchese Obizzo, davanti al Consiglio dei Savi. Come desideravate».

Rocheblanche ne rimase assai impressionato e per un attimo fu indeciso se chiedere ulteriori spiegazioni o ringraziare. Infine, fedele alla propria indole, si mostrò riluttante. «Sento puzza d'inganno».

«Anch'io, naturalmente», confermò Andrea. «Ciò nondimeno, non reputo il vescovo così sprovveduto da volervi far torto. Al contrario, lo giudicherei più incline a ingraziarsi la vostra persona».

«L'ha fatto anche con voi?».

Irritato dal tono sarcastico di Rocheblanche, l'abate torse la bocca. «Sono del parere che dovreste cogliere l'occasione», tagliò corto. «Scagionarvi dalle accuse e riavvicinarvi a Obizzo d'Este potrebbe essere più urgente di quanto pensiamo».

«Cosa intendete?».

Il lungo sospiro del monaco fu una risposta più che esauriente.

«Guido di Baisio mi ha confessato di aver scritto al cardinal du Pouget, come temevamo. E ora che l'ipotesi è diventata una certezza, Dio solo sa cosa possa aver rivelato il vescovo in quella dannata lettera».

Maynard accarezzò d'istinto l'elsa del pugnale. «È dunque giunto il tempo», disse a voce bassa, gli occhi già a cercar nemici tra le ombre. «Ebbene, sia! Domani stesso mi recherò da sua grazia il vescovo per fissare l'incontro con il consiglio, e peggio per lui se avrà ordito degli inganni».

Il reverendo annuì. «Avrete il mio appoggio incondizionato, naturalmente», gli rammentò. «E pertanto, credo sia giunto il momento che mi riveliate come intendete scagionarvi dalle accuse al cospetto del marchese e dei Savi».

«Avete ragione, reverendo», disse il cavaliere. «Sedete allo scrittoio e ascoltatemi con attenzione, poiché da queste parole non dipenderà soltanto la mia libertà. Ma anche il vostro onore, dacché mi avete protetto».

80

Reims, convento di Sainte-Balsamie
11 agosto

Quando Robert si svegliò, Eudeline non era più al suo fianco. Si mise seduto sul bordo del letto sfatto e sciacquò il viso in un catino, poi si vestì per uscire all'aperto. Felice come non lo era da tempo, si chiese se fosse giusto provare un simile sentimento dopo aver attraversato tanta sofferenza. Ma era troppo poco avvezzo a quel genere di riflessioni per riuscire a darsi una risposta. La guerra e l'onore avevano riempito gran parte della sua giovinezza, tracciando una via netta da seguire. Servire il re, servire la Francia, senza mai porsi domande. Soltanto ora si rendeva conto a quanto poco fossero valse simili prodezze.

Lasciare un amico sul letto di morte, attraversare un mondo devastato dalla peste e struggersi per un amore impossibile… Queste erano state le esperienze più importanti della sua esistenza. L'intensità di quei pochi mesi l'aveva riplasmato, rendendolo più sensibile e forse più saggio.

Attraversò la corte del convento, camminando senza fretta lungo un sentiero che iniziava a scomparire tra rovi ed erbacce.

Come si aspettava, trovò Eudeline nel piccolo cimitero.

Prima di avvicinarsi, la osservò da dietro un albero.

Qualcosa sembrava cambiato in lei, ma non ebbe il tempo di rifletterci su. Scorse il suo viso bagnato di lacrime e provò una fitta al petto.

Il giorno prima le aveva dovuto rivelare la sorte di Maynard. Non c'erano state parole sufficientemente dolci per dirle che suo fratello era spirato fra le braccia della morte nera. E a nulla era valso il racconto delle gesta di eroismo che aveva compiuto fino all'ultimo.

Uscì dal suo nascondiglio e le strinse le spalle, per recarle conforto.

Lei si divincolò. «Non posso accettarlo», gemette con sdegno. «Non posso accettare che sia morto!».

Il piccardo abbassò il capo, sforzandosi di trovare le parole per consolarla. «I suoi ultimi pensieri sono stati per voi».

Eudeline gli strinse un polso. «E poi, l'avete visto...».

«No, mia cara. No», disse lui. «Quando lo lasciai era ancora in vita. Desideravo restare, naturalmente. Ma lui mi spronò a partire il prima possibile».

«Quindi c'è speranza che sia guarito!».

«Non aggrappatevi a pie illusioni. Soffrireste ancora di più».

«Ma Robert...», insistette la donna. «Io sento che...».

«È morto, Eudeline», esclamò Vermandois, asciugandosi le lacrime. «Morto! Io stesso provo strazio nell'affermarlo, ma non ho dubbi. Ho visto le condizioni in cui versava... Ho udito il suo flebile respiro... E io... io...». Si guardò le grandi mani, impotente.

«Non ha più senso restare qui».

Quelle parole lo misero in allarme. «Cosa intendete, madonna?».

L'espressione di Eudeline si era d'un tratto indurita. «La peste è alle porte, e troverà Reims già decimata». Dalla voce trapelava una sofferenza trattenuta dalla volontà degna di un guerriero. «Ho perduto ogni cosa, Robert. I miei feudi, le mie certezze, il mio velo. Soltanto voi restate. Voi, e il desiderio di piangere sulla tomba di Maynard».

Per un attimo Vermandois percepì la tempra leonina che, in tempi ormai lontani, l'aveva fatto invaghire della donna nascosta dal velo. Non dubitava che una simile natura fosse rimasta nell'ombra per tanto tempo, in attesa di prorompere in un ruggito tremendo e ghermire il nemico. «Mia signora», si sentì comunque in dovere di obiettare, «voi non sapete cosa significhi attraversare questo inferno...».

«È mio fratello!», avvampò lei. «Per nulla al mondo rinuncerò a porgergli l'estremo saluto».

Il piccardo sorrise, quasi compiaciuto. «Sta bene», ribatté. «Caricheremo ogni vostro avere su un carro, e ci rimetteremo nelle mani di Dio».

«Soltanto un'ultima remora», aggiunse Eudeline, pungolata da una nuova angoscia. «Voglio ritrovare Aleydis e la bambina».

«È una follia», la mise in guardia Robert. «Le strade di Reims sono piene di violenza e morte. Quella sciagurata si è condannata abbandonando il claustro».

Lei annuì. «Ne sono consapevole», disse. «Ma la piccola Angélique...».

Vermandois le accarezzò le gote, asciugandole le lacrime. «Tenterò io, oggi stesso», la rassicurò. «Voi dovrete promettermi di aspettare qui, al sicuro fra queste mura». Vedendola acconsentire, provò una fitta di rimorso. Poiché era certo di averle dato una vana speranza.

81

Aleydis camminò finché ne ebbe le forze, la sua bambina stretta fra le braccia e un'oscurità sempre più densa che le si stringeva addosso. A guidarla soltanto l'istinto di fuggire lontano – dal male, dal rimorso, dalla morte – dove nulla e nessuno avrebbe potuto raggiungerla. Sentiva dietro di sé l'incombere del cardinal du Pouget, di suor Claire e del perfido Marcus. Spettri terribili, usciti dagli inferi per vendicarsi dei suoi misfatti e dei suoi fallimenti.

Accecata dalla febbre e dalle lacrime, la giovane si ostinò ad arrancare per le strade polverose, implorando mille volte il perdono tra i vicoli di una città divenuta labirinto. Intanto Angélique piangeva senza requie.

Vagarono tra muri grigi, nel fetore di una Reims abbandonata al dolore e alla follia. E quando Aleydis si lasciò cadere sulle ginocchia, stanca di sottrarsi ai suoi mostruosi inseguitori, capì che non si sarebbe più rialzata. Si accucciò contro una parete, premendo al petto la bambina, incredula che tutto potesse finire così. Ma del resto, perché stupirsi? La vita era sempre stata ingiusta con lei. L'aveva costretta a rubare, a mentire e a ingannare da quando ne serbava memoria.

Fiat voluntas tua, rifletté con rabbia. Andassero tutti all'inferno, lei compresa, se quella era la volontà del Signore. L'unica consolazione era che la sua adorata Angélique sarebbe salita in paradiso tra i beati. Ciò bastò a distenderle la fronte e a farla scivolare nel sonno.

Fu allora che rivide per l'ultima volta suor Eudeline. Era tornata a essere nobile e bella, come una santa. Si ergeva al suo cospetto circonfusa di luce bianca con le mani protese in avanti, leggere e impalpabili, per aiutarla.

«Vi ho voluto bene...», sussurrò Aleydis, con un dolcissimo sorriso. «Tanto bene...».

Con la faccia coperta da una benda intrisa di spezie, l'Arabo si piegò sulla donna accasciata contro il muro e le scostò una ciocca ricciuta dal viso. Arretrò di scatto, scuotendo il capo.

Alle sue spalle, il cavaliere dalla nera armatura che attendeva in sella grugnì per indurlo a passare oltre. Il saraceno tuttavia indugiò, incuriosito dal fagotto tenuto in grembo dal cadavere.

«Cosa succede?», volle sapere l'uomo d'arme.

Prima di rispondere, l'Arabo aprì adagio l'involto e ne esaminò il contenuto. «Un infante», rispose poi. «Ancora vivo».

«Non abbiamo tempo per queste cose!».

Ma il servo si era già rialzato da terra con il neonato tra le braccia. «Credo sia una bambina».

«Mettila giù, dannazione!», protestò il cavaliere nero. «Non hai forse scorto la chiazza sulla fronte? Dev'essere vaiolo o peste, per Dio!».

«Vi ingannate, mio signore». Gli occhi ferini dell'Arabo esaminarono con attenzione la piccola. «Ho esperienza di questi segni e so per certo che sono innocui. Si tratta di una semplice imperfezione della pelle».

«Anche se fosse, vorresti prenderti cura della figlia di una baldracca?»

«Non feci forse altrettanto con voi, in *Hispania*?».

L'uomo dalla nera armatura si zittì di colpo e sputò con sprezzo. Si preparava a proferire l'ennesima cattiveria, impaziente di proseguire, quando il suo sguardo ricadde sull'esserino miracolosamente scampato alla morte e mutò in una smorfia di stupore. Allora, senza dare spiegazioni, smontò dal cavallo e fece per afferrare un monile appeso al collo dell'infante.

Alla vista delle sue dita coperte di rostri di ferro, la bambina scoppiò immediatamente in lacrime.

L'uomo ritrasse la mano imprecando. Poi, in preda a una smania sempre maggiore, sfilò il guanto dell'armatura e prese la croce gemmata che le risplendeva sul petto della piccola.

La meraviglia tornò ad affiorare sul suo viso, per poi sparire dietro una maschera di ossessioni. Guardò il saraceno, quasi scosso. «Puoi tenerla», sentenziò. «A patto che non mi disturbi nel sonno».

«Ve ne sono grato», disse l'Arabo, sconcertato dalla sua reazione. «Ma se posso sapere, mio signore, cosa vi ha fatto cambiare opinione?».

L'armigero fissò ancora una volta il crocifisso d'oro gemmato, esaminandone con cura le incisioni, poi le pietre incastonate al centro e sui quattro angoli. Infine lo mostrò al suo acuto servitore. «Questo», rispose. «A meno che il diavolo non mi inganni, sono certo che appartenesse a mia figlia Eudeline».

Prima che il saraceno potesse ribattere, risuonò un rumore di zoccoli. E poco dopo, un uomo a cavallo spuntò da un vicolo vicino. Procedeva al trotto, guardandosi intorno tra le luci del vespro.

All'Arabo bastò una scorsa per mettersi in allarme. «Lo riconoscete?», sussurrò al suo signore.

«Non mi è nuovo…».

«Vermandois, mi pare si chiami. C'è mancato poco che l'uccideste, mesi fa».

Il cavaliere nero pose la mano all'impugnatura della spada. «Suggerisci di completare l'opera?»

«Non sarà necessario», lo quietò il moro. «Basterà stare nascosti qui e aspettare che passi oltre». E con insospettata delicatezza, iniziò a cullare la bambina tra le braccia, perché si addormentasse.

82

Ferrara, Domus Communis
13 agosto

Pur dubitando delle buone intenzioni del vescovo, Maynard finì per dar retta a padre Andrea consentendo a Guido di Baisio di organizzare per lui un'udienza al cospetto del Consiglio dei Savi. Del resto, c'era ben poco da far gli schizzinosi. Il cavaliere non sarebbe mai riuscito, da solo, a prender contatti con una magistratura di cui non conosceva né membri, né funzionamento. Durante la sua permanenza a Ferrara era venuto a sapere soltanto che si trattava di un collegio composto di dodici sapienti insigniti di poteri giudiziari e amministrativi, al cui capo si poneva un giudice, e consigliere marchionale. Di quest'ultimo Rocheblanche conosceva il nome, Filippo Migliorati, e la lingua tagliente di toscano. Ne serbava un vivo ricordo dall'anno prima, al suo primo ingresso nella corte estense, allorquando era stato abbastanza certo di suscitarne le antipatie.

Questa era tra le ragioni per cui, al battere dell'ora quarta, esitava a varcare l'ingresso della *Domus Communis* – o Palazzo della Ragione – che torreggiava all'imbocco della contrada di San Romano. Due giorni prima, a conclusione di un breve colloquio, il vescovo gli aveva detto di presentarsi lì, indicandogli data e ora, con la raccomandazione di essere puntuale. Nonostante il desiderio di uscire dalla latitanza, Maynard si sentiva per la prima volta inadeguato alla situazione.

Imprecando tra i denti, fissò il soldato segaligno di guardia al portale. Ebbene sia, si convinse poi. «Il mio nome è Maynard de Rocheblanche», annunciò. «Sono qui su indicazioni di sua grazia il vescovo, per chiedere udienza al Consiglio dei Savi».

«Ero informato del vostro arrivo», ribatté la guardia, e dopo essersi sincerata che non portasse armi lo lasciò passare.

Prima di avanzare, il francese rivolse un ultimo sguardo verso il cielo sgombro di nuvole. Si accorse allora che tra i merli del palazzo non compariva nemmeno una testa su una picca. A quanto pareva, la peste aveva falcidiato fin troppe vite perché la giustizia del marchese si prendesse il disturbo di spedirne altre all'inferno.

Forse lui sarebbe stato il primo, dopo molti mesi.

La sala delle adunanze era mal illuminata, circondata da pareti decorate da vecchi affreschi. Il consiglio dei Savi trovava posto su due lunghi stalli di legno, ognuno a sei sedute, disposti ai lati delle personalità assise al centro. La prima era sua signoria Obizzo III d'Este, completamente vestito di nero, se non per l'aquila bianca ricamata su una manica della giornea. Seguiva il giudice Filippo Migliorati, accanto a uno scranno vuoto su cui avrebbe dovuto comparire il podestà Donaccio da Piacenza, assente per urgenti incombenze.

Maynard, in piedi al loro cospetto, fu invitato a esporre il proprio nome, titolo e provenienza perché fosse messo a verbale. Lo fece in modo asciutto.

I presenti, Obizzo compreso, l'ascoltarono senza batter ciglio, benché ognuno di loro fosse bene al corrente dei crimini di cui era accusato.

Il cavaliere non seppe come interpretare quel silenzio, ma tenne a freno le emozioni finché uno dei membri più anziani, rivolgendosi al giudice, interruppe l'attesa: «Non vedo perché si debba offrire udienza a un fuorilegge! Lo si metta ai ceppi e proferiamo sentenza».

«Si sarebbe già proceduto in tal senso», replicò il Migliorati, con un sospiro, «se sua eccellenza il vescovo non avesse accennato a un vizio nella procedura che portò all'arresto di costui».

«E noi siamo forse qui per servire il vescovo?», insistette il vecchio magistrato.

«Non il vescovo», lo zittì il giudice, «ma la giustizia e il Comune».

Il marchese batté un pugno sul bracciolo per sedare il battibecco. «Si mettano agli atti i capi d'accusa», ingiunse cupo.

A tali parole, uno dei dodici assisi scattò in piedi e declamò: «Messer Maynard de Rocheblanche, accusato di aver fatto irruzione lo scorso ottobre presso la sede dell'episcopato ferrarese e trucidato il visdomino Superanzio Orsini insieme a undici dei suoi armigeri». Attese che un notaio rinsecchito stendesse il resoconto sul verbale, quindi proseguì: «Non pago di tale violenza, il qui presente Rocheblanche ha appiccato un incendio nella corte di suddetto edificio, cagionando non pochi danni alle proprietà della diocesi. È stato arrestato in flagranza di reato dai birri di sua signoria, ma dopo due mesi è evaso dalle prigioni marchionali, probabilmente grazie all'aiuto di un complice».

Filippo Migliorati ascoltò con le dita incrociate sotto il mento, intento a studiare l'imputato. «Messer Maynard», l'apostrofò infine, «comprendete ciò di cui vi si accusa?».

Il francese colse la sua aria beffarda, ma si mantenne impassibile. «Sì».

«E avete comunque l'ardire di presentarvi al nostro cospetto?»

«Sì».

«Perché mai? Perché non fuggire?». Il tono del giudice rasentò il canzonatorio. «Sarebbe stato facile per un uomo scaltro quale vi siete dimostrato».

«L'avrei fatto se la scaltrezza non fosse commisurata al senso di onestà e di onore», si difese Rocheblanche. «In altre parole, mi trovo al vostro cospetto per riconquistare la mia buona fama e al contempo dimostrare a sua signoria di essersi sbagliato nei miei confronti».

Il nobile Obizzo fece un gesto irritato. «Finora avete dimostrato soltanto la vostra arroganza», commentò, e dopo un attimo di esitazione si alzò dallo scranno e gli si mise di fronte. «Di cosa si tratta, Rocheblanche?», sibilò. «È l'ennesimo insulto alla mia persona?».

Pur mostrandosi contrito, Maynard sostenne il suo sguardo. «Sono consapevole di avervi offeso in diversi frangenti, sia in privato sia in pubblico. Se per il primo caso mi impegno a far ammenda al momento opportuno, davanti a voi soltanto, per il secondo non posso che rimettermi a questo illustre consiglio».

Con una smorfia di sprezzo, il marchese si preparò a ribattere. Poi, rendendosi conto della sua reazione spropositata, gli voltò le spalle e tornò a sedere.

Il giudice dei Savi attese in silenzio che sua signoria aggiungesse altro, infine tornò al francese: «Ebbene, messere, vi ascoltiamo. Siamo ansiosi di scoprire a quale cavillo intendiate appellarvi».

«Nessun cavillo». Rocheblanche si rivolse al Migliorati ma tenne gli occhi puntati su Obizzo. Sapeva bene che a bruciare nell'animo dell'Estense non era la morte dell'Orsini, bensì il tradimento di Lippa, e tuttavia non si trovava nelle condizioni di poter esprimere il proprio rammarico né consentire al nobiluomo di sfogarsi su di lui. Poteva soltanto dimostrargli di essere una persona integra che si batteva per l'onore e per la verità, pertanto ammise a gran voce: «Io ho ucciso il visdomino Superanzio Orsini e non sono qui a implorar clemenza. L'ho ucciso, sì, e per farlo ho dovuto difendermi dai suoi sgherri, mandandone al diavolo quanti più possibile. L'incendio della corte vescovile è stato una disgraziata conseguenza».

«Con queste parole non fate che rimarcare la vostra colpevolezza», osservò il giudice, visibilmente spiazzato.

«Sono responsabile della morte di un uomo, è vero». Adesso era Maynard a sorridere, di pura fierezza. «Ma dimostrerò che avevo diritto di compiere quel gesto».

«Siete forse uscito di senno?», sbottò il giudice.

«Non più di voi tutti, messeri». Il cavaliere scrutò a uno a uno i membri del consiglio, soffermandosi sulle loro facce piene di sconcerto. Finalmente calcava un terreno a lui congeniale, sul quale alcuna legge o prescrizione avrebbe potuto impedirgli di dar prova di coraggio. «La mia azione contro il visdomino fu la conseguenza di un grave oltraggio, nulla a che vedere con una mera vendetta. Lo affrontai per lavare un'onta insopportabile, che nessuno di lorsignori lascerebbe impunita». Fece una breve pausa, per sincerarsi che tutti prendessero atto delle sue parole. «Mi riferisco agli eventi di un anno fa, a fine luglio, quando Superanzio Orsini mi attirò alla contrada della Rotta con un vile pretesto e mi pugnalò a tradimento, facendomi precipitare nelle acque del Padus. Se sono sopravvissuto, lo devo soltanto alla divina Provvidenza».

Obizzo d'Este era l'unico nella sala a non manifestare stupore. Continuava a scrutare Maynard con odio sempre più acuto. A un suo segnale, il giudice continuò l'interrogatorio: «Belle parole, messer Maynard. Avete prove a sostegno di quanto affermate?».

Rocheblanche fece un gesto vago. «Potrei richiedere la testimonianza dei venerabili asceti che curarono la mia ferita al costato. Dimorano lungo il corso del fiume, presso l'eremo di Santo Stefano della Rotta. Beneficiai delle loro cure per quasi tre mesi, impossibilitato a muovermi e a denunciare l'ingiuria che avevo subìto. Del resto, il marchese avrà pur notato la mia assenza a corte».

«Sono certo che il marchese abbia avuto cose più importanti a cui pensare», ironizzò il Migliorati, volgendo uno sguardo complice ai dodici Savi. «Inoltre, se mi è concesso esprimermi con franchezza, siamo tutti bravi a cercar scusanti in eventi precedenti alla grande moria. Potrei chiamare in causa uno stuolo di imbroglioni che affermano d'aver perduto ogni bene durante le ruberie incorse durante la peste», e tornò a fissare Maynard. «In quanto ai vostri benevoli asceti della Rotta, sempre ammesso che siano sopravvissuti al contagio...».

«Lasciamo gli asceti alle loro preghiere», intervenne l'Estense. Puntò l'indice contro il francese. «La ferita di cui parlate avreste potuto procurarvela in mille modi».

Maynard avvampò per lo sdegno «Insinuate che sia giunto fin qui a raccontar menzogne?»

«I vostri intenti non m'interessano», replicò Obizzo, «né tantomeno la vostra offerta di riparare agli affronti personali recati alla mia persona. Siete un incantatore di serpenti, messere. Un vile affabulatore, il cui unico scopo è spuntarla con l'arrogante pretesa di farsi condonare una pena di morte».

«Posso sopportare il vostro astio», esclamò il cavaliere, «ma non che mi rivolgiate simili offese».

Il marchese si strinse nelle spalle. «L'onore va guadagnato, messere».

«Non chiedo di meglio».

«Cosa intendete?».

Finalmente Rocheblanche aveva portato la conversazione al punto in cui gli interessava maggiormente. Per un attimo era rimasto spiazzato dagli interventi del giudice, ma l'orgoglio di sua signoria gli aveva fatto buon gioco. «Nelle terre da cui provengo», si affrettò a spiegare, «vige il costume che un uomo di nobili natali possa scagionarsi dalle accuse appellandosi a un'ordalia, una prova, attraverso la quale Dio riveli la sua innocenza o colpevolezza. Ebbene, dal momento che in questi feudi permangono simili usanze, invoco il diritto di misurarmi in duello contro chiunque osi darmi del mentitore».

«Sciocco messere!», sibilò il Migliorati. «Intendereste alzare la spada contro il nostro signor marchese?»

«Soltanto se avrà il coraggio di accettare la sfida», rispose Maynard.

«Rocheblanche!». Obizzo si alzò dallo scranno una seconda volta. Se dominò la collera, fu soltanto grazie al giudice che lo trattenne per un braccio e gli suggerì di controllarsi. «Mi state dando del fellone?»

«Non oserei mai, vostra signoria». Il cavaliere aveva acquisito la freddezza marziale di chi si prepara allo scontro. «Ma se ignoraste la mia richiesta, provereste di esserlo».

Filippo Migliorati accennò un categorico diniego. «Sua signoria è il *dominus* di Ferrara. Anche volendo, non può mettere a repentaglio la propria vita per provare l'innocenza di chicchessia».

«Nomini un campione, dunque», propose Maynard.

«Non è questo il modo di far giustizia, messere!», insistette il giudice.

Il cavaliere, impassibile, intrecciò le braccia al petto. «Io invece non scorgo altra maniera», obiettò. «Nessuno di voi graziosi signori ha messo in dubbio il mio diritto di difendermi dall'ingiuria dell'Orsini. Ma data l'impossibilità di dimostrare quanto affermo, non mi resta che appellarmi allo stesso diritto per respingere quelle che io sostengo essere delle calunnie».

Il marchese Obizzo era sprofondato nello scranno, intento a macinare pensieri. Grazie all'intervento del giudice aveva riacquistato il suo temperamento ombroso e imprevedibile. Per un attimo un guizzo di luce attraversò i suoi occhi neri, ma lui seppe trattenere l'entusiasmo. Poi, con la meditata lentezza dei più astuti predatori, richiamò l'attenzione generale con un movimento della mano. «Sia come volete, Rocheblanche», affermò con un ghigno di sadismo. «Incontrerete il mio campione tra due giorni, in occasione della giostra organizzata per la ricorrenza dell'Assunzione di Maria che si terrà anche quest'anno, a dispetto delle recenti disgrazie, per risollevare l'animo del popolo e della nobiltà tutta».

83

Selve di Mont-Fleur

La peste, la selva, i lupi. Il giovane viandante attraversò i feudi di Vienne, proseguendo per la *villa Cerisii* consacrata a Saint-Savin, fino a trovare il sentiero che serpeggiava tra gli alberi verso il luogo segreto di cui Rocheblanche gli aveva parlato. Spossato, in bilico tra il sonno e la veglia, si aggirò tra i rami contorti di una macchia che pareva non finire mai. Da quando il suo cavallo era morto all'improvviso, obbligandolo a coprire a piedi l'ultimo tratto di strada, camminava da un giorno senza sosta, una mano stretta alla bisaccia e l'altra alla basilarda, attento ai rumori del sottobosco. Più ancora delle fiere, temeva l'incombere dell'inseguitore di Avignone. Benché dopo la notte alla locanda non l'avesse più rivisto ne avvertiva la presenza, quasi fosse lì, nascosto tra gli alberi a spiarlo. Poteva trattarsi di una mera impressione. Ma nel dubbio, Gualtiero si era ostinato a restare vigile anche di notte.

Era allo stremo, incapace di placare la mente sovraccarica. Maynard gli aveva spiegato come giungere a destinazione senza prepararlo a quanto si sarebbe trovato di fronte, e ciò lo inquietava. Lo aspettavano forse delle prove? Anche dopo tanto peregrinare, il giovane conservava il timore di non esser pronto.

Avanzò tuttavia, non solo per l'impazienza di giungere a destinazione. Ormai era privo di scorte di viveri e di acqua, e aveva necessità di trovare un rifugio al più presto, se non voleva che quella maledetta foresta diventasse la sua tomba.

Un movimento tra le foglie lo strappò al dormiveglia, inducendolo ad allungare la falcata. La luce del sole filtrava ancora con prepotenza tra i rami più alti, infondendogli un senso di sicurezza. Al crepuscolo, le fiere non si sarebbero fatte più tanti riguardi.

Non trascorse molto dacché si rese conto del suo grave errore di valutazione. Era ancora pieno giorno, infatti, quando un enorme lupo balzò fuori dai cespugli. Striato di nero e d'argento, gli si pose di fronte digrignando gli orrendi denti.

Di riflesso, il giovane arretrò sguainando la lama. Oh, se solo il suo cavallo non fosse morto! Si guardò intorno per cercare una via di fuga, invano. L'unica soluzione sarebbe stata arrampicarsi su un albero, ma la fiera non gliene avrebbe dato il tempo. Doveva battersi, non aveva altra scelta. Rimase immobile, con il cuore che gli batteva tanto forte da rimbombargli nel petto, sperando di aver conservato abbastanza forze.

Gli occhi del lupo erano due cerchi gialli. Si impose di non fissarli e prestò invece attenzione ai movimenti delle zampe, per evitare di farsi sorprendere. «Vattene!», gridò agitando la basilarda. «Via!».

La bestia esitò un istante, poi rispose con un ringhio capace di far rizzare i peli al più feroce dei veterani. E scattò in avanti.

Il giovane si scansò appena in tempo per evitare di essere azzannato e spinse d'affondo il suo lungo pugnale. Il colpo andò a vuoto e il predatore attaccò ancora, aggredendolo con un tale impeto da spingerlo a terra. Era pesante, velocissimo. Gualtiero vide i suoi canini balenargli a una spanna dal viso e si protesse con il braccio sinistro.

Un'ondata di dolore gli penetrò nella carne, strappandogli un grido. I denti del lupo gli affondarono fino alle ossa, dandogli un assaggio di cosa sarebbe accaduto se si fosse arreso. Rammentò allora di impugnare la basilarda e con un gesto disperato gli trafisse una zampa, facendolo allontanare con un guaito.

Si rialzò di scatto, pronto a difendersi. Nemmeno il tempo di un respiro e il lupo tornò all'attacco, reso ancor più feroce dalla ferita. Gualtiero tentò di pugnalarlo una seconda volta, riuscendo soltanto ad aizzarne la brama. La bestia continuò ad aggirarlo zoppicando finché non riuscì ad azzannargli una caviglia.

Il giovane cadde di schiena e si dibatté senza riuscire a liberarsi. Sentiva le zanne farsi strada attraverso il cuoio dei calzari e, in preda al panico, tirò un calcio al muso della bestia.

Il lupo scattò indietro e scosse la testa, il muso contratto in un ringhio feroce. Prima che la vittima potesse rialzarsi, le balzò addosso per sbranarla.

Il sibilo della freccia si udì appena. L'impatto fulminò la fiera, facendola stramazzare fra gli sterpi.

Gualtiero si voltò di scatto e vide l'arciere tra gli alberi, già pronto a scoccare un secondo colpo. Alto e magrissimo, indossava una tunica con cappuccio e stivali stretti fin sopra al polpaccio con dei lacci di pelle. Chiedendosi se dovesse temerlo più del lupo, lo guardò riporre la freccia nella faretra e avvicinarsi alla fiera per darle il colpo di grazia con un pugnale. Poi lo straniero si chinò su di lui e scoprì il viso, rivelando un volto di ragazza.

«Vi reggete in piedi, forestiero?», chiese lei, con l'arma insanguinata stretta in pugno.

Il giovane fece per alzarsi ma sentì dolore alla caviglia, nel punto in cui era stato azzannato. «A fatica», mormorò.

«Siete fortunato che abbia udito le vostre grida», commentò la fanciulla. «Soltanto i folli e gli stolti si avventurano in questa foresta».

«Sono alla ricerca di un monastero…». Gualtiero rammentava bene di aver giurato a Rocheblanche di non rivelare a nessuno la sua destinazione. D'altronde, nello stato in cui versava aveva bisogno di aiuto, e la ragazza aveva usato la parola "forestiero", quindi doveva essere pratica di quei luoghi. Scrutò i suoi occhi chiari e attenti. «Il monastero di Mont-Fleur».

Lei si ritrasse. «Per quale ragione?»

«Reco un messaggio per l'abate».

Il giovane colse il suo sospetto e per un attimo temette d'aver commesso un errore. Poi, però, la vide riporre il pugnale e aiutarlo a rimettersi in piedi. Era forte, più alta di lui di almeno due spanne. Odorava della resina e del muschio degli alberi.

«Appoggiatevi a me», si raccomandò la ragazza. «Vi condurrò a Mont-Fleur».

84

Raggiunsero Mont-Fleur dopo un breve cammino. Nel veder spuntare le cinta del monastero tra la fitta boscaglia, Gualtiero si stupì di quanto fosse arrivato vicino senza rendersene conto. La caviglia pulsava per il dolore, anche se Matilde – così si chiamava la giovane cacciatrice che l'aveva soccorso – si mostrava preoccupata soprattutto per la ferita al braccio.

Dopo tante traversie, il giovane viaggiatore non si capacitava di essersi imbattuto in una buona samaritana. La ragazza l'aveva soccorso senza neppure verificare se fosse affetto da peste o da qualsiasi altro morbo, quasi non temesse il contagio. Inoltre c'era qualcosa di profondo nel suo sguardo, una serenità assai rara in tempi come quelli. Possibile che fosse giunto nell'unico posto al mondo estraneo alla disperazione?

Ebbe la risposta ancor prima di varcare le fortificazioni del monastero, dove fu accolto da gente mansueta che si prodigò per dar sollievo alla sua sete e medicarlo. Si trattava per buona parte di armigeri, benché non recassero insegne e stemmi di alcun tipo. Alloggiavano con le loro famiglie in edifici di pietra addossati alle difese esterne di Mont-Fleur, nella più assoluta semplicità, al modo dei conversi.

Matilde lasciò Gualtiero nelle loro mani e si ritirò in un piccolo edificio per parlare con un gruppo di anziani. Quando tornò aveva deposto l'arco e il pugnale. Indossava uno scapolare e una veste di tela bianca simile alle tonache dei benedettini camaldolesi. «Seguitemi», gli disse.

Il giovane obbedì e varcò al suo fianco le mura. Proseguì attraverso un sentiero di ghiaia, all'ombra di una torre campanaria dall'aspetto minaccioso. Il monastero non era imponente quanto le cattedrali cittadine o le basiliche dei celebri ordini religiosi, eppure l'aspetto era solenne. Un impressionante bassorilievo del Giudizio Universale campeggiava sulla lunetta del portale. Rappresentava l'inferno, o forse il diavolo in persona, sotto forma di una grande bocca intenta a masticare i dannati.

«Il *Gorgoneion*», sussurrò Matilde, quasi volesse spaventarlo.

Il giovane continuò a seguire l'alta figura della sua guida, tormentato dal pensiero di cosa avrebbe trovato all'interno. Non riusciva a immaginare un mistero tanto importante da spingere un uomo impavido come Rocheblanche a sacrificare la propria vita pur di difenderlo. Durante il viaggio aveva cercato risposta nell'enigma del *Lapis exilii*, senza tuttavia comprenderne una parola. E ora, d'un tratto, quel mistero si trovava a pochi passi da lui.

Oltrepassato il nartece, non poté trattenere la meraviglia. Le pareti della navata erano interamente coperte di affreschi.

Si trattava di un ciclo biblico o *Biblia pauperum*, come si soleva dire, dal momento che persino il più povero d'intelletto era in grado di riconoscere e comprendere le storie del Libro Sacro. A Gualtiero bastò uno sguardo per cogliere in quelle immagini qualcosa di più di un mero repertorio. Il loro autentico messaggio veniva appena sussurrato fra le trame dell'*Historia Salutis*, dalla creazione di Adamo alle trombe del Giudizio, eppure di tanto in tanto affiorava con forza, dando enfasi ai momenti della traslazione dell'Arca sacra, alle doglie mistiche della Vergine, alla resurrezione di Lazzaro e persino al Vendicatore con la spada a due lame, pronto a dar battaglia al chiudersi dell'Apocalisse.

Restò immobile a lungo, perso a contemplare le tappe della salvezza umana secondo la teologica sapienza. E mentre la stanchezza si stemperava nel desiderio di scoprire chi avesse rappresentato – benché all'antica maniera – un'opera tanto geniale, sentiva crescere la voglia di rimetter mano al pennello e al colore.

Anch'io posso, gridava una voce dentro di lui.

Non era l'orgoglio a parlare, bensì l'estro maturato grazie al burbero Sigismondo, allo scriptorium pomposiano e anche a sorella morte, di cui lui ormai, strada facendo, aveva appreso ogni singola sfumatura.

Ebbe l'impressione di risvegliarsi da un sogno, quando si accorse del sopraggiungere di un anziano monaco. Vide Matilde accennare un inchino e abbassare lo sguardo, in rispettoso contegno. Poco o nulla restava dell'arciere impavido che senza indugio aveva ucciso il lupo. La sua attenzione tuttavia fu subito catturata dal vegliardo.

Doveva essere proprio lui, il venerabile abate Manessier. Colui che aveva saputo avvincere – o adescare – il cavaliere de Rocheblanche.

Gli ricordò uno degli antichi santi descritti nella *Legenda aurea* di fra' Jacopo da Varagine. Le sue candide sopracciglia e le mani nodose strette al vincastro suggerivano un'idea di rigore marziale, tradita però dal sorriso che affiorava tra i ciuffi della barba.

«Vedi, Matilde?», disse l'abate compiaciuto. «È dal modo di osservare che si distingue un uomo d'intelletto da un povero di spirito».

«Se non fosse per quello», ironizzò la ragazza, «costui parrebbe un comune villano».

«Impara a guardarti da occhi come quelli», la ammonì il religioso. «E ora va', lasciami da solo con questo forestiero».

Matilde esitò, ma a un cenno del vecchio si convinse ad allontanarsi.

Manessier, tuttavia, non parlò subito. Si mise al fianco di Gualtiero e, con aria impassibile, prese a studiare gli affreschi della navata. Il giovane presagì che quell'individuo misterioso volesse instaurare con lui qualcosa di più profondo di un semplice dialogo. Stette al gioco, senza abbassare la guardia.

«La vista vi alletta?», chiese infine l'abate.

«Come nulla da molto tempo», sospirò Gualtiero.

Il monaco staccò gli occhi dalle pitture e lo scrutò a fondo, facendo segno di comprendere. «Avete l'aria di chi ha attraversato le ceneri dell'Averno».

«Magari fosse stato l'Averno! Il mondo dei vivi, era. O almeno lo fu».

Manessier annuì, dopo aver ripreso a seguire la trama degli affreschi, ruminando parole a bassa voce, finché non si soffermò su una vivida rappresentazione della crocifissione. Chiuse le palpebre, quasi ferito dalla violenza dell'immagine. «Da dove provenite?»

«Dall'abbazia di Pomposa», rispose prontamente Gualtiero. «Mi manda Maynard de Rocheblanche».

Lo stupore attraversò il volto dell'abate. «Il cavaliere...», e subito si rannuvolò. «Quell'incauto! Mi giurò di non rivelare a nessuno l'esistenza di questo luogo, e invece... invece...».

«Messer Maynard è stato costretto a farlo», si affrettò a spiegare il giovane. «Fu una delle sue ultime volontà, prima di abbandonarsi all'abbraccio della morte».

«Oh Signore! Com'è successo?»

«La peste».

Manessier chinò il capo e fece per appoggiarsi a un inginocchiatoio, ma poi puntellò il pastorale per mantenersi ritto. «Mi rincresce... Mi rincresce assai! Che la sua anima inquieta possa trovare la pace».

Di fronte a una simile reazione, Gualtiero si chiese quale genere di rapporto potesse aver legato Rocheblanche a Manessier. «Messer Maynard ha incaricato me», rivelò, «di recarvi due messaggi».

A quelle parole l'abate mise da parte il dispiacere. «Vi ascolto».

«In primo luogo, vi porgo le sue scuse. Benché abbia tentato fino all'ultimo, non è riuscito a trovare le due reliquie scomparse. Non ha specificato altro al riguardo, assicurandomi che ciò sarebbe bastato a farvi comprendere».

«Infatti comprendo, figliolo», ribatté il vecchio, «e me ne dolgo».

«Il secondo messaggio», continuò il giovane, «riguarda invece una grave minaccia che incombe sul vostro monastero».

Manessier sobbalzò. «Una minaccia... Di quale entità?»

«L'imperatore Karel di Boemia e il porporato Bertrand du Pouget. Secondo messer Maynard, sono entrambi alla ricerca della reliquia chiamata *Lapis exilii*».

Quasi proferisse una maledizione, l'abate snocciolò entrambi i nomi a denti stretti. Il suo sguardo era diventato freddo e risoluto, al punto da infondere nel giovane un palpabile senso di minaccia. «Due nemici oltremodo potenti», ammise. «Siete al corrente di quali informazioni dispongano?»

«No, venerabile padre. E dubito che lo stesso Maynard lo fosse».

«In ogni caso il suo avvertimento è prezioso».

In quel momento Gualtiero si rammentò della cosa più importante. Aprì la bisaccia, ne estrasse l'anello cardinalizio e il rotolo di pergamena contenente l'enigma del *Lapis exilii* e li porse al religioso. «Consegnandovi questi oggetti», dichiarò, «il mio compito può dirsi concluso».

Manessier li esaminò entrambi con grande attenzione, infine annuì e li fece sparire in una tasca della tonaca. Ora i suoi occhi erano tutti per il giovane. «Cosa vi ha rivelato Rocheblanche sul *Lapis exilii*?»

«Nulla», rispose Gualtiero. Però sentiva la fissità di quelle iridi farsi fin troppo insistente, quasi cercasse di scavare sotto le pieghe della sua espressione, in cerca di una menzogna. Ripensò alle notti passate a meditare sulle frasi dell'enigma ed ebbe la sensazione che il vecchio *sapesse*. Tornò a contemplare gli affreschi della navata, soffermandosi sulle terribili scene dell'Apocalisse. A quella vista, sentì appesantirsi il senso di colpa. «Tuttavia...», finì per confessare, «ho letto la pergamena».

Manessier batté il pastorale a terra. «Nonostante i divieti di Rocheblanche, scommetto».

«Chiedo venia, padre. Ero curioso...».

«E ne avete compreso il senso?».

Sempre rivolto alle pitture, il giovane fece un gesto vago. «A stento, grazie al poco latino appreso negli ultimi mesi nello scriptorium di Pomposa», rispose, in preda alla sensazione di nascondere una parte della verità. Forse si ingannava, ma da quando era entrato nel monastero aveva preso a rimuginare sul *Lapis exilii*. Era stata una reazione istintiva, quasi inconsapevole, di cui iniziava a prender coscienza a poco a poco. A scatenarla era stata una figura affrescata sulla parete orientale.

L'abate parve rilassarsi. «In tal caso vi sciolgo dall'impegno che vi vincola. Avete la mia benedizione, tornate pure da dove siete venuto e...».

«Un attimo solo, se mi è consentito». Infiammato da una crescente foga, Gualtiero mantenne lo sguardo sull'immagine che lo tormentava. Era un angelo dalle enormi ali piumate intento a sollevare una mola dalla forma perfettamente circolare. Sotto di lui, l'ignoto pittore di Mont-Fleur aveva rappresentato le onde di un mare in tempesta. «Quella scena...», mormorò. «Io l'ho già vista... Anzi, no! *L'ho letta!*».

«Ne siete certo?», volle sincerarsi Manessier.

«Sì», rispose il giovane.

L'atteggiamento scettico del religioso mal celava un segreto diletto, quasi uno slancio speranzoso. «Riguarda il passo dell'*Apocalisse* in cui l'angelo scaglia una pietra molare fra le onde marine per annunciare la fine di Babilonia[19]».

«Non mi riferisco a quello», insistette Gualtiero, «bensì a una lettura più recente. A qualcosa che ho avuto tra le mai... È la prima riga dell'enigma del *Lapis exilii*. La mola... La mola dell'angelo...».

Con un inaspettato sorriso, il monaco recitò: «*Missam ut molam ab angelo in mare / est Lapis exilii situs in Monte floris*».

Nell'impeto di sollevar la mola, l'angelo dell'affresco pareva fis-

[19] Apocalisse 18,21.

sare Gualtiero con aria beffarda, rendendo ancor più sfuggente il mistero che lo circondava. *Ebbene sono io*, pareva schernirlo. *Quale giovamento ne puoi trarre?* L'occhio del giovane si trovò a vagare nel labirinto di immagini, in cerca di risposta tra gli innumerevoli affreschi della navata... Finché il suo sguardo educato all'arte della pittura non si soffermò su un insolito dettaglio. Era stato dipinto sulla parete opposta all'angelo, all'interno di una scena dal tenore assai diverso se non fosse stato per la presenza di un oggetto che richiamava le sembianze della pietra molare.

Dapprima Gualtiero rimase stupito di come forme tanto simili comparissero in contesti diversi, poi ne fu sconvolto. E intuì la verità. «È quello, non è vero?». Indicò l'affresco. «È il *Lapis exilii*!».

L'abate Manessier, che sembrava aver seguito i fili del suo ragionamento, gli rispose con sconvolgente naturalezza. «Ne è soltanto la rappresentazione», e compiaciuto, gli pose una mano sulla spalla. «Ma per il semplice fatto che abbiate saputo riconoscerlo, meritate di vedere quello autentico».

Il giovane fece un passo indietro, in preda a un forte tremore. «Reverendo padre...», balbettò. «Io dubito di esserne degno...».

«Non indugiate, figliolo», lo rassicurò il religioso. «Siete il primo, dacché fui eletto abate, a riconoscere grazie al solo intelletto quanto dovrebbe essere manifesto a tutti. Più di voi, nessuno è degno».

Gualtiero indugiò ancora, fissando l'oggetto dalla forma insolita che gli aveva aperto la mente alla rivelazione. Pensò al pittore incaricato di dipingerlo, alla sua maestria guidata da una sapienza di iniziato. «Sta bene, padre. Vi seguirò», disse. «Prima però vi prego di soddisfare la mia curiosità, e raccontatemi del mastro artigiano che realizzò questi affreschi».

«Lo farò», rispose Manessier. «Poi vi condurrò nella cripta di Mont-Fleur. E beati i vostri occhi, allora! Poiché vedranno».

Due giorni dopo, Gualtiero ripartì da Mont-Fleur con il cuore gonfio di nuovi propositi. Non riusciva a fugare dalla mente l'immagine di ciò che aveva contemplato per ore nella cripta del monastero, e il solo pensiero bastava a commuoverlo. Se solo altri avessero saputo... Se solo il mondo intero avesse saputo! Manessier tuttavia era stato categorico nel vincolarlo a un giuramento di silenzio. Nessuno mai avrebbe dovuto essere messo al corrente di un simile tesoro, se non chi fosse stato in grado di intuirne l'esistenza grazie al proprio intelletto. Proprio come era successo a lui.

Altri pensieri, tuttavia, turbinavano nella sua mente. Desiderava far ritorno ai luoghi da cui era partito. Rivedere Pomposa, parlare a padre Andrea e dichiarare il proprio amore a Isabeau... E realizzare qualcosa di grandioso lasciar trapelare la luce che gli era entrata dentro a Mont-Fleur.

In sella al baio donatogli dal vecchio abate, superò a briglia sciolta l'ombrosa macchia estesa intorno al monastero e proseguì verso sud, in cerca della via più agevole per raggiungere i passi alpini.

Ma giunto presso un ponte che gli avrebbe consentito di guadare un fiume, vide un uomo a cavallo sbarrargli la strada. Con un sobbalzo, lo riconobbe senza indugio.

Era la spia di Avignone.

«Ecco il figlio di Elisa d'Este!», sghignazzò il ribaldo sguainando la spada. «Ora mi rivelerete cosa vi ha condotto fin qui, o quant'è vero Iddio porrò fine alla vostra esistenza!».

Il giovane strinse le briglie in un crescendo di rabbia. Non aveva scelta, si disse. Nessun riparo e nessuna via di fuga. Nessuna speranza di ammansire quel bastardo.

Non restava che battersi.

85

Ferrara, piazza della Cattedrale
15 agosto

Rispetto al palio precedente, la piazza era ben lungi dal definirsi gremita. D'altro canto, se si considerava la tremenda moria abbattutasi pochi mesi prima sulla città, riempiva il cuore vedere una folla, benché sparuta, accorrere alla celebrazione dell'Assunta. Si contavano almeno un centinaio di figli del volgo, smagriti e ancora restii all'esultanza. Maynard fu lieto soprattutto di scorgere tra loro numerosi bambini. Insieme ai vecchi, erano stati tra i più colpiti dal soffio pestifero.

Quella considerazione gli fu di breve conforto, dopodiché prestò attenzione al terreno di scontro. Era uno spiazzo lungo circa trenta pertiche[20] e largo meno di venti, intorno al quale si accalcava la gente, che credeva di stare per assistere a una semplice giostra organizzata per la festività. Assai più informati erano i nobili assisi su un palco decorato di ghirlande, all'ombra di un grande baldacchino montato davanti al portale di San Romano. Molti di loro erano nuovi di Ferrara. Si diceva che il giudice dei Savi avesse fatto miracoli per rimpinguare l'aristocrazia decimata dal morbo, vendendo palazzi e terreni rimasti senza padroni a famiglie forestiere di alta schiatta. A detta delle malelingue ne aveva approfittato per far man bassa, ma a Rocheblanche bastava l'istinto per riconoscere un corvo intento a pasteggiare sui cadaveri.

Eccolo di fronte a lui, l'untuoso Filippo Migliorati, occupato a sovrintendere gli ultimi preparativi. Data l'importanza della tenzone, sostituiva il Giudice di Massaria nell'organizzazione dell'evento

[20] Secondo le unità di misura adottate nel Medioevo, una pertica variava dai dieci ai dodici piedi di lunghezza. Un piede corrispondeva a poco più di trenta centimentri.

e proprio in quell'istante stava controllando l'equipaggiamento del campione del marchese. Il suo nome era Werner von Ürslingen, capitano di ventura di sangue svevo. Un tempo al soldo della città di Pisa, quel miliziano imperversava da tre anni per i feudi di Toscana con la sua congrega di mercenari. Era stato ben lieto, quindi, di rimpinguare la scarsella rispondendo alla chiamata di Obizzo d'Este.

In effetti, rifletté Rocheblanche, il marchese aveva saputo scegliere. Von Ürslingen era di stazza imponente, e a giudicare da come si atteggiava nella sua armatura a piastre sembrava avvezzo al mestiere del beccaio.

Contrariamente a lui, Maynard indossava un usbergo acquistato presso un fabbro di Ferrara. Nonostante l'ordito delle maglie fosse piuttosto largo e impreciso, gli era stato garantito che il ferro provenisse da una forgia di Milano. In quanto all'armamentario, disponeva della sua lunga spada da taglio e dello stocco, la prima appesa all'arcione e il secondo al budriere. Si era procurato inoltre, in ottemperanza alle regole, scudo e lancia. Quest'ultima, soprattutto, era un pezzo di pregevole fattura: dotata di rotella di guardia all'altezza dell'impugnatura, era realizzata interamente in legno eccetto che per la testa armata, su ci era stata innestata una punta metallica.

Mancava davvero poco al suono del corno. Il cavaliere balzò in groppa al suo impavido morello e lo condusse al trotto per metà della piazza, destando l'attenzione del pubblico. Lui tuttavia aveva occhi soltanto per gli assisi sul palco. Tra le principali eminenze scorse distintamente il sorriso truce del marchese Obizzo, a cui rivolse un saluto marziale per poi soffermare lo sguardo sul giovane Aldobrandino, seduto a fianco del nobile padre. Pareva turbato, forse combattuto tra l'affetto e la delusione. L'esame di Maynard passò oltre, cogliendo a poca distanza il vescovo Guido, inespressivo quanto una sfinge, e appena più in là, ai margini dell'ombra stagliata dal baldacchino, il reverendo Andrea palesemente insofferente tra tanta gente agghindata come pavoni. Quasi per distrarlo, il francese sollevò la lancia per farne agitare al vento la fiamma di seta decorata con lo stemma dei Rocheblanche – una torre bianca su campo azzurro.

Poi non ebbe più tempo per altro.

A un segnale concordato, prese posizione in fondo alla piazza e attese in sella, a cento passi dall'avversario. Da quella distanza ne scorse a malapena la smorfia beffarda, prima di vederla scomparire sotto la ventaglia dell'elmo. Fu allora che la tensione salì, impadronendosi di ogni fibra del suo essere fino a contagiare lo stesso cavallo. Strattonò con gentilezza le briglie per mantenere il controllo su di sé e sulla bestia, poi verificò che ogni arma ed elemento di difesa fosse al proprio posto.

Nel frattempo Filippo Migliorati raggiunse il centro della piazza e sollevò le braccia per catturare l'attenzione del pubblico. «Popolo di Ferrara!», annunciò a gran voce. «Siamo oggi qui riuniti, nella festività dell'Assunta, per assistere non a una mera giostra, bensì a una tenzone che sancirà l'innocenza o la colpevolezza di messer Maynard de Rocheblanche, accusato di aver ucciso con ferocia e senza giustificazione il visdomino del vescovo, messer Superanzio Orsini, insieme a molti armigeri. Mostratosi in disaccordo con la sentenza emessa da sua grazia il marchese e dal Consiglio de' Savi, il qui presente cavaliere si appella al diritto di provare la sua buona fede attraverso un'ordalia d'arme, incontrando cioè in duello il campione del nostro amato *dominus*. Sia dunque fatta la volontà del Signore, affinché il giusto prevalga sul mendace!».

Poi il giudice si allontanò. E non appena ebbe liberato il campo, il suono del corno strappò un'esclamazione di giubilo alla folla.

Maynard si fece il segno della croce, imbracciò scudo e lancia e spronò il morello alla carica, dritto verso il rivale. Coprì metà del percorso come un fulmine, andando incontro all'imponente figura di Werner von Ürslingen.

Lo svevo, dal canto suo, galoppava con il capo incassato tra le spalle e la lancia protesa in avanti. Rocheblanche lo vide avvicinarsi veloce e compatto, quasi che uomo e cavallo fossero una cosa sola. Mantenne lo scudo abbassato fino all'ultimo, tenendo la testa dell'asta puntata contro l'elmo del nemico. Non percepiva né rumori né sforzo, soltanto il crescere di una violenza rimasta sopita troppo a lungo. Signore grazie!, pensò. Dopo mesi di sotterfugi e latitanze, riconosceva finalmente lo scopo per cui era nato, a dispetto di ogni miserabile omuncolo ignaro di cosa fossero l'onore e la fierezza. Nel tempo di un amen si scrollò ogni frustrazione di dosso e tornò l'impavido *chevalier* battutosi a Crécy contro una pioggia di frecce mortali. Nulla e nessuno, in quel momento, gli avrebbe impedito di riconquistare il suo buon nome!

Le improvvise grida della folla spazzarono via il lutto che aveva funestato Ferrara per interminabili mesi, facendo ribollire il sangue di una città desiderosa di rinascere. E nella vertigine delle grida i due contendenti giunsero a una pertica di distanza, in un turbine di colori pronto a esplodere in un fatidico, decisivo istante.

A un soffio dall'impatto, Maynard scorse la lancia nemica abbassarsi contro il suo petto. Sollevò lo scudo e mantenne la destra ben salda, continuando a puntare l'arma contro la testa di von Ürslingen. Un colpo difficile, quasi impossibile da mandare a segno. Lo svevo, che fino all'ultimo doveva averne sottovalutato l'insidia, fu costretto a parare a discapito della vista.

L'urto lacerò l'aria con uno schianto così intenso da ammutolire il pubblico. Le lance si infransero contro gli scudi, scalzando entrambi i rivali da sella.

Con un'esclamazione sorda, Rocheblanche batté sul selciato e ruzzolò lontano dal cavallo. Si rialzò il prima possibile, accorgendosi di aver mandato la lancia in frantumi. Il mastodontico Werner si stava già avventando a piedi contro di lui, la spada sollevata. Nell'impatto aveva perduto l'elmo e ora mostrava un volto dai capelli biondissimi, per metà coperto di sangue.

Il francese sollevò lo scudo, assordato dal grido dello svevo e dal clangore del fendente che si abbatteva sulle sue difese. La violenza del colpo lo respinse senza mandarlo a terra, permettendogli di afferrare il rivale per uno spallaccio. Lo strattonò con forza, facendolo stramazzare sulle ginocchia.

La folla seguì l'azione con grida di giubilo, ma Maynard non le udì. Approfittando del vantaggio, ripiegò in fretta verso il morello, si liberò dello scudo e sguainò dall'arcione la sua spada da taglio. Appena in tempo per difendersi da un secondo assalto.

Un frenetico scambio di prese di ferro permise a Rocheblanche di passare al gioco largo. L'infrangersi della lancia contro lo scudo nemico gli aveva cagionato uno strappo al braccio destro. A preoccuparlo tuttavia era la schiena: cadendo da cavallo doveva essersi procurato una seria contusione, di cui iniziava a percepire il dolore.

Con un urlo di battaglia, Werner von Ürslingen lo minacciò con un improvviso fendente. Nel parare, Maynard avvertì le vibrazioni del colpo fino ai gomiti, ma riuscì comunque a chiudere la misura, sferrando una gomitata al mento del rivale.

Von Ürslingen vacillò ma non cadde. La sua stazza e la pesante armatura gli conferivano la stabilità di un monolite. Era assai lento tuttavia, e il francese seppe approfittarne sorprendendolo con un colpo sgualembro al calcagno. La lama non penetrò il gambale di metallo, ma la potenza fu sufficiente a far cadere il gigante.

L'esultanza del popolo non era paragonabile all'incredulità e alla collera affiorate sul volto di Obizzo. Rocheblanche gli rivolse uno sguardo rapace. Pochi secondi e Werner si sarebbe rialzato. Ma lui aveva bisogno di molto meno.

Indugiò un ultimo istante per cercare tra gli assisi il viso di padre Andrea. Lo vide paonazzo, gli occhi sbarrati, in preda a un'incontenibile concitazione. Gli rivolse un fugace cenno d'intesa. Poi, con una mossa tanto fluida quanto elegante, brandì la spada per la lama e la fece mulinare come una mazza, assestando un brutale colpo di pomolo alla tempia dello svevo.

Von Ürslingen stramazzò come un toro abbattuto sotto gli occhi increduli del pubblico.

«Ebbene, graziosi signori!». Con voce imperiosa, il francese sfilò la cuffia di metallo che gli proteggeva il capo e la gettò a terra, scrutando i nobili assisi sul palco. «C'è qualcun altro desideroso di mettere in dubbio la mia buona fede?».

Sfidando il silenzio di tomba, il marchese Obizzo fu sul punto di farsi avanti.

«No, vostra signoria!», lo pregò il vescovo Guido, sporgendosi in fretta verso di lui. Il suo volto era incapace di nascondere lo stupore per la dimostrazione di audacia a cui aveva appena assistito.

Ma l'Estense, inorgoglito, ignorò il presule e si levò in piedi. Avanzò di qualche passo e posò le mani sul parapetto del palco, scrutando prima il popolo, poi il cavaliere. «Vi siete fatto onore, Rocheblanche».

Non aspettandosi niente di meglio di un insulto, Maynard fu costretto suo malgrado a sorridere. «Soltanto per i vostri occhi, mio signore», ribatté a tono. «E per il mio onore, naturalmente».

Il marchese troncò la pantomima con un gesto sprezzante. «Non crediate», aggiunse subito con tono astioso, «di poter riconquistare altrettanto facilmente il mio favore».

Rocheblanche non permise a quelle parole di oscurare la sua fierezza. Osservò con noncuranza il miliziano svevo che agonizzava sul selciato della piazza e riprese a scrutare il marchese. «Sosterrò ogni prova che voi riterrete opportuna per poter riottenere un giorno la vostra amicizia», annunciò a gran voce. «Ma credetemi sulla parola, nobile Obizzo, ciò andrà più a vostro che a mio vantaggio! Poiché prima che quel giorno sorga, capirete di avere un disperato bisogno dei miei servigi».

Senza più nulla aggiungere, prese congedo con un inchino e risalì in sella al suo destriero, libero di andare per la propria strada, mentre terribili fitte iniziavano a mordergli la schiena. Come le zanne di una fiera dentro la carne.

86

A sud di Parigi
13 settembre

Mandare Robert a cercare Aleydis e Angélique per le strade di Reims era stato inutile. Abbattuta da quell'ennesimo fallimento, Eudeline aveva dovuto mettere da parte il dispiacere e organizzarsi per lasciare la città insieme al barone piccardo. E mentre l'intera Francia agonizzava, sconvolta dal flagello sotto il quale stava cedendo la stessa Parigi, i due amanti avevano caricato ogni bene trasportabile su un carro trainato da una coppia di buoi ed erano partiti verso sud, in cerca di una via sicura diretta al valico delle Alpi.

Eudeline aveva sistemato in fondo al pianale del carro, ben celati tra i sacchi delle provviste, i bauli contenenti il denaro dei Rocheblanche e i fondi di Sainte-Balsamie. Dopo la perdita di tante persone care, spogliata di tutto fuorché del titolo, la nobildonna non intendeva lasciare le sue ricchezze agli sciacalli che avrebbero saccheggiato il convento. Inoltre covava l'intimo desiderio di usare quei fiorini per iniziare una nuova vita insieme a Robert, magari presso Ferrara, vicino alla tomba del suo amato fratello.

Viaggiavano ormai da un mese, concedendosi meno soste possibili. Robert era stato costretto a far valere le armi un paio di volte, contro ribaldi di poco conto, ma più si spostavano verso sud e meno gente incontravano. Era come se la peste avesse mietuto ogni vita al suo passaggio. Vermandois tuttavia sapeva bene che non era così, e in parte se ne preoccupava. Gli era giunta voce del dilagare di pericolose insurrezioni da ponente, in Linguadoca, dove bande inferocite prendevano di mira i nobili e i ricchi signori. Si era ben guardato dal farne parola a Eudeline, per non turbarla, pregando ogni giorno il Signore di mantenerlo in salute per poterla difendere.

Ma all'aprirsi dell'autunno, l'Onnipotente smise di ascoltarlo.

Si trovavano nei pressi di Vézelay quando Eudeline, intenta a condurre i buoi, vide il cavaliere seduto al suo fianco accasciarsi di lato fin quasi a cadere dal carro.

«Robert!», gridò lei.

Con un lieve sobbalzo, lui si aggrappò alla serpa e si mise ritto. Lo fece però con eccessiva fatica, inducendo la donna a strattonare le redini.

«Vi sentite bene?». Appena furono fermi, la signora de Rocheblanche si sporse su di lui e lo esaminò con attenzione, trovandolo pallido e lucido di sudore. «Robert, rispondetemi! State bene?».

Vermandois abbozzò una smorfia e chiuse le palpebre. Un'ombra malsana oscurava i suoi occhi.

«Mio Dio, no!». Un presagio attraversò il petto di Eudeline come una lama di ghiaccio. Dovette opporsi a un dolore quasi fisico, e chiamare a sé tutto il coraggio che le era rimasto. Ma allo stesso tempo non smise di sperare. Non lui!, ripeté a se stessa. Non lui. «Dov'è?», esclamò all'improvviso, scuotendolo per una spalla. «Ditemi dov'è!».

Il piccardo le rivolse un sorriso dolente. Quindi, con lentezza snervante, infilò un dito sotto il bavero della tunica e lo abbassò, rivelando un bubbone violaceo alla base del collo.

«Ditemi che mi amate, mia signora. Almeno una volta...».

Eudeline gli asciugò il viso con una garza e distolse lo sguardo, prendendo a fissare la luce opaca che filtrava da una finestra. Avevano trovato riparo in un casolare abbandonato, non lontano dal sentiero. Per un attimo si illuse di non aver mai messo piede fuori dal suo convento, e di essere ancora la donna di un tempo. Ma in lei non c'era più traccia della fanciulla violentata dal padre, né dell'algida badessa di Sainte-Balsamie.

«Vi amo, Robert».

Lui socchiuse gli occhi, assaporando quelle parole.

Lei fece altrettanto.

Un singulto la riportò alla realtà, e si accorse che Robert aveva ripreso a osservarla. Le sue iridi verdi la fissarono per l'ultima volta.

«Ora andate... Lasciatemi qui...».

Eudeline scosse il capo. «Resterò con voi».

«Non dovete...», protestò lui. «Qui c'è solo la morte...».

«Vi sbagliate». La donna si asciugò una lacrima e lo fissò fiera. La leonessa, l'aveva definita una volta Vermandois. Quasi sorrise. «Qui c'è molto di più, mio adorato. Qui c'è l'unica ragione perché il mondo debba ancora esistere...».

87

Abbazia di Santa Maria di Pomposa
20 novembre

Padre Andrea aveva smesso di pensare alla santità e alle vie dello spirito come mezzi per innalzare soltanto se stesso. Ora eseguiva soltanto, così come un bravo artigiano, le proprie mansioni. La rinascita di Pomposa era diventato il fulcro della sua esistenza e vi lavorava alacremente, giorno e notte, senza soffermarsi su sogni di vanità e compiacimento. Offriva le fatiche quotidiane a Dio senza aspettarsi null'altro che l'obbedienza del cenobio. Dieci monaci gli erano rimasti, e lui faceva di tutto perché assaporassero ogni istante di una vita dedicata alla sapienza e alla preghiera.

I denari di Rocheblanche erano bastati a garantire i servigi di mastro Vitale da Bologna, di cui si attendevano notizie entro breve tempo. Nell'attesa, l'abate aveva riformato le *consuetudines* del monastero uniformandosi alla rigida osservanza della regola di san Benedetto. Non era stato facile, ma alla fine il silenzio, la temperanza e la preghiera erano tornate a scandire le giornate fino a scacciare l'ombra della morte e della disperazione.

Era proibito dimenticare, tuttavia. Andrea aveva meditato a lungo sul flagello della peste e, complici le suggestioni di messer Maynard, si era chiesto se l'umanità fosse scampata all'Apocalisse. Continuare a risvegliarsi ogni mattina, dopo la lunga notte dell'ecatombe, l'aveva reso consapevole di essere più di un sopravvissuto. Era un testimone. E come tale, aveva il dovere di custodire il ricordo della rinnovata alleanza fra Dio e l'uomo.

Scostò lo sguardo dal leggio e si affacciò alla finestra, attratto da un cigolio legnoso proveniente dalla strada. Un carro trainato da due buoi.

Pensò subito che si trattasse di mastro Vitale da Bologna. Poi, però, notò una donna seduta alla serpa. Una monaca avrebbe detto, se non fosse stato per i lunghi capelli al vento.

Incuriosito, si precipitò per le scale.

Da qualche tempo, Maynard si dedicava alla lettura. Dopo la strabiliante vittoria dell'Assunta, aveva continuato ad alloggiare presso l'abbazia nell'attesa che il marchese Obizzo si degnasse di concedergli udienza. Il cavaliere gli aveva scritto numerose lettere, offrendo la sua completa disponibilità a dargli soddisfazione per l'ignominiosa faccenda di madonna Ariosti e per qualsiasi altro affronto serbasse il rancore. Dalla corte di Ferrara, tuttavia, ancora nessuna risposta.

Rocheblanche percepiva l'astio dell'Estense e lo comprendeva assai bene, ma non poteva permettersi di perdere un simile alleato nel momento in cui l'ombra di Bertrand du Pouget iniziava a profilarsi sulle terre del Padus. Tramite alcune indagini svolte con discrezione da padre Andrea, era venuto infatti a sapere che il cardinale era scampato alla pestilenza. Sarebbe trascorso poco tempo prima che riprendesse la ricerca del *Lapis exilii*.

Maynard poteva soltanto star calmo e ingannare l'attesa leggendo libri. Fortunatamente, la biblioteca pomposiana non era provvista soltanto di testi teologici, ma anche di classici latini, fra cui una copia dell'*Eneide* di Virgilio. Giusto quel giorno stava meditando su un passo, disteso sotto un albero della corte:

> *Facilis descensus Averno;*
> *noctes atque dies patet atri ianua Ditis;*
> *sed revocare gradum superasque evadere ad auras,*
> *hoc opus, hic labor est*[21].

La voce di padre Andrea lo distolse dalla lettura e, i versi di Virgilio ancora nella mente, alzò lo sguardo notando che il monaco non era solo. Una donna pallida e dal nobile aspetto gli camminava accanto.

Il libro cadde sull'erba, un nome sussurrato fra le labbra, e senza neppure accorgersene si trovò in piedi di fronte a lei. Esterrefatto, avvinto. «Eudeline...».

[21] Virgilio, *Eneide*, VI, 126-129: "Facile è la discesa in Averno; la porta dell'oscuro Dite è aperta notte e giorno; ma ritrarre il passo e uscire all'aria superna, questa è l'impresa e la fatica".

La donna gli sfiorò il viso. La sua espressione narrava di traversie e dispiaceri. La mano tremava, incerta. «Ti credevo… morto…».

Lui lasciò quelle esili dita indugiare sulla sua guancia, poi sui capelli, finché l'emozione fu troppa. L'abbracciò quasi aggrappandosi, premendo il suo capo al petto. E mentre la sentiva singhiozzare, provò il desiderio di parlarle, di chiederle perché fosse giunta fin lì e di ringraziare il Signore per l'enorme felicità che gli aveva donato. Ma dalla sua bocca uscì soltanto una risata prolungata, traboccante di commozione.

EPILOGO

Novissima tempora

88

Ferrara, convento di Sant'Antonio Abate
25 novembre

Isabeau fu tra le prime a incontrare la monaca francese, e all'inizio non seppe guardare oltre il suo algido contegno. Bella e altera, si diceva provenisse da Reims e fosse di nobili natali. La badessa di Sant'Antonio le aveva offerto temporaneo asilo nel convento, accogliendola come gradita ospite fra le consorelle. La ragazza non riuscì a scoprire altro su suor Eudeline, finché non fu proprio lei ad avvicinarla.

Accadde ai margini del chiostro, durante la pausa del pomeriggio. Isabeau stava fissando due tordi appollaiati su un ramo, seduta ai piedi del grande ciliegio, quando si accorse di aver suscitato l'interesse della forestiera, che la osservava da sotto un'arcata con le braccia conserte.

La monaca le rivolse un saluto e si avvicinò. «Maynard mi ha parlato di voi», esordì con discrezione, nella dolce lingua *d'oil*.

La ragazza rimase allibita. «Maynard...?», balbettò.

Ben attenta che nessuno le ascoltasse, Eudeline annuì. «State quieta», disse con aria complice. «Non tradirò il vostro segreto. Ai miei occhi resterete sua sorella minore, quindi anche la mia».

Isabeau era sempre più incredula. Nonostante il contegno e l'abito nero da benedettina, stentava a credere di trovarsi di fronte a una semplice religiosa. «Voi dunque sareste...». Lasciò la frase in sospeso, cogliendo un'improvvisa somiglianza tra quella donna piena di mistero e il suo salvatore. Il taglio delle sopracciglia, la forma del naso, il modo di arricciare le labbra... «Oh, non è possibile!», esclamò.

«Invece sì», assicurò la monaca. Le si sedette accanto appoggiando la schiena al tronco dell'albero, senza nulla perdere della sua compassata eleganza. «Mi ha confidato che avete tribolato assai, prima di giungere fin qui».

Benché di indole diffidente, la fanciulla sentì di potersi fidare. Forse per via della tristezza che adombrava il volto dell'estranea. O forse perché da mesi non si confidava con una persona amica. «Ora sto bene», ribatté. «A parte la noia, s'intende».

«Poc'anzi, contemplavate quei tordi come se voleste spiccare il volo insieme a loro», motteggiò Eudeline, senza accennare un sorriso.

Isabeau si strinse nelle spalle. «Ho pensato più volte di fuggire», confessò. «Se non fosse per...».

Prendendosi un'inaspettata licenza, la monaca le pose un dito sulle labbra. «Il mondo è crudele, là fuori». D'un tratto il tormento che portava dentro trasparì con un'intensità disarmante, insieme a un piglio autoritario tipico di chi aveva comandato o, per naturale propensione, sapeva farlo. «Non abbiate fretta di esporvi ai turbini della vita», la ammonì. «Io stessa ho perso molte persone care negli ultimi tempi, così tante da sentirmi... sfinita. Ed ecco perché, riabbracciato il mio adorato fratello, ho deciso di ritirarmi in questo convento. Dovete essere grata della protezione che vi offre, al sicuro dagli orrori del mondo».

La ragazza non poté evitare di provare per lei una gran pena. Eppure, sotto quell'aria affranta, percepì anche una rabbia trattenuta a stento. «È davvero così terribile?», chiese di colpo. «La peste, intendo».

«Non potete immaginare quanto, mia cara». Eudeline strinse le palpebre. «Ma peggio ancora sono gli uomini».

Isabeau fu abbastanza accorta da cogliere in simili parole ben più di un luogo comune. D'altra parte, si era finta interessata agli orrori della pestilenza soltanto per valutare l'opportunità di esporre i propri timori a una persona che aveva viaggiato a nord delle Alpi. E così fece. «Un amico... un giovane a me assai caro...», accennò, «è partito la scorsa primavera per la Francia. E io... non so quante possibilità abbia di tornare da me».

Per tutta risposta, suor Eudeline le strinse una mano.

La ragazza rimase spiazzata da quel tocco deciso, ma ancor più dalle sensazioni che ne riceveva. La fissò con il fiato sospeso, nella speranza di ottenere da lei una frase di conforto, o magari una debole speranza.

Ma quando la signora de Rocheblanche si espresse, fu soltanto per metterla in guardia: «Dovete imparare a essere forte, mia cara. Poiché spesso, in questo inferno, ci viene chiesto di sacrificare più di quanto siamo disposte a cedere».

Dopodiché prese congedo e si allontanò verso il chiostro.

89

Presso le mura di Ferrara
20 dicembre

Il viandante si sfilò la bisaccia e l'appese all'arcione del baio che conduceva alla cavezza. Aveva i piedi doloranti, le carni morse dal gelo. Sotto gli abiti laceri, era smagrito e contuso per le interminabili traversie a cui era andato incontro.

La fiamma però non si era estinta. L'aveva guidato oltre le montagne, le selve e gli aspri sentieri, e pur lasciando che il viaggio riducesse il viandante all'essenza, come legno levigato dal vento, aveva conservato il suo pensiero più prezioso. Un desiderio incrollabile diventato prima bisogno, poi luce.

Isabeau.

Scrutò la placida distesa del fiume Padus all'imbrunire, poi allungò lo sguardo sull'isolotto circondato dalle acque.

Sant'Antonio Abate.

Rammentava a stento l'ultima volta che l'aveva visto. Sembrava accaduto secoli prima, quando lui era soltanto un ragazzo e non conosceva il valore di quanto si era lasciato alle spalle. Il dolore e la felicità, a quei tempi, avevano un significato e un'intensità diversi.

Ora però non gli importava più nulla. Nulla eccetto lei.

Pregò il Signore che fosse salva, benché dopo tanti mesi vissuti tra lo sfinimento e la follia ogni preghiera perdesse valore.

Varcò la passerella del ponte, e in quell'oscillare sui flutti temette di essersi smarrito in uno degli innumerevoli sogni fatti strada facendo. Poi le suole dei calzari tornarono a pestare la terraferma e tutto acquisì di nuovo consistenza.

Gli mancava di varcare le mura del convento.

Il cancello del recinto sollevato gli permise di scorgere al di là del varco la facciata della chiesa. Proprio allora, alcune donne in abiti monacali che si stavano raccogliendo davanti al portale, al richiamo di una campana, si voltarono. Una soltanto si soffermò a guardarlo. Prima con stupore, poi con gioia.

Lui non si accorse nemmeno di gridare il suo nome, né del calore delle lacrime sul suo viso. Un'esultanza incontenibile gli era esplosa nel petto.

Incurante dei richiami delle consorelle, Isabeau gli corse incontro. Splendida e imprevedibile. Infinitamente più bella di quanto lui potesse rammentare. Varcò la cancellata in uno slancio di felicità e lo abbracciò, coprendolo di baci e di carezze.

Rimasero così, uno di fronte all'altra, sotto il cielo grigio che si riempiva di fiocchi di neve.

E d'un tratto lui tornò a essere Gualtiero.

Poiché quello fu il nome che udì pronunciare dalle sue incantevoli labbra.

Al di là del ponte, avviluppato in un mantello di lana grezza, un uomo dai tratti moreschi seguiva la scena con vivo interesse. L'abbraccio di due innamorati era uno spettacolo raro di quei tempi, ma era stato ben altro a catturare la sua attenzione. Fece per sporgersi in avanti, certo d'aver riconosciuto una delle monache del convento, poi si fermò. La bimba di pochi mesi che teneva in braccio aveva iniziato a piangere.

Le accarezzò il faccino con un dito color ebano, e per calmarla la fece giocherellare con il luccicante crocifisso gemmato che portava al collo.

«Chissà», sussurrò nel frattempo. «Chissà cosa ne penserà il nostro padrone».

90

Abbazia di Santa Maria di Pomposa

La corte del monastero era già innevata quando Gualtiero vi giunse. Frenò il baio e contemplò il vecchio carro abbandonato a pochi passi dall'edificio. Sembrava una creatura morta da decenni, spolpata dal tempo. Quasi tangibili, tuttavia, furono i ricordi che lo assalirono al solo guardarlo. Per un attimo gli parve di scorgere sua madre intenta a stendere panni all'aria. Soffocò un lamento di commozione, poi ripensò alle ore interminabili trascorse là dentro, nella solitudine e nell'angoscia.

Il tendone della copertura era ormai logoro, le assi di legno marce e le ruote deformate dal peso. Scese da sella e si avvicinò per sbirciare all'interno, trovando ben poco di integro. Vaselli di colore secco, brandelli di pergamena e carta bambagina appesi alle pareti, erbacce cresciute un po' ovunque.

Un sorriso amaro gli affiorò sulle labbra. Raggiunse di nuovo il cavallo, frugò in una tasca della sella ed estrasse una piccola tavola dipinta a tempera. Osservò il ritratto di donna, soffermandosi sugli occhi sibillini di colei che aveva conosciuto e amato come Sapia. Una parte di lui non riusciva ancora a perdonarla.

Ripose la tavola sul cavalletto che ancora resisteva in un angolo e rievocò alla memoria il giorno spensierato in cui l'aveva dipinta. Infine, quasi prendendo commiato, abbozzò un inchino e si voltò verso l'abbazia.

Doveva parlare con il cavaliere de Rocheblanche.

Maynard si trovava poco lontano, al limitare del bosco che separava l'abbazia dalla palude. La tunica scura e la cappa dello stesso colore l'avrebbero fatto passare per un monaco, se non fosse stato per la cintura di cuoio da cui spuntava un manico di pugnale. Camminava a capo chino, la falcata irrequieta di una fiera in gabbia.

Allertato dal crocchiare di passi sulla neve, si voltò di scatto e sbarrò gli occhi, incerto se si trovasse di fronte a uno spettro. «Amico mio...», mormorò adagio. «Non immaginavo... vi avrei più rivisto...».

Gualtiero sorrise. «Anch'io vi pensavo morto».

Rocheblanche si avvicinò, gli pose le mani sulle spalle e lo scrutò con attenzione mentre l'esitazione svaniva dal suo sguardo. «Siete proprio voi!», esclamò infine. «Più magro di un eremita, sì... ma in salute!». Era compiaciuto, quasi esultante. Fu sul punto di abbracciarlo quando un'improvvisa ritrosia si impadronì di lui. «Ditemi», lo interrogò con cautela, «avete portato a termine la missione che vi affidai?».

Il giovane osservò la sua espressione ansiosa, infine annuì. «Sono stato a Mont-Fleur», rivelò. «Ho incontrato l'abate Manessier e gli ho riportato il vostro messaggio».

«Sapevo di potermi fidare», si complimentò il cavaliere. «Con il vostro benestare, saprò sdebitarmi...».

Gualtiero lo interruppe con un cenno dell'indice. D'un tratto si era fatto serio, quasi perentorio. «C'è dell'altro, messere», e dopo una breve esitazione aggiunse: «Ho visto cosa nasconde la cripta di quel monastero».

Maynard arretrò d'un passo, il cuore in gola. «Con il permesso dell'abate?»

«Fu proprio lui a guidarmi fin là. Dopo che sciolsi l'enigma».

«L'enigma...?»

«La mola dell'angelo».

«Alludete all'Apocalisse».

Il giovane scosse il capo. «Alludo alla salvezza del genere umano».

Anziché raccapezzarsi, Rocheblanche s'irrigidì. Un sorriso perplesso gli attraversò il volto. «Vorreste darmi a intendere di aver sciolto l'enigma del *Lapis exilii*... con le vostre sole forze?».

Gualtiero abbozzò una smorfia nell'attesa che la diffidenza del francese scemasse. «Con il mio intelletto, sì», confermò poi, lasciando trapelare una grande sicurezza. «E grazie alle immagini che lo guidarono».

Attonito, Maynard prese a camminare in tondo sul manto immacolato, cercando di prendere confidenza con quell'incredibile rivelazione. Era persuaso della sincerità di Gualtiero, eppure faticava ad accettare che una persona qualunque fosse riuscita a penetrare un mistero tanto grande. Un mistero a cui lui stesso, dopo tanti sacrifici, non era stato possibile accedere. «In effetti, padre Andrea ha lodato più volte il vostro acume», rimuginò a testa bassa, con una punta d'invidia. «Vi attribuisce delle doti assai rare... Doti che anch'io, del resto, ho potuto notare...». Folgorato da un dubbio, lo fissò improvvisamente minaccioso. «Manterrete il segreto?»

«A costo della vita», rispose il giovane, per poi farsi allusivo. «Anche se sarebbe opportuno custodirlo in due».

Rocheblanche scosse il capo. Era tentato, naturalmente, ma il suo orgoglio gli impediva di accettare alcunché senza prima aver dimostrato di esserne meritevole. «Se a suo tempo il venerabile Manessier avesse voluto mettermene a parte...», tentò di giustificarsi.

Gualtiero non si mostrò d'accordo. «Nel congedarmi, Manessier mi concesse di rivelare ciò che vidi a una persona. Una soltanto, a patto che ne fosse degna». Si avvicinò al cavaliere e gli strinse una mano. «A onor del vero, non conosco persona più degna di voi. Siete un uomo d'onore, in grado di proteggere il segreto assai meglio di me. Pertanto insisto, *dovete* sapere, perché da ciò un giorno potrebbe dipendere la salvezza di Mont-Fleur». Attese che la riluttanza di Maynard si sciogliesse in un cenno di consenso, quindi precisò: «C'è dell'altro, però, che dovete sapere prima».

«Il vostro tono sa di minaccia, amico mio».

«Così dev'essere, infatti». Il giovane si prese una breve pausa per guardarsi intorno. Il suo atteggiamento tradiva d'un tratto apprensione per un'invisibile minaccia. E quando riprese a parlare, lo fece con circospezione: «Tornando da Mont-Fleur, mi sono imbattuto in una spia di Avignone. Un uomo di Bertrand du Pouget».

«Un uomo del cardinale?». Ancora una volta, il cavaliere si mostrò dubbioso. «Ne siete assolutamente certo?»

«Lo giuro su Dio, messere. Lo stemma sulla sua cintura era identico a quello dell'anello che mi consegnaste mesi fa. Recava il marchio del leone d'argento».

«Il leone di monsignor du Pouget...». Maynard torse le labbra. «Ammesso che non vi siate ingannato, perché mai un uomo del genere vi avrebbe seguito?»

«Semplice». Nella voce di Gualtiero vibrò una nota di tristezza. «Per il sangue che mi scorre nelle vene».

All'inizio Rocheblanche non afferrò il senso di quelle parole. Poi, dopo un istante di inquieto silenzio, abbozzò un'espressione basita. «Santi numi!», e batté un pugno sul palmo. «Il segreto di vostra madre!».

«Sì, il suo segreto», sospirò il giovane. «Mia madre era legata alla città dei papi e... a molte altre cose. Mi scuserete se non mi dilungherò nei dettagli, ma desidero prima capire, abituarmi all'idea... D'altro canto, reputo d'importanza vitale che siate informato sul mio scontro con quell'uomo». Accarezzò l'elsa della basilarda, un fremito sulla pelle. «Ho dovuto ucciderlo per non esser fatto prigioniero».

«Colgo in voi del rimorso», osservò Maynard. «Non dovrete serbarne, se vi siete battuto con coraggio».

Gualtiero sorrise con amarezza. Si era battuto, sì, al varco della foresta di Mont-Fleur, e nel corso di una breve contesa aveva mostrato all'emissario del cardinale quanto il figlio di Passerino de' Bonacossi e di Elisa d'Este fosse diventato abile nell'infilzare un nemico. «Non è rimorso, il mio», confessò, «bensì timore che altre spie mi abbiano seguito fin qui».

Una fiamma scintillò nelle iridi del cavaliere. «Ecco, dunque, perché volete mettermi al corrente del *Lapis exilii*».

Il giovane annuì.

«Se così stanno le cose, non so darvi torto», concluse Maynard. «Parlate liberamente, e ditemi dell'enigma della pergamena».

Di fronte a un simile invito, Gualtiero acuì il suo sguardo. «La chiave si cela nel sesto versetto», rivelò con un sussurro. «Ne rammentate il contenuto?»

«Come se lo avessi ancora di fronte. Lo trovai su un manoscritto di padre Facio, nei sotterranei del Palazzo della Signoria. Recitava *Xpi servata ab primis in quinque*. Allora mi parve privo di senso eccetto che per il *chrismon*, il monogramma del nome di Cristo, e tuttavia intuii subito la sua importanza».

«Secondo gli insegnamenti di padre Manessier, il senso è affidato all'espressione *ab primis in quinque*. Si traduce "dai primi di cinque" o, ancor meglio, "dai primi nei cinque"».

«Così facendo la rendete ancor più oscura!», protestò Rocheblanche.

«Meditate, messere», lo spronò il giovane. «A cosa può riferirsi l'enigma se non a se stesso? Il numero cinque allude ai suoi cinque versi iniziali, e la parola *primis* riguarda le lettere con cui ciascuno di essi si apre».

Il cavaliere incrociò le braccia sul petto, gli occhi stretti in due fessure. «In sostanza», concluse, «indica di leggere in verticale l'inizio dei primi cinque versi, e per esteso il sesto».

«Sì. Come se si stesse seguendo le linee di una L».

«Ebbene, solo la prima lettera di ogni versetto...». Con uno sforzo mnemonico, Rocheblanche recitò mentalmente il testo dell'enigma che gli era stato consegnato due anni prima da Jang de Blannen, nel fango e nel sangue di Crécy.

Missam ut molam ab angelo in mare
est Lapis exilii situs in Monte floris
nostra salute clausus in uetusta crypta
sub caelo historiis mire depicto
a meridie Sancti Sauini in uilla Cerisii.

Quindi, l'ultimo verso tenuto nascosto da padre Facio di Malaspina:

Xpi servata ab primis in quinque

Rifletté ancora una volta sulla spiegazione di Gualtiero e, posseduto da una crescente impazienza, si servì di un ramoscello caduto a terra per tracciare il frutto del suo ragionamento sulla distesa di neve. «Dovrebbe essere così».

MENSA CHRISTI SERVATA AB PRIMIS IN QUINQUE

«Mensa», lesse Gualtiero, con l'espressione serafica di chi aveva *visto* oltre che compreso. «Mensa è la parola nascosta dalle prime lettere dei cinque versi. Avete afferrato il suo significato?».

Rocheblanche non riusciva a distogliere lo sguardo dalla frase tracciata sulla neve. «Oh, mio Dio... Dopo tanto cercare, viaggiare, riflettere...», mormorò, indeciso se esultare o adirarsi con se stesso per non essere stato in grado di risolvere da solo un indovinello tanto semplice. Con malcelata vergogna, si rivolse all'amico: «Come ci siete arrivato?»

«Grazie alle immagini», ripeté il giovane. «Quando varcai il portale di Mont-Fleur, notai tra le decorazioni della navata l'affresco di un angelo con una pietra molare tra le mani e intuii di trovarmi al cospetto di una rappresentazione *in figura* dell'enigma. Tuttavia, riuscii a comprendere a cosa alludesse soltanto nel momento in cui scorsi la scena biblica rappresentata di fronte».

Il cavaliere seguì il filo dell'intuizione, in preda a uno sconcertante presagio. Possibile?, lo pungolò la coscienza. Possibile che il *mysterium* di Mont-Fleur entrasse così a fondo nel dogma della salvezza? Dopo una vita spesa a cercare la volontà del Signore nelle chiese e nei campi di battaglia, dopo aver meditato sugli astri e sui sogni apocalittici dei tre cavalieri, non era più certo di saper riconoscere i segni divini tracciati nel mondo. Eppure quella parola – quell'unica parola! – pareva schiudersi al suo cospetto come una porta di mistica sapienza. «*Mensa*», sussurrò. «*Mensa Christi…*».

«Sì, vidi proprio quella nell'affresco». Gualtiero aprì le braccia, quasi volesse offrirgli lo spettacolo di un mistico scenario. «Vidi l'Ultima Cena, rappresentata secondo i canoni più classici dell'arte sacra se non per un dettaglio: la mensa a cui sedeva Gesù con i discepoli non era rettangolare o a mezzaluna, bensì rotonda».

Maynard rammentò vagamente d'aver notato quel particolare durante la sua visita a Mont-Fleur, ma all'epoca era gravato da troppi crucci per poterne cogliere l'importanza. E forse, meditò con maggior umiltà, non ci sarebbe riuscito nemmeno a mente sgombra. «Rotonda», disse con rapimento. «Come una pietra molare»

«O come una pietra atta a sigillare un sepolcro», chiosò il giovane, enigmatico.

«Eppure…». D'un tratto il cavaliere premette i polpastrelli sulle tempie, tentando di fare chiarezza. Le parole del *Codex Millenarius*, l'incombere dei tre cavalieri, i simboli in cui si era imbattuto dopo tanto cercare si sovrapponevano come tarocchi nella sua mente. «Non era questo il segreto affidato a Giuseppe di Arimatea… Non questo… Secondo il libro dell'ebreo Flegetanis…».

«Flegetanis», ripeté Gualtiero, distogliendolo da quel rovello interiore. «Alludete al *Codex Millenarius*?».

Maynard lo fissò basito. «L'abate Manessier vi ha parlato anche di quello?»

«Anche di quello, sì».

«E dunque com'è possibile? Secondo quel libro, il *Lapis exilii* dovrebbe essere il Vangelo di Cristo! Voi invece mi parlate della mensa dell'Ultima Cena... Grazie a quale prodigio due cose tanto diverse potrebbero coincidere?».

A quel punto il giovane si strinse nelle spalle, negandogli lo sguardo. «Vi renderò partecipe di quest'ultimo mistero soltanto in cambio della vostra benedizione».

«Riguardo cosa?», sbottò il francese.

«Isabeau».

«Non capisco...».

Il giovane addolcì l'espressione, ma esitò a spiegarsi. Di qualsiasi cosa si trattasse, era come se fosse combattuto tra il desiderio e il timore di rivelarla. Prese a contemplare l'abbazia, in cerca delle giuste parole, e lì rimasero i suoi occhi anche quando si decise a rompere il silenzio. «Voi, messere, siete il suo tutore, l'unica persona a cui Isabeau sia davvero legata, quindi è a voi che devo chiedere la sua mano». Scrutò infine il cavaliere. «Io l'amo, e voglio che esca dal convento... Voglio prenderla in sposa».

Per un attimo Rocheblanche ritrovò in quello sguardo ardito l'ingenuo sognatore conosciuto l'anno precedente, e si chiese se stesse per affidare Isabeau a una persona debole, incapace di difenderla. Subito dopo, tuttavia, colse nel volto di Gualtiero i segni di un coraggio che prima non c'era, insieme a un'accortezza illuminata da una determinazione inflessibile. Allora lo fissò com'era solito fare soltanto con i propri pari e con i nemici degni di stima, e con un sorriso franco ribatté: «Avete la mia benedizione, amico mio. Ve la do con gioia».

Il giovane si limitò ad annuire senza lasciar trapelare nulla dei propri sentimenti. Era una maschera quasi impenetrabile, il volto del viandante tornato da Mont-Fleur.

«Veniamo dunque al *Lapis exilii*», disse Gualtiero con tono serioso. «La sua natura riguarda sia la mensa che il vangelo. Me ne accorsi non appena scesi nella cripta e scorsi una maestosa tavola rotonda posizionata al centro».

Affascinato da quelle parole, Maynard si fece il segno della croce. «Descrivetela, ve ne prego».

«Era di pietra... la pietra che coprì il sepolcro di Cristo», rivelò il giovane, lasciandosi trasportare dal ricordo di quella mistica esperienza. Nel parlare fissava il vuoto, quasi che una parte di sé fosse rimasta là, nelle profondità di Mont-Fleur, e potesse ancora godere della vista della reliquia più preziosa del mondo. «Alla luce della fiaccola», proseguì, «osservai la sua ruvida superficie e vi scorsi centinaia, migliaia di parole. Era un labirinto di caratteri scolpiti a suon di scalpello, testimoni di una lingua ormai sconosciuta all'uomo. E l'abate... l'abate me ne spiegò il significato, affinché ne comprendessi l'inestimabile segreto». Sorrise tra sé, e Rocheblanche pensò che avrebbe dato ogni cosa pur di condividere la conoscenza dei suoi occhi, almeno per un istante.

«La mano che incise quelle parole nella pietra», concluse infine Gualtiero, «fu di Giuseppe d'Arimatea. Ma il verbo... l'alito di voce che le liberò nell'aria, quello fu del Maestro, nostro signore Gesù Cristo».

Dopo aver rivelato al cavaliere il grande segreto, Gualtiero si congedò da lui per varcare il portale dell'abbazia. Benché assai provato dal lungo viaggio, smaniava di rivederne gli antichi affreschi. Riabbracciare Isabeau aveva risvegliato d'un tratto le sue antiche ambizioni. E ora, con la mente ricolma delle meraviglie di Mont-Fleur, si sentiva pronto a realizzarle.

Oltrepassò il nartece e, nell'attesa che gli occhi si abituassero alla penombra, guardò intorno a sé per riprendere confidenza con un ambiente a lui tanto caro. Per poco non cadde sulle ginocchia.

Sbiancando per lo stupore, si appoggiò a una colonna e non appena gli fu possibile raggiunse con passo tremante la zona dell'abside, dove, su un ponteggio di cavalletti e assi di legno, si ergeva un uomo intento a dipingere l'arcata. Moro e asciutto, con una folta barba riccia, gli parve per un attimo Sigismondo.

Gualtiero si strofinò gli occhi umidi e ingoiò le lacrime nel tentativo di articolare una parola. Il vecchio affresco era per buona parte ricoperto da uno strato di intonaco fresco, ma ancora se ne poteva scorgere, ai margini, la superficie tempestata da fitte picchiettature.

Dall'alto del ponteggio, l'uomo notò la sua presenza. «Salute, pellegrino!», esclamò, indicando con un movimento del pennello l'opera a cui stava lavorando.

Ancora incredulo, il giovane osservò un imponente Cristo Pantocratore, così come un anno prima aveva immaginato di dipingere, circondato da uno stuolo di santi e beati. Fra di essi, alla destra del Salvatore, si ergeva una splendida Madonna angelicata, avvolta in una veste azzurra trapuntata di gigli dorati.

«*Color est lux*», recitò l'artigiano, fomentando la sua meraviglia. «Nulla ci porta più vicini a Dio».

Il giovane stentava ancora a credere che non si trattasse di Sigismondo. Persino la voce, colorita dal vernacolo di Romagna, ricordava quella del burbero mastro pittore. «Ma voi... Voi...», balbettò incuriosito.

«Il mio nome è Vitale da Bologna, per servirvi», rivelò quello con un largo sorriso. «E ora siate cortese, messere, passatemi quel vaso di colore ocra ai vostri piedi!».

Nota dell'autore
(Il nero della storia)

Benché fondato su una trama di pura invenzione, *L'abbazia dei cento delitti* possiede una base di documentazione storica riguardante sia la "cultura materiale", sia la forma mentis di un secolo ricco e controverso come il Trecento. Le carestie e le guerre, insieme ai progressi tecnologici e culturali, condizionano infatti, benché in diversa misura, la psicologia di ogni stato sociale del Tardo Medioevo. In tal senso si dovrà interpretare la grande peste del 1348. Il suo rapido e improvviso diffondersi costrinse l'intero Occidente cristiano a cercarne le cause nella contingenza dei fenomeni naturali quanto nei rapporti del genere umano con Dio, l'universo e la Storia. Testimoni di simili esigenze, numerosi trattati pseudo-scientifici dell'epoca si mostrano debitori della medicina astrologica di Albumasar, come la *Chirurgia magna* del medico della corte papale Guy de Chauliac e il *Tractatus de coniuntione Saturnis et Iovis Christi 1345* di Levi ben Gerson, che operò in Provenza in qualità di medico e filosofo.

La congiunzione dei pianeti Marte, Giove e Saturno fu però soltanto il primo di innumerevoli spunti di riflessione che segnarono una generazione di studiosi incapace di spiegare il diffondersi epidemico della "Morte Nera". Sullo sfondo delle orazioni dei teologi, delle smodate manifestazioni di devozione, pietà e superstizione sorsero infatti menti acute e analitiche come quella del medico francese Pierre de Damousy, del bolognese Tommaso del Garbo e dell'umbro Gentile da Foligno, che nel suo *Paradigma del soffio pestifero* espose la tesi dei venti corrotti (*aer corruptus*) scaturiti dalle profondità della terra, grazie ai terremoti, e dal mare.

La peste colpì duramente tutta l'Europa, ma alcune città più di altre. Tra queste vi fu Ferrara. Secondo la storiografia locale, nel 1348 «si scoperse il male contagioso e ciò fu al principio di marzo [...] e la mortalità fu così grande che restò viva soltanto la quarta parte del popolo. Lippo [Filippo Migliorati da Prato, l'allora giudice dei Savi], sempre intrepido, procurò tutti i rimedi possibili. Dopodiché pubblicò molti ordini e introdusse gran quantità di popolo a Ferrara, dispensando ai nobili forestieri terreni ed edifici rimasti vuoti, per la morte dei padroni, motivo per cui Lippo riuscì in brevissimo tempo a far ripopolare la città» (Alfonso Maestri, *Cronologia et istoria de capi, e giudici de Savii della città di Ferrara*, Ferrara 1683).

Anche Reims subì un durissimo colpo. All'inizio dell'agosto 1348, mentre Parigi assisteva impotente al dilagarsi del contagio, Pierre de Damousy descrive l'epidemia di vaiolo abbattutasi su questa città poco prima dell'ondata pestifera (cagionata, a suo dire, dai venti caldi e umidi di Mezzogiorno).

Come per Ferrara, ho cercato di ricostruire l'urbanistica di Reims seguendo le regole della verosimiglianza, soprattutto per quanto riguarda la zona del mercato vecchio intorno alla cattedrale. Con altrettanta cura ho cercato di tratteggiare una Avignone credibile, soprattutto sul profilo sociale ed economico. Autentici, a tal riguardo, sono i riferimenti alle modalità di esazione e alle cifre inerenti la tassazione della Camera Apostolica.

Molti personaggi che si muovono sullo sfondo della vicenda, primo fra tutti Bertrand du Pouget, sono realmente esistiti. Mi sono naturalmente avvalso della "licenza narrativa" per delinearne i tratti caratteriali, come nel caso di Obizzo III d'Este, del vescovo Guido di Baisio e dell'abate Andrea, ma non ho mentito sulla data di morte di Lippa Ariosti. Secondo gli storiografi Ludovico Antonio Muratori e Antonio Frizzi, perì il 27 novembre 1347 per un male misterioso, dopo essere stata sposata in extremis dal marchese Obizzo, e fu sepolta nella chiesa di San Francesco. Più sfuggente è la figura di Elisa (o Alisa) d'Este, con cui ho voluto giocare intrecciandola alla figura fittizia di Sapia. Andata in sposa a Rinaldo "Passerino" de' Bonacossi (o Bonacolsi) nel 1325, questa nobildonna non ebbe mai figli e probabilmente perì quattro anni dopo.

Restano ora alcuni chiarimenti sul *Lapis exilii*, in parte leggenda documentata, in parte mia interpretazione personale. Mi sono imbattuto per la prima volta in questo nome nel *Parzival* dello scrittore tedesco Wolfram von Eschenbach (XIII secolo), che allacciandosi al ciclo letterario del Santo Graal fa riferimento a una pietra misteriosa detta *Lapsit exillis*, in cui si è voluto cogliere un riferimento esoterico-cristologico collegato alle parole enigmatiche *Lapsit elixir* o *Lapis exilii*. Il testo di Wolfram parla inoltre di una documentazione segreta del Graal facente capo a Toledo, rinomato centro di cultura araba ed ebraica da cui proverrebbe il leggendario libro di Flegetanis. Guidato dall'istinto e dalla suggestione, non ho resistito a intrecciare questa tradizione con il *Merlin* del poeta francese Robert de Boron (coevo di Wolfram). Secondo i punti salienti di questo affascinante racconto, la Tavola Rotonda (costruita dal padre di Artù su indicazioni di Merlino) rievocherebbe la tavola dell'Ultima Cena, riprodotta per la prima volta dal figlio di Giuseppe d'Arimatea e nota come Tavola del Graal.

E a questo punto, non sapendo più distinguere tra storia, leggenda e tradizione letteraria, ho deciso di lasciarmi trascinare dalla fiction.

Indice

PARTE SECONDA. I GIORNI DELL'IRA

PARTE TERZA. IL TRIONFO DELLA MORTE

EPILOGO. NOVISSIMA TEMPORA

Marcello Simoni

L'abbazia dei cento inganni

Volume di 352 pagine. € 3,90

Ferrara, inverno 1349. Un'inquietante processione di gente incappucciata si aggira nelle selve vicino alla città, terrorizzando chiunque abbia la sfortuna d'imbattervisi. E mentre si diffondono voci su riti satanici e segni dell'apocalisse, c'è chi scorge in quelle apparizioni un astuto complotto. Tra loro anche l'impavido cavaliere Maynard de Rocheblanche che, con l'appoggio della Santa Inquisizione, intraprende un'indagine per cercare di far luce sulla verità. L'impresa si rivelerà tuttavia più difficile del previsto, perché sono molti i prelati più interessati ai suoi segreti che a risolvere il caso. Maynard è infatti l'unico custode del mistero più grande della cristianità, la leggendaria reliquia attribuita a Gesù, il *Lapis exilii*. E questa volta, privato dell'appoggio dell'abate di Pomposa, potrà fare affidamento solo sulla sorella, la monaca Eudeline, per difendere se stesso e i propri amici e cercare di svelare l'intrigo che lo coinvolge...

NEWTON COMPTON EDITORI

Marcello Simoni

Il castello dei falchi neri

Volume di 320 pagine. € 9,90

Anno Domini 1233. Dopo aver preso parte alla crociata di Federico II, il nobile Oderico Grifone, ormai diventato uomo, fa ritorno alla dimora di famiglia, una grande magione nella campagna di Napoli. Il rientro, tuttavia, non è dei più felici. Sua sorella, Aloisia, è stata data in sposa a un uomo di dubbia reputazione, mentre Fabrissa, una giovane aristocratica con la quale Oderico, prima di partire per la Terra Santa, aveva intrecciato una storia d'amore, è promessa a un altro. Come se non bastasse, la famiglia sembra essere caduta in disgrazia e il castello, un tempo ricco e prospero, versa ora in uno stato di abbandono. Pur non riuscendo a comprenderne il motivo, Oderico intuisce che la madre, il padre e il fratello minore gli nascondono qualcosa. Qualcosa che riguarderebbe il feudo dei Grifoni, una collina sulla quale in molti vorrebbero mettere le mani a causa di un antico segreto custodito tra i suoi fitti boschi. Nel tentativo di risollevare le sorti della famiglia, Oderico resterà coinvolto, suo malgrado, in una serie di efferati delitti che sembrano avere uno stretto legame col più grande motivo d'orgoglio del suo casato: la nobile arte della falconeria.

NEWTON COMPTON EDITORI

Marcello Simoni

Il mistero delle dieci torri

Volume di 224 pagine. € 9,90

Quali misteri ha dovuto svelare Ignazio da Toledo, conosciuto come il mercante di libri maledetti, prima di partire dalla Palermo di Federico II e fingersi morto? Quali complotti ha ordito, in sua assenza, l'astrologus imperiale Michele Scoto? Ecco alcuni dei personaggi che popolano questa raccolta di racconti. Figure di un grande arazzo in cui fanno la loro comparsa anche il fratello gemello di Cosimo de' Medici, il corsaro Khayr al-Din Barbarossa, il cavaliere ospitaliero Leone Strozzi e persino Licio Ganello, un mago fiorentino che, una volta morto, diventerà oggetto degli studi anatomici di Leonardo da Vinci. Un vero e proprio viaggio per terra e per mare, attraverso i secoli, che conduce il lettore in luoghi lontani nello spazio e nel tempo, facendogli incontrare sia volti già noti e amati, sia protagonisti del tutto nuovi. Dalla nascita della città etrusca di Spina alle battaglie navali avvenute nel Mar di Levante sullo scorcio del XVI secolo, passando per la Sicilia dello *Stupor mundi*, le corti rinascimentali e le lagune del basso ferrarese del secondo dopoguerra: con *Il mistero delle dieci torri* Simoni tocca temi e luoghi cari al suo immaginario, risucchiando il lettore in un vortice d'avventura, da maestro del genere qual è.

NEWTON COMPTON EDITORI